LE SECRET

Bernard Lenteric est né à Paris dans les années 40.

Il crée une affaire de porte-à-porte qui vend « tout », dirige un département d'une multinationale, puis rencontre le jeu, le roi des jeux : le poker. Il a désormais deux vies : les affaires et les cartes. Il devient producteur de cinéma, notamment pour *Un type comme moi ne devrait jamais mourir* et *Plus ça va, moins ça va*, de Michel Vianey, *Le Dernier Amant romantique*, de Just Jaeckin, associé avec la Warner, *Les 7 Jours de janvier*, de Juan Bardem, Grand Prix du Festival de Moscou.

Pendant trois ans, à Hollywood, au sein des Majors Companies, il apprend le métier de scénariste. Puis il devient romancier.

En 1980, il écrit un premier roman relatant son expérience de joueur : *La Gagne*, vendu dans de nombreux pays. En 1981, *La Nuit des enfants rois*, roman qui reste dix-huit mois premier au box-office et qui atteint aujourd'hui le million d'exemplaires. En 1982, *Voyante*. De 1982 à 1984, il est à Hollywood, en qualité de scénariste. Puis il publie *La Guerre des cerveaux* (1985), *Substance B* (1986), *Les Enfants de Salonique* (1988), premier volet d'une trilogie, *La Femme secrète* (1989), second volet de la trilogie, et *Diane* (1990), troisième et dernier volet de la trilogie. Suivent *Vol avec effraction douce* (1991), *Ennemi* (1992), *Les Maîtres du pain* (1993-1994), *La Fortune des Laufer* (1996) et enfin *L'Empereur des rats* (1997).

La presque totalité de ces romans font actuellement l'objet d'une adaptation cinématographique ou télévisuelle.

Paru dans Le Livre de Poche :

L'ANGE GABRIEL

L'Empereur des rats:

1. L'EMPEREUR DES RATS
2. LE PRINCE HÉRITIER

Les Enfants de Salonique :

1. LES ENFANTS DE SALONIQUE
2. LA FEMME SECRÈTE
3. DIANE

ENNEMI
LA FORTUNE DES LAUFER
LA GAGNE
LA GUERRE DES CERVEAUX

Les Maîtres du pain :

1. LES MAÎTRES DU PAIN
2. L'HÉRITAGE

LA NUIT DES ENFANTS ROIS
SUBSTANCE B
VOL AVEC EFFRACTION DOUCE
VOYANTE

BERNARD LENTERIC

Le Secret

PLON

A Lise Fayolle.

PROLOGUE

Mosellan-Bon-Courage descendit les quelques marches du fournil et s'arrêta en souriant. Sur les étagères de bois, une douzaine de miches bien rondes, façonnées selon les règles, exhalaient une bonne odeur de froment. La croûte dorée à point était marquée par les encoches, harmonieusement disposées, signature des bons ouvriers.

Sur un bat-flanc, Léo Frochot s'était assoupi. La chaleur du four et la fatigue de la dernière fournée avaient pour une courte demi-heure terrassé le jeune géant. Ses longs bras musclés, son torse harmonieusement sculpté étaient couverts de farine. A travers les barreaux du soupirail, un soleil frileux éclairait son visage et faisait briller ses cheveux noirs bouclés. Vanighem, dit Mosellan-Bon-Courage, s'approcha du jeune endormi. Pourquoi Mme Vanighem ne lui avait-elle pas donné un fils comme celui-là ? Manifestement, Léo rêvait. Une expression de bonheur se lisait sur son visage d'archange et lui, le patron, n'osa pas réveiller son ouvrier, frappé par son innocence et son abandon. Pourtant, il le fallait. La journée serait longue pour Léo et son destin en dépendait.

CHAPITRE 1

Il pleuvait sur Lille, en ce 16 mai 1836, mais en Flandre, on ne se laisse pas impressionner par une petite pluie fine et intermittente. Ce jour-là, à Saint-Sauveur, quartier misérable accolé au rempart, face à la citadelle en étoile édifiée par Vauban, les cœurs étaient joyeux comme il convient un jour de ducasse.

Saint-Sauveur ou la ville souterraine. C'était le quartier des caves habitées, où, disait-on, on trouvait « assez d'air pour ne pas mourir mais pas assez pour vivre ». Les caves voûtées, au sol de terre battue, donnaient directement sur la rue ou la courette. Point de fenêtre, de rares soupiraux ; la porte étroite ne laissait entrer que très peu d'air et de lumière. Les familles ouvrières s'entassaient là-dedans, dans les odeurs de purin et de crasse humaine, dans la fumée du charbon. Là, on naissait déjà rachitique et scrofuleux. On n'avait pas longtemps à attendre pour attraper la « mitte », une gravissime maladie d'yeux, mais aussi la diphtérie, la méningite ou la tuberculose. Une odeur effroyable sourdait des fosses d'aisance souvent aménagées dans les caves elles-mêmes, et toujours débordantes. Il fallait la résignation des pauvres, mais aussi leur innocence, leur capacité à saisir le moindre instant de bonheur, pour supporter de vivre à Saint-Sauveur. Aussi, lors de la ducasse, tout le monde s'empressait-il de fuir l'enfer du chez-soi pour aller muser et s'étourdir dans la rue.

Bien sûr, Lille avait souffert des destructions révolutionnaires et napoléoniennes, mais en ces temps de paix retrouvée, le peuple y avait un appétit de bonheur. Les rues grouillaient d'une foule joyeuse, on se bousculait, on riait et on se retrouvait en famille au coude à coude avec les siffleurs de trois-six, la ninique meurtrière, eau de vie de pommes de terre ou de betteraves à laquelle on ajoutait du poivre, ou bien avec les buveurs de bière qui parlaient fort tout en brandissant leur bock de keute lilloise. Ils humaient l'odeur appétissante des harengs saurs vendus à la criée par des marchands ambulants : « V'là les jambons de carême ! »

Dans les ruelles, des bonimenteurs apoplectiques s'époumonaient à proposer des bijoux fantaisie, des peignes en fausse écaille, des rubans de dentelle, des cocardes en papier, des jouets et des trompettes en fer-blanc. Un marchand de bonbons des Vosges, égaré en ces plates contrées, attirait les enfants avec deux chevrettes, une noire et une blanche, qui leur tiraient des gloussements de bonheur en leur léchant les doigts.

Un jeune homme habillé en dimanche fendait d'un pas alerte cette cohue bon enfant. Une chemise blanche, un pantalon de drap sombre et une veste de laine marron, non pas neufs, mais en bon état et bien propres, remplaçaient aujourd'hui les vêtements de travail élimés. Avec ses bottines soigneusement cirées pour en dissimuler l'usure, sa cravate et un chapeau empruntés à un camarade plus prospère, Léo Frochot se sentait un autre homme. Il ne gagnait pas encore bien lourd comme ouvrier boulanger. Heureusement pour lui, il vivait en cayenne, ce qui lui épargnait un loyer trop élevé. Sa chambre d'aspirant et ses repas chez la Mère Joséphine, connue de tous les compagnons et apprentis boulangers de France pour son bon cœur, son franc-parler et sa main leste, ne coûtaient pas trop cher à Léo Frochot. Entre sa dépense et ce qu'il envoyait chez lui pour aider son père veuf et malade, il ne lui restait pas de quoi s'habiller comme un prince, mais il ne s'en faisait pas. Il avait vingt ans et un heureux naturel. « Léo Frochot ? Fort comme un bœuf, joyeux comme un pinson ! » disaient ses amis. Et ils ajoutaient : « Malin comme un singe. »

En ce temps-là, Léo Frochot était un beau garçon. Il avait ses deux yeux bleus, toutes ses dents blanches bien alignées dans la bouche, et le nez, fort mais droit, au beau milieu du visage. Tout cela donnait une figure qui ne déplaisait pas aux filles.

Il avait grandi à la campagne, dans son Angoumois natal. Il avait respiré l'air pur et il avait mangé à sa faim. Il était grand, bâti en force. Il fallait ça, dans sa partie. On ne comptait pas beaucoup d'avortons dans la boulange. C'était trop dur. Dans ce métier, il fallait commencer avec un corps d'Hercule, sans quoi on ne faisait pas de vieux os. Les sacs de farine à manipuler, le *geindre* épuisant, les horaires impossibles exigeaient des hommes forts. Mais, si forts qu'ils soient, les poussières de farine et la chaleur du four vous desséchaient les hommes en quelques années. Le père de Léo en savait quelque chose. Comme beaucoup de ses semblables, il s'en allait de la poitrine. D'avoir été bâti en armoire à glace ne l'empêchait pas de décliner très vite, à quarante-cinq ans.

Mais s'il se faisait du souci pour l'auteur de ses jours, Léo ne s'en faisait pas pour lui-même. Ivre de sa jeunesse et de sa force, il accordait largement crédit à sa poitrine large et à ses épaules carrées. Les filles appréciaient son ventre plat, ses longues jambes, ses mains puissantes qui les faisaient rêver de caresses un peu brutales. Le métier de boulanger n'attirait guère les filles à marier. Le boulanger est toujours à son four et sa femme s'ennuie seule dans son lit. Cependant, pour les beaux yeux de Léo, nombreuses étaient celles qui se seraient fait une raison.

Ce jour-là, Léo n'en avait cure. Sa réception au sein des boulangers compagnons du Devoir n'était plus qu'une question d'heures. La veille, après des années d'itinérance, il avait enfin présenté son chef-d'œuvre à un jury de maîtres exigeants. Il s'était attaqué au fameux « pain de chapitre ». Les puristes le pétrissaient avec les pieds. Léo avait procédé ainsi. Il s'était bien gardé d'utiliser l'eau de la Deûle comme celle des pompes installées dans la plupart des maisons. Aigre, l'eau de Lille se prêtait mal à la fabrication du pain. Pour son chef-d'œuvre, Léo s'était procuré de l'eau de source.

Le travail avait satisfait les juges les plus tatillons. Léo lui avait donné la forme d'une roue solaire dardant ses rayons, et les maîtres rassemblés avaient admiré l'élégance de sa forme tout autant que la cuisson parfaitement égale de la pâte sur tout son pourtour. Ainsi Léo avait-il administré la preuve de son savoir-faire d'ouvrier. Restait la partie secrète, ésotérique, de son initiation. Là aussi, il s'était préparé de son mieux. Si tout se déroulait comme il l'espérait, il participerait ce soir, pour la première fois, à un défilé en qualité de compagnon. Ensuite, il y aurait bal et il danserait avec Céleste jusqu'à l'étourdir. Céleste, une lingère de vingt ans, avait des yeux audacieux, des cheveux blonds frisés en cascade sous un bonnet blanc et un corsage éblouissant. Elle lui plaisait beaucoup, à Léo. Les filles ne lui étaient pas cruelles. Il avait eu des aventures, au hasard des étapes de son Tour de France, en Lorraine, en Franche-Comté, en Touraine, en Provence, à Paris. Mais Céleste, la ch'timi, lui faisait tourner la tête. Et il se laissait aller à des rêveries toutes nouvelles dans sa cervelle de joyeux célibataire. Celle-là, il l'aurait bien épousée, maintenant qu'il arrivait au terme de son Tour de France, qu'il allait être compagnon et mieux gagner sa vie. Il ne la connaissait pourtant que depuis quelques semaines. Ils ne s'étaient même pas encore embrassés ! Sur ce dernier point, il avait tout de même bon espoir. Ce serait aujourd'hui.

CHAPITRE 2

Retrouver Céleste et défiler pour la première fois en qualité de compagnon, Bon Dieu, quelle journée ça allait être ! Tous les ouvriers et apprentis boulangers de Lille seraient là, et ça ferait du monde. Une démonstration de force face à l'ostracisme et au mépris des autres corporations.

Les parias de la boulange avaient décidé d'affirmer leur présence et leurs droits. Ne plus être ces pauvres diables usant au pétrin leur jeunesse et leur santé pour un salaire de misère. Ça risquait de tourner au vinaigre. Des histoires de bagarre, Léo en avait entendu des dizaines. Lille n'était pas encore une ville de compagnonnage. Les boulangers pensaient pouvoir y défiler sans craindre la fureur des coups des tailleurs de pierre ou des « Indiens » de la menuiserie. Dans ces affrontements, il y avait toujours des blessés, parfois des estropiés et même des morts. Léo n'avait pas peur. Les tailleurs de pierre, les charpentiers, les menuisiers étaient des gars costauds, métier oblige, mais s'il le fallait, il montrerait qu'il pouvait cogner dur, lui aussi. D'ailleurs, Céleste serait là. Léo défilerait sous ses yeux, avant de la tenir dans ses bras un peu plus tard au bal.

Il aperçut des silhouettes et des visages de connaissance, réunis devant le comptoir d'une buvette, et il hâta le pas. Il y avait là Morantin, Echard, Palley, des aspirants comme lui, et puis quelques boulangers chevronnés, parmi lesquels il reconnut Agenais-la-Constance. On le surnommait aussi « La Brioche », à la fois à cause de celles qu'il confectionnait mieux que personne, et à cause de celle qu'il devait à son goût pour la bière. Agenais-la-Constance occupait pour l'heure les fonctions prestigieuses de Premier en Ville, c'est-à-dire de Président de la cayenne. Il exerçait sur tous ses membres une autorité partagée pour certains points avec le rouleur, Mosellan-Bon-Courage, chargé de répartir les ouvriers chez les divers patrons.

A côté d'Agenais-la-Constance et de Mosellan-Bon-Courage, se tenait Tourangeau-Va-Toujours, le précédent Premier en Ville, le maître de pelle, un homme capable de vous régler la température d'un four de boulange au quart de degré près, rien qu'en retirant ou en rajoutant une brindille à un fagot. Ceux-là étaient d'excellents boulangers, malgré le handicap que constituait la déplorable qualité des eaux de la Deûle. Il y en avait aussi de médiocres et de mauvais, des faiseurs de pain sans âme. Léo ambitionnait de devenir un bon boulanger. Dans le secret de son cœur, il pensait même : le meilleur. Aussi s'efforçait-il de ne travailler qu'avec des bons. A son arrivée à Lille, il avait d'abord été placé chez Bernabeu, dit « La Brique », vu sa consistance. Léo l'avait rapidement quitté pour Mosellan-Bon-Courage, une épée, un artiste. Les bourgeoises venaient de loin, des beaux quartiers, pour se fournir chez lui. Elles n'hésitaient pas à envoyer leur domestique, même en calèche, afin que les bâtards et les pains de gruau n'aient pas le temps de refroidir avant d'arriver sur leur table. Léo avait beaucoup appris chez Mosellan-Bon-Courage. A présent, il souhaitait passer quelque temps chez Tourangeau-Va-Toujours pour assimiler l'art de la chauffe. Prendre le meilleur chez les meilleurs.

— Salut les aminches ! Il reste un bock pour moi ou vous avez tout bu ?

On échangea des poignées de main et des claques dans le dos, on se serra pour lui faire place. Le mastroquet Van Meulen posa devant lui un bock de keute pâle et mousseuse. Léo le connaissait bien. Ce n'était pas un mauvais type, mais il avait le poignet un peu trop agile, plus de mousse que de bière. Les clients prétendaient qu'il gagnait comme ça un verre sur quatre. Si on continuait à boire chez lui, c'était parce qu'il faisait crédit.

— Eh ! Oh ! C'est que de la mousse, ça ! s'insurgea Léo.

— Emmerdeur ! grogna Van Meulen en rallongeant le bock.

— Je t'offre celui-là, proposa Tourangeau-Va-Toujours à Léo. Bois-le vite, c'est sans doute ton dernier d'aspirant.

— Pour ce qui est d'ça, il faut pas préjuger, on va bien voir, grommela un homme auquel Léo n'avait pas prêté attention jusque-là.

C'était un gars du Nord, d'après son fort accent. Léo ne l'avait jamais vu chez la Mère, mais Lille était une grande ville de quelque 70 000 âmes, et même à l'intérieur d'un corps de métier, on ne pouvait prétendre connaître tout le monde.

— Tourangeau-Va-Toujours a raison, bois vite, reprit-il. Mon nom est Duquesne. Je t'emmène avec moi.

Les compagnons réunis devant la buvette de Van Meulen acquiescèrent d'un signe de tête, non sans adresser à Léo un sourire ou une petite grimace d'encouragement. Pour lui, c'était maintenant. En leur temps, eux aussi en étaient passés par là. Les autres, les apprentis pour qui la réception viendrait plus tard, lui lançaient des regards où se mêlaient l'envie et la crainte. Ce n'était pas rien, la réception. On en bavait, et on n'était pas sûr de surmonter toutes les épreuves. A ce propos, il courait bien des rumeurs inquiétantes. Léo bomba le torse. De ce qui l'attendait, il avait une idée un peu plus précise que ces jeunots-là. Ces dernières semaines, des aînés bienveillants l'avaient affranchi par bribes, à mesure que la date fatidique se rapprochait.

Il s'empara de son bock, le vida d'un trait et le reposa sur le comptoir.

— Je suis prêt ! lança-t-il avec un air de défi à l'homme qui allait le conduire devant ses juges.

Duquesne sourit dans sa barbe.

— On croit qu'on est prêt, et des fois on ne l'est pas ! lâcha-t-il avec un clin d'œil aux compagnons assemblés autour d'eux.

— C'est ce qu'on verra, dit Léo en forçant un peu la voix.

— Tu peux y compter ! Allez, en route, c'est pas tout près.

Léo salua à la ronde. Son air faraud pouvait peut-être tromper les plus jeunes apprentis, mais en vérité, il n'en menait pas large.

Il emboîta le pas à Duquesne. Quand ils se furent perdus dans la foule qui continuait d'affluer de partout, Tourangeau-Va-Toujours se tourna discrètement vers Mosellan-Bon-Courage et Agenais-la-Constance.

— C'est à nous, dit-il à mi-voix.

Ils hochèrent la tête et finirent leur bière sans traîner.

— A tout à l'heure, la compagnie ! lança Agenais-la-Constance, par-dessus son épaule.

Ils s'éloignèrent. A quelques rues de là, hors du quartier Saint-Sauveur, un fiacre de louage les attendait. Agenais-la-Constance donna ses ordres au cocher, alors que ses compagnons montaient en voiture, puis il les rejoignit. L'attelage s'ébranla. Les passagers tirèrent les rideaux de la cabine.

— Attention, dit la voix grave, levez bien le genou, il y a un escalier, et les marches sont hautes.

Léo obéit. Ils pénétrèrent dans une vaste maison quelque peu vétuste, située à l'écart de toute autre habitation, à une bonne lieue de Saint-Maurice sur la route de Roubaix. On lui avait ôté la chaîne ornée d'une petite médaille pieuse qu'il portait au cou. Bien qu'il sût qu'on la lui rendrait, son cœur s'était serré. La chaîne n'était pas en or, mais c'était tout ce qu'il tenait de sa mère, morte en le mettant au monde.

Après l'avoir délesté de ses objets en métal, on avait ordonné au jeune homme de se déshabiller entièrement. On lui avait lié les mains dans le dos. Il frissonnait. La grande maison de maître avait connu des jours meilleurs. Elle n'était pas chauffée, et il semblait à Léo qu'un drap humide pesait sur ses épaules. Il s'était pourtant laissé faire, l'excitation chassant son inquiétude. Après des années de voyages et de travail, le grand moment était enfin venu.

Lors de son arrivée, la maison semblait déserte. A peine avait-il franchi le seuil que la main de fer de Duquesne avait noué un bandeau sur ses yeux.

A présent, il était à la merci d'un groupe d'inconnus dont il devinait la présence autour de lui. Bruits de pas furtifs, chuchotements, toux étouffées, respirations un peu lourdes de boulangers aux poumons encrassés par la farine. Outre ces spectateurs aussi discrets que possible, trois inconnus s'adressaient à lui à voix haute et intelligible. Ces voix leur tenaient lieu de visage. Il y avait la voix grinçante, la voix grave, et la voix bienveillante. La seule chose dont Léo fût certain, c'était qu'aucune de ces trois-là n'appartenait à son guide. L'accent ch'timi de Duquesne était immédiatement identifiable, et il ne l'avait plus entendu depuis leur arrivée. Les voix le vouvoyaient avec affectation, alors que le tutoiement était de rigueur entre apprentis, et encore plus de maître ou de compagnon à aspirant.

La voix grinçante avait parlé la première :

— Alors, le voilà, ce Frochot, ce petit intrigant qui veut entrer dans la Société !

Sous l'insulte, Léo n'avait pas bronché. Il savait qu'on allait le mettre à l'épreuve. Cet accueil peu chaleureux était une simple entrée en matière.

La voix grave était intervenue à son tour.

— On va voir ce qu'il a dans le ventre, avait-elle menacé, même s'il faut le lui ouvrir !

— Allons, n'effrayez pas ce jeune homme, avait dit une troisième voix, la bienveillante. Ce n'est pas la peine d'en rajouter, avait poursuivi cette troisième voix. Les épreuves qu'il va subir sont bien suffisantes.

Léo guettait désormais le réconfort de cette voix aux intonations amicales; quelques mots avaient suffi pour qu'il vît en elle son seul secours. Et il avait beau avoir vingt ans et un corps d'athlète, à l'heure de son initiation son cœur n'en était pas moins étreint d'une crainte presque surnaturelle.

Il leva le pied droit bien haut, comme le lui conseillait la voix grave, pour chercher à l'aveuglette la marche d'escalier annoncée. Son pied ne rencontra que du vide. Il lança plus loin la jambe, sans succès. Il porta alors son buste en avant et perdit l'équilibre. Il tomba en poussant un cri de peur qui se mua en cri de douleur. Son genou nu avait heurté violemment l'arête d'une marche. A son cri répondirent de bruyants éclats de rire.

— Ma parole, lança la voix grinçante, ce jobastre n'est pas foutu de distinguer un escalier qui monte d'un escalier qui descend !

— Il finira bien par comprendre, dit sur un ton patelin la voix qui avait induit le jeune homme en erreur. Allons, garçon, debout, debout ! Vous n'êtes pas arrivé au bout de vos peines.

Léo avait le sang chaud. Il réprima pourtant les jurons qui se bousculaient dans sa tête. Hier encore, sur un mode allusif, le Premier en Ville l'avait exhorté à se préparer à subir des avanies sans trop préciser leur nature. Il lui avait parlé surtout de leur caractère symbolique. Tout en serrant les dents et en essayant de se redresser sans pouvoir se servir de ses mains entravées, Léo reconnut que le tour cruel dont il venait d'être victime était bel et bien porteur d'un enseignement.

— Avancez ! ordonna la voix grave quand il se fut remis sur pied au bas de l'escalier, qui ne devait pas compter plus d'une dizaine de marches.

— Avez-vous peur ? Répondez ! Avez-vous peur ?

— Non ! protesta Léo d'une voix qui tremblait à peine. Non, par saint Honoré, je n'ai pas p...

Une gifle magistrale interrompit sa profession de foi.

— Mais écoutez-moi ça ! coassa la voix grinçante. Ce petit imbécile se permet d'invoquer notre saint patron ! De quel droit ?

Et Léo reçut un ignominieux coup de pied au cul. Outré, il se retourna et balança à son tour un grand coup de pied en direction de son persécuteur. Il ne rencontra que le vide. L'autre, qui y voyait clair, avait esquivé sans difficulté sa riposte. Une bourrade brutale envoya Léo contre le mur. Une béquille sournoise lui endolorit la cuisse droite. Une nouvelle gifle le mit hors de lui.

Il se mordit les lèvres pour ne pas jurer. On l'éprouvait sur ce point-là aussi, se dit-il. Il maîtrisa sa colère. Il lui fallait garder son calme pour venir à bout de toutes ces épreuves. Des hommes qu'il côtoyait chaque jour depuis des années et qu'il admirait les avaient franchies en leur temps. Il tint donc sa langue, mais n'en décocha pas moins au jugé un coup de pied qui aurait pu casser un membre s'il avait atteint sa cible. Il s'en était sans doute fallu de peu, car la voix grinçante s'éleva, teintée d'un soupçon de nervosité :

— C'est qu'il en veut, le bestiau ! Mes amis, je crois qu'il faut l'aider à se calmer avant d'aller plus loin.

Destinée à l'affoler, à le harceler, comme l'aurait fait un essaim d'abeilles, une grêle de coups s'abattit sur Léo. Le souffle court, le sang lui battant les tempes, le malheureux effectuait une sorte de danse de l'ours face au ballet de ses assaillants. Cependant, il faisait face. Alors même qu'ils le bousculaient, ses tourmenteurs échangeaient des mimiques admiratives. Ils avaient affaire à un rude gaillard. Le moment venu, il ne serait pas en reste lors d'un combat avec les Loups ou les Indiens.

CHAPITRE 3

L'homme à la voix bienveillante donna ses ordres par signes. Aussitôt, poussé avec force par deux des officiants, Léo alla pour la deuxième fois au tapis. Il essaya de se relever. Deux hommes se jetèrent sur lui et le maintinrent au sol.

— Tout beau, petit ! dit la voix de basse. On s'est donné de l'exercice. Il est temps de se désaltérer. Qu'on apporte du vin de Smyrne pour ce noble lutteur ! Et vous, redressez-le un peu, qu'il puisse boire commodément.

L'homme frappa dans ses mains. Léo se sentit à demi soulevé par ses deux acolytes. Il entendit le bruit caractéristique d'un bouchon qui saute, puis celui d'un verre qui se remplit. Une odeur de piquette frappa ses narines. Il eut un mouvement de recul. Léo n'aimait pas trop le vin. Sa réaction n'avait pas échappé à l'assistance.

— Holà ! s'écria la voix grinçante. On n'apprécie pas le vin de Smyrne, on dirait ! On n'est pas un homme, alors ? Qu'est-ce qu'il nous faut donc ? Du jus de réglisse ? Du lolo de nourrice ?

La voix bienveillante retentit à son tour aux oreilles de Léo.

— Mon jeune ami, il va falloir prendre sur soi et licher ce verre et quelques autres. Buvez, et montrez-nous que vous savez rester vous-même.

Décidé à tout affronter, Léo ouvrit la bouche et se força à avaler le vin qu'on fit couler entre ses lèvres. Sans avoir jamais bu de vin de Smyrne, il aurait parié sa tête que ça n'en était pas. On lui en entonna coup sur coup quatre grands verres avant de le laisser maître de ses mouvements. Les bras toujours entravés, il se remit debout avec peine.

— Eh bien, mon jeune ami, comment le trouvez-vous ? demanda la voix grave.

— Est-il assez gouleyant, mon prince ? A-t-il de la jambe, du coulant et du fruit ? bouffonna la voix grinçante.

Pour toute réponse, Léo rendit une partie du vin qu'il avait ingurgité. Ses interlocuteurs s'écartèrent avec précipitation.

— Le cochon ! s'exclama la voix de basse. Il gâche le nectar qu'on lui offre !

— Il a vomi sur mes chaussures ! glapit la voix la plus antipathique. C'en est trop, par ma foi, je l'égorge !

Léo entendit le bruit d'un sabre qu'on sort du fourreau. Une main le prit par les cheveux, tandis qu'il sentait le tranchant d'une lame se poser sur sa gorge. Entre cette menace, l'effet des cris dont on ne cessait de l'assourdir et la quantité de vin qu'il avait avalé, son sang-froid était mis à rude épreuve.

— Je le tue, cette fois, je le tue ! répétait son agresseur.

La voix bienveillante vint à son secours.

— Allons, laissons-lui une chance. Puisqu'il désire se joindre aux disciples de Maître Jacques et qu'il prétend avoir été instruit de son enseignement par de vrais compagnons, commençons par lui poser quelques questions. S'il y répond sans se tromper, nous lui ferons grâce pour le moment.

— C'est inutile ! Ce Frochot, c'est tout mauvais, toute crapule et ignorance. Je lui tranche la gorge et qu'on n'en parle plus !

Léo sentit le fil de la lame entamer sa peau. Une sueur glacée coula entre ses omoplates. Il s'écria :

— Allez-y donc ! Posez-les, vos questions !

La pression exercée par la lame s'accentua encore. Un instant, Léo crut sa dernière heure arrivée. Une fois encore, la voix bienveillante intercéda en sa faveur.

— Attendez ! Voyons s'il répond au moins à la question suivante : pourquoi lui a-t-on retiré ses habits, son argent et sa chaîne ?

— Parce ce que Dieu en nous créant nous a tous faits nus et égaux. Les bijoux et les vêtements ne servent souvent qu'à cacher nos vices. Quant à l'or, ça pourrait être celui de la trahison, comme les trente deniers de Judas. Le cœur de l'homme ne doit jamais se juger par la richesse, les parures ou l'enveloppe, mais par ses actions ! clama Léo d'une seule haleine.

— A la bonne heure ! dit la voix bienveillante. Voilà un début qui prouve au moins que le vin ne lui a pas troublé l'esprit.

— Admettons, concéda l'homme qui tenait le sabre. Mais s'il n'est pas ivre, ni insensé, il est encore impur !

— En effet, il faut procéder aux purifications rituelles, intervint la voix grave. Allons, qu'il se relève !

L'homme au sabre relâcha son étreinte. Une main aida Léo à se mettre debout. Le jeune homme passa un doigt tremblant sur sa gorge. Il s'attendait au contact chaud et poisseux du sang, mais la lame n'avait pas entamé la peau. Des mains puissantes le tenaient encore par les épaules.

— Tendez la main droite au-dessus de cette lampe, ordonna la voix grave. Nous vous purifions par le feu. L'homme qui entre dans notre Société doit être exempt de toute souillure.

Léo s'exécuta, non sans appréhension, car il se souvenait du piège de l'escalier. Mais à son vif soulagement, la main qui saisit son poignet la tint à une distance suffisante de la flamme pour qu'il en ressentît fortement la chaleur sans en subir la brûlure.

— Plongez maintenant la main dans ce vase, dit la voix bienveillante. Il renferme de l'eau salée. Pour nous à cet instant vous êtes sans tache. Plaise à Dieu que vous le restiez.

— Il vous faut à présent vider la coupe d'amertume, dit la voix grinçante. C'est le calice de la vie, et vous devez le boire jusqu'à la lie !

On plaça dans la main encore humide du jeune homme une coupe de métal ciselé. La voix grinçante lui ordonna de la vider.

— D'un trait, surtout, souffla à son oreille la voix bienveillante.

Il s'exécuta. Son cœur se souleva. Jamais il n'avait rien goûté d'aussi abominable. Il n'osait même pas imaginer de quoi cette ciguë était faite.

— Ne recrachez pas, malheureux ! dit la voix bienveillante.

Il parvint à ingurgiter le breuvage infect. Par chance, le tissu de son bandeau but les larmes qui coulaient de ses yeux.

Quand il eut vidé la coupe, la pression qui s'exerçait sur ses épaules s'abolit. On trancha ses liens. Le silence s'abattit sur lui.

Était-il seul ? Il tendit en avant ses bras à présent libérés sans rencontrer autre chose que le vide. Plusieurs minutes s'écoulèrent. Aveugle, sans rien ni personne pour le soutenir, il se sentit gagné par le vertige. N'y tenant plus, il porta la main à sa nuque et dénoua son bandeau. Il était bien seul, au centre d'une pièce exiguë, aux murs tendus de lourdes draperies jaune d'or passées et moisies. Face à lui, sur le plateau de marbre rouge d'une sellette, était posée une tête de mort grimaçante. Une suspension de cuivre dispensait une lumière cafarde.

Les officiants qui s'étaient cachés derrière les tentures le soumirent alors à un feu roulant de questions. Les unes avaient trait à ses raisons de vouloir entrer dans la Société. D'autres, plus difficiles, portaient sur la doctrine compagnonnique et sur les légendes liées à l'histoire du mouvement.

Certaines de ces légendes remontaient au Moyen Age et même plus loin encore, à la construction du Temple de Jérusalem par Hiram sur l'ordre du roi Salomon. Quelques-unes des questions étaient d'ordre quasi mystique. Pour celles-ci, Léo se borna à réciter les réponses qui lui avaient été inculquées au fil du temps. Enfin, la voix bienveillante reprit la parole et s'adressa cette fois à l'aréopage qui se dissimulait derrière les tentures.

— Compagnons, dit-elle, daignez jeter un regard bienveillant sur cet aspirant. Le jugez-vous capable d'être élevé au grade d'honnête compagnon pour devenir votre frère, votre ami d'après les réponses qu'il vous a faites ? Que le but fraternel vous guide en votre âme et conscience.

D'un seul souffle, derrière les tentures, les compagnons réunis s'accordèrent à juger Léo recevable parmi eux. Ce fut comme si un poids terrible était ôté de la poitrine du jeune homme. Nu comme un ver, meurtri par les épreuves, la bouche encore empoissée par l'horrible potion de la coupe d'amertume, il accueillit la sentence avec gratitude. Il se sentait tout à coup une âme de chevalier au soir de son adoubement.

— Écoutez, reprit la voix, c'est en présence de Dieu et au nom de Maître Jacques, notre illustre fondateur, et des compagnons du Tour de France, que vous allez prêter le serment de fidélité et proclamer votre union indissoluble aux compagnons boulangers jusqu'à la mort. D'ailleurs, c'est un mort qui va vous le dicter. Vous n'aurez qu'à répéter ses paroles.

Le dos nu de Léo se couvrit à nouveau de sueur. Un mort? Répéter les paroles d'un mort? Quel mort?

— Eh bien? Qu'attendez-vous?

La voix d'ordinaire bienveillante se chargeait d'impatience. Léo se troubla, balbutia des mots inintelligibles. Soudain, son regard s'arrêta sur le crâne posé devant lui sur la sellette de sculpteur. Le mort, bien sûr, la tête de mort! Il tendit une main tremblante vers la macabre relique, s'en saisit, abaissa le maxillaire inférieur tenu en place par de petits crochets de fer enfoncés dans l'os. Un mince rouleau de papier s'en échappa, qu'il rattrapa avant qu'il n'ait eu le temps de tomber à terre. Il reposa le crâne et déplia le papier. Il retint sa respiration, en déchiffrant en silence les premiers mots. C'était ça. Alors, d'une voix ferme et haute, cette fois, il reprit sa lecture depuis le début :

— Je jure et je promets de garder fidèlement et à jamais les secrets des compagnons du Devoir. Je promets de ne jamais rien écrire sur le papier, de ne jamais rien tracer sur l'ardoise et la pierre, sur rien qui puisse les révéler aux profanes. Je mériterais d'avoir la gorge coupée, mon corps brûlé, mes cendres jetées au vent, si j'étais assez lâche pour les dévoiler. Je promets de plonger un poignard dans le sein de celui qui deviendrait parjure, qu'il m'en soit fait autant si je le deviens !

— Le sort va vous attribuer le nom sous lequel vous serez connu de nous, dit la voix bienveillante.

Les tentures s'écartèrent brusquement. Un flot de lumière s'engouffra dans la pièce à travers de hautes fenêtres aux vitres poussiéreuses. Il ferma les yeux un instant. Quand il les rouvrit, il vit ses juges. Les trois hommes qui s'étaient adressés à lui jusqu'alors lui étaient inconnus, mais près d'eux se tenaient Agenais-la-Constance, Mosellan-Bon-Courage et Tourangeau-Va-Toujours, les maîtres qu'il croyait avoir laissés quelques heures plus tôt devant le comptoir de la buvette de Van Meulen. Tous trois arboraient l'écharpe jaune des dignitaires, brodée et ornée de franges d'or ou d'argent. En retrait, se tenait une dizaine de compagnons boulangers que pour la plupart Léo connaissait de vue et de réputation. Sur une table, Léo aperçut ses vêtements.

Agenais-la-Constance s'avança, suivi de Mosellan-Bon-Courage et de Tourangeau-Va-Toujours. Avec l'autorité dont l'investissait sa qualité de Premier en Ville, il fit signe aux trois « voix » de se fondre parmi les autres. Les trois hommes obéirent. Il s'avança encore, flanqué de Mosellan-Bon-Courage qui tenait une sébile dans laquelle étaient placés trois morceaux de papier pliés en quatre.

— Camarade, le hasard va guider votre main vers le nom que vous porterez dans la Société, lui dit Agenais-la-Constance, tandis que Mosellan-Bon-Courage lui présentait la sébile.

Le jeune homme prit un des bulletins et le tendit à Agenais. Celui-ci le déplia et lut à haute voix le nom d'Angoumois-Cœur-à-l'Ouvrage. Léo poussa un soupir de soulagement : c'était le nom qu'il s'était choisi. Il ignorait que cette partie-là du rituel était purement symbolique et que les trois bulletins portaient en fait le nom de son choix. Agenais replia le bulletin et le remit en place. Alors que Tourangeau brûlait dans une coupe les deux papiers inutilisés, Mosellan, d'un flacon d'argent ciselé, versa du vin dans la sébile.

Le Premier en Ville s'empara du flacon et en projeta quelques gouttes, à trois reprises, sur la tête du récipiendaire. A chaque aspersion, il répéta la formule consacrée :

— Au nom de la Société, devant Dieu et les compagnons, Angoumois-Cœur-à-l'Ouvrage, je te baptise au nom du Père, du Fils et du Saint-Esprit, ainsi soit-il.

Puis il fit boire à Léo le vin de son baptême, en lui faisant dire chaque fois : « Que ce nom soit gravé dans mon cœur et que ce vin me donne la force et le courage de lui faire honneur jusqu'à ma mort. »

CHAPITRE 4

Telle une hostie, Léo dut avaler le morceau de papier sur lequel son nom de compagnon était inscrit.

— Mon fils, dit alors le Premier en Ville, vous pouvez maintenant revêtir vos habits et recevoir des compagnons ici présents et de tous ceux qui sont sur le Tour de France l'accolade fraternelle.

Léo s'habilla prestement. Chacun des assistants vint tour à tour le serrer contre lui à pleins bras. L'heure était venue pour Léo de recevoir ses couleurs, jeu de rubans rouge, vert et blanc, frappés de différents signes et symboles à mesure que progressait l'initiation de leur possesseur. A l'instant de les lui remettre, Agenais soumit Léo à un ultime interrogatoire rituel :

— Combien y a-t-il de couleurs ?

— Cinq et une de cachée.

— Nommez-les.

— La blanche, la rouge, la bleue, la jaune et la verte.

— Que signifie la blanche ?

— Les larmes que Maître Jacques a versées pour nous.

— Que signifie la rouge ?
— Le sang qu'il a versé pour nous.
— Que signifie la bleue ?
— Les coups qu'il a reçus pour nous.
— Que signifie la jaune ?
— La persévérance.
— Que signifie la verte ?
— L'espérance.

Enfin, Agenais se pencha vers Léo et lui murmura à l'oreille les mots de passe et signes secrets qui feraient de lui un compagnon à part entière. Pour être reconnu comme tel par d'autres compagnons et pour recevoir leur aide, où qu'il se trouve et quelles que soient les circonstances, il lui suffirait de prononcer le mot *Schibboleth.*

Le Premier en Ville l'invita alors à rentrer dans le rang des compagnons présents. Il avait affronté toutes les épreuves qu'ils avaient eux-mêmes surmontées en leur temps, il s'était montré digne d'eux, il était maintenant leur frère.

— Compagnons, reprit Agenais, nous allons défiler ce soir aux flambeaux, avec nos couleurs et nos cannes. Nous autres boulangers avons droit de cité ici comme ailleurs. Les compagnons menuisiers et tailleurs de pierre nous méprisent. Nous n'avons pas contribué à l'édification du Temple de Salomon. Mais quel métier peut se targuer d'une plus grande ancienneté que le nôtre ? Nous boulangers, nous nourrissons les hommes depuis qu'ils savent cultiver le blé ! Avons-nous mérité pour cela leur ostracisme ? Les compagnons menuisiers savent que nous défilons ce soir. Picard-la-Main-Franche, leur Premier en Ville, m'a prévenu. Ils n'entendent pas nous laisser passer. Plus inquiétant, il y a chez eux un va-t-en-guerre du nom de Rochetal, un Ardennais bâti comme Hercule. Il pousse les autres à l'affrontement, pour se faire une stature. Alors il faut s'attendre à ce que ça cogne ce soir.

Un murmure belliqueux accueillit ces mots. On n'allait pas se soumettre à l'impudente interdiction des menuisiers. Si les Indiens voulaient en découdre, on serait là pour leur donner la réplique. Les Chiens blancs étaient fiers de la dureté de leur métier. Des hommes capables de soulever en se jouant des sacs de cinquante kilos de farine ne se laisseraient pas impressionner par des mauviettes tout juste bonnes à manipuler le rabot et la lime à bois !

D'un geste, Agenais-la-Constance réclama le silence.

— Mes compagnons, il faut nous préparer à soutenir l'assaut des Indiens. Il faut demeurer sur nos gardes tout au long du trajet et placer les plus vigoureux d'entre nous en tête, car c'est là que se produira l'affrontement.

Bernabeu trouva dans la colère qui le gagnait le courage d'interrompre le Premier en Ville.

— Et s'ils nous attaquent après le défilé ? Nous serons dispersés et nous ne pourrons faire front...

Agenais réfléchit, puis répondit :

— Je n'y crois pas. Ils veulent nous administrer une humiliation publique. A nous de tenir bon. C'est très important, l'avenir est en jeu. Si nous cédons du terrain aujourd'hui, il faudra des années pour le regagner. Nous retarderions d'autant l'heure de la Reconnaissance !

Un nouveau murmure parcourut l'assistance. La Reconnaissance officielle du compagnonnage boulanger, on en rêvait depuis toujours. Les plus anciennes sociétés s'y opposaient farouchement : toujours cette discrimination vis-à-vis des ouvriers de boutique, sous prétexte qu'ils ne travaillaient que des matières périssables et qu'ils n'avaient pas œuvré à l'édification des cathédrales médiévales.

— La Reconnaissance viendra, compagnons, j'en suis sûr ! Mais pour ça, nous devons faire respecter nos couleurs en tous lieux et en tous temps. Je compte sur vous tous ce soir !

Il se tourna vers Léo et recommença à le tutoyer.

— Nous comptons sur toi, Angoumois-Cœur-à-l'Ouvrage qui viens d'être reçu parmi nous ! Es-tu prêt à répondre aux provocations des Indiens ?

— Je suis prêt ! dit Léo. Par ma foi, oui, je suis prêt !

— C'est bien, fils.

Pour chasser de son palais le goût atroce de la coupe d'amertume, le nouvel Angoumois-Cœur-à-l'Ouvrage avait bu deux grandes chopes de keute mousseuse dans l'arrière-salle du cabaret où tout le monde s'était retrouvé. A Lille, tout se faisait au cabaret. Il y en avait de toutes sortes : de bien honnêtes, comme celui où les Chiens blancs avaient leurs habitudes, et d'abominables. Dans les « claq's à ch'niques », véritables assommoirs, le trois-six, 85° d'alcool aromatisé au caramel ou à la réglisse, coulait à flots. Les amateurs de trois-six, il suffisait de les regarder pour les reconnaître. Ils avaient tous la face rouge et luisante, blasée, selon l'expression consacrée, et ils ne faisaient pas de vieux os. Mais bien ou mal famé, le cabaret occupait une place essentielle dans la vie de l'ouvrier lillois. Ce n'était pas un hasard, si une chanson populaire proclamait :

Ch'est au cabaret
Que l'tristesse,
Vieill' tigresse,
Sitôt disparaît...

Serré de près par les aspirants, Léo avait fixé aux boutonnières de sa veste et à sa canne les couleurs qui lui avaient été octroyées une heure auparavant. Sa canne, il l'avait choisie en bois dur. Un simple jonc ne suffit pas quand il s'agit de se battre. Un long bout ferré la renforçait encore et la transformerait en cas de besoin en une arme redoutable. Comme le voulait l'usage des Enfants de Maître Jacques, le pommeau était en ivoire.

Ses cadets l'avaient regardé faire avec un respect mêlé d'envie. Ce matin encore leur égal, Léo était devenu un autre à leurs yeux : un initié, un compagnon. Pour bien signifier à tous que sa réception était un fait accompli, Agenais et Mosellan l'avaient placé entre eux. Ce n'était pas une mince marque d'estime et d'amitié de la part du Premier en Ville et du rouleur. Bien que l'ambiance fût détendue et bon enfant au sein de la cayenne des boulangers, une hiérarchie implicite y assignait sa place à chacun. Il était évident pour tous que Léo désormais avait voix au chapitre. Intimidés, les jeunes cherchaient sur ses traits la marque de sa réception et des épreuves qu'il avait subies avec succès. En vain, c'était toujours le même Léo Frochot, mais un grand sourire paisible éclairait son visage.

La salle du cabaret était comble. On se réunissait là parce que la cayenne était trop petite pour accueillir tout le monde. Et puis on connaissait le chemin. Les sociétés, si importantes dans la vie des Flamands, sociétés de malades, sociétés à boire ou à chanter, sociétés d'agrément, avaient toutes leur cabaret. D'ailleurs, ce n'étaient pas seulement les pensionnaires de la Mère Joséphine qui étaient présents ce jour-là, mais l'ensemble des ouvriers et apprentis boulangers devoirants de Lille. Les uns après les autres, ils arrivaient de la ducasse, plus ou moins échauffés par les verres de bière ou de genièvre qu'ils y avaient déjà bus. L'humeur était joyeuse, et cependant tendue par la perspective du défilé. On riait et on parlait fort, on s'interpellait du comptoir à la salle ou d'une table à l'autre, on accueillait les nouveaux arrivants avec de grandes tapes dans le dos. Les souliers, mais aussi les cannes, résonnaient sur le plancher de bois cru semé de sciure. Il pleuvait franchement, à présent. Si c'était là le seul déluge à affronter, ce ne serait pas bien grave. On s'attendait à une autre grêle. Ferdinand Rochetal, une grande gueule, traitait plus bas que terre tout ce qui n'était pas de sa corporation, à l'exception bien sûr des tailleurs de pierre, l'autre branche aristocratique.

Nombre de boulangers rêvaient de s'en prendre à Rochetal. A l'idée d'en découdre, les mains se crispaient sur le pommeau des cannes. Chacun avait la sienne. Pas de compagnon ni d'aspirant sans canne. Celles des aspirants n'avaient pas de rubans de couleur, mais même nues elles étaient bien assez bonnes pour caresser le dos d'un satané gavot.

Pensif, Agenais vidait son bock en plissant les yeux.

— T'es prêt, l'Angoumois ? demanda-t-il à mi-voix.

— Archi-prêt, répondit Léo. Qu'ils y viennent !

Agenais approuva d'un hochement de tête la détermination du jeune homme.

— C'est bien, c'est bien. Reste à ma portée pendant le défilé. D'accord ?

Léo acquiesça, fier de cette marque de confiance.

— Que je te dise, l'Angoumois...

— Oui ?

— A ton âge, on a le sang chaud et on ne connaît pas sa force. La première chose dans une bagarre, c'est de ne pas prendre un mauvais coup. La deuxième, c'est de ne pas en donner de trop mauvais sans une bonne raison. Si les Indiens nous tombent dessus, faudra se défendre, bien sûr, mais si t'en tues un, t'iras au bagne. Où serait le bénéfice ? S'ils se pointent, j'essaierai de négocier avec Picard. Tu connais Rochetal ? Oui ? C'est celui-là qui m'inquiète. Alors tu le surveilles, pendant que je parle à Picard. Compris ?

Léo étreignit plus fort sa lourde canne ornée des couleurs flambant neuves. Il avait aperçu Ferdinand Rochetal deux fois. La première fois, un camarade le lui avait montré de loin, en ville.

— Regarde, avait-il dit, c'est ce con-là, le Rochetal, le futur patron des Indiens du coin. Il a tout de même une foutue tronche, non ?

Rochetal, on ne risquait pas de l'oublier, une fois qu'on l'avait vu. Une sensation de danger émanait de sa personne. Tout y concourait, sa carrure impressionnante, sa bouche de carnassier et ses yeux en amandes, sous des sourcils épais et charbonneux. Mais Léo se souvenait bien plus encore de sa seconde rencontre. Rochetal faisait le joli cœur auprès de deux petites lingères qui sortaient du lavoir. Elles s'étaient moquées de lui. L'une d'elles était Céleste. Sans se fâcher, il s'était contenté de leur lancer une obscénité et de rire à pleine gorge.

— Il vous a importunées ? avait demandé Léo en rejoignant les filles.

— Laissez, c'est rien, un grossier ! avait dit Céleste.

Raymonde, son amie, avait renchéri :

— Un vicieux, ça se voit dans ses yeux ! Il en a après toi, ma chérie. A ta place, je serais pas tranquille ; il a une façon de te regarder !

— Il peut toujours se brosser, il est pas mon genre, avait répondu Céleste en regardant Léo avec malice.

Il avait senti un frisson délicieux lui courir tout le long de l'échine.

— Et ce serait plutôt quoi, votre genre, mademoiselle Céleste ?

Elle avait rougi. Elle ne voulait pas répondre. C'était indiscret, comme question.

CHAPITRE 5

Léo ferma les yeux au souvenir de ce badinage. Il devait retrouver Céleste à la halle, après le défilé des boulangers. Toute la soirée, se promit-il, elle allait danser dans ses bras. Et ensuite...

La voix de Mosellan l'arracha à ces évocations plaisantes.

— C'est pas tout ça, faut y aller !

Agenais tira de son gousset un gros oignon d'acier et le consulta.

— Ma foi, c'est vrai.

Il replaça l'oignon et se leva. C'était le signal qu'on attendait. Le silence s'abattit soudain sur la salle. Avec des regards entendus, des demi-sourires d'encouragement, des grimaces de forfanterie, aspirants et compagnons sortirent de gros sous de leurs poches pour régler leurs consommations et firent mouvement en direction de la porte. Les discours vibrants, ce n'était pas le genre d'Agenais-la-Constance. Il se contenta de lancer d'une voix paisible et ferme : « On y va, les gars, c'est l'heure de notre promenade de santé... Tous ensemble et courage à chacun ! » Et ce fut tout.

Un beau défilé, c'était encore plus beau sous la pluie, songeait Léo. Bien sûr, des rafales vous giflaient le visage, l'eau du ciel détrempait les hauts-de-forme et les tuyaux de poêle qu'on ne portait que ces jours-là, les dos s'arrondissaient sous le déluge, les manteaux gorgés d'eau pesaient de plus en plus lourd sur les épaules, mais il y avait quelque chose d'exaltant et d'héroïque à progresser ainsi contre le vent aigre et la pluie opiniâtre du Nord.

Il pouvait bien tomber de l'eau, du plomb ou de la merde, se dit Léo, du moment qu'on allait tous du même pas, rien ne pourrait décourager les Chiens blancs de la boulange. Ils finiraient par l'emporter et par faire admettre leurs droits. Alors Léo enflait encore la voix pour chanter la gloire de saint Honoré, patron et protecteur de la corporation. A côté de lui, avec un enthousiasme touchant, Bernabeu hurlait et chantait faux. Sacré Bernabeu! Il n'était décidément pas bon à grand-chose! Pourtant tout le monde l'aimait, toujours d'attaque et rigolard. On disait que le jour où il avait passé l'examen de réception, un ami avait pétri pour lui son pain de chapitre, et qu'un autre l'avait cuit, sinon, il n'aurait jamais été reçu compagnon... On disait aussi que le soir de ses noces un bon copain avait déniaisé sa femme à sa place. Mme Bernabeu n'avait certes pas attendu sa nuit de noces pour perdre son pucelage. On prétendait qu'elle avait le cul plus chaud que le four de son mari et elle était connue pour croquer, sans trop se cacher, les jeunes mitrons en apprentissage. Léo n'aimait pas se vanter, mais il aurait pu attester qu'il ne s'agissait pas là d'une légende. Il échangea un clin d'œil complice avec Bernabeu. Outre sa proverbiale bonne humeur, il était fort comme un cheval, précieux atout lors d'éventuels affrontements.

Agenais avait pris la tête du défilé, encadré par des notables tels que Mosellan et Tourangeau, et suivi de près par les membres d'un modeste orphéon dont les cuivres ruisselants accrochaient les dernières lueurs du jour. Les orchestres de rue étaient une spécialité locale. N'appelait-on pas Lille « Orphéonville » ?

Derrière Agenais, Léo et quelques costauds marchaient en rang serré, précédant les musiciens encombrés de leurs instruments.

Sur le passage du cortège, le long des rues étroites et sombres de Saint-Sauveur, la foule était clairsemée. Cependant, à mesure qu'on se rapprochait de l'enceinte de la porte de Valenciennes, on croisait de plus en plus de monde malgré la pluie. La journée touchait à sa fin. Le ciel déjà plombé de gros nuages s'assombrissait encore. L'heure du bal approchait, et de toutes parts, on convergeait en direction de la halle et de ses gargotes. On souriait volontiers aux boulangers trempés mais farauds dans leurs habits de fête. Ils bénéficiaient de la sympathie du public qui ignorait les querelles de corporations. Les gens, pour le fréquenter tous les jours, côtoyaient plus souvent le boulanger que le charpentier, même s'ils reprochaient à certains de *toudis rabacher l'grain,* de falsifier les farines et de tricher sur le poids. Les enfants descendaient et remontaient le cortège en riant, les badauds qui reconnaissaient leur boulanger dans les rangs lui adressaient de grands signes et l'encourageaient de la voix. Deux sergents de ville, sans doute chapeautés de policiers en civil, suivaient discrètement la procession.

Le pouvoir, comme les notables, se défiait de tout ce qui pouvait rassembler le petit peuple et conférer unité et cohésion aux classes laborieuses. On vivait toujours dans la crainte d'une nouvelle révolution. On laissait s'exprimer les antagonismes entre compagnons de façon à intervenir au bon moment pour rétablir l'ordre. Un tel machiavélisme n'avait jamais rebuté les pouvoirs publics, à travers tous les régimes, songea Agenais. Parmi les visages tournés vers le cortège, il reconnut tout à coup celui du commissaire Delcambier. Ah, ç'aurait été étonnant que Delcambier ne soit pas là ! Fine moustache, mains et cheveux soignés, s'efforçant d'imiter l'élégance des notables louis-philippards qu'il servait avec tant d'empressement, pour faire oublier des débuts de carrière entachés de bonapartisme. Delcambier, c'était à Lille l'homme du pouvoir, la main de fer dans un gant de plomb, dur au petit peuple, tabasseur d'ouvriers, chien couchant devant les puissants. Eh bien, il serait de la fête, quelque tournure qu'elle prenne.

Ils s'étaient engagés dans la rue de Trévise. Il ne restait qu'une centaine de mètres à parcourir. Au bout de la rue, on traverserait la minuscule place Déliot et on poursuivrait vers la place Vanhoenacker, où se dressait la vaste halle illuminée. Arrivés là, on chanterait encore quelques hymnes avant de dissoudre la procession et de se mêler à la foule. Les jeunes danseraient, les plus vieux achèveraient de se piquer le nez dans les troquets. Ça n'aurait l'air de rien, mais on aurait marqué un point, en toute tranquillité, rien qu'en défilant musique en tête, toutes couleurs dehors, comme les autres corps de métiers depuis des siècles. Il ne s'agissait pas de faire la révolution ni de créer du scandale, mais de se montrer fièrement à tous ces gens qui mangeaient chaque jour le pain qu'on pétrissait et qu'on cuisait pour eux.

Après avoir croisé la petite rue de Tumesnil, on enfila l'étroite rue Cormont au bout de laquelle s'ouvrait la place Vanhoenacker. Droit devant, la silhouette de la halle, avec son toit ventru posé sur des piliers de brique, se détachait sur le ciel à présent très sombre. Jusqu'au dernier moment, Agenais put croire que chez les Indiens, la sagesse l'avait emporté, qu'ils choisiraient d'ignorer le défilé des Chiens blancs, et que tout irait bien. Puis la voix de Mosellan mit fin à ses espérances.

— Gaffe, la Constance ! V'là Picard et ses gars qui se ramènent !

Plus concis, Tourangeau se contenta de jurer dans sa grosse moustache de morse.

— Rochetal est là aussi, souffla Léo à l'oreille d'Agenais. Un peu en arrière, à droite.

— Vu. Tu le marques.

Une trentaine de mètres, tout au plus, séparait encore la tête du cortège de la place. De toute évidence, les Indiens avaient laissé des guetteurs sur le parcours. Ceux-ci les avaient prévenus et à présent, les troupes de Picard-la-Main-Franche dégorgeaient de deux cabarets situés de part et d'autre de la rue, où ils avaient attendu en s'échauffant de bière et de trois-six.

— Y sont tous là ! grogna Bernabeu. J'ai avis que ça va chauffer, nom de Dieu !

— Calme ! Calme ! répondit Agenais assez fort pour être entendu des trois premiers rangs de son camp. Je connais Picard depuis longtemps, c'est un homme avec qui on peut causer...

— Oui, mais Rochetal ?

— Suffit ! On va bien voir.

Picard-la-Main-Franche, le Premier en Ville des menuisiers-charpentiers compagnons du Devoir de

Liberté de Lille, était un homme de haute taille, au visage osseux, aux traits ingrats. D'un tempérament froid et abrupt, il n'était guère aimé, mais on le respectait. Ce soir, à voir la détermination inscrite dans son regard, la foule s'écartait d'elle-même. Bientôt, il ne fut plus qu'à quelques mètres du cortège conduit par Agenais. Il s'arrêta en plein milieu de la chaussée. Derrière lui, ses hommes l'imitèrent. D'une main levée, Agenais intima à sa troupe l'ordre de s'arrêter, elle aussi.

— Holà, l'Agenais !

— Holà, Picard !

Face à face, à trois pas l'un de l'autre, les deux hommes s'observaient. A cause de l'air déterminé de Picard, de l'air farouche d'Agenais, des profanes auraient pu croire qu'ils ne songeaient qu'à se jeter l'un sur l'autre et à se battre. Seuls quelques initiés savaient qu'en réalité, chacun des deux hommes était poussé par les extrémistes de son parti à un affrontement qu'ils cherchaient désespérément à éviter.

— Tu fêtes carnaval, Agenais ? Ça n'est point la saison.

— Il n'est pas de saison pour se réjouir d'exercer un beau métier et d'honorer la mémoire de Maître Jacques, répondit Agenais.

Picard ouvrit la bouche pour répliquer, mais une voix de stentor, derrière lui, l'en empêcha en entonnant la chanson de Languedoc-la-Fidélité, bien connue de tous les gavots :

Si cette race infernale,
Devoirants sans instruction,
Lisait un peu les annales
De notre grand roi Salomon,

Ils verraient que cet homme sage
Fonda notre Société
Et nous a donné pour partage
Le beau devoir de Liberté...

C'était Rochetal, le boutefeu, qui avait entonné l'hymne, aussitôt imité par l'ensemble des menuisiers-charpentiers massés derrière Picard. Le visage du Premier en Ville se plissa de colère. Il ne se retourna pas. Il savait d'où venait le coup. A l'évidence, l'ambitieux Rochetal avait agi de sa propre initiative, sûr d'être suivi sur le terrain de la forfanterie par les gavots dont il se voulait le meneur. Picard comprit qu'on allait droit à la bagarre. Ne pouvant désavouer Rochetal en public ni aider Agenais à maîtriser ses devoirants, il était pris entre l'arbre et l'écorce.

Déjà, les Chiens blancs répondaient au défi des Indiens par une chanson symétrique :

Gavot abominable
Mille fois détestable,
Pour toi quelle pitié
De te voir enchaîné !
Il vaudrait mieux te rendre
Chez la Mère à Lyon ;
Là on saurait t'apprendre
Le devoir d'un compagnon.

On s'époumonait, de part et d'autre, pour couvrir la voix de l'adversaire. L'orphéon des Chiens blancs leur conféra d'abord un avantage non négligeable dans cet affrontement sonore. Cependant, une partie des musiciens qui devaient faire danser ce soir était liée aux gavots. Alertés, ils empoignèrent leurs instruments et entrèrent dans le jeu. Il en résulta une cacophonie formidable. Les veines saillantes, les yeux exorbités, chacun soufflait comme une brute dans sa trompette ou son basson, les chanteurs scandaient leurs beuglements du bout ferré de leur canne. Sur le trottoir, après s'être un temps divertis de l'aventure, les badauds voyaient les choses tourner à l'aigre, les femmes adressaient à leur homme des regards inquiets, des gosses effrayés éclataient en sanglots. Impuissants et muets, tandis qu'autour d'eux le charivari atteignait des paroxysmes, les deux chefs se tenaient face à face. Soudain, sur une note suraiguë de trompette, le silence se fit. Jaillissant du second rang des Indiens, un homme bouscula Picard et se porta en avant, la canne haute. C'était Rochetal. Léo, qui ne l'avait pas quitté des yeux, détourna d'un brusque moulinet le coup destiné à Agenais. Rochetal jura. Agenais tenta un dernier effort.

— Picard, tiens donc tes gars, cria-t-il, sans ça...

— J'peux plus rien, dit Picard à mi-voix. Prends garde à toi, l'Agenais !

Déjà, le visage tordu de fureur, Rochetal revenait à la charge. Il en voulait tout particulièrement à Agenais, persuadé que, s'il assommait leur chef, les Chiens blancs se débanderaient instantanément. Léo s'interposa de nouveau, tandis que Mosellan et Tourangeau escamotaient Agenais. Dans l'autre camp, les acolytes de Rochetal en firent autant avec Picard. Sous prétexte de le protéger, il s'agissait de ménager le champ libre à Rochetal.

Conscient de ne pouvoir empêcher le pire, Picard-la-Main-Franche laissa faire. Une nouvelle génération de compagnons, celle de Rochetal, était apparue... Pour quelques-uns, les idéaux compagnonniques n'étaient que les oripeaux dont ils revêtaient leur soif de pouvoir et leur goût de la violence.

Au point de contact entre les deux camps, les horions commençaient à tomber dru. Mais alors qu'autour d'eux on se prenait au col et qu'on échangeait déjà de rudes coups de canne ou de compas, l'arme favorite des Indiens, Léo et Rochetal se jaugeaient encore.

CHAPITRE 6

Les jambes largement écartées et fléchies, la tête dans les épaules, la canne au poing, ils ressemblaient à deux fauves prêts à bondir. Les autres pouvaient bien se battre comme des chiffonniers, avec de grands cris de rage et des gestes désordonnés, leur affrontement à eux serait d'une autre sorte. Une antipathie spontanée, absolue, les dressait l'un contre l'autre depuis le premier coup d'œil. Ils tournaient tous les deux autour de la même femelle, Céleste, la belle lingère aux cheveux blonds. Ils allaient se battre sous ses yeux. Elle était là, à quelques mètres, juchée sur un perron de pierre comme sur une modeste tribune, en compagnie de son amie Raymonde. Léo l'avait aperçue quand les gavots avaient surgi. Quant à Rochetal, il l'avait repérée de la fenêtre du bistro où il avait attendu en éclusant des genièvres.

Enfin, ils s'élancèrent l'un sur l'autre. Rochetal était plus âgé, plus grand, plus lourd. Léo plus souple, plus vif. Céleste, cramponnée au bras de Raymonde, les suivait du regard. Dans son esprit, il n'y avait guère de doute. Au-delà de leurs histoires de compagnonnage, c'était pour elle qu'ils se battaient. Sa préférence allait à Léo, plus joli garçon, plus courtois et rassurant. Mais tandis qu'elle les observait, une certitude humiliante se fit jour en elle : il fallait que Léo gagne, parce qu'elle se donnerait au vainqueur, quel qu'il soit, celui qui dominerait l'autre et lui ferait mordre la poussière. Son sexe s'humecta malgré elle. Elle rougit violemment et serra plus fort le bras de Raymonde. Celle-ci se méprit.

— N'aie pas peur, ma chérie, Monsieur Léo va gagner, sinon ça ne serait pas juste !

— Oui, il va gagner, hein ?

— Pour sûr. Il est fort comme un lion !

Mais Rochetal, en face, était fort comme un tigre.

Ils dansaient, exécutant un ballet viril, à la fois combat et parade. Les compagnons des deux camps cessèrent leur combat pour regarder leurs deux champions. C'était entre ces deux-là que se jouait le véritable affrontement. Car Léo et Rochetal incarnaient naturellement, aux yeux de tous, les chevaliers qui défendaient autrefois les couleurs des rois et des princes dans les tournois. En quelques minutes, on passa de la bataille au duel, de l'émeute au spectacle. Si chacun bénéficiait du soutien de son camp, le gros de la foule n'appartenait ni à l'un ni à l'autre. On choisissait son favori en fonction d'une sympathie ou d'une antipathie personnelle. Léo remportait la majorité des suffrages. Il était jeune, beau garçon, il paraissait déterminé, sans manifester toutefois aucune haine, à la différence de son adversaire. Moins séduisant, Rochetal était plus spectaculaire. La force brute qui émanait de lui impressionnait. Les hommes s'estimaient heureux de n'avoir pas à affronter eux-mêmes un pareil colosse. Des femmes émoustillées n'auraient pas refusé de le faire, telle Céleste. Alors même qu'elle tremblait pour Léo, elle souhaitait inconsciemment la victoire de Rochetal. Par instants, elle se voyait dominée, écrasée par cette montagne de muscles. Un trouble violent la submergea et l'envahit de honte.

Rochetal, indifférent à tout, épiait Léo de ses yeux de bête sauvage où se lisait le désir de tuer. Il soufflait fort pour oxygéner sa vaste carcasse et ses muscles noueux. Tout en combattant, il avait conscience de la présence de Céleste. Elle était là, elle le regardait. Et il savait qu'elle ne se refuserait pas au vainqueur. Il n'ignorait pas qu'elle préférait l'autre, le joli cœur aux traits fins, aux yeux bleus sous des sourcils dessinés comme au crayon fard, au nez bien droit, aux lèvres ourlées. La belle image qui faisait rêver Céleste, Rochetal allait la déchirer, la réduire en charpie, pour toujours.

Il porta le premier assaut. Une feinte à droite, un bond de côté, un changement d'appui étonnamment rapide pour un homme de sa corpulence, et il se trouva en position de frapper à gauche. Son bras se détendit comme un ressort, le bout ferré de la lourde canne déchira l'air et passa à deux doigts du front de Léo. Surpris, le Chien blanc rompit d'un pas. L'Indien tenta de tirer parti de ce recul et se fendit pour allonger un revers qui faillit prendre Léo sous le menton. Cette fois, le jeune homme avait esquivé sans rompre. Il riposta d'un coup sec de canne, qui toucha Rochetal à l'épaule. Déséquilibré par la soudaineté de l'attaque, Léo n'avait pu donner toute la force possible à sa riposte. Rochetal contint sa grimace. Il choisit d'éclater de rire.

— Eh bien, freluquet, on se rebiffe, on dirait ! C'est pas avec des coups d'ombrelle que tu vas te tirer de là ! Attends que je te caresse le dos, moi, et tu comprendras ta douleur.

La soudaineté de l'échange initial avait décontenancé Léo. Rochetal était vraiment un adversaire terrible. Il risquait gros en l'affrontant. C'était un vrai méchant, un tueur. Pourtant ce coup heureux redonnait confiance au jeune homme. Rochetal n'était pas invulnérable. Il faisait le malin, mais son épaule n'allait pas tarder à lui cuire. Fort d'avoir marqué le premier point, Léo répondit sobrement aux quolibets de Rochetal.

— Ménage ton souffle, vieil homme. Tu l'as bien court, déjà !

Rochetal grinça des dents. Léo avait visé juste par le verbe aussi. Quel âge l'Indien pouvait-il avoir ? Trente ans ? Trente-cinq ? C'était déjà vieux, aux yeux d'une jeunesse comme Céleste. Chez les ouvriers, on n'avait pas d'autre capital que sa jeunesse. Il se dilapidait vite, à Saint-Sauveur, plus que partout ailleurs. Rochetal devina que ses rodomontades devaient le desservir plus qu'autre chose auprès de la petite lingère. Il serra les dents. Il devait se taire et cogner.

Chacun de son côté, assurés contre toute poussée de l'adversaire par un cordon de compagnons fidèles, l'Agenais et Picard observaient les événements. L'affaire se muait en combat singulier. C'était mieux comme ça. Il y aurait moins de dégâts, moins de blessés, moins de rancune et de haine ensuite. Ils échangèrent un regard de connivence désolée. On ne songeait qu'à se battre. Les cannes n'étaient plus des attributs symboliques, chargés de sens, mais des armes qu'on avait bien en main et dont on connaissait parfaitement le poids et la portée.

A quelques pas des adversaires, un peu en retrait, en homme prudent, prêt à intervenir ou à battre en retraite, Delcambier assistait lui aussi à la scène. Il suivait avec passion les péripéties de la lutte entre les deux hommes. Delcambier ne cessait jamais d'être un policier. Toujours à l'affût, il surveillait la population laborieuse de Lille, nuit et jour. Rochetal, il le connaissait de longue date, il l'avait à l'œil. Un meneur. Une tête dure. Un qui ferait son chemin dans sa corporation, un arriviste, c'est-à-dire un homme que Delcambier pouvait comprendre. L'autre, ce jeune gars bien balancé, le policier ne l'avait encore jamais vu. Il s'appelait Léo Frochot, à en croire ceux qui l'encourageaient de la voix. Il devait plaire aux filles. Récemment reçu compagnon, à en juger par la fraîcheur des couleurs accrochées à sa canne. Delcambier ne donnait guère de chances au champion des Chiens blancs, face à cette brute de Rochetal. Pas assez féroce. Mais sait-on jamais? Qui aurait misé sur David contre Goliath? En tout cas, Delcambier avait d'ores et déjà donné ses instructions à ses hommes disséminés dans la foule. Quel que soit le vainqueur, on l'alpaguait dès sa victoire, de même que le vaincu, et on les déférait tous les deux devant le tribunal, pour faire bon poids.

Pour l'heure, Léo menait la vie dure à Rochetal. Son premier succès l'avait enhardi. Bondissant, infatigable, il lançait attaque sur attaque. Depuis combien de temps Rochetal n'avait-il plus couru et sauté comme un cabri en jouant à la *soule*? S'il avait les muscles, il n'avait plus tout à fait le souffle et la légèreté, la détente de l'adolescent que Léo était encore.

Agile et rapide, le Chien blanc s'efforçait de fatiguer Rochetal en le harcelant. La lassitude et l'exaspération pouvaient le pousser à la faute. Cette tactique semblait porter ses fruits. Au bout de quelques minutes, Rochetal avait reçu plus de coups de canne que Léo. Aucun n'était décisif, mais chacun marquait la chair du géant et accentuait sa colère. Tôt ou tard, espérait Léo, celle-ci finirait par l'aveugler, et alors...

Soudain, le jeune homme crut voir cet instant arrivé. Rochetal avait mal contrôlé l'élan furieux qui l'avait jeté sur son adversaire. Pour tenter de reprendre son équilibre, il dut user du balancier de ses bras, et ce faisant il oublia sa garde. Léo vit l'ouverture. Un frisson de joie sauvage parcourut des pieds à la tête son corps en sueur. Il réassura sa prise sur le pommeau d'ivoire de sa canne. Ce coup-ci ne serait pas un coup pour rire ! Déjà, il croyait entendre le bruit du bâton ferré s'abattant sur le front de Rochetal, il le voyait, sonné, s'écrouler sur le pavé gras et luisant.

Un cri monta de la foule, mêlant crainte et soulagement, dépit et douleur. A la seconde où on le tenait pour vaincu, Rochetal renversa la situation. Tandis que le bâton du Chien blanc fendait l'air en sifflant, l'Indien esquiva le coup d'un brusque mouvement du buste. Il pivota à demi et retrouva comme par miracle un aplomb solide sur ses deux jambes robustes, bien écartées. Dans le même temps il leva son bâton vers le ciel, puis l'abattit avec un han de forgeron sur la tête de Léo. Une douleur atroce déchira son crâne. Il poussa un cri bref et tomba en arrière. Il n'avait même pas touché le sol que deux autres coups portés avec la même fureur lui brisaient le nez et toutes les dents de devant. Son crâne, en heurtant le pavé, produisit un bruit effrayant. Alors, écumant, les yeux fous, Rochetal laissa éclater sa joie bestiale. La canne haute, il se précipita sur son ennemi sans connaissance. Il eut encore le temps de le rouer de coups, avant qu'on le ceinture. Bouleversé, Picard se fraya un chemin jusqu'à lui et lui arracha sa canne.

— Arrête, assassin ! lui siffla-t-il au visage.

La brute se laissa désarmer. On crut qu'il redevenait maître de lui. On le lâcha. Alors il écarta tout le monde d'un formidable moulinet des deux bras et se précipita à nouveau sur Léo, pour lui écraser le visage à coups de pied. On entendit craquer une seconde fois le cartilage du nez de Léo. Un flot de sang jaillit de sa bouche, charriant des esquilles et des dents brisées. Avec horreur, Agenais vit l'œil droit de Léo jaillir de son orbite. Bernabeu poussa un cri indigné et plongea sa main dans sa poche à la recherche du couteau à virole. Avant qu'il ne puisse passer à l'acte, un homme jailli de la foule fut plus rapide que lui. Il saisit d'une main de fer le revers de la veste de Rochetal et le tira en arrière, tandis qu'un petit brûle-gueule à canon octogonal s'appliquait sur sa tempe.

— Bouge encore un cil, Rochetal, et je te troue la cervelle, dit-il d'une voix étrangement froide.

Déjà, sur un signe de tête de Delcambier, un inspecteur menottait Rochetal, tandis que deux agents en tenue écartaient les badauds penchés sur le blessé.

— Demandez des renforts et deux fourgons ! ordonna Delcambier à un second inspecteur. Puis il rabattit calmement le chien de son pistolet et le glissa dans sa poche.

Rochetal se laissa entraîner sans opposer de résistance. En passant devant le perron où se tenait

Céleste, il leva les yeux vers elle et lui lança un long regard de défi. On verrait bien si elle aimait toujours autant son Léo, avec la figure qu'il allait avoir maintenant. Elle s'efforça de le regarder avec mépris, mais il n'était pas dupe. C'était donc un démon, pour la comprendre et la connaître ainsi, pour deviner des pensées qui lui faisaient horreur? Elle plaignait Léo. Elle le pleurerait sincèrement s'il venait à mourir, mais elle s'offrirait à Rochetal, puisqu'il était le plus fort.

CHAPITRE 7

Léo Frochot regretta bien souvent de n'avoir pas succombé à ses blessures, ce jour-là, sur le pavé poisseux de la rue Courmont. Car s'il survécut, ce fut d'abord pour mener une vie dont beaucoup d'hommes n'auraient pas voulu. Une vie faite seulement de douleur et de rage impuissante. Du jeune homme superbe qu'il était avant la bagarre, la fureur de Rochetal avait fait un infirme et un monstre. Un large bandeau noir barrant son visage pour dissimuler son œil crevé et sa mâchoire défoncée lui donnait l'air d'un pirate ayant survécu à un massacre. De sa fracture du crâne, il avait conservé de graves séquelles : troubles de l'équilibre, de la mémoire et de la vue, des migraines intolérables avec de trop courtes rémissions. Cette souffrance constante avait figé son visage en un masque effrayant sur lequel on aurait cherché en vain les vestiges de son ancienne beauté.

Il fut souvent tenté d'en finir. S'il ne passa pas à l'acte, ce fut grâce à l'appui des compagnons. Atterrés, Agenais et Mosellan avaient passé le mot. On l'avait admis à l'hôpital Saint-Sauveur, réceptacle de toutes les misères lilloises. Léo y passa plusieurs mois. Dans les premières semaines, il ne s'écoula pas un jour sans qu'un ami ne vînt prendre de ses nouvelles. Et quand son état eut commencé de s'améliorer, ils furent souvent deux ou trois en même temps à son chevet, les bras chargés de fruits et de douceurs, de tabac et de petite bière, à bavarder et plaisanter pour le dérider. On lui faisait la lecture, on lui racontait les derniers potins. On ne lui disait pas tout. Il s'étonnait de ne pas voir Céleste. On éluda d'abord ses questions. Il fallut bien lui dire un jour qu'elle fréquentait quelqu'un. Le coup fut rude. Dans l'épreuve qu'il traversait, Céleste symbolisait pour lui la vie, tout ce dont il était à présent privé et qu'il espérait malgré tout retrouver tôt ou tard. Il le vécut comme une trahison. Il s'enquit du nom de l'heureux rival. Qu'est-ce que ça pouvait bien faire, qui la sauterait à sa place ? Il y en avait bien d'autres sur la terre ! s'exclama le cocu Bernabeu.

— Mais c'était celle-là que je voulais, lui répondit Léo. Et puis les autres, quand elles verront ma bobine, elles s'enfuiront en courant !

— Ta bobine s'arrangera, fils, ça n'est qu'une question de temps, assura Agenais.

— Tu crois ?

— Sûr ! T'auras peut-être pas le même profil de médaille qu'avant, mais...

— Bah ! La médaille peut passer sous la roue d'un fourgon, qu'est-ce que ça fout si elle est en or ? Le mastroquet te la prendra quand même ! s'exclama Bernabeu.

Léo laissait dire. En lui, le doute et le désespoir grandissaient. Ah, si Céleste était venue, tout son courage lui aurait été rendu d'un seul coup, rien qu'à sa vue. Mais elle ne venait pas et, le temps passant, il devenait clair qu'elle ne viendrait plus. Même si

Céleste venait, elle se détournerait de lui au premier regard. Quant à en séduire une autre... Auparavant, les yeux des femmes se fixaient sur lui dès qu'il paraissait, un sourire s'esquissait sur leur visage, elles consentaient déjà... Aujourd'hui les seules femmes qu'il côtoyait, c'était les sœurs hospitalières et les filles de salle. Elles le plaignaient parce qu'il était jeune et qu'il souffrait. Elles le soignaient avec dévouement. Si son corps d'athlète les troublait, elles n'en laissaient rien paraître. Mais ses traits ravagés ne pouvaient leur inspirer rien d'autre que de la pitié ou de l'horreur.

Puis vint le pire. Il apprit enfin ce que ses amis lui cachaient avec soin. Il lui sembla alors vivre une seconde fois le drame dans son entier. A nouveau, la canne de Rochetal s'abattait sur son crâne et il perdait connaissance sur la vision odieuse du vainqueur triomphant... Ce fut le bon Bernabeu qui vendit la mèche. Léo n'allait plus tarder à quitter l'hôpital, il allait savoir, de toute façon. Mieux valait que ce soit un ami. Après réflexion, Agenais et Mosellan avaient mandaté Bernabeu. *Vas-y, toi, apporte-lui ce paquet de tabac de notre part, et dis-lui-z'y pour cette petite salope...* Pour les Chiens blancs, Céleste avait commis le pire. On aurait admis qu'elle oublie tout simplement Léo. Ils n'étaient pas mariés ni rien. Et même s'ils l'avaient été... Vivre toute sa vie avec un monstre, tout le monde n'en était pas capable. Mais depuis que Rochetal était sorti de prison, Céleste s'affichait avec lui, et ça, on le gardait en travers du gosier. Autre motif d'indignation, Rochetal n'avait passé que quatre mois en prison. C'était bien peu ! Le juge de Roussy avait estimé que Léo et Rochetal s'étaient affrontés en toute connaissance de cause. Rochetal l'avait emporté, mais cela aurait pu être le contraire. Le délit consistait moins dans le fait d'avoir crevé un œil et brisé le crâne de l'adversaire que de l'avoir fait sur la voie publique. En insistant sur ce qu'il présentait comme un geste de mansuétude, le procureur avait renoncé à condamner encore Léo défiguré et grabataire à la prison. Le blessé s'en était tiré avec une amende que les compagnons avaient acquittée. Les Chiens blancs n'étaient pas dupes. On ne décolérait pas dans les fournils et les boutiques de boulangers. Comme toujours, les pouvoirs publics se contentaient de relever les blessés, de quelques arrestations et procès-verbaux. On laissait les compagnons s'entre-déchirer. Tous de la mauvaise graine.

— C'est un scandale ! bramait Bernabeu en éclusant sa keute au comptoir. On peut nous cogner et nous estropier à bon compte !

— Vrai, renchérissait Mosellan, la police et la justice jouent le même jeu. Ils aident les gros. Tant que les ouvriers se bouffent le nez entre eux, ils ne gênent pas les patrons.

— Alors faut laisser faire ? Le petit Frochot, sa vie est en l'air. Je ne parle même pas de la morue qui s'est mise avec l'autre. Mais beau gars et vaillant comme il était, il pouvait tout espérer de l'existence ; et maintenant ? Il tient à peine debout et il est plus laid qu'un singe. Quelle fille va en pincer pour lui ? Quel patron va l'engager ? Moi, je dis que le Rochetal, on devrait lui rendre la monnaie de sa pièce... Ni vu ni connu, quelques bons coups de tatane dans les gencives, de quoi lui rectifier le portrait à lui aussi. Ça montrerait au moins que tout n'est pas permis contre nous !

— Le pouvoir n'attend que ça ! S'il arrive quelque chose à Rochetal, Delcambier n'aura pas loin à chercher. Non, il faut serrer les dents et attendre. La fournée n'est pas prête. Un jour ou l'autre, on retrouvera Rochetal au tournant, et alors...

Sceptique, Bernabeu vida son bock d'une lippe dégoûtée.

— C'est ça, la justice à la Saint-Glinglin, la vengeance à la Saint-Va-te-Faire ! En attendant, l'Angoumois dépérit. Ça ne m'étonnerait pas qu'il finisse par lâcher la rampe, ce gosse !

— On va l'aider, intervint Agenais. Tu dis qu'aucun patron boulanger n'accepterait de le prendre ? Eh ben si, y en a un : moi !

Bernabeu et Mosellan considérèrent Agenais-la-Constance avec gravité.

— Tu ferais ça ? C'est méritoire ! Mais il tient pas sur ses jambes...

— Il a des vertiges à cause des coups qu'il a reçus, mais ça s'améliorera avec le temps. Pour le reste, il a toujours ses muscles. Il avait l'étoffe d'un fameux boulanger avant de se faire tabasser. Alors dès qu'il sort, je le prends chez moi !

Bernabeu et Mosellan échangèrent un coup d'œil admiratif. Agenais savait vivre ; il leur donnait là une belle leçon de solidarité. Du coup, chacun voulut faire quelque chose de plus pour Léo, quelque chose de personnel. La Société puisait depuis des mois dans la caisse de secours clandestine pour payer sa dépense à l'hôpital.

— C'est vrai qu'il va sortir bientôt, dit Mosellan. Avec sa figure, il aimera peut-être pas revenir à la cayenne. Je peux le loger, moi. Au-dessus de la remise, y a une chambre. C'est pas le luxe, mais c'est sain, c'est propre et il aura son indépendance.

Les deux autres approuvèrent cette idée avec chaleur.

— Moi, dit Bernabeu, je l'inviterai à déjeuner le dimanche. C'est pas pour me vanter, mais ma femme cuisine le lapin à la perfection.

Le cocu surprit un éclair de gaieté dans les yeux de ses interlocuteurs, et il rougit fugitivement. Mme Bernabeu avait certes bien des talents, de notoriété publique !

— C'est bien, dit Agenais. Il faut que Léo se sente entouré à sa sortie. Ce sera bon pour son moral.

— C'est ça, il lui faut de la chaleur humaine, renchérit Mosellan. Et puis chez toi, il sera pas dépaysé, il la connaît bien, ta femme !

Le colosse fit comme s'il n'avait rien entendu. Il voulait bien que sa femme couche avec d'autres, mais il ne voulait pas avoir l'air de le savoir. Agenais fit les gros yeux à Mosellan et commanda une tournée de genièvre.

Léo quitta l'hôpital par un froid matin de printemps. Il s'installa au-dessus de la remise de Mosellan, comme prévu, et s'embaucha dès le lendemain chez Agenais-la-Constance. Le dimanche, il déjeuna chez Bernabeu. Après le repas, ce dernier se trouva une visite à rendre de l'autre côté de la ville. Les Bernabeu avaient deux grands garçons, Léon et Jules, qui s'éclipsèrent à leur tour. Léo resta seul avec Colette Bernabeu, et ce qui devait arriver ne tarda pas à arriver.

Un peu plus tard, quand il fut rassasié du corps de la boulangère, ils se rhabillèrent et reprirent place à table. Léo accepta un deuxième verre de café. Elle poussa vers lui le sucrier.

— Tu penses encore à elle ? demanda Colette.

— A qui, vous voulez dire ?

C'était comme ça, entre eux : il la vouvoyait tandis qu'elle le tutoyait. Cela datait de leur première étreinte, elle patronne, lui apprenti. Colette Bernabeu haussa ses épaules rondes et blanches. Entre eux, les commis de Bernabeu l'appelaient « la bonne miche » et ils mettaient dans ce sobriquet autant de tendresse que de grivoiserie.

— Tu sais bien.

Léo soupira.

— Des fois, oui, je peux pas m'empêcher.

— Elle souffre, tu sais ?

Léo sursauta. Céleste, souffrir ? En quel honneur ? Elle l'avait laissé tomber, elle n'était jamais venue le voir à l'hôpital, et à peine Rochetal était-il sorti de prison, elle s'était collée avec lui ! Est-ce que c'était des raisons de souffrir ?

— Quoi ? Il la force ?

— Non, c'est pas ça. Mais il la domine. Vous pouvez pas savoir, vous autres. Moi, Bernabeu, je l'aime bien, mais il m'a jamais dominée. Alors quand je vois passer quelqu'un qui me plaît...

— Et qu'est-ce que vous en savez, qu'il la domine ? Elle vous a fait ses confidences ?

— A moi, non, mais à Raymonde.

— Ah oui, son amie Raymonde.

— Eh bien, c'est ma nièce, Raymonde. Elle me dit tout.

— Elle n'a qu'à le quitter. Belle comme elle est, elle en trouvera un autre sans peine !

— Vous comprenez rien. Il la tient par les sens. C'est une bête, Rochetal, voilà ce que Céleste a dit à Raymonde. Mais je ne devrais peut-être pas te répéter ça.

— Pourquoi pas ? On peut tout me dire, ça ne me fait plus rien ! Moi, je n'aurai plus que des femmes qui auront pitié, ou alors des putains.

— C'est gentil pour moi, ça! A quelle catégorie j'appartiens, à ton avis?

— Excusez-moi, je voulais pas.

Colette tendit la main et caressa le front cabossé de Léo.

— Je sais, mon grand, je sais.

Léo se leva brusquement. La colère et le chagrin le submergeaient. Au moment d'ouvrir la porte, il se retourna. Colette vit quelque chose briller, au coin de son seul œil. Le bandeau de cuir dissimulait le vide de l'autre orbite. Après la rixe, on avait dû l'énucléer.

— C'est rien, lança-t-il. Tout ça n'a pas d'importance. Je vais faire un tour, me dégourdir les jambes. Merci pour tout!

— A bientôt?

Il hocha la tête. Elle était gentille et elle avait la peau très douce.

— A bientôt.

Il tourna les talons et sortit. Il marcha des heures ce jour-là, seul, les mains dans les poches, sans jeter un regard au paysage qui commençait à reverdir, à toute cette vie qui sortait du sommeil de l'hiver, son œil valide obstinément fixé sur la route.

CHAPITRE 8

Au début de l'été, Rochetal épousa Céleste. Il ne lui avait jamais parlé de mariage. L'enfant qu'elle portait en son sein y était sans doute pour beaucoup.

Rochetal, cet homme froid et calculateur, était pourtant capable d'amour et même de tendresse à l'égard d'un être qui n'existait pas encore : son enfant. Céleste ou une autre, peu lui importait le ventre, à condition qu'il lui donnât cet enfant. Il approchait de la quarantaine et l'angoisse de ne pouvoir procréer le tenaillait. A quoi lui auraient servi sa force, son intelligence et sa volonté, si elles devaient disparaître avec lui ? A quoi bon devenir le meilleur, si son savoir-faire était voué à se perdre peu à peu avec l'âge, sans qu'il fût en mesure de le transmettre à un autre lui-même ? Il aimait bien Céleste, dont chaque étreinte lui rappelait sa victoire sur Léo. Cependant, il l'aurait perdue sans états d'âme. Une autre, aussi jeune et désirable, l'aurait remplacée aisément dans son lit. Quand elle lui eut avoué qu'elle était enceinte, tout changea. Il se mit à la couver des yeux, à avoir pour elle des prévenances inhabituelles, des délicatesses inédites. Elle était le réceptacle d'un trésor, l'enfant qu'il souhaitait plus que tout au monde.

La perspective d'un héritier décupla son énergie. Il épousa Céleste et sauta le pas qu'il hésitait à franchir depuis longtemps : il se mit à son compte. A présent que Céleste portait un petit Rochetal, ses anciens rêves d'ascension sociale reprenaient possession de lui. L'héritage d'un oncle ardennais tomba à point pour lui permettre de tenter sa chance. S'il travaillait dur, son fils ne serait pas comme lui un simple ouvrier qui s'embauche ici ou là, qui doit obéir et qu'on peut renvoyer à tout instant. Adam Rochetal, car il avait déjà choisi le prénom de l'enfant, naîtrait fils de patron et son père ferait de lui un maître-menuisier devant qui chacun s'inclinerait. Rochetal prisait, plus que tout, l'excellence professionnelle. Dans le métier, il était hautement respecté pour ses connaissances et son habileté. Il était dur aux apprentis et impitoyable avec les maladroits. Une croisée ou une queue d'aronde mal ajustées le mettaient en rage. Il reprit l'atelier du vieux Bellequin, qui n'y voyait plus clair et dont l'entreprise périclitait. On s'étonna qu'il s'y prenne si tard, à quarante ans bientôt. Mais l'annonce de son mariage les éclaira tous : il attendait un héritier. Les patrons pressentaient qu'il ferait un concurrent sérieux, par sa grande habileté et son énergie débordante. Les aspirants se mirent à espérer et à redouter en même temps de parfaire leur apprentissage chez lui. Les compagnons se demandèrent lesquels d'entre eux il estimerait dignes de travailler pour lui. On ne tarda pas à le savoir. Comme apprentis, il engagea un petit Méridional vif et volubile du nom de Carcassonne, qui venait d'entrer en cayenne, et un aspirant long comme un jour sans pain, à l'air endormi mais à la main sûre, qui répondait au nom bizarre de Sarpian. S'agissant des compagnons, il s'entendit avec Flamand-l'Ami-du-Travail, un ouvrier unanimement respecté, qui avait un beau-frère bien placé aux fournitures militaires. Il engagea aussi une autre grande asperge, Flandrin-Bon-Matin. Celui-là, il le débaucha du meilleur atelier de Lille, où il sculptait les chaires d'église et les crédences de la haute bourgeoisie. Les maîtres-menuisiers qui se partageaient la clientèle locale firent la grimace. Avec de telles épées, aucun doute n'était plus permis, Rochetal entendait taper fort. Il ne se contenterait pas de regonder des portes ou de tailler des tables d'atelier. D'ailleurs, il s'installait en plein centre ville, rue du Plat, dans l'atelier de Bellequin aujourd'hui vétuste, pour attaquer ses concurrents sur leurs chasses gardées.

Au temps de sa splendeur, Bellequin avait eu sous ses ordres jusqu'à huit ouvriers et autant d'apprentis. C'est dire que la place ne manquait pas. En quelques jours, Rochetal aménagea un logement au-dessus de l'atelier. Et puis, très vite, il se mit au travail. Gaumet lui apporta la clientèle militaire, et Pécot celle de la bourgeoisie et de l'Église. La compétence de Rochetal, ses manières directes, sa rectitude en affaires et son amour du beau travail firent le reste. Six mois après avoir ouvert, il lui fallait déjà engager d'autres compagnons pour répondre à la demande.

Rochetal aurait dû être heureux. Le bruit familier des rabots et des scies, des ciseaux et des maillets, emplissait l'atelier. Les petits apprentis se faisaient houspiller par les compagnons, la bonne odeur du bois cru qui montait des tas de copeaux blonds se mêlait à celle, plus âcre, des vernis, au parfum miellé des cires. Placé très tôt en apprentissage, Rochetal avait grandi dans cette ambiance laborieuse. Il tirait une jouissance aiguë d'être à présent le maître de la ruche. C'était chez lui, c'était pour lui qu'on travaillait ainsi, que toute cette animation existait. Pour lui et pour son fils à naître. Et c'était là, justement, que pointait l'angoisse. Céleste n'allait pas bien.

Il y a des femmes qui portent leur grossesse en se jouant, une sorte de balluchon si léger qu'elles semblent à peine en avoir conscience. Et puis il y a les autres, qui souffrent, qui ont des nausées et des douleurs. Leur grossesse est comme une maladie qui risque à tout instant de les emporter. Céleste appartenait à la deuxième catégorie. D'ailleurs, depuis des semaines Rochetal ne la laissait plus soulever une bassine. Quand il eut compris à quel point elle était fragile, il devint le plus attentionné des maris, ou plutôt des futurs pères, car à travers elle, c'était surtout l'enfant qu'il voulait protéger. Les postures épuisantes du travail au lavoir, le poids des lessiveuses et des bacs à linge, les alternances incessantes de chaleur et de froid, on ne pouvait rien imaginer de mieux pour perdre un enfant. Rochetal avait donc exigé qu'elle cessât de travailler, dès qu'il avait appris qu'elle était enceinte. Elle resterait à la maison, à s'occuper de petits travaux de ménage. Le médecin de Rochetal, Jethro De Boorgh, avait de sérieuses inquiétudes quant au bon déroulement de la grossesse et, dès le cinquième mois, Céleste dut s'aliter.

Drôle de pistolet, que ce Jethro De Boorgh ! On ne savait pas trop par quel hasard ou quelle nécessité ce Hollandais s'était installé à Lille, mais il était connu à la fois pour la justesse de ses diagnostics et l'élasticité de sa morale. A cette époque, il approchait de la cinquantaine. De grande taille, le dos voûté, les mains maigres et grises, avec un visage de momie d'une laideur théâtrale, il était devenu en quelques années le médecin attitré des classes laborieuses et de la plupart des putains de Lille. Autant dire que la clientèle ne lui manquait pas. Ville militaire aux cinq casernes, ravagée par la misère ouvrière, Lille réunissait toutes les conditions favorisant la prostitution. On comptait plus de cinq cents vénériens à l'hôpital militaire. Dans les quartiers pauvres, les seules maisons aux volets peints tranchant sur les façades noires et décrépies étaient celles des bordels. La rue Détournée en comptait huit ; les rues du Moulin-Delvallée, du Rossignol, des Sept-Honnaines près de la porte de Béthune, n'étaient qu'une suite de claques. On ne se prostituait pas qu'en maison. Le soir venu, bien des ouvrières sortant des fabriques allaient racoler sur les remparts ou dans les cabarets à militaires. Il y en avait sept rien que dans la rue des Étaques, qu'on appelait en plaisantant la rue des Attaques. Les patientes de Jethro De Boorgh provenaient de ce vivier inépuisable. Il arrivait que des femmes de la bonne société vinssent le consulter en se cachant, quand les médecins honorables n'avaient su mettre fin à leurs « maladies de femmes ». Jethro était aussi un remarquable accoucheur en un temps où ce rôle était réservé aux matrones. Alors, en désespoir de cause, devant certains maux réfractaires à leur science honorable, les médecins des bourgeoises finissaient par glisser à l'oreille de leur patiente le nom et l'adresse du médecin marron. Delcambier le surveillait depuis longtemps du coin de l'œil. Il savait fort bien que Jethro pratiquait des avortements sur les filles qui s'étaient laissé prendre. En outre, il leur fournissait à la demande laudanum, éther et grains d'opium. Le policier en avait les preuves. Il aurait pu le faire arrêter à n'importe quel moment. Mais Jethro était utile : il renseignait Delcambier. Grâce à lui, le policier savait laquelle flanquait la syphilis, quels souteneurs frappaient ou torturaient leur marmite et quels autres la tenaient plutôt par la douceur. Il savait aussi quelles femmes « honnêtes » avaient recours à ses services, quels fils de famille débauchés lui confiaient leurs gonorrhées ou s'approvisionnaient chez lui en opium. Delcambier, tel un crocodile dissimulé dans son marigot, voyait tout et attendait le moment de s'en servir. Ce moment pouvait ne jamais venir, mais Delcambier était prêt.

Rochetal avait choisi de confier Céleste à Jethro parce qu'il était le meilleur dans sa spécialité. Touché, le maître-avorteur s'attacha à sa nouvelle cliente. Elle le changeait des autres, les putains, qui constituaient son ordinaire. Céleste, au contraire, était une créature délicate et fragile, faite pour aimer et être aimée. Elle était très belle, mais certainement pas faite pour enfanter. Il se prit au jeu. Cet enfant qu'elle semblait sur le point de perdre à tout moment, il se jura de faire tout son possible pour qu'elle l'ait. Il viendrait compenser ceux dont il avait empêché la naissance à la demande de malheureuses qui n'avaient que la misère à offrir avec la vie.

Il y eut plusieurs alertes, mais grâce à Jethro De Boorgh, Céleste alla au bout de sa grossesse. Les derniers temps, Rochetal ne vivait plus. Il remontait de l'atelier tous les quarts d'heure sous un prétexte ou un autre. Il avait chapitré deux de ses apprentis de façon à en avoir au moins un sous la main en permanence, de jour comme de nuit, prêt à sauter dans ses souliers pour courir chercher Jethro, qui habitait à deux rues de là.

Un soir enfin, le moment fatidique arriva. Les douleurs avaient commencé dans l'après-midi. Jethro était passé, avait examiné Céleste et prédit le grand événement pour le coup de dix heures du soir. Puis, tranquille comme Baptiste, il était retourné à ses affaires sous le regard mécontent de Rochetal. N'eût été la réputation de Jethro, le menuisier l'aurait volontiers contraint à attendre au chevet de Céleste. Mais on ne forçait pas Jethro. Il portait toujours sur lui un bistouri et, quand des proxénètes lui cherchaient noise, il n'hésitait pas à s'en servir. Il en avait ainsi balafré plus d'un, qui ne lui tenaient d'ailleurs pas rigueur outre mesure. Chacun combat avec ses armes, c'est de bonne guerre. Un médecin qui jouait du bistouri en pleine rue, on estimait ça à la fois plaisant et crâne. Désormais, la pègre le tenait pour l'un des siens et le laissait en paix.

Dans l'atelier désert, Rochetal allait et venait comme un lion en cage. La fidèle Raymonde qui ne quittait pas le chevet de Céleste avait fini par l'en chasser. Sa présence énervait la parturiente. Alors Rochetal était descendu recompter ses planches et inspecter la besogne de ses ouvriers pour tromper l'attente.

A dix heures moins le quart, la silhouette de Raymonde apparut en haut de l'escalier.

— Rochetal !

— Nom de Dieu ! Ça y est ? Ça commence ?

La petite hocha la tête.

— On dirait !

C'était Carcassonne qui était de garde ce soir-là.

Le gosse aurait pu dormir dans un des lits qui attendaient preneur, mais il s'amusait à roupiller dans le modeste cercueil en sapin commandé par l'évêché en prévision du décès imminent d'un vieux bedeau. Rochetal se rua sur Carcassonne, qui dormait comme un ange après une journée d'atelier bien remplie.

— Debout, garçon, ripe tes galoches, c'est maintenant !

Carcassonne jaillit hors du cercueil.

— Ramène-moi De Boorgh, même si tu dois le tirer par les pieds depuis chez lui !

L'accouchement fut aussi difficile que l'avait été la grossesse. Cependant, quand Jethro fut certain que l'enfant ne se présentait pas par le siège, il reprit confiance. Après cinq heures d'efforts, la mère et l'accoucheur vinrent à bout de leur tâche commune. Relégué dans le couloir en compagnie de Pécot et de Gaumet, Rochetal trépignait d'impatience. Enfin, la porte derrière laquelle s'opérait le miracle tant attendu finit par s'ouvrir. Une Raymonde rayonnante apparut.

CHAPITRE 9

Ce large sourire rassura Rochetal. Ecartant la messagère, il se précipita dans la pièce.

— Tout va bien ? Où est-il ?

— Elle est là, dans les bras de sa mère, répondit la voix grave de Jethro De Boorgh.

Elle ? Rochetal sentit une main de glace se refermer sur son cœur. *Elle ?* Ce n'était pas possible, Jethro s'était trompé. Il nia l'évidence et fit comme s'il n'avait pas entendu.

— Où il est, mon p'tit bonhomme ? Montrez-le-moi, nom d'une toupie !

— C'est *elle,* je vous dis, répondit le médecin. C'est une petite pisseuse et une bien jolie !

Rochetal tendait les bras vers l'enfant que Céleste, l'air épuisé, des larmes lui coulant encore au coin des paupières, tenait serré contre elle. Il s'arrêta net. Ses bras retombèrent le long de son corps.

— C'est une fille ?

— Eh ben oui ! Y avait à peu près une chance sur deux que c'en soit une, non ? gouailla le Hollandais. Réjouissez-vous, allez, elle est en parfaite santé, elle sera sûrement belle comme sa maman et forte comme son papa.

Les bras ballants, son grand corps oscillant d'un pied sur l'autre, Rochetal contemplait le nouveau-né. Sur ses traits rudes, se lisait une déception terrible.

— Une fille... Une fille...

Il explosa tout à coup :

— Mais qu'est-ce que vous voulez que je foute d'une fille !

Bien sûr, il y avait songé parfois, mais il écartait aussitôt cette hypothèse déplaisante. Un homme comme lui ne pouvait engendrer que des garçons.

— Patron, dans ce domaine, on choisit pas, on prend ce qui vient, hasarda Flandrin-Bon-Matin. Regardez, moi, des pisseuses, j'en ai trois.

— Est-ce qu'on t'a sonné, toi ? gronda Rochetal. Ferme donc un peu ta gueule !

Flandrin-Bon-Matin se rebiffa. Il avait le sang chaud et on ne lui parlait pas comme ça.

— Faudrait pas me traiter comme un arpète, Rochetal, sinon tu pourrais perdre un compagnon et quelques bons clients avec !

Cette dispute avec Flandrin fit diversion dans l'esprit de Rochetal. Pour l'immédiat au moins, sa déception passait au second plan.

— Je te traite comme je veux ! Si t'es pas content, fiche le camp d'ici, ça sera bon débarras !

— T'auras pas longtemps à attendre, patron de mes deux ! lança Flandrin hors de lui.

Il tourna les talons et s'engagea dans l'escalier. Consterné, Flamand tenta de le rattraper.

— Laisse-le donc partir, il n'a sans doute pas besoin de travailler pour nourrir ses trois greluchonnes, railla Rochetal. Môssieur Flandrin a des rentes, ah ! ah !

Les compagnons chevronnés étaient trop fiers pour courber l'échine devant un patron, fût-il Rochetal, leur ami avant d'être leur employeur.

— C'est pas raisonnable ce que tu fais là, dit Flamand. T'as besoin de lui et tu le sais. Les commandes des curetons...

— J'ai besoin de personne ! coupa Rochetal. Même toi, si la crèche te plaît plus, tu peux aller t'embaucher ailleurs.

Flamand n'insista pas. Rochetal n'était pas en état de raisonner. Bien sûr, il les bassinait depuis des mois avec son fils par-ci, son fils par-là, mais on ne se doutait pas que ce fût aussi important pour lui. Flamand-l'Ami-du-Travail choisit l'apaisement et non l'affrontement. Il se contenta de hausser les épaules et d'adresser par-dessus celle de Rochetal un petit signe amical à la mère et à l'enfant avant de s'éclipser.

— Allez, bonsoir, m'dame Céleste, et bravo pour la mignonne ! Je reste pas plus longtemps, c'est jour ouvert, demain.

— C'est ça, bon vent ! grommela Rochetal. Et toi, qu'est-ce que tu fous encore là ? lança-t-il au petit Carcassonne.

Le gosse déguerpit. Jethro achevait de se laver les mains dans une bassine d'eau chaude que Raymonde lui avait apportée.

— Rochetal, tu pourrais quand même embrasser ta fille, osa suggérer Raymonde.

— Embrasser ça ? Merci bien !

Céleste éclata en sanglots. Furieux, Rochetal eut un geste brusque, comme pour chasser une mouche importune.

— Ah, vous m'ennuyez, avec vos simagrées ! Je

sors, tiens, je vais aller prendre l'air, ça me fera du bien !

— N'oubliez pas mes honoraires, dit Jethro De Boorgh. Ça n'est peut-être qu'une fille, mais elle m'a donné autant de mal que si c'était un garçon.

Rochetal fouilla dans sa poche et tendit au Hollandais la pièce d'or qu'il y avait mise en prévision de cet instant. Avec quelle joie il se serait acquitté de sa dette, si l'enfant avait été un garçon ! Tandis que là, il lui semblait que c'était de l'argent gâché.

Jethro empocha la pièce sans un mot et acheva de nettoyer ses instruments.

— Merci, consentit à dire Rochetal.

— Je repasserai de temps en temps, dit De Boorgh. Si elle avait de la fièvre, faites-moi prévenir. Un accouchement, c'est huit jours après qu'on sait si tout s'est vraiment bien passé.

Ni ce soir-là, ni les jours suivants, Rochetal ne daigna embrasser sa fille. Le soir de la naissance, après avoir raccompagné De Boorgh à la porte, il était allé prendre quelques pièces de monnaie dans un tiroir, avant de sortir. Et de frustration, il s'était soûlé. Le fils attendu n'était pas venu. Et lui, il avait quarante ans. Céleste serait-elle en mesure de supporter une deuxième grossesse ? A l'approche de l'aube, il rentra à l'atelier en titubant, s'écroula dans un bac à copeaux et dormit comme une souche. Ses apprentis qui le découvrirent là en arrivant au travail coururent prévenir les compagnons. Ce fut une belle rigolade. Dans la nuit, Flamand avait convaincu Flandrin de revenir sur sa décision. Il y mit une condition : que Rochetal s'excuse. Dégrisé, Rochetal s'y résigna pour ne pas perdre à la fois un bon ouvrier et de bonnes commandes. En apparence au moins, tout rentra dans l'ordre.

Céleste se remit lentement de cette grossesse éprouvante. L'enfant avait été baptisée Émilienne. La prédiction de Jethro selon laquelle elle deviendrait belle comme sa mère et forte comme son père ne se vérifia que sur le second point. Dès ses premiers jours, elle fit preuve d'une éblouissante santé. Mais très vite, il fut clair qu'elle n'égalerait jamais la beauté de Céleste. Ce serait une belle plante, robuste, sans doute plaisante, mais elle aurait le menton prognathe de Rochetal et son nez fort.

Bien que son père ne lui prêtât aucune attention, Émilienne grandit heureuse dans l'atmosphère bruyante et odorante de l'atelier. Céleste l'adorait, tout comme les ouvriers. Ils la trouvaient drôle, avec son visage ingrat, mais ouvert, toujours souriant. Elle hantait l'atelier tel un petit lutin facétieux. Ils veillaient à l'éloigner des établis, à lui ôter des mains les outils à la lame trop aiguë ou trop affûtée. Et quand vraiment ils en avaient assez de l'avoir dans leurs jambes, l'un d'eux la prenait sous son bras comme un sac de son et la remontait à sa mère. Elle riait alors aux éclats.

Les affaires marchaient. Rochetal amassa une petite fortune. Au sommet de son art, il avait acquis la réputation auprès des notables lillois d'être le fournisseur de référence. Il en tirait une légitime fierté qui se changeait en désespoir. Son atelier maintenant célèbre disparaîtrait avec lui. Sans héritier, il n'y aurait pas de dynastie Rochetal. Le moment venu, Emilienne épouserait un compagnon si elle voulait conserver l'atelier. Née femme, elle ne pourrait accéder aux arcanes compagnonniques. A moins de devenir Mère d'une cayenne. Elles tenaient alors un rôle important dans la vie des sociétés et jouissaient d'un grand respect. Cependant, leur fonction s'apparentait en réalité à celle d'une aubergiste entretenant avec ses hôtes d'étroits rapports de confiance. L'ambition que Rochetal nourrissait pour sa progéniture n'avait rien à voir avec ça.

Peu de temps après sa sortie de prison, Rochetal avait été élu rouleur de la Société des Enfants de Salomon. A ce poste clé de courtier en bras et en embauche, il négociait les salaires avec les employeurs. Ainsi ses futurs concurrents, des maîtres d'atelier aux chefs de chantier, n'avaient plus de secret pour lui. Très vite, il avait occupé la prestigieuse fonction de Premier en Ville, pour une année, conformément à l'usage. Dans ces deux offices, il avait prouvé son autorité et son efficacité. Ainsi, son ascension au sein des Enfants de Salomon avait servi ses projets en le préparant à devenir patron à son tour. Tous les Indiens n'étaient pas dupes. Rochetal s'était servi des gavots pour tailler son chemin. Picard-la-Main-Franche, évincé après l'affaire des Chiens blancs de la boulange, en savait quelque chose. A ses yeux, Rochetal n'était qu'un cynique qui se moquait bien des idéaux compagnonniques.

Après avoir été rouleur puis Premier en Ville, il avait son atelier à lui et commandait en patron intransigeant dix ouvriers et autant d'apprentis. Il marchandait sou à sou le prix des journées avec les rouleurs, alors même qu'il exigeait de choisir personnellement les ouvriers qu'il embauchait. Sans plus exercer de fonction officielle, Rochetal contrôlait la Société en sous-main. Il y faisait la pluie et le beau temps grâce à des hommes à lui dont il avait facilité l'élection. Cette immixtion d'un patron dans la vie des Enfants de Salomon mettait en rage les purs comme Picard. A maintes reprises, il avait tenté de démasquer Rochetal devant la chambre. Mais l'Ardennais était intouchable. Ses hommes isolaient son détracteur et étouffaient sa voix. Pour les tenir, il disposait de divers moyens. A ceux qui ambitionnaient de se fixer en ville et de devenir *agrichons,* charpentiers sédentaires, il promettait un emploi durable. Ulcéré, Picard prit ses distances avec les gavots. Rochetal qui le détestait aurait aimé le chasser de la Société et le faire inscrire sur le Livre des Renégats. Cependant son pouvoir n'allait pas jusque-là. On savait bien que Picard n'avait jamais failli aux règles du compagnonnage.

Rochetal n'avait pas que des amis. En dehors même de Picard et de ceux qui lui étaient restés fidèles au sein des Indiens, il ne manquait pas de concurrents malheureux attendant leur revanche. Plus que tout autre parmi ses victimes, Léo Frochot attendait qu'il subît son juste châtiment.

CHAPITRE 10

Depuis que Rochetal avait eu raison de lui, rien n'avait plus réussi au jeune compagnon. Embauché par Agenais-la-Constance, il avait végété, se contentant d'effectuer sa part de besogne sans plus manifester l'élan prometteur qu'on lui connaissait avant la rixe. Il semblait brisé. On l'avait connu entreprenant et fougueux, adroit à l'arbalète, amateur de cartes et de jupons. Il menait à présent une existence étriquée entre le fournil d'Agenais, sa chambre chez Mosellan et la table dominicale des Bernabeu. L'opulente Colette lui dispensait toujours ses faveurs.

Ces dimanches chez les Bernabeu étaient les seules sorties de Léo. Plus de bals, plus guère de ducasses, bien peu de cabarets. A cause de son visage ravagé, il détestait se montrer en public. A l'inverse de Colette, les femmes le fuyaient. Celles qui ne lui avaient pas été farouches en leur temps se détournaient de lui avec dégoût en découvrant son nouveau visage.

— Les femmes n'aiment les monstres qu'à la foire, dit-il d'un ton amer, un soir qu'un de ses amis abordait le sujet.

— Ça y est, il exagère, il se prend pour un monstre !

— Ben oui, une sorte de monstre ! Qu'est-ce que j'y peux ? Tu veux voir ? Bouge pas...

Les deux hommes prenaient le frais à la nuit tombante sur une place, non loin de chez Agenais. Le lieu était animé, des hommes et des femmes flânaient sous les platanes. On s'attroupait autour des joueurs de quilles. Mais Léo ne s'y intéressait plus guère. Il se leva et se dirigea vers une jeune femme qui leur tournait le dos et paraissait attendre quelqu'un. A en juger par sa mise et sa coiffure, c'était une jeune ouvrière du textile, bobineuse ou machineuse de manufacture.

— Excusez-moi, mademoiselle...

La jeune fille se retourna à demi pour répondre à Léo. Elle ne put réprimer un brusque mouvement de recul en découvrant ses traits.

— N'ayez pas peur, mademoiselle, c'est bien un être humain que vous avez devant vous !

Confuse, elle s'excusa aussitôt.

— Je suis désolée, je... Vous m'avez fait peur.

— Comme je vous comprends, mademoiselle ! Mais c'est moi qui dois m'excuser. De dos, je vous avais prise pour une autre.

Léo se détourna sur une courbette et rejoignit son camarade.

— Tu as vu ?

— Ça ne veut rien dire. Tu l'as abordée à l'improviste, elle a été surprise, voilà tout !

Léo haussa les épaules.

— Cause toujours ! Je leur fais horreur, je le sais bien.

— Allons, tu déraisonnes ! Tu en trouveras bien une pour...

— Une comment ? Une bancroche ? Une bossue ? Les belles frayent avec les beaux et moi j'aime pas la pitié, qu'est-ce que tu veux, j'ai connu autre chose !

Cette conversation énervait Léo. N'en avait-il pas tourné et retourné tous les éléments dans sa tête, des centaines de fois ? Il savait tout ce qu'on pouvait lui dire à ce sujet et ce qu'il pouvait y répondre.

— Excuse-moi, camarade, je rentre ; je suis pas d'attaque, ce soir. Tu m'en veux pas, hein ?

— Non, bien sûr ! A plus tard.

Il retrouva sa chambre au-dessus de la remise. Le silence. La solitude. Les souvenirs. Les femmes, bien sûr, Céleste évidemment, mais aussi la lumière des jours anciens. La clarté éteinte du bonheur. Comme il avait été heureux de vivre, de plaire, de jouir de son corps sans entraves ! C'était fini. Tout était fini, lui semblait-il. La chambre que Mosellan avait mise si amicalement à sa disposition n'était rien d'autre qu'un tombeau. Il haussa les épaules, alluma sa lampe à pétrole, se déchaussa, bourra une pipe, se servit un petit verre d'eau-de-vie, déplia un journal en attendant l'heure de faire cuire quelques légumes qu'il mangerait arrosés de sel et accompagnés d'un sauret.

Vingt et quelques années et une vie de petit vieux ! Et pendant ce temps, quelque part, non loin, Rochetal triomphait. Rochetal régnait sur ses ouvriers et ses apprentis, sur sa femme, sur sa fille. Léo avait appris la naissance d'Emilienne. Il aurait très bien pu en être le père, si les choses s'étaient passées autrement. Mais il ne fallait plus penser à tout cela. Seulement endurer son désespoir, ce vide sans fond à quoi se résumait sa vie, un jour plus un jour plus un jour. Comme ça jusqu'à la mort.

Il se mit à boire. Pas encore du trois-six, mais du genièvre, tant que sa consommation ne l'obligeait pas à se contenter du moins cher. Pour sombrer dans l'alcool, il avait toutes les excuses. Colette s'en aperçut la première. Elle le lui dit : « Tu sens l'alcool. » Il se mit en colère. L'eau-de-vie l'aidait à vivre, si on pouvait appeler ça vivre. Il rabroua Colette et s'en alla en claquant la porte. Le dimanche suivant, il ne revint pas. L'orgueil. A la place, il alla voir les filles. Il en prit une maigre, pour changer un peu. Les putains ne faisaient pas ça par pitié, comme Colette, mais pour l'argent. Ce fut pour lui une expérience décevante. Pas de chaleur, pas de tendresse. La maigrichonne s'appelait Zinon. Pourquoi Zinon? lui avait-il demandé. Elle n'avait pas daigné répondre. C'était comme ça. Peut-être la terrible gueule de son client l'avait-elle glacée? Dans les semaines qui suivirent, il but de plus en plus. Agenais finit par ne plus pouvoir faire comme s'il ne s'en apercevait pas. Le travail s'en ressentait. Agenais pouvait passer sur tout, mais pas sur une fournée foutue, une pâte mal levée, un pétrin malpropre. Il prévint Léo franchement, d'homme à homme.

— Si ça se reproduit, je pourrai pas te garder. Faudra partir.

Il baissa la tête.

— Ça se reproduira. Je peux plus m'en passer, je le sais.

— Alors pars avant ; ça évitera qu'on s'engueule. Je vais t'établir ton compte ; tu ne seras pas lésé, je te le jure.

— Je sais, je suis pas inquiet là-dessus.

— Va voir Le Rendu. Son compagnon a repris la route hier. Il cherche quelqu'un. Il sera content de t'embaucher. Il picole un peu, il ne sera pas trop regardant.

Les deux hommes se séparèrent avec tristesse. Pour Agenais, c'était un crève-cœur de voir s'enfoncer si vite un jeune gars dont il avait lui-même présidé la réception. Pour Léo, c'était le cauchemar qui continuait. Passer du fournil d'Agenais à celui de Le Rendu, cela représentait une déchéance humiliante. Lui qui avait rêvé de marcher sur les traces des meilleurs parmi ses aînés, de devenir un maître-boulanger respecté de tous, il était à présent un de ces bons à rien qui migrent d'une boutique à l'autre, embauchés à regret, faute de mieux, souvent réprimandés ou mis à l'amende, bientôt renvoyés en désespoir de cause, chassés de quartier en quartier puis de ville en ville. Au bout de la route, le chômage, la mendicité, l'hospice. Léo passa alors les deux années les plus douloureuses de sa vie. A présent, il buvait aussi du trois-six. Dans les moments de lucidité que lui laissaient l'abrutissement du travail et l'hébétude de l'alcool, la tentation du suicide revenait le visiter. Il n'attendait plus rien.

Amalia venait acheter son pain chez Le Rendu. Tout d'abord, il ne prit pas garde à elle. Les femmes belles, il les ignorait, craignant leur regard plus encore que celui des autres. Il aurait voulu leur être invisible. Il se voyait d'ores et déjà sous l'aspect d'une épave. Or, il n'était en réalité qu'un jeune homme défiguré, qui commençait à négliger son apparence, mais qui gardait une haute et belle silhouette. Il faisait encore illusion tant qu'on ne distinguait pas ses traits.

Amalia était employée de maison. Ses patrons, les Winkler, possédaient une vaste demeure dans le quartier où travaillait Léo. Agenais avait vu juste. Le

Rendu s'accommodait assez bien d'un garçon boulanger alcoolique. Ainsi, Léo avait-il trouvé chez lui un semblant de stabilité. De notoriété publique, le pain de Le Rendu était tantôt trop cuit et tantôt pas assez, mais il était le seul boulanger du coin, et sa clientèle résignée continuait à se fournir chez lui. Un jour de pain trop cuit, Amalia laissa enfin éclater sa colère.

— C'est-il du pain ou du bois ? demanda-t-elle en considérant la miche noirâtre que Mme Le Rendu lui tendait.

La boulangère, décidée à défendre la réputation de son mari, n'hésita pas une seconde à jeter tout le blâme sur Léo.

— C'est l'ouvrier de M. Le Rendu, ma pauvre ! Un boit-sans-soif qui nous brûle tout et qui finira par couler la boutique.

— Eh bien, changez-en et envoyez-le au diable ! s'exclama Amalia excédée.

— C'est pas l'envie qui nous en manque. Mais vous avez déjà vu sa bobine ? Où qu'il ira, si on le congédie ? Mon mari a trop bon cœur, allez ! On s'encombre de cet incapable par pitié.

A cet instant, Léo émergea du fournil. Il avait tout entendu.

Sans même s'arrêter, il ôta son tablier et sa calotte blancs de farine et les lança sur le comptoir.

— Voilà, c'est fait, vous êtes débarrassée. Adieu !

Puis, continuant son chemin, il sortit de la boutique et s'élança dans la rue. Le dégoût de lui-même le submergeait. Un incapable, un boit-sans-soif, voilà ce qu'on pensait de lui, à juste titre ! Le pain que cette cliente avait critiqué, il aurait refusé d'y planter les dents, quelques années plus tôt. Et c'était lui qui l'avait pétri et cuit !

— Monsieur ! Monsieur !

Il se retourna. C'était la cliente. Elle était un peu essoufflée. Elle avait couru pour le rattraper. Sous son bras, il aperçut la miche noirâtre. Elle l'avait prise quand même.

— Oui.

— Monsieur... Je voulais vous dire... Je suis désolée !

— Pourquoi donc ?

— Je vous ai fait perdre votre place ! Je ne voulais pas.

— Ça n'a pas d'importance.

— Si, bien sûr que si.

Il secoua la tête.

— C'est tant mieux, au fond. Il fallait que ça arrive un jour.

— Mais qu'est-ce que vous allez faire ?

Il haussa les épaules.

— Je sais pas. Me pendre.

Elle le dévisagea sans ciller. Il baissa la tête. On ne l'avait pas fixé comme ça depuis très longtemps.

— Me regardez pas comme ça, ça me fait du mal !

— Excusez-moi. Mais il ne faut pas dire ça, que vous allez vous pendre.

— C'est vrai. Il faut le faire, pas le dire.

— Vous ne le ferez pas !

— Qu'est-ce qui m'en empêcherait ?

— Moi !

Il éclata d'un rire amer.

— Vous ? De quoi je me mêle ? Vous me faites perdre ma place et après, vous prétendez veiller sur moi ?

— Eh bien oui, pour me racheter.

— Eh bien moi, c'est ce pain, que je vous rachète !

Il fouilla dans sa poche et lui tendit quelques sous.

— Vous êtes sérieux ?

— Tout ce qu'il y a de plus sérieux.

Il lui prit la miche de pain et la tendit à un mendiant assis à deux pas sous une porte cochère.

— Tiens, mon vieux, casse-toi les dents là-dessus !

Le mendiant, éberlué, hésita un instant à accepter l'aumône. Pour couper court, Léo lui abandonna la miche entre les bras et revint vers la cliente.

— Voilà ! Le bon boulanger le plus proche, c'est Berthier.

— Mais c'est loin, et mon panier est lourd ! C'est pas vous qui allez me le porter, j'imagine ?

— Pourquoi pas ? J'ai rien d'autre à faire, maintenant.

Désarmée, elle poussa un soupir. Quel drôle de type ! Bien sûr, il était laid à faire peur, il avait l'air à moitié fou, mais quelque chose en lui l'émouvait, malgré tout. Il lui avait pris le panier des mains, et il commençait à marcher en direction de la boulangerie Berthier, qui n'était certes pas la porte à côté.

— Attendez-moi, au moins !

Elle lui emboîta le pas. Ils marchèrent d'abord silencieusement. Il allait trop vite, avec ses grandes jambes. Elle le lui dit. Il ralentit.

— Comment vous vous appelez, au fait ?

— Frochot. Léo Frochot.

Il ne demanda pas : « Et vous ? » Elle le lui dit quand même.

— Moi, c'est Amalia. Amalia Legrand.

— Pourquoi Amalia ? Ça n'est pas d'ici, et ça va pas avec Legrand.

— Mon grand-père a ramené sa femme de la campagne d'Espagne. Elle était portugaise. Alors voilà, c'est en souvenir d'elle... Vous devriez retourner chez Le Rendu. Il doit être aux cent coups de n'avoir personne pour l'aider à sa prochaine fournée. Il vous reprendrait sûrement.

— Je n'y retournerai jamais. Le Rendu n'est pas mauvais bougre, mais sa femme est une teigne. Non, c'est fini. Je vais m'en aller, quitter Lille. Il y a longtemps que j'aurais dû le faire. Y a rien pour moi, ici, rien ni personne. Et ailleurs non plus, à vrai dire.

CHAPITRE 11

En sortant de chez Berthier, il l'avait raccompagnée jusque chez les Winkler. Et là, au moment de le quitter devant la grille, elle lui avait dit très simplement que son jour de sortie tombait le lendemain.

Sans répondre, il l'avait dévisagée avec surprise.

— Eh ben quoi? demanda-t-elle. Je suis pas assez bien pour vous?

— Bien sûr que si! C'est moi qui ne suis pas...

Elle l'avait fait taire en posant un doigt sur sa bouche et en le grondant des yeux.

— Je serai libre demain vers midi.

Il eut un rictus gêné. Elle n'en tint pas compte. Un sourire illumina son visage.

— S'il fait beau, on pourrait aller se balader le long de la Deûle et manger de la friture au bord de l'eau. Mais si vous avalez plus d'un verre de bière, je vous pousse par-dessus bord et je rentre chez moi!

Stupéfait, Léo éclata de rire. Singulièrement, son visage mutilé acquit en cet instant une grâce si longtemps effacée. Elle éclata de rire à son tour et lui dit à demain.

Sur la Deûle, un large auvent abritait des barques qui se louaient à l'heure ou à la demi-journée. Pour Amalia, c'était la première fois. Léo chantonnait en ramant, ses longs muscles se sculptant à chaque effort. Amalia était troublée par l'harmonie de ce corps juvénile. Elle ne manquait pas d'imagination et elle reconstitua mentalement le visage qui allait avec ce corps.

Pour la première fois depuis bien longtemps, Léo oubliait les événements tragiques qui avaient brisé sa vie. Le bonheur, c'était maintenant, là, à l'instant. Ils trouvèrent un coin ombragé où Amalia disposa un petit repas qu'elle sortit d'un panier. Côte à côte, étendus sur l'herbe, ils se laissèrent caresser par le vent. Puis d'une voix douce, Léo raconta à Amalia ce qu'il connaissait le mieux, le miracle du pain. Elle découvrit la qualité des froments, l'importance du petit bois, l'impertinence du sel et la signification quasi biblique du levain. Le ton était passionné, mais les anecdotes drôles et légères faisaient sourire la jeune femme. Le soir même, Amalia se donna à Léo.

Pendant toute cette journée, il n'avait pas bu un seul verre d'alcool. Il n'y avait même pas pensé. Mais une fois seul chez lui, il fut pris de vertige. Il but d'un trait un grand verre d'eau-de-vie, puis un autre, et un autre encore. La bouteille y passa. Plus tard dans la nuit, il vomit, pissa dans son lit, se leva et voulut atteindre en titubant son seau hygiénique, mais en tentant de s'asseoir il le renversa et s'écroula. Il se rendormit dans ses propres déjections.

Quand il s'éveilla, le grand soleil de midi éclairait à flots le sol souillé de sa chambre et ses draps dégoûtants. Hébété, gémissant, il s'éloigna en rampant du seau renversé. Près de la porte, il se retourna et se laissa tomber sur le dos. Au-dessus de lui, une poutre solide courait d'un mur à l'autre. En son milieu était vissé un fort crochet d'acier. Sans doute avait-il servi à hisser de lourds sacs de farine, grâce à une poulie, du temps où Mosellan y entreposait ses réserves. Le destin faisait bien les choses. Une poutre, un crochet, c'était exactement ce dont Léo avait besoin. Il n'avait pas de corde à sa disposition, mais une bonne courroie de cuir traînait dans un tiroir.

Il se redressa. Le moindre bruit, le plus léger frôlement levaient sous la voûte douloureuse de son crâne des échos d'orage. Il chancela. Mais pour se pendre, il faut au moins tenir debout. Il se raidit et parcourut les deux mètres qui le séparaient de l'instrument de sa délivrance. Quand il se saisit de la courroie, le visage d'Amalia lui apparut. Une idée lui traversa l'esprit : *on lui dirait !* Quand elle viendrait aux nouvelles, il y aurait bien quelqu'un, un voisin, pour lui dire qu'on avait retrouvé Léo Frochot pendu dans sa tanière, les vêtements souillés de pisse et de merde. La vision d'Amalia en train d'écouter ce récit lui était intolérable. Pour Mosellan non plus, il n'avait pas le droit de s'en aller d'une telle manière, en laissant derrière lui un plancher et un lit plein d'immondices. Mosellan avait toujours été correct avec lui. Plus que ça, généreux. Il n'avait jamais rien demandé pour l'occupation de la chambre. *Un compagnon ne se conduit pas de cette façon, même au seuil de la mort !* Il suspendit son geste. Il se redressa de toute sa taille, et dut réprimer le haut-le-cœur que provoquait en lui cet effort. Il lui restait quelque chose à faire avant de disparaître. Le ménage, tout simplement. Effacer ses traces, pour partir le front haut. Qu'on dise seulement : « Le pauvre gars ! », et non : « Le saligaud ! »

A mesure qu'il nettoyait ses ordures, le cercle de feu qui enserrait son crâne se desserrait, tandis que la honte et le dégoût de soi qui l'avaient envahi se dissipaient. En dehors même des dégâts de cette nuit, sa chambre était dans un état épouvantable. Il n'avait pas passé le balai ni la serpillière depuis des mois. Poussière et crasse. Il haussa les épaules, tordit la serpillière au-dessus du seau, et descendit jeter l'eau sale dans le caniveau de la courette. Il le remplit au puits, remonta, acheva pensivement sa besogne. Quand il en eut terminé, les mains rougies par l'eau froide, les reins rompus, il s'assit au bord du lit dont il avait changé les draps. Et maintenant ? Était-il encore décidé à mourir ? Il ne savait plus. D'avoir lavé par terre, d'avoir ouvert la fenêtre en grand, c'était comme s'il avait lavé, aéré l'intérieur de sa tête. Et dans cette tête bien propre, l'image d'Amalia s'installait à nouveau. Il comprit qu'il était trop tard, qu'il ne pouvait plus se suicider. Deux jours plus tôt, il n'y avait rien au monde pour le retenir. A présent, il existait quelqu'un qu'il ne fallait pas décevoir. Il était sans emploi et il aurait un mal de chien, dans l'état présent de sa réputation d'ouvrier-boulanger, à retrouver une place ailleurs que chez Le Rendu. Il alla puiser encore un seau dans la cour, fit sa toilette et se rasa. Il mit des vêtements propres, coiffa ses cheveux rebelles, cira ses gros souliers pour la première fois depuis plus d'un an. Puis, les poings crispés au fond des poches, il se rendit chez Le Rendu. Le boulanger, noir de colère, engueulait encore sa femme. Il n'avait trouvé personne pour le seconder au fournil. Léo n'eut qu'un mot à dire pour qu'il le reprenne. Mme Le Rendu lui lança ses vêtements de travail avec un regard de mépris. Léo fit comme si de rien n'était. Si c'était le prix à payer pour rester à Lille, à proximité d'Amalia...

Il retrouva sa place devant le four. Soulagé, Le Rendu l'augmenta. Il n'avait rien compris aux explications de sa femme et s'imaginait que c'était pour une question de gages que le jeune homme était parti. Léo ne le détrompa pas. Il se mit au travail en pensant à Amalia.

Et le bonheur revint, tout doucement, dans la vie de Léo Frochot. Avec Amalia, il ne buvait jamais. Il avait même renoncé au seul bock qu'elle lui accordait. Il connut des moments difficiles, mais au bout de quelques semaines, pour la première fois, il parvint à se passer de genièvre ou de trois-six pendant plus de trois jours. Il avait gagné son combat. Il était redevenu un homme libre.

Dans le même temps, il avait retrouvé sa fierté de compagnon-boulanger et son amour du travail bien fait. La clientèle de Le Rendu découvrit alors le vrai goût du pain, à présent comparable à celui des meilleures fournées de la ville. Amalia se faisait un plaisir de répéter à Léo les commentaires de sa patronne. Un soir, stupéfaite par la saveur du pain rapporté par Amalia, elle lui avait demandé pourquoi elle était allée le chercher chez Agenais. Amalia s'était empressée de la détromper : c'était du pain de chez Le Rendu, et c'était Léo qui l'avait fait. La tablée avait apprécié le fondant de sa mie et le craquant de sa croûte. Pour M. Winkler, un pain comme celui-là valait toutes les brioches. Léo avait rougi de plaisir. Qu'un pain pétri et cuit par lui pût être confondu avec celui d'un maître tel qu'Agenais effaçait bien des blessures. Ainsi, Léo avait bel et bien pris sa revanche. Renvoyé de chez Agenais, il se révélait capable de rivaliser avec lui.

Parfois, la nuit, Léo s'éveillait en sursaut. Si Amalia se lassait de lui? Si elle le quittait? Il n'en aurait pas été étonné. Elle était si belle et lui si laid! Qu'est-ce qu'elle lui trouvait? Bien fait, grand et athlétique, il était un amant fougueux avec Amalia. Mais comment pouvait-elle oublier le cauchemar de ses traits? Dans l'obscurité de sa chambre, Léo évoquait l'ovale pur du visage d'Amalia, ses lèvres ourlées sur une dentition parfaite, miraculeuse chez une fille du peuple, son front lisse et bombé, et il ne comprenait pas qu'elle ait pu s'intéresser à lui. La pitié y entrait-elle pour quelque chose? Il ne pouvait s'empêcher de le craindre.

Léo se réjouissait aujourd'hui de ne pas avoir épousé Céleste. Décidément, le destin était surprenant qui lui avait fait subir les épreuves les plus cruelles et lui avait ensuite envoyé Amalia, comme pour se faire pardonner. Tremblant à présent de la perdre, il la demanda en mariage. Amalia dit oui. Elle l'aimait tel qu'il était. Elle aimait ce contraste : une tête de brute, un corps d'ange. Elle était sûre d'avoir trouvé son compagnon pour la vie. Elle aurait sauté dans le feu s'il le lui avait demandé, alors pourquoi aurait-elle hésité à l'épouser? Elle s'installa avec lui au-dessus de la remise de Mosellan. Pour deux, bien sûr, c'était petit. Mais le compagnon leur proposa le grand débarras qui jouxtait la chambre pour faire des deux pièces un appartement coquet.

La chance souriait enfin à Léo. Une femme, c'est quand même ce qui peut arriver de mieux à un homme, et celui-là en avait foutrement besoin.

Mosellan annonça la bonne nouvelle aux amis, à Agenais, à Bernabeu. Ils se réjouirent. Bernabeu en voulait un peu à Léo d'avoir délaissé sa femme. Colette avait eu du chagrin. Bernabeu avait dû lui trouver un joli apprenti pour la consoler. Mais à présent, tout était oublié.

Pour le mariage, par un dimanche ensoleillé, on avait installé une grande table dans la cour de Mosellan. Agenais s'était mis au fourneau et Colette avait disposé sur la table abondamment fleurie toutes sortes de brioches et de tartelettes. Les Winkler avaient tenu à offrir à Amalia un chapeau et une nouvelle robe. Léo, pour l'occasion, avait ressorti sa redingote, son haut-de-forme et arborait ses couleurs de compagnon reçu. Ce fut un très beau jour.

Le lendemain, Léo aida Amalia à transporter chez lui tout ce qu'elle possédait sur la terre : quelques nippes, six mouchoirs, une paire de draps qu'elle tenait de sa mère, un édredon grenat que lui avait donné une ancienne patronne, un bougeoir à deux branches. Tout ça ne faisait pas un gros déménagement. On n'eut pas besoin de louer une charrette. Le large dos de Léo et ses grands bras suffirent. Les Winkler portaient une réelle affection à la jeune femme. Mais l'annonce de son mariage les avait inquiétés. Allait-elle les quitter? Amalia n'en avait pas l'intention. Du coup, les Winkler avaient donné leur bénédiction, accompagnée d'une pièce de cinq francs.

Un soir, Amalia disposa un gâteau et trois bougies sur la table. Trois mois de mariage déjà. Elle était sur le point d'allumer ces bougies, lorsque son corps se déroba. Elle tomba sur le sol, évanouie. Cela ne dura qu'un instant. Ses yeux s'ouvrirent. Elle sourit à Léo agenouillé près d'elle et lui dit : « Je suis enceinte. » Son visage chaotique s'éclaira de joie. Amalia attendait un enfant. Il était sauvé, il allait mener désormais une vraie vie d'homme ! Il serra les poings. Ce bonheur-là, on ne le lui arracherait pas.

Thibaut Frochot naquit en mai. Il était temps pour Amalia et Léo de faire partager leur bonheur aux compagnons. On alla pique-niquer, à douze, sur les bords de la Deûle. Il n'y avait là que les amis de toujours, des Chiens blancs pour la plupart, conduits par Agenais. Chacun avait apporté sa part dans un panier, on mit tout en commun, on mangea, on but, on chanta, ce fut très gai. Piètre boulanger, mais bon chanteur, Le Rendu se tailla un franc succès en interprétant « Les Deux Compagnons » :

Où marches-tu, gai compagnon ?
Je m'en vais conquérir la terre ;
J'ai remplacé Napoléon ;
Je suis le Prolétaire !

Pendant que les deux compagnons
Jasaient en frappant sur la table,
Deux servantes, aux gros chignons,
Les reluquaient d'un air aimable :
Ce doit être de bons maris,
Dit l'une, à la joue empourprée...

A l'expression « gros chignons », les hommes échangèrent des regards entendus. Amalia fit mine de se fâcher et, complice, éclata de rire. Ce fut une belle journée. Après le repas, on raccompagna la petite famille en cortège. En tête, Le Rendu, Bernabeu et Mosellan portaient les cadeaux d'usage : des layettes et un ravissant berceau en osier d'une confrérie amie, celle des panetiers.

CHAPITRE 12

Le soir du baptême, en contemplant son petit visage encore indéchiffrable, Amalia murmura à Léo :

— Je suis heureuse. Quand il sera grand, il te ressemblera comme tu étais avant.

Avec une douceur surprenante, Léo caressa de sa grosse main de boulanger les joues roses du bébé. Amalia avait raison. Thibaut allait, d'une certaine façon, lui redonner le visage que Rochetal avait détruit. Mais même au milieu de sa joie, le souvenir de l'Indien lui était pénible. « Le salaud ! » maugréa-t-il.

— Qu'est-ce que tu dis ?

— Rien.

— Mais si, tu as dit quelque chose...

— Rien, je t'assure.

— Quoi ? Dis-moi, à la fin !

— Je pensais que ce salopard de Rochetal donnerait une de ses mains pour avoir un enfant comme celui-là, avec une paire de petits roustons bien accrochés et l'accessoire qui va avec !

— Mais qu'est-ce que tu racontes !

Amalia était choquée. Mais Léo n'en démordait

pas. Il avait de temps en temps des nouvelles de Rochetal par Agenais, qui les tenait de Picard. Par-delà les clivages compagnonniques, les hommes de bonne volonté se parlaient. Agenais-la-Constance et Picard-la-Main-Franche n'étaient pas de ces sectaires obtus qui affectaient de s'ignorer quand ils se croisaient en ville, même si, enfants, ils avaient joué ensemble.

Deux ans s'étaient écoulés depuis la naissance d'Emilienne. Le désir d'avoir un héritier mâle prenait chez Rochetal des allures d'obsession. Il rudoyait sa fille, une môme adorable pourtant. Ses revenus de patron lui permettaient d'envoyer Céleste consulter les meilleurs médecins de Lille. En vain. Les enfants naissent quand ils veulent, avec le sexe qu'ils veulent, et ni les pontes de la Faculté, ni les bonnes femmes avec leurs tisanes n'y pouvaient rien.

— Cesse donc de penser à tout ça, implora Amalia. Toi, tu es heureux, et lui, malgré ses richesses, a de quoi se plaindre de la vie !

Amalia ne savait pas tout, du moins Léo le croyait-il. Il ne lui avait jamais parlé de la trahison de Céleste.

— Non ! gronda-t-il. Je n'oublierai jamais ce qu'il m'a fait ! Jamais, tu m'entends ?

— Tu me fais peur. Tu as des yeux de fou, quand tu parles comme ça.

— Je ne suis pas fou, rassure-toi. Mais un jour, je me vengerai !

Contrariée, Amalia changea de sujet. Ce n'était pas difficile, il y avait le petit, la merveille sur laquelle Léo ne cessait de s'extasier.

Thibaut Frochot avait un an quand Céleste Rochetal donna naissance à son second enfant. Depuis qu'elle était enceinte à nouveau, Rochetal était comme fou. C'était sa dernière chance d'avoir un fils. D'ailleurs cette grossesse même était inespérée. Du premier au dernier jour, il craignit l'accident. Il se montra tyrannique. Céleste n'avait plus aucun droit, tout simplement. Il lui interdit désormais de soulever la plus petite casserole, le moindre fer à repasser. De peur que l'enfant, en se jetant dans les jambes de sa mère, ne la fasse tomber, Rochetal exila Emilienne à l'atelier. Elle s'y serait coupé les mains, elle se serait pris les cheveux dans une courroie si les ouvriers de son père n'avaient sans cesse veillé sur elle, mais Rochetal s'en moquait. Seuls comptaient Céleste et son précieux fardeau. Jethro De Boorgh était toujours fourré à la maison. Rochetal s'assurait avec un soin tatillon que Céleste observait scrupuleusement les prescriptions du médecin marron. Malgré son dévouement, Jethro doutait de la bonne fin de cette deuxième grossesse. Mais il s'était pris au jeu. Il y aurait une belle gratification si tout se passait bien. Certes, le menuisier voulait un fils. Il n'en parlait pas, mais ce silence même trahissait son anxiété à ce sujet. Il ne pouvait pas envisager qu'il pût en être autrement.

Malgré les craintes de Jethro, Céleste alla sans grandes alarmes au bout de ses neuf mois. A l'approche de la délivrance, Rochetal exigea que le médecin prît pension à l'atelier. Ainsi était-on sûr qu'il se trouverait à pied d'œuvre le moment venu.

L'ironie du sort voulut que l'accouchement de Céleste fût l'un des plus faciles et des plus rapides que Jethro eût jamais effectués. Décidément, ce métier était pour lui une source inépuisable de surprises et quelquefois d'émerveillements. On maintenait une femme délicate dans du coton depuis des mois, on s'inquiétait du moindre vent, on l'entourait de soins jaloux, on s'apprêtait à affronter le pire lors de l'accouchement, et le jour dit, elle vous expédiait ça en trois minutes, sans perdre le sourire, presque sans s'en apercevoir.

Pour tromper son angoisse en attendant le verdict du sort, Rochetal s'était attaqué au dégrossissage d'une planche de chêne. Il laissait d'ordinaire ce genre de travaux aux moins expérimentés de ses apprentis, mais ce jour-là, il lui fallait de la grosse besogne et il rabotait sa planche avec rage.

Absorbé dans sa tâche et avec le brouhaha de l'atelier, il n'avait pas entendu le bébé pousser son premier cri. A la vue de Jethro, il craignit le pire.

— Mon Dieu, Jethro, qu'est-ce que...

— C'est fait ! Tout va bien ! Sauf...

Rochetal blêmit. Il avait deviné. Si tout allait bien sauf quelque chose qui n'allait pas, ça ne pouvait être que ça.

— Non !

— Si. C'est une fille bien belle et en parfaite santé ! Ce qui lui manque entre les jambes, rien ni personne ne pourrait le lui donner, y a rien à faire !

Accablé, Rochetal baissa la tête.

— Une pisseuse, nom de Dieu ! Une autre pisseuse ! Mais qu'est-ce que j'ai fait au bon Dieu ?

Jethro ouvrit la bouche pour dire que l'essentiel était que l'enfant et la mère aillent bien, mais Rochetal ne lui en laissa pas le temps. Les traits déformés par la colère, il saisit le médecin au collet. Jethro crut un instant qu'il allait le frapper. Mais le colosse se mit à sangloter. Voir Rochetal pleurer, c'était bien la dernière chose à laquelle Jethro se serait attendu.

— C'est injuste! éructait Rochetal. J'ai *besoin* d'un fils! Vous ne comprenez pas ça?

— Si, je comprends, mais qu'est-ce que j'y peux? Ce n'est pas moi qui décide, c'est le barbu là-haut ou le hasard, je ne sais pas. Ne vous mettez pas martel en tête. La prochaine fois...

Rochetal eut un rictus amer.

— Il n'y aura jamais de prochaine fois et, s'il y en a une, ça pourrait bien être encore une fille! J'ai connu un type qui a eu sept gosses, rien que des garçons, le salaud! Et moi j'arrive pas à en avoir un seul.

— Ça arrive, concéda Jethro. Si vous vouliez bien lâcher ma cravate, je crois que je respirerais mieux!

Rochetal le dévisagea avec égarement. Il le lâcha.

— Jethro, qu'est-ce que je vais faire?

— Y a rien à faire.

A nouveau, la colère submergea l'Ardennais.

— Alors tout le mal que je me donne, ça ne sert à rien? Tout ce que je bâtis...

— Vous gagnez de l'argent, vous nourrissez votre famille. Vos filles auront de l'éducation, une belle dot, elles feront de bons mariages, voilà à quoi ça sert.

— Je m'en fous! Je veux que quelqu'un continue ce que j'ai commencé! Je veux un fils!

— Adoptez-en un, qu'est-ce que vous voulez que je vous dise!

Rochetal secoua sa crinière de lion.

— J'en veux un de mon sang. Qui ait mes mains, mon adresse. Avec mon expérience, il deviendrait le meilleur, nom de Dieu, le meilleur, comme moi!

En Jethro, l'agacement se mêlait à la pitié.

— Vous vous faites du mal, Rochetal! C'est pas

raisonnable de se buter comme ça, puisque vous n'y pouvez rien.

— Si, j'y peux quelque chose !

Dans l'esprit enfiévré de Rochetal, une idée venait de germer. Ses yeux brillaient d'un vif éclat et d'une excitation proche de la folie. Jethro hocha la tête, consterné. Avec son idée fixe, il le voyait mal parti, le Rochetal.

— Qui l'a vue ?

— Pardon ?

— La pisseuse. A part vous, qui l'a vue, pour l'instant ?

— Eh bien... Céleste, Raymonde... C'est tout, je crois.

— Vous êtes sûr ? Alors vite, vite !

— Mais quoi ?

— Il faut condamner la porte et passer le mot aux femmes. C'est un garçon !

— Quoi ?

— Ma fille, c'est un garçon !

Sur le coup, Jethro crut que Rochetal avait perdu l'esprit pour de bon. Déjà, il l'avait saisi par le bras et il l'entraînait de force vers l'escalier qui menait à l'appartement.

— Dépêchez-vous, bon Dieu ! Il ne faut pas que quelqu'un d'autre sache ce qu'il en est !

Jethro avait l'esprit vif. En un éclair, il comprit de quoi il retournait.

— Vous êtes fou, Rochetal, on ne peut pas !

— C'est vous le docteur. Si vous dites que c'est un garçon, c'est un garçon !

— Mais l'officier d'état civil doit constater le sexe de l'enfant.

— On se débrouillera, on en empruntera un. Tous les mioches se ressemblent. Venez, bon sang !

Malgré lui, Jethro se laissait entraîner.

— Mais ça ne vous servira à rien ! protesta-t-il. Vous allez vous mettre dans les embêtements.

— Je paye. Je paye cher. Après, à moi de me débrouiller. Ça va, comme ça ?

— Combien ?

Jethro vendait de l'opium et de l'éther, il avortait putains et honnêtes femmes, il pansait les voyous blessés sans le moindre état d'âme. Porter un faux témoignage ne le dérangeait absolument pas, du moment que cela n'entraînait pour lui aucun ennui. Il reconnut que l'opération qu'imaginait Rochetal ne comportait aucune difficulté, au moins dans l'immédiat.

— Combien ? répéta le menuisier.

— Attendez... Cinq cents francs !

— Pas assez. Il s'en faut de beaucoup ! Il faut trouver le môme que vous irez déclarer à la mairie.

— Pour vous, rien de plus facile.

— Peut-être, mais il faut payer la mère. Et après ? Les soins, tout ça ? Votre femme ne pourra jamais consulter quelqu'un d'autre. En fait de médecin, la petite ne connaîtra que moi.

— C'est bien comme ça que je le comprends.

— Si un jour elle doit aller à l'hôpital, ce sera la catastrophe. Mes confrères ne sont pas tous très malins, mais ils savent généralement distinguer une fille d'un garçon !

— On se débrouillera. Combien, pour le tout ?

— Deux mille francs. Pour ma cécité d'aujourd'hui et mon silence à l'avenir. Bien sûr, il faudra payer les consultations en sus.

— C'est beaucoup.

— Trouvez un autre médecin. Je connais ceux de Lille ; ça m'étonnerait que vous en dégottiez un pour mettre les mains là-dedans !

— D'accord. Deux mille francs. Si vous soufflez un mot de ça à quiconque, je vous tue.

Les deux hommes échangèrent un bref regard. Dans celui de Rochetal, Jethro lut une détermination qui lui glaça le sang.

— Je sais garder un secret.

— Je l'espère pour vous.

Ce que Rochetal ignorait, c'est que Jethro triait lui-même jour après jour les secrets qu'il gardait pour lui et ceux qu'il partageait avec le commissaire Delcambier. Jethro tâtait ses secrets et ceux des autres comme des fruits : il y en avait qui étaient mûrs et bons à vendre, et d'autres non. Le secret qu'il allait partager avec Rochetal était encore vert et invendable. Il se tairait donc pour le moment.

— Alors, d'accord pour deux mille ? Quand ?

— Je vais vous donner cinq cents francs tout de suite. Le reste après la déclaration et le baptême. Sacré bon Dieu, le baptême !

— Ne vous inquiétez pas. Je connais l'homme qu'il vous faut. Il baptiserait un cochon de lait si je le lui demandais. Il faudra le dédommager, bien entendu. Trois cents francs.

Rochetal haussa les épaules. Au point où il en était ! Jethro se félicita de l'affaire. Cela ferait deux mille trois cents francs pour lui. Le père Dolons était sa créature.

— Allez, vite, reprit Rochetal, on fait le barrage là-haut, que personne ne se rende compte. Et on prévient les femmes !

— Vous croyez qu'elles vont marcher dans la combine ?

Rochetal serra les poings.

— Il le faudra bien !

CHAPITRE 13

Baptisé catholique, mais indifférent aux choses de la religion, Rochetal ne se souciait guère de l'orientation calviniste des Enfants de Salomon. Il se serait converti sans hésiter à n'importe quel culte, si cela avait pu changer aux yeux du monde sa seconde fille en un garçon.

Cela commencerait par un faux en écriture au sein même de l'Église, commis par un prêtre maudit, le père Dolons. Il constituait une rare exception dans la connivence de nombreux ecclésiastiques avec les puissances de l'argent. Il ne partageait pas leur mépris pour les brebis déshéritées dont ils auraient dû avoir le plus de soin. Ce n'était pas pour rien qu'on appelait « convoi à sansonnet » le convoi mortuaire d'un pauvre. On ne sonnait pas les cloches en son honneur. Certains prêtres refusaient une sépulture chrétienne à des ouvriers ayant vécu dans le concubinage. On bénissait à la sauvette les enfants fauchés dès leur plus jeune âge par la mort. Les pères insolvables arrivaient nombreux à l'église, avec le petit cercueil en bois blanc sous le bras, et on expédiait ça d'un signe de croix. L'ouvrier lillois chantait volontiers sa rancœur :

Aussi bien à pauv' qu'à riche
On n'fait rien pour nous à l'égliche ;
Quand un prêt' di' un oremus
I' faut qu'i' soit payé tout juss.

Mais le vicaire Dolons n'aurait jamais laissé partir un bougre sans un sacrement digne de ce nom. Pour lui, il n'y avait ni petits, ni grands devant l'Éternel. Son problème à lui, c'était le vin de messe, et tout ce qui lui tombait sous la main en fait de liqueurs et spiritueux : bière, genièvre et trois-six du cru, sans négliger le rhum, le calvados ou le schnaps.

Par le passé, il avait été ignominieusement chassé de deux paroisses du Sud de la France. La première fois, pour s'être couché sur l'autel un soir de noire beuverie, et avoir été découvert à l'heure de la messe par son bedeau, dans ses vomissures répandues sur l'autel. Le bedeau, qui ne l'aimait pas, s'était empressé d'ouvrir la porte aux fidèles. Le maire et le notaire, scandalisés, s'étaient plaints à l'évêque au nom de la population. Déplacé dans une paroisse plus petite, Dolons avait récidivé. La seconde fois, bien loin de s'endormir, il était monté en chaire fin soûl. Là, sous les yeux exorbités de ses ouailles, il avait prononcé un sermon mémorable. Il s'était livré à un enthousiaste et balbutiant éloge du gigondas, qui constituait selon lui le meilleur cru possible du sang de Notre-Seigneur, quoique le saint-estèphe des bonnes années pût lui être comparé. Outrée, Mlle de Farbec, châtelaine et dame patronnesse du lieu, s'était dressée au premier rang de la travée des femmes pour le traiter d'impie et de sacrilège. Puis elle s'était retirée, entraînant avec elle la quasi-totalité du troupeau des fidèles. N'étaient restés que deux hommes, le fossoyeur, qui partageait l'avis du vicaire sur le gigondas, et le pharmacien, homme sobre s'il en fut, mais qui vouait à Dolons une amitié sincère. A voir le prêtre s'agiter en pérorant là-haut, le miséricordieux apothicaire avait craint qu'il ne basculât de sa chaire et ne se brisât le crâne sur les dalles de l'église. Après de longues négociations, le fossoyeur et le pharmacien étaient parvenus à faire descendre le drôle d'oiseau de son perchoir. Ils l'avaient reconduit au presbytère et l'avaient couché comme un quelconque ivrogne. Mais pour le prêtre, le mal était fait. Mlle de Farbec obtint la destitution de Dolons. Suspendu moins d'une semaine après sa performance, Dolons dut effectuer une longue retraite dans un séminaire particulièrement lugubre. Enfin, une place s'était libérée dans la paroisse la plus démunie du royaume, celle de Saint-Sauveur à Lille. Dolons y avait été expédié, comme au purgatoire.

A Saint-Sauveur, la paroisse de Lille la plus propice à un apostolat, puisque la plus misérable, il offrit à Dieu et aux hommes le meilleur de son sacerdoce. Le démon n'était pas en Dolons, mais il lui rendait visite les soirs de cuite. Il y en eut encore à Saint-Sauveur. Simplement, les paroissiens de l'endroit ne s'en indignaient pas. Pour ces habitués du comptoir, le pardon était facile. Quand il était sobre, Dolons confessait et disait la messe fort correctement. Il secourait les misères à sa portée et s'efforçait de consoler les autres. Il ne rechignait même pas, à l'occasion, à ensevelir chrétiennement un suicidé. Et quand il était ivre, on ne lui en voulait pas plus qu'au père, au frère ou au mari qui rentrait titubant de la manufacture. On s'écartait de lui en attendant un meilleur jour.

La fatalité conjuguée à l'alcool fit de Dolons la créature de Jethro De Boorgh. Une nuit, hébété par le trois-six, il tua un enfant par accident. Un des plus misérables parmi les misérables, Vonvon Horain, un avorton tuberculeux. Dolons l'autorisait à dormir au presbytère quand l'hiver se faisait rude. Ce soir-là, sous l'effet d'un délire, Dolons rentra chez lui, hagard, les yeux exorbités, la bave aux lèvres. Il lui semblait que des scorpions jaillissaient à flots de ses oreilles et de ses narines, que des rats géants l'attaquaient aux chevilles. Il poussa un hurlement de bête et se rua dans l'escalier.

Alerté par ses cris, Vonvon se réveilla en sursaut et bondit à la rencontre du prêtre. Il voulait lui porter secours. Mais pour Dolons, c'était un rat de plus qu'il lui fallait exterminer. Dans sa fureur, il lui décocha un énorme coup de pied. Le lourd soulier ferré percuta violemment le crâne du garçonnet qui tomba à la renverse. Son corps menu roula dans l'escalier et s'écrasa brutalement sur le sol, la nuque brisée, aux pieds de Jethro De Boorgh.

Plus tôt dans la soirée, dans un méchant estaminet, le médecin avait compté avec amusement le nombre impressionnant de trois-six que le prêtre ingurgitait. Puis il avait suivi son ombre chancelante jusqu'à la porte du presbytère. Là, il avait attendu que la porte se refermât. Il avait allumé sa pipe et, désœuvré, s'apprêtait à rentrer chez lui d'un pas tranquille. A peine avait-il fait quelques pas que des cris étouffés parvinrent jusqu'à lui.

Il fit demi-tour et courut vers la porte qu'il ouvrit sans peine. Il s'avança en direction des cris. Dans la pénombre, il parvint au pied de l'escalier, quand le bruit d'un corps roulant à sa rencontre le fit reculer d'un pas. En se penchant, il reconnut Vonvon, mort sur le coup. En voilà un qui n'aurait plus besoin de ses soins. A l'étage, Dolons éructant, gesticulant, brisait tout sur son passage. De Boorgh l'empoigna et le gifla avec force. A demi dégrisé, le prêtre se laissa glisser vers le sol et s'endormit en ronflant.

Le médecin le considéra avec un mélange de pitié et de dégoût. Du sang avait séché sur le godillot ferré du prêtre. Il était devenu un assassin, il ne le savait pas encore. Son réveil serait terrible. De Boorgh avait Dolons à la bonne. Il aimait bien les damnés. Les ivrognes et les putains, telle était l'humanité dont il se sentait le plus proche. Il prit les choses en main. Il rédigea un certificat de décès précisant que la mort de Vonvon était due à une péritonite foudroyante. Qui se souciait de Vonvon Horain ? Son père était mort de consomption et sa mère avait disparu sans laisser d'adresse...

En découvrant l'horreur de son acte, Dolons avait voulu se dénoncer. De Boorgh, bon dialecticien, l'en avait dissuadé. Cela n'avait pas été facile. Le prêtre était désespéré. L'athée De Boorgh avait dû user d'arguments jésuitiques : comment Dolons aurait-il pu se racheter, servir encore et malgré tout, dans l'isolement d'un cachot ? Tandis qu'à Saint-Sauveur, d'innombrables Vonvon attendaient qu'on les aide à survivre et qu'on sauve leur âme. Dolons avait fini par céder, en jurant sur le sang du Christ de ne plus boire une goutte d'alcool, hormis le strict vin de messe. Il s'y était tenu. Il se dévouait à présent corps et âme à ses ouailles. Il était en train de tourner au saint homme.

Le lendemain de la naissance du second enfant de Rochetal et Céleste, le médecin marron rendit visite au prêtre, qui accueillit De Boorgh dans son presbytère, à l'endroit même où, quatre ans auparavant, le drame s'était déroulé. Le Hollandais posa sur la table son chapeau fatigué d'homme qu'on tire sans cesse de chez lui.

— Bonsoir, Jethro, dit Dolons.

— Bonsoir, monsieur l'abbé. Je viens pour un baptême.

Dolons considéra De Boorgh avec curiosité. Le médecin aidait au moins autant de femmes à avorter qu'il en aidait à accoucher.

— Un baptême ? Et vous êtes le père ?

— Non, je viens en son nom. C'est une affaire compliquée.

Dolons fronça les sourcils. Il connaissait De Boorgh. Le moment était venu de s'acquitter de sa dette...

— Il s'agit de baptiser une fille et de l'inscrire sous un prénom de garçon et sous ce sexe sur le registre de la paroisse. Et ensuite de garder le secret jusqu'à votre mort.

— Vous plaisantez !

— Pas le moins du monde. Le père tient beaucoup à cette disposition. C'est pourquoi on va vous apporter tout à l'heure un enfançon de sexe féminin, que vous baptiserez du nom d'Adam.

Une expression d'incrédulité se lisait sur les traits du vicaire.

— C'est bien la chose la plus absurde que j'aie jamais entendue ! C'est un sacrilège que vous me demandez là !

Le médecin ricana.

— Remballez ce grand mot, Dolons ! N'ayez crainte, Dieu sait que c'est une fille et le mensonge ne concerne que le registre.

— Mais l'enfant...

— Vous prierez pour lui !

Dolons hocha la tête.

— Je ne vous ai rien demandé, il y a quatre ans, en échange du service que je vous ai rendu, n'est-ce pas ? reprit De Boorgh.

— C'est vrai. M'avez-vous rendu service ou bien m'avez-vous entraîné un peu plus loin dans la damnation ? Je ne cesse de me le demander depuis ce jour.

— Vous avez fait le mal une fois, dans l'aveuglement, et vous faites aujourd'hui le bien les yeux grands ouverts, chaque jour. Ceci devrait répondre à votre question. Au demeurant, ce que je vous demande n'est pas bien méchant : baptisez du nom d'Adam une petite Ève, et tout sera dit.

— Mais pourquoi ?

— Pas de questions ! Aucune ! J'en ai besoin. On en a besoin. C'est tout. Je vous le demande, vous le faites. Ai-je obligé un ingrat ?

Dolons haussa les épaules.

— Un ingrat ! Votre amoralisme est fascinant. Pour rendre service, vous maquillez en décès naturel le meurtre d'un enfant, vous changez le sexe d'un nouveau-né. Tout vous est-il permis ?

— C'est le juge qui dit ce qui est permis et ce qui ne l'est pas. Hors de son regard, tout est indifférent !

— Il y a un autre juge. Et rien n'est hors de son regard.

— Alors il vous jugera pour le tout, à son heure. Et puis qui sait, il y aura peut-être un miracle !

Deux heures plus tard, l'abbé Dolons baptisait Adam, la fille cadette de Rochetal et de Céleste. De Boorgh fit office de parrain. Pour tenir le rôle de marraine, il avait racolé une de ses clientes croisée par hasard, Zinon, la prostituée du rempart. Maigre à faire peur, les soldats de la place l'appelaient Zinon la squelette. En la voyant prendre le prétendu Adam dans ses bras pour le tendre au vicaire qui s'apprêtait à l'ondoyer, on aurait pu penser que c'était la mort elle-même qui présentait l'enfant au prêtre. Près d'elle, De Boorgh souriait dans sa barbe. Esthète des bas-fonds, la bizarrerie de la scène l'enchantait.

En outre, Zinon avait procuré le bébé mâle destiné à tromper l'état civil, un énorme poupard né quelques jours plus tôt de père inconnu. Elle le loua cinq francs à De Boorgh. Elle en avait déjà obtenu autant pour sa prestation au baptême. C'étaient là les faux frais de l'opération. Pour le reste, il avait fallu convaincre Céleste et Raymonde. Rochetal avait écarté brutalement toutes les objections. Sa décision était prise, il n'y avait plus à y revenir. Les femmes, effrayées par sa violence, avaient fini par s'incliner. Le père Dolons trouva les mots de réconfort et leur enjoignit de prier avec lui.

Ainsi tout fut réglé. Adam Rochetal était inscrit sur le registre de la paroisse Saint-Sauveur et sur celui de l'état civil à la mairie. Il avait un père et une mère, un parrain et une marraine, une sœur plus âgée que lui de trois ans... Il n'était pas à plaindre. Mais un jour ou l'autre, cet enfant devrait affronter une épreuve terrible : *son identité.* Rochetal, tout à la réalisation de son projet dément, affectait de rayonner de joie devant ses ouvriers, ses clients et ses fournisseurs.

Le bruit s'était répandu. Rochetal avait un fils. On savait quelle importance cela revêtait pour lui, et on s'empressa de le féliciter. « Alors, m'sieur Rochetal, ça y est, la relève est assurée. Vous êtes content, alors ? » S'il était content ! A chaque complimenteur, il offrait un petit coup de genièvre, et pendant une semaine les félicitations et les bouteilles défilèrent.

Rochetal donna des instructions drastiques,

accompagnées de menaces terrifiantes. Personne, en dehors des quelques rares détenteurs du secret, ne devait s'apercevoir qu'Adam avait en fait le sexe d'Ève. On prit des précautions infinies. Seules, Céleste et Raymonde pouvaient changer et laver le poupon. En tout domaine, on s'appliqua à préserver l'imposture. Son trousseau était bleu, on l'habilla en garçon, et tous ses jouets furent, eux aussi, ceux d'un garçon. Le jour où il surprit Raymonde en train d'amuser le petit avec une poupée de laine, Rochetal entra dans une rage noire. La poupée fut jetée au feu et remplacée par un pandore moustachu, armé d'un grand sabre de bois.

CHAPITRE 14

Le secret de l'enfant aurait bien vite volé en éclats s'il avait été confronté à la promiscuité de l'école, ou même d'une institution privée. Rochetal n'était pas richissime. Toutefois, il avait les moyens d'engager un précepteur. Cette idée le grisait. Un précepteur, comme un fils de bourgeois, comme le rejeton d'une famille noble !

Il l'avait trouvé par l'intermédiaire de De Boorgh, une fois de plus. Eléazar Delvallonte n'avait pourtant aucun lien avec le monde interlope où évoluait le Hollandais. De Boorgh avait fait sa connaissance à la bibliothèque, où il était venu consulter un vieux traité d'obstétrique. Eléazar Delvallonte, authentique professeur de rhétorique, était doté d'un savoir quasi encyclopédique. Mais comment cet aigle en était-il arrivé à finir ses jours à Lille, dans l'obscurité d'un emploi de précepteur ? Les hasards de la vie, liés à une certaine indolence, l'avaient conduit là. Originaire de Castille, il avait enseigné à l'université de Salamanque, puis s'était fixé en France où il avait travaillé longtemps à la Sorbonne. Il avait ensuite rencontré une femme qui lui avait fait perdre la tête. Il entretenait avec elle, depuis vingt ans, une liaison platonique, parce qu'il était infirme. La roue d'un fiacre, en lui passant sur le corps, l'avait confiné pour la vie dans un fauteuil roulant. Son amie, Mlle Valinck, était une célibataire entre deux âges. Elle appartenait à la petite bourgeoisie flamande. Il l'avait rencontrée alors qu'elle séjournait à Paris. Quand elle avait regagné sa ville natale, il avait renoncé à la Sorbonne pour la suivre et se fixer auprès d'elle. Il vivait et enseignait sans quitter son fauteuil, qui grinçait horriblement malgré les efforts qu'on déployait pour en graisser les essieux. Dix fois, Rochetal lui avait proposé de les démonter et de les redresser. Eléazar disait « Oui-oui, la prochaine fois, bien volontiers ! » et rien ne se faisait. Il fallait croire que l'infirme aimait entendre grincer son fauteuil. Ce bruit était devenu inséparable de sa personne. Adam voua aussitôt à « Monsieur Ezézazar » une vive affection. Dès qu'il entendait le grincement annonciateur de l'arrivée de son maître, un sourire de ravissement se peignait sur son visage. Il battait des mains et se soumettait de bonne grâce à l'enseignement du savant castillan. Eléazar, de son côté, s'attacha profondément à son élève. Il n'avait pas d'enfant et n'en aurait jamais. Le petit Adam lui en tint lieu.

Avant sa rencontre avec Adam Rochetal, il n'y avait dans l'existence d'Eléazar Delvallonte que Mlle Valinck et les livres. D'aimables causeries, des soupirs, des élans amoureux sans réalisation charnelle possible, et puis des lectures sans fin, dans la solitude. Adam introduisit pour la première fois la fantaisie et la gaieté dans une vie bien monotone et parfois désespérante. Le petit se démenait comme un beau diable dans son univers étroit. Il ne sortait jamais de l'appartement familial, mais déployait entre ses murs une énergie phénoménale. Céleste se désolait de le voir abîmer tout ce qui se trouvait sur son chemin. Rochetal, lui, s'en réjouissait. Tout ce qui ressemblait chez sa fille déguisée en garçon à une bonne et saine brutalité masculine le mettait en joie. Malgré sa folie, il avait conscience des périls qui menaçaient son projet. La nature ne se laisse pas faire. On pouvait couper les cheveux d'Adam aussi court que possible, lui acheter des soldats de plomb , l'habiller en petit marin, sous ces faux-semblants, l'enfant restait une fille. A mesure qu'Adam grandissait, Eléazar, malgré sa distraction d'érudit, était étonné à la fois par la délicate apparence de son élève et la force brutale qui l'animait. Ignorant tout de la supercherie, le précepteur pensa qu'Adam tenait beaucoup plus de sa mère que de son père. Il avait cependant hérité des yeux en amandes de Rochetal. Cela donnait à son regard une étrangeté troublante, sans susciter le malaise qu'on ressentait face au menuisier.

Sensible sous des dehors de brutalité, Adam était aussi très intelligent. Eléazar ne tarissait pas d'éloges dès qu'il parlait de son élève hors de sa présence. « Il comprend tout au premier mot, cet enfant. Quelle chance vous avez, monsieur Rochetal ! Vous ferez de lui ce que vous voudrez : un avocat, un médecin, un savant... Toutes les ambitions lui sont permises... »

Un rat de bibliothèque ? Un médicastre ? Un avocaillon ? Rochetal ne l'entendait pas de cette oreille. Ce qu'il voulait, lui, c'était un menuisier. Il craignait, en abandonnant l'éducation d'Adam au docte Eléazar, que l'enfant ne prenne trop de goût pour un savoir à ses yeux inutile. Adam devait devenir un artisan, un maître-artisan, sans doute instruit, mais capable aussi de diriger l'atelier que son père lui léguerait en temps voulu. Et ce savoir-là, ces tours de main, cette initiation au travail du bois, du matériau mystique, on ne commençait jamais trop tôt à les acquérir. En ce domaine, Rochetal n'aurait laissé à personne le soin d'éduquer son fils. Dès qu'Adam eut atteint l'âge de six ans, Rochetal lui consacra chaque jour une partie de son temps. Le menuisier travaillait déjà beaucoup. Il délaissait Céleste et Emilienne. Le temps qu'il réserva à l'initiation d'Adam contribua encore à l'éloigner d'elles. Tout à son idée fixe, il s'enfonçait dans une solitude de plus en plus profonde. Adam, glacé par ce père autoritaire, lui préférait de loin les autres membres de son entourage. Il se serait aisément passé d'un père comme Rochetal. Il était heureux entre sa mère, Raymonde et sa grande sœur Emilienne, De Boorgh, très présent, le vieil Eléazar, et même sa marraine de comédie, Zinon la squelette. Elle s'était prise d'affection pour lui et passait le voir de temps en temps. Rochetal n'appréciait guère les visites d'une prostituée de bas étage. Cependant il n'osait pas trop protester, craignant une indiscrétion de Zinon s'il lui refusait sa porte.

Non loin, à une demi-lieue à vol d'oiseau, mais dans un autre univers, Thibaut Frochot grandissait dans l'ombre de Saint-Sauveur. Ses parents n'étaient pas à plaindre. A Saint-Sauveur, quartier du coton et du lin, les hommes étaient ouvreurs, peigneurs, ou fileurs, les femmes étaleuses, étireuses ou soigneuses, les enfants peigneurs ou rattacheurs. Ce n'était pas seulement leur maigre salaire qui rendait leur sort pitoyable. La machine industrielle, pour fonctionner, exigeait son quota de chair humaine. Les métiers, cardes, batteurs éplucheurs, *mule-jennys,* bancs à broches, broyaient chaque semaine un homme, une femme ou un enfant. On perdait un bras, une main ou la vie, si on avait de la chance. Sans lendemain, les survivants estropiés auraient préféré mourir. Les ouvriers, écrasés de misère, mettaient au plus tôt les enfants au travail. Les écoles tenues par les frères comportaient le plus souvent quatre classes, mais peu nombreux étaient les élèves qui allaient plus loin que la deuxième année. Il ne restait en troisième année que les rejetons d'artisans et de commerçants. Des petites filles de six, sept ou huit ans, travaillaient dix heures par jour, immobiles devant leur carreau de dentellière. D'autres gosses, éplucheuses de coton, rattacheurs employés au filage, abattaient des journées de douze heures. On commençait à six heures en hiver. On déjeunait dans l'atelier en surveillant sa machine, on assistait aux « classes de fabrique », quand on pouvait, de midi à une heure et demie, puis on reprenait le travail jusqu'à huit ou neuf heures du soir...

Ce sort fut épargné à Thibaut. Ses parents travaillaient dur, mais au moins, ils gagnaient décemment leur vie, tout en échappant aux mâchoires acérées des machines. Thibaut côtoyait cependant les enfants de la fabrique dans son quartier et à l'école. Inscrit à la « mutuelle », comme on appelait alors l'école laïque, il était un enfant vif, rieur et populaire. Il devint bientôt un des moniteurs formés par le maître pour le seconder, selon les principes de cette école. Le petit Thibaut s'épanouissait dans ce système qui développait l'initiative et le sens des responsabilités. Il était généreux et sociable comme Léo. Il venait d'avoir neuf ans et les voisins l'adoraient. « Quelle chance vous avez d'avoir un gosse pareil, madame Frochot ! » Amalia acceptait ces compliments comme on prend le bon air. Ça ne coûte rien et ça ne peut pas faire de mal. Mais elle savait que la joie de vivre de Thibaut était altérée par une inquiétude qu'elle seule décelait. Les autres pères n'avaient pas cette face de gargouille. Ils avaient le nez au milieu de la figure et les deux yeux à leur place. Et puis les enfants ressemblent à leurs parents. Et Thibaut ne ressemblait pas à Léo ou, plutôt, Léo ne ressemblait à personne. Quand un jour Thibaut s'était décidé à lui demander ce qui était arrivé à son visage, le boulanger n'était pas entré dans les détails. Il avait parlé d'un accident. Mais quel accident peut vous faire ça?

— Un accident. Tu sais ce que c'est qu'un accident! On tombe, on se fait mal, c'est comme ça.

L'innocent avait insisté, en dépit des gros yeux que lui faisait Amalia par-dessus l'épaule de Léo.

— Mais tu es tombé d'où, et sur quoi?

Cette fois, Léo s'était montré brutal, ce qui ne lui arrivait jamais avec Thibaut.

— Je suis tombé, je te dis. Tombé d'un grenier. Là, tu es content? Et puis ça suffit maintenant! File apprendre ta leçon ou gare à tes côtes!

Le petit n'avait pas demandé son reste. Mais, après ce jour, il avait souvent regardé son père à la dérobée. Il essayait de se représenter la chute de Léo. Avec la meilleure volonté du monde, il n'arrivait pas à imaginer comment on héritait d'un tel visage en tombant. Et puis un jour, Léo vint chercher son fils à l'école. Le lendemain, dans la cour, un teigneux, le gros Labourdette, avec qui Thibaut s'était disputé pour une histoire de double-décimètre, trouva fin d'ironiser sur la face ravagée de Léo.

— Eh, Frochot, quand on a un père aussi moche que le tien, on la ramène pas!

Thibaut se rebiffa :

— Et toi, tu crois que t'es beau? C'est pas sa faute, à mon père, il est tombé.

— Tombé mon œil! Il est tombé sur un os, oui.

— Qu'est-ce que tu veux dire?

— Qu'il s'est fait casser la gueule, et c'est ce qui va t'arriver à toi aussi, si tu continues à m'emmerder.

— Tu dis que des conneries, Labourdette. Mon père est tombé, il me l'a dit.

— Et tu l'as cru, gobe-mouches! s'esclaffa Labourdette. Il allait pas te dire qu'il avait pris une branlée, évidemment! Mais moi je sais, parce que mon grand frère était là, le jour où ça s'est passé. Y avait un monde fou pour assister au spectacle. C'est un menuisier qui l'a cogné. Il s'appelle Rochetal, si tu veux savoir! Qu'est-ce qu'il lui a mis! Il l'a rossé, il l'a tatané! Et c'est depuis ce temps-là que la figure de ton père ressemble au cul d'un chameau!

Après ces mots, Thibaut n'avait plus le choix. Il se jeta sur Labourdette. Un cercle de gosses divisés en deux camps, chacun hurlant des encouragements à son champion, se forma autour d'eux. Quand le sévère Philarète Gaugeon, maître de la troisième division, sortit en trombe du réfectoire pour séparer les adversaires, Labourdette était mal en point. Un œil fermé, les lèvres tuméfiées, une dent cassée. Animé par la rage, Thibaut s'en tirait mieux. Il n'avait pris qu'un coup sur l'oreille et un autre sur le nez. Un filet de sang perlait de sa narine, mais le cartilage était intact. Chacun des adversaires reçut, en prime, une superbe paire de claques de la part de Philarète Gaugeon, qui balançait généreusement la mornifle. Enfin, tirant l'oreille à chacun d'eux, Philarète les entraîna au pas de course vers le bureau du directeur.

Le public, gosses de riches en sarrau noir ou fils de filtiers en guenilles, commenta le combat avec passion. Une écrasante majorité estimait que Frochot avait bel et bien bourré la gueule à Labourdette. Le vainqueur, dès lors, bénéficia du respect général. Mais une rage secrète habitait Thibaut à présent. Quelque part dans la ville, peut-être tout près de chez lui, vivait un homme qui avait défiguré son père. La défaite de Léo pesait obscurément sur Thibaut, comme une faute, comme une honte. Quant à la raison de l'affrontement, Labourdette n'en avait soufflé mot. Sans doute l'ignorait-il. La curiosité tenaillait Thibaut. Mais auprès de qui se renseigner? Labourdette? Les deux enfants ne s'adressaient plus la parole. A la première occasion, la bagarre recommencerait. Et Labourdette n'était pas une mauviette. Pour qu'il l'emporte la première fois, il avait fallu à Thibaut le secours d'une sainte colère. Il n'en irait peut-être pas toujours de même. Demander à Léo lui-même? Pas question. Thibaut se souvenait trop de la réaction de son père. Alors Amalia? Mais n'avait-elle pas adressé au gamin un regard désapprobateur, le jour où il avait abordé le sujet? A l'idée de voir à nouveau les yeux de sa mère se poser sur lui avec cette expression, Thibaut sentait ses orteils se recroqueviller au fond de ses godillots. Mais alors qui? Qui lui dévoilerait la raison pour laquelle son père s'était battu et avait perdu figure humaine? Le saurait-il jamais? Il tournait et retournait dans son esprit le nom prononcé par Labourdette. « Rochetal ». Un menuisier. Le menuisier Rochetal. Tout le mal du monde s'incarnait dans les trois syllabes de ce nom.

CHAPITRE 15

Il fallait être très pauvre ou très imprudent pour aller pêcher dans la Deûle. La haute Deûle recueillait les résidus des distilleries de riz et de betterave. Dans la moyenne Deûle, c'étaient les teinturiers qui vidaient leurs eaux usées. La basse Deûle, c'était le pire. Il n'y avait pas d'égouts à Lille. Les déchets de l'abattoir, les déjections des latrines, les débris des poissonneries, tout aboutissait là. Mais rien n'a jamais empêché un gosse d'aller plonger une ligne dans l'eau. Thibaut n'échappa pas à la règle. A l'âge de dix ans, il tanna tant et si bien Léo qu'il finit par être l'heureux propriétaire de quelques brassées de fil, d'une pincée de plombs et d'hameçons. Il lui resterait à se dénicher une gaule et un bouchon. Thibaut fut autorisé à taquiner la tanche, le dimanche après-midi, en compagnie de quelques garnements du quartier.

De son enfance campagnarde, Léo avait gardé le souvenir de pêches en eaux limpides. La poissonnasse de la Deûle ne lui inspirait aucune confiance. Thibaut devrait abandonner ses prises à ses camarades. Les fruits de leur pêche, eux s'en régalaient sans arrière-pensées. Ils avaient faim. Ils se fichaient éperdument de savoir de quoi les ablettes et les goujons dont ils faisaient leur friture s'étaient nourris. Ils auraient considéré Thibaut avec méfiance s'il avait avoué qu'on ne mangeait pas de ce poisson-là chez lui. Déjà qu'il n'était pas, comme eux, fils d'ouvriers de manufacture ! Thibaut avait trouvé la solution. Il leur échangeait ses poissons. Cela n'était pas facile, car ces petits miséreux n'avaient pas grand-chose à négocier : une bille en terre par-ci, une *babluette* par-là. Mais enfin, il parvenait toujours à caser ses prises avant de rentrer à la maison. Cela n'allait pas sans quelque frustration. La satisfaction de raconter sa pêche ne vaut jamais celle de la montrer, quand elle a été belle. Et puis il avait envie de goûter au moins une fois à une de ses prises.

Écolier, il disposait de plus de temps libre que la plupart des enfants de son âge. Aussi lui arrivait-il d'aller pêcher seul, après la fin de la classe. Un jour de mai, il passa prendre dans le garde-manger la tartine que lui avait préparée Amalia et, la canne au poing, il courut se poster sur la berge du canal de la Baignerie. C'était une des voies d'eau les plus propres de la ville, grâce au vieux Moulin Comtesse qui en balayait le cours. Il faisait beau, une de ces journées chaudes et lumineuses, si rares à « Lille au ciel de plomb ». L'après-midi touchait à sa fin, mais l'air était encore tiède, le soleil s'attardait sur la brique des maisons, rougeâtre et rongée par les intempéries. Thibaut n'aperçut au loin qu'un seul autre pêcheur. Il devait avoir son âge, mais il parut à Thibaut beaucoup plus frêle que lui. Un petit blond à la peau très pâle. Thibaut ne l'avait encore jamais rencontré. On voyait bien qu'il ne s'agissait pas d'un pêcheur expérimenté. Il manipulait gauchement une gaule beaucoup trop longue pour lui. Il emmêlait sans cesse sa ligne, la relevait à tout bout de champ pour remplacer son appât décroché. Il s'énervait, tapait du pied, prenait le ciel à témoin des malheurs nés de sa seule maladresse. Tout en surveillant sa propre ligne, Thibaut lançait de temps à autre un coup d'œil goguenard en direction du débutant. Même à distance, on pouvait constater qu'il était bien habillé. On est toujours le gosse de riches de quelqu'un. Plus propres et en meilleur état, les vêtements de Thibaut tranchaient sur ceux de la plupart de ses camarades. Mais le maladroit qui s'agitait un peu plus loin sur la berge du canal paraissait vêtu comme un fils de bourgeois. Les habits des gamins de Saint-Sauveur n'étaient le plus souvent que des loques déchirées et puantes, successivement portées par des kyrielles de frères, de cousins et de voisins, chacun ayant apporté au fil du temps sa tache et son accroc. Ceux de Thibaut étaient usés, mais raccommodés, lavés et repassés avec soin. Ceux du quidam étaient *neufs*. En tout cas, neufs selon les critères de Saint-Sauveur : jamais encore rapiécés ni ravaudés, même pas lustrés. Avec ça, des bottines, de vraies bottines à œillets, impeccablement lacées et cirées, les plus luxueuses que Thibaut ait jamais vues.

L'inconnu avait vu Thibaut, lui aussi, car il regardait de temps en temps dans sa direction, sans en avoir trop l'air, quand sa ligne était vraiment trop emmêlée. Thibaut avait remarqué son manège, mais il restait sur son quant-à-soi. Si ce fils de lord voulait qu'on l'aide à se dépatouiller, il n'avait qu'à le demander. Mais il devait avoir sa fierté, et devant l'impassibilité de Thibaut, il haussait les épaules et coupait à l'aide d'un canif l'écheveau touffu de son fil. Après quoi, il ne lui restait plus qu'à regarnir sa ligne. Cela aurait pu durer longtemps, et les choses en seraient restées là entre les deux gamins, si une bande de mauvais sujets en rupture d'atelier n'était pas apparue sur le quai. Ils étaient quatre. Thibaut les connaissait tous. Il y avait deux des frères Tsimak. Ils appartenaient à une famille d'immigrés venue de Pologne, ou de plus loin encore, l'Ukraine, on ne savait pas très bien. Le père, un filtier, n'était plus bon à rien, détruit par le trois-six. La mère, fileuse au mouillé, s'échinait en vain pour nourrir sa tribu. Son aîné, Micha, âgé de douze ans, traînait toujours derrière lui l'un ou l'autre de ses frères, au nombre de cinq. Ce jour-là c'était Oleg, qui avait neuf ans et le diable dans la peau. Il y avait aussi des filles, en nombre indéterminé. La Tsimak, déjà presque formée, relevait sa chemise derrière les palissades pour deux *babluettes* ou un bol de lait battu. Certains disaient même que pour un sauret, elle allait plus loin encore, mais Thibaut ne pouvait même pas imaginer ce que ça voulait dire. En tout cas, les Tsimak, ça n'était pas la crème. Morveux, pouilleux, querelleurs, voleurs, ils avaient tout pour plaire. Hadrien Le Mée, dit l'Anguille, et Faimfaim Guillemot, ainsi surnommé parce qu'il avait toujours un creux, accompagnaient Micha et Oleg. Dès qu'il vit ce quatuor patibulaire s'approcher de l'aristocrate aux belles bottines, Thibaut pressentit qu'il allait y avoir du vilain.

Vêtu de haillons et usant d'une honnête gaule coupée dans un fourré, comme tout un chacun, le blondinet se serait peut-être tiré sans dommage de sa rencontre avec Micha Tsimak et son escorte. Mais attifé comme il était, avec ces bottines provocantes et cette canne à pêche de rentier, il était perdu. Ce qui devait arriver arriva. Micha jaugea d'un coup d'œil les splendides bottines et la canne à pêche aux anneaux de laiton sertis sur un jonc vernis. Puis il estima à zéro la vigueur et la combativité du propriétaire. Il décida alors que les bottines, sans doute trop petites pour lui, iraient très bien à Oleg. Quant à la canne, elle lui conviendrait parfaitement. En quelques mots prononcés à mi-voix, il donna ses directives à sa troupe.

Le blondinet, décidément, n'appartenait pas au monde brutal de Saint-Sauveur. Il ne vit rien venir. Tsimak se planta devant lui, tandis que ses acolytes l'entouraient.

— Eh, morveux, t'sais pas qu't'as pas l'droit d'pêcher ici, à c't'heure ?

— Pourquoi n'en aurais-je pas le droit ? Il y en a bien un autre qui pêche, là-bas, dit le blondinet en désignant Thibaut d'un signe de tête.

Tsimak balaya l'objection d'un haussement d'épaules.

— Il a pas l'droit non p'us. Y va payer l'amende, lui aussi.

— Quelle amende ?

— L'amende que j'fais payer à ceux qu'ont pas l'droit ! ricana Tsimak.

Sur un clin d'œil de son frère aîné, Oleg s'accroupit vivement derrière la victime. D'une poussée brutale, Micha renversa le blondinet. La canne à pêche convoitée échappa des mains de son propriétaire. Aussitôt, l'Anguille s'en empara et s'enfuit à toutes jambes. Oleg et Faimfaim se jetèrent sur le blondinet et lui entravèrent les jambes. Armé d'un couteau à virole, son bien le plus précieux sur la terre, Micha entreprit de couper les lacets des bottines, pour aller plus vite. Pâle de rage, le blondinet poussait des cris aigus, de fureur plus que de peur, car la menace de Micha de lui couper les roustons s'il continuait à piailler ne suffisait pas à le faire taire. Thibaut n'hésita pas une seconde. Le sang généreux de Léo bouillonnait dans ses veines, et sa victoire sur Labourdette lui avait donné confiance en lui. De notoriété publique, les Tsimak étaient redoutables, mais on verrait bien... Il lâcha sa gaule et s'élança au secours du blondinet.

D'un coup d'épaule, il envoya Micha rouler par terre, puis il allongea à Oleg un coup de pied en pleine poitrine avant de se tourner vers Faimfaim. Ce dernier lâcha la jambe du blondinet et s'écarta précipitamment.

— Micha ! Micha ! Y a c'con qui nous attaque ! glapit-il.

— Laissez-le, bande de voleurs ! cria Thibaut tout en aidant le blondinet à se relever.

— De quoi j'me mêle ! gronda Micha, qui s'était relevé, lui aussi, et qui marchait sur Thibaut, sa lame au poing.

— Tu m'fais pas peur ! lui lança Thibaut.

En réalité, son cœur battait à toute vitesse. Il n'avait pas pensé au couteau. Le courage est une chose, la témérité en est une autre. Que faire, les mains vides, face à douze centimètres d'acier affûtés avec soin ? Courir.

— Viens, blondinet, on se carapate !

Cette fois-ci, l'élégant avait compris dans quel pétrin il se trouvait. Son visage délicat à la peau diaphane avait encore pâli. Cependant, il ne se laissait pas submerger par la panique.

— Tu as peut-être raison, dit-il simplement.

Les deux gosses prirent leur course le long du canal, poursuivis par leurs adversaires. Le blondinet n'alla pas loin. Trahi par les lacets de ses bottines que Micha avait eu le temps de trancher avant que Thibaut n'intervienne, il s'étala de tout son long au bout d'une quinzaine de mètres. Thibaut entendit presque simultanément un cri de détresse et un cri de triomphe. Il se retourna, vit son protégé allongé par terre et revint sur ses pas. Grimaçant, crachant des insultes, Micha s'interposa entre le blondinet et lui.

— Piquez-lui les grolles, pendant que j'pique c't'enculé-là ! lança Micha à ses complices.

Oleg et Faimfaim obéirent. Le blondinet eut beau se débattre, il ne put rien empêcher.

Pendant ce temps, Micha narguait Thibaut.

— Alors, t'y viens ? Tu veux y goûter ?

— Tu fais le malin parce que t'as ton couteau, Tsimak, mais autrement t'es qu'un dégonflé !

— C'est toi que j'vas dégonfler, Frochot ! Allez, viens-y, viens-y !

— *Et alors, là-bas, qu'est-ce que c'est que ça ? Les enfants jouent du couteau, maintenant ? Arrêtez tout de suite, bande de petites canailles !*

C'était un des hommes chargés de l'entretien du Moulin Comtesse, qui était descendu fumer sa pipe sur la berge et qui les avait aperçus de loin. Scandalisé par le spectacle d'un enfant en menaçant un autre d'une lame assez longue pour tuer, il accourait à toutes jambes, armé d'une lourde pelle. Micha jura entre ses dents.

— Putain d'Dieu, faut toujours qu'on nous fasse chier quand on s'amuse !

Se retournant vers Thibaut, il se racla la gorge, rassembla sa salive, et lui cracha en pleine figure avec une force et une adresse stupéfiantes.

— Ramasse toujours ça, Frochot ! Allez, les mecs, foutez-moi çui-là à la baille, et pis on s'taille !

Oleg et Faimfain empoignèrent aussitôt le blondinet et le traînèrent jusqu'au bord du canal.

— Arrêtez ! Je ne sais pas nager !

La chute du gamin souleva une gerbe d'eau. Un sourire mauvais tordit les traits déjà usés de Micha.

— Et voilà milord au jus ! Va donc le r'pêcher, si tu l'aimes tant que ça, Frochot ! Nous, on s'trisse. Vous aut', paumez pas les grolles, ou j'vous éclate la gueule !

Prestes comme une bande de rats, les petits voyous détalèrent et disparurent bientôt. A une trentaine de mètres, l'homme du Moulin accourait, sa pelle au poing, suant et soufflant comme un phoque. Thibaut se tourna vers le canal. Emergeant seule de l'eau grise, une main suppliante battait l'air.

— Eh, blondinet, pas de blagues !

Thibaut plongea.

CHAPITRE 16

C'était au tour du blondinet de ressembler à un rat. Dans ses habits trempés, il frissonnait d'émotion et de dégoût. L'eau n'était pas glacée en cette chaude fin d'après-midi, mais le gosse avait eu la peur de sa vie.

— M-m-merci ! grelottait l'enfant. Tu m'as sauvé la vie, dit-il à Thibaut.

— Tu peux le dire, gamin, dit l'homme du Moulin. Sans lui, t'allais y passer. Ça, c'est un vrai ami !

— Il y a cinq minutes, nous ne nous connaissions pas, mais à présent, c'est à la vie à la mort !

Il se tourna à nouveau vers son sauveur.

— Je le jure sur ce qu'il y a pour moi de plus sacré au monde, sur la tête de ma mère, si un jour je suis en position de te rendre la pareille, que je meure foudroyé si je ne paye pas ma dette sur-le-champ ! déclara-t-il avec une emphase et une solennité comiques.

— Oui, euh... Écoute, je n'ai fait que t'aider à sortir de l'eau, bredouilla Thibaut. Quand on sait nager, c'est rien.

— Rien ? Mais tu aurais pu être frappé de

congestion ! C'est mon précepteur qui me l'a dit : si on plonge sans s'y être préparé, on peut mourir !

— Ton précepteur ?

— Eh bien oui, mon maître. Tu n'as pas de précepteur ?

— Non, moi je vais à la mutuelle.

— Ah oui, bien sûr. Veinard ! Tu dois avoir plein d'amis.

— C'est vrai.

— Tu vois bien ! Tandis que moi, je suis tout seul et je m'ennuie. Mais maintenant, comme je suis ami avec toi, tes amis vont devenir les miens, peut-être ?

— Peut-être.

Thibaut essaya d'imaginer les rapports entre la bande de brutes, les élèves de l'école mutuelle, et ce petit prince précieux et élégant. Il réprima un sourire ironique.

— Dis donc, les Tsimak t'ont fauché ta canne et tes bottines. M'est avis que tu vas te faire engueuler en rentrant...

Le visage du blondinet s'assombrit. Un peu, qu'il allait se faire engueuler ! Pour trois excellentes raisons. La première pour la perte des bottines, la seconde pour celle de la canne à pêche de son père. Et la troisième, et non la moindre, quand le menuisier saurait que son rejeton était sorti sans autorisation.

— Oui, l'entrevue va être terrible. Si j'avais le choix, je préférerais m'expliquer à nouveau avec Micha et ses coupe-jarrets, plutôt qu'avec mon père !

— Ses coupe-jarrets ? Dis-moi, tu causes jamais normalement ? demanda Thibaut.

— Qu'appelles-tu « normalement » ? Mon père les qualifierait sûrement de petits enfoirés. Il aime parler gras devant moi. Cela contrarie mon précepteur. Quand il entend des choses de ce genre, il pince les lèvres et lève les yeux au ciel.

L'employé du Moulin écoutait, l'air ébahi, ce petit bonhomme qui parlait comme un monsieur. Cependant, les obligations de son service l'appelaient. Il félicita encore Thibaut pour son courage et prit congé des deux garçons.

— Allons, dit le blondinet, il va falloir que je rentre affronter les foudres paternelles. Ça va fumer ! Dis-moi ton nom, que je sache comment se nomme mon nouvel ami.

— Thibaut Frochot. Mon père est ouvrier boulanger chez Le Rendu, à Saint-Sauveur. Et toi, comment tu t'appelles ?

— Adam Rochetal. Serrons-nous la main !

Thibaut sursauta. Ce nom...

— Comment tu dis ?

— Rochetal. Adam Rochetal. Eh bien quoi, tu ne me serres pas la main ?

Thibaut fit mine d'ignorer la question et la main tendue par Adam.

— Adam Rochetal... Et qu'est-ce qu'il fait, ton père ?

— Mon père est le meilleur menuisier de Lille, dit Adam avec orgueil. Il emploie dix compagnons, et huit aspirants et apprentis. Mais qu'est-ce qui t'arrive ?

Stupéfait, Adam dévisageait celui qui venait de lui sauver la vie, son premier et son seul ami. Thibaut le regardait à présent d'un œil distant, presque haineux. Il sembla faire un effort pour se maîtriser, et pour dire, avec froideur :

— Rien. Faut que je rentre.

— Tu es tout mouillé, toi aussi. Tu vas être puni ?

— Peut-être bien. Mais c'est pas grave. Allez, salut !

Thibaut tourna les talons. Adam le retint par la manche.

— Tu ne m'as pas serré la main !

— J'suis obligé ? demanda Thibaut avec humeur.

Adam se mordit les lèvres. Il était fier. Mais l'incompréhensible changement d'attitude de Thibaut le glaçait.

— Non, bien sûr, rien ne t'y oblige.

— Alors salut.

Cette fois-ci, Adam le laissa partir. Avec tristesse, il le regarda s'éloigner le long du canal. Quand Thibaut eut disparu, le petit poussa un gros soupir. Il s'avisa qu'il était en chaussettes. Et il n'habitait pas tout près. Le temps de rentrer, ses chaussettes de coton tricotées à cinq aiguilles par Céleste ne seraient plus que des loques infâmes. Il haussa les épaules. La canne, les bottines perdues, les chaussettes ruinées, et la correction mémorable que tout ça allait lui valoir, ça n'était rien. Le pire, c'était cette déception. Pourquoi Thibaut lui avait-il battu froid, tout à coup ? Cela avait coïncidé avec le moment où Adam avait dit son nom. Il repassa dans son esprit toute leur conversation. Pas de doute, c'était ça. Mais pourquoi ? se demanda-t-il désemparé.

— Mon Dieu, Adam, est-ce que tu te rends compte de ce que tu as fait ? Quand il saura ça, ton père va entrer dans une rage !

Jamais encore Adam n'avait vu sa mère aussi inquiète.

— Pardonne-moi, maman. Quand j'ai découvert la canne toute neuve de papa sous le hangar, je n'ai pas pu résister. Depuis le temps que je rêvais d'aller à la pêche...

— Mais il t'y aurait emmené !

— Quand, maman ? Il possède cette canne depuis trois ans, tu me l'as dit toi-même, et il ne s'en est jamais servi. Et puis, s'il avait voulu m'y emmener, il m'en aurait acheté une à moi aussi.

— Il n'a pas le temps. Il travaille comme une brute. Pour toi, pour t'élever, pour te léguer son atelier. Mon Dieu, comment va-t-il réagir ? Je n'ose même pas l'imaginer !

— Il va me flanquer une rouste, c'est tout ! dit Adam, affichant une sérénité qu'il était loin de ressentir. Tous les pères flanquent des roustes à leurs enfants. Ce n'est pas si grave ! Et celle-là ne sera pas volée...

— Ce n'est pas le pire, Adam. Le pire, c'est que tu lui as désobéi. Tu es sorti seul, sans sa permission.

— Mais les autres enfants sortent seuls tous les jours, eux ! Ceux qui m'ont attaqué...

— Ce sont des petits misérables ! Ils traînent dans les rues. Ils finiront au bagne ou sur l'échafaud.

— Celui qui est venu à mon secours n'est pas comme eux. Il pêchait tout seul bien tranquillement, s'écria Adam.

Au souvenir de Thibaut et de la brusquerie avec laquelle il l'avait quitté, il sentit son cœur se serrer.

— C'est que son père le lui permet, j'imagine. Le tien te l'interdit. Or, tu lui dois obéissance !

— Je sais, maman, je sais ! Mais j'étouffe, quelquefois. Je me sens si seul.

— Tu exagères, tout le monde t'aime ici. Je suis là tout le temps, moi. Et puis tu as Emilienne, Raymonde, et Zinon qui vient souvent te voir. Et M. Delvallonte ! Tu ne l'aimes pas ?

— Bien sûr que si ! Mais il a soixante-cinq ans et il vit dans un fauteuil roulant. Pour jouer à chat, ça n'est pas très commode. Je n'ai jamais joué à chat, maman. Avec qui aurais-je pu y jouer?

Céleste ne sut que répondre. Elle baissa la tête. Elle était la première à voir venir les choses. Adam ne se plaignait encore que de sa solitude. Que serait-ce quand il connaîtrait la vérité?

— Ton père veut que tu vives ainsi, que tu étudies à la maison et que tu sortes le moins possible. C'est pour ton bien, Adam, pour te protéger.

— Pour me protéger de quoi, à la fin?

— Des autres! Tu vois bien, ces voyous t'ont battu, ils t'ont volé, ils ont failli te noyer.

— C'est vrai, mais à huit ans, on doit savoir nager. Thibaut sait nager, lui!

— Qui est Thibaut?

— C'est celui qui m'a sauvé. C'est mon...

Adam allait dire « mon ami ». Le mot lui resta dans la gorge. Thibaut ne voulait pas être son ami. De cela, Adam n'avait pas osé parler à Céleste.

— Ton père t'apprendra à nager.

— S'il trouve le temps. Il n'en trouve que pour m'apprendre la menuiserie.

— Et tu n'aimes pas ça?

— Si. Presque autant que les leçons de M. Ezézazar!

Adam faisait exprès de zézayer ainsi en prononçant le prénom de son précepteur, comme quand il était tout petit. Céleste ne put s'empêcher de sourire, malgré son inquiétude.

— Presque autant, seulement?

— Si, j'aime bien! Mais papa s'énerve tout de suite quand il me montre. Tandis que M. Ezézazar est patient, il explique bien, et il me donne à lire toutes sortes de livres. Ensuite, on en parle ensemble.

Céleste hocha la tête. Adam se prêtait de meilleur gré aux leçons du vieil érudit qu'aux cours de menuiserie de Rochetal. Encore un drame à venir. Elle soupira.

— Écoute bien ce que te dit ton père. C'est très important pour lui, que tu deviennes un bon menuisier, un *maître,* comme lui !

Adam haussa les épaules.

— Je ferai de mon mieux, je te le promets... En attendant, ça va chauffer !

— On ne va rien lui dire.

— Mais ce n'est pas possible.

— Il est en livraison. Tu n'es pas passé par l'atelier en rentrant ?

— Non. Personne ne m'a vu.

— Parfait. Va te changer, M. Delvallonte ne va pas tarder. Tu prends ton cours de grammaire avec lui, tu ne lui parles de rien, à lui non plus. Pas de canal, pas de voyous, pas de bagarre... Tes bottines étaient neuves. Le cordonnier a encore tes mesures. J'ai un peu d'argent de côté. Je vais lui en commander une autre paire toute semblable.

— Mais s'il en parle à papa ?

— C'est un commerçant. Il fera ce que je lui dirai.

— Et la gaule ?

— Elle était neuve elle aussi. Ton père l'avait oubliée. Nous irons demain matin ensemble racheter la même. Comme ça, il n'y aura pas d'histoires.

Adam se jeta dans les bras de sa mère.

— Tu es merveilleuse ! J'avais tellement la trouille !

— La *trouille* ? Ce n'est pas M. Delvallonte qui t'apprend à parler comme ça ! Remarque, ça me rappelle des souvenirs. J'étais lingère quand j'ai connu ton père.

— C'est lui qui m'apprend ces mots-là, ça l'amuse.

— Je sais. File te changer. S'il rentrait plus tôt que prévu et te trouvait trempé comme ça, tout serait fichu !

Les stratagèmes de Céleste pour épargner à Adam la colère de Rochetal fonctionnèrent parfaitement. Le menuisier n'en sut jamais rien. Sans lui révéler ce qui s'était passé, Céleste lui confia ses inquiétudes. Adam grandissait et de nouveaux périls le guettaient. Rochetal en était conscient. Le moment était venu de familiariser Adam avec le monde extérieur. Il fallait aussi le rendre conforme au modèle masculin. A quoi bon faire un garçon de la fille que le destin lui avait donnée, si ce garçon était une femmelette ? Rochetal décida de bouleverser l'emploi du temps de son fils. Il entreprit de l'endurcir. Adam ne demandait que ça.

Ce fut le temps des grandes courses dans la campagne, d'où Adam rentrait épuisé, mais radieux. Ce qu'il avait attendu en vain pendant si longtemps se réalisait enfin. Son père l'emmenait courir, sauter, escalader et dévaler des talus, pendant des journées entières. Il lui apprit à nager et à pêcher, à grimper aux arbres, à faire du feu, à se battre. Dans ce domaine particulier, il s'efforça de lui inculquer tout son art. Adam découvrit la face cachée de Rochetal, un expert qui connaissait toutes les ficelles du combat à mains nues, à la savate, à la canne plombée ou au bâton. De plus, ce maître d'armes ne s'embarrassait pas de considérations morales. « Si un jour tu dois te battre, c'est pour gagner. Donc, ne laisse jamais passer l'occasion de le faire. Sinon, c'est toi qui mordras la poussière. »

Adam gardait le souvenir de sa rencontre dramatique avec la bande de Micha. Il n'avait pas ressenti la moindre peur, mais il avait eu conscience de son impuissance. Il s'appliqua à retenir les leçons de son père. Si un jour il se retrouvait confronté à une telle situation, il combattrait pour gagner, sans hésitations ni états d'âme.

— Et si mon adversaire a un couteau, qu'est-ce que je dois faire, dis, papa?

— A une arme tu dois opposer une autre arme : ce qui te tombe sous la main, une chaise, une pierre, une bûche, une hache, du sable...

— Mais s'il n'y a rien? demanda Adam.

— Alors jette-toi sur ton ennemi et déchire-lui la gorge avec tes dents!

Stupéfait, Adam dévisagea son père comme s'il le voyait pour la première fois.

— Comme fait un tigre?

— Comme un tigre.

— Mais tu as déjà fait ça, toi, papa?

Ce fut au tour de Rochetal de dévisager son fils. Il resta un instant silencieux, puis finit par dire :

— Oui.

Adam écarquilla les yeux.

— Raconte-moi, papa, raconte-moi!

Rochetal secoua la tête.

— Il te suffit de savoir que j'en suis capable.

CHAPITRE 17

Le temps passa. Louis-Philippe, affaibli par le marasme économique, avait livré le pays aux républicains en 1848. De grands espoirs étaient nés dans ce printemps des peuples. Un certain Agricol Perdiguier, compagnon menuisier connu sous le nom d'Avignonnais-la-Vertu, avait même été élu député. Ami de George Sand et de Victor Hugo, il travaillait à la paix entre tous les corps de métiers. Avec un tel homme, Léo espéra que la Reconnaissance des boulangers arriverait bientôt. Mais le coup d'État de Louis-Napoléon fit voler en éclats la jeune république et installa le Second Empire. Perdiguier fut exilé. A nouveau, la Reconnaissance tant espérée s'éloignait. Loin de ces convulsions, chacun de leur côté, Thibaut et Adam grandissaient.

Aucun des deux n'avait oublié la rencontre au bord du canal. Les deux garçons constituaient un mystère l'un pour l'autre. Souvent, Thibaut se réveillait en sursaut et repensait à Adam dans le silence de la nuit. Il avait sauvé de la noyade le fils de l'homme qui avait défiguré son père. Était-ce une faute ? Seul, Léo aurait pu répondre à cette question, mais Thibaut n'osait pas la lui poser. Il en était une autre qu'il se posait, sans être plus capable d'y répondre : qu'aurait-il fait, à l'instant de plonger, s'il avait su qui était le blondinet ? Aurait-il eu la cruauté de le laisser mourir ? Il ne pouvait oublier son visage. C'était plus fort que lui, il le trouvait sympathique. Un drôle de petit gars, empoté, un peu maniéré et ridicule à l'aune de Saint-Sauveur, mais gentil, spontané, prêt à donner son amitié sans arrière-pensée. Et c'était là que les choses se compliquaient pour Thibaut : il regrettait à la fois de n'avoir pas laissé Adam s'engloutir dans les eaux du canal, et d'avoir refusé sa main et son amitié. Comment s'accommoder de deux sentiments aussi contradictoires ?

Depuis qu'il connaissait Adam, sa curiosité avait redoublé au sujet du combat que s'étaient livré Léo et Rochetal. Sans doute Adam n'en savait-il rien. Mais Thibaut à présent avait une piste. Rochetal était « le meilleur menuisier de la ville ». Il avait des employés, un atelier, pignon sur rue. Thibaut n'était que l'humble rejeton d'un ouvrier boulanger et d'une domestique. A Saint-Sauveur, il avait ses marques. Il se sentait à l'aise, même face aux Tsimak qui l'évitaient depuis l'algarade. Hors de Saint-Sauveur, le monde lui paraissait étranger, hostile. Il résolut d'attendre.

Il avait d'autres chats à fouetter. A treize ans, d'autres questions commençaient à le préoccuper. Quelques mois après cette partie de pêche mouvementée, il se décida à proposer deux *babluettes*, non pas à Laïla Tsimak, qu'il supposait prévenue contre lui par ses frères, mais à une autre fille tout aussi délurée. Elle s'appelait Rose. Elle avait le teint blême de la plupart des mômes de Saint-Sauveur, mais elle était au moins aussi formée que Laïla. La transaction s'effectua sans difficulté, derrière une palissade, en fin d'après-midi, à une heure où le soleil brillait encore assez pour rendre le marché équitable. Deux *babluettes,* ce n'était pas tout à fait rien, mais si c'était pour ne rien voir... Thibaut paya et vit. Rose n'avait rien là où il avait quelque chose. Et cette absence, matérialisée par une touffe de duvet châtain, était bouleversante. Du coup, Thibaut rallongea une *babluette* pour toucher cette absence bouclée, et une autre pour contempler le reste, deux seins déjà volumineux, d'une blancheur de suif, marqués d'aréoles roses. Décidément, Rose n'avait de rose que ses bouts de seins et l'intérieur de son rien. Thibaut prit bonne note de ces détails importants, tandis que Rose se rajustait.

— Thibaut, c'est quand tu voudras.

— Eh ben... C'est que je n'ai plus de *babluettes,* pour le moment. Et même, j'en dois deux à Sébastien Le Goël.

— Sébastien ? Il en a toujours plein les poches. Sa mère lui donne les sous pour en acheter. Je sais bien comment elle les gagne, va !

— Ah bon ? Comment ?

— Comme moi, tiens, idiot ! Sa mère, c'est Zinon la squelette ! Elle fait ça sous le rempart, avec les soldats, et pas pour des *babluettes.* Y a même des officiers qui s'absentent pendant l'exercice pour lui rendre une petite visite dans les taillis. Elle est maigre à faire peur. Ça les excite, ces cochons-là. Ils ont l'impression de se faire câliner par la mort en personne.

Après cette expérience, bien des mystères restaient à percer, dans le domaine de la chair comme dans les autres, mais un de ceux qui intriguaient le plus Thibaut était élucidé. Il savait au moins comment les filles étaient faites : à la fois simple et compliqué. Simple, parce que à base d'absence, et compliqué, parce que cette absence-là avait tout de même quelques apparences de complexité ! Ce jour-là, Thibaut eut l'impression d'avoir accompli un grand pas vers l'âge adulte.

Adam n'avançait guère dans la découverte des choses du sexe. Puisqu'il était persuadé d'être un garçon, il supposait que tous les garçons étaient constitués exactement comme lui. Et comme il n'en fréquentait aucun, rien ne venait démentir cette croyance. Quant à la différence entre les hommes et les femmes, elle se bornait à la poitrine. Chapitrées par Rochetal, Céleste, sa mère, et Emilienne, sa sœur, se gardaient bien de se montrer à lui. D'ailleurs, Emilienne ignorait la vérité. Elle croyait dur comme fer qu'elle avait un frère. Elle l'adorait et prenait son parti en toute occasion. Adam lui rendait sa tendresse et la tenait pour une sorte d'auxiliaire de Céleste, une mère-bis, placée auprès de lui par le sort.

Inquiète, Céleste guettait le moment crucial où la nature, en Adam, émettrait un signal dont il faudrait bien tenir compte. Par chance, la fillette cachée sous les apparences du garçon n'était pas particulièrement précoce. A douze ans, elle n'était pas encore réglée, mais l'imminence de l'événement préoccupait Céleste, tandis que Rochetal poursuivait sa chimère. Il continuait à travailler à l'endurcissement de l'enfant et s'efforçait de parachever sa transformation en mâle et en futur maître-menuisier. Seuls dans le secret, Jethro De Boorgh et Zinon observaient l'évolution avec curiosité.

Un matin, alors qu'Adam entrait dans sa quatorzième année, De Boorgh, en le quittant après l'avoir examiné comme il le faisait régulièrement, entra dans le bureau de Rochetal. Le menuisier l'accueillit avec jovialité. Le secret partagé liait les deux hommes depuis quinze ans, maintenant.

— Alors, docteur, comment va mon garçon, aujourd'hui ?

De Boorgh fit la grimace.

— Il va comme une fille qui sera réglée sous deux mois, à mon avis !

Rochetal s'alarma.

— Alors ça y est, vous en êtes certain ?

— Je ne suis certain ni du jour ni de l'heure, mais c'est inéluctable. Il va falloir lui parler.

— Lui parler ?

— Évidemment ! Que vous teniez à poursuivre cette mascarade, admettons, mais vous ne pourrez continuer sans lui. Enfin, sans elle, sans lui, je ne sais même plus comment il faut dire.

— Sans lui !

— Sans lui, si vous voulez. Mais ce « *lui-là* » va avoir ses premières règles, il lui pousse des seins. Menus, les seins, je veux bien, mais toujours plus gros que ceux d'un garçon ! Ce « *lui* » n'aura jamais de barbe ni de moustache. En revanche, il aura des hanches et des fesses. Et si un beau jour il fait l'amour avec une vraie fille, il ne se passera rien, tandis que s'il se frotte à un vrai garçon, eh bien selon toutes probabilités, il tombera enceinte.

Rochetal hocha la tête.

— Je sais, De Boorgh. Je le sais bien, allez ! Vous croyez que je n'y ai pas pensé ? Je ne pense qu'à ça depuis quinze ans.

— Et qu'est-ce que vous allez faire ?

— Lui dire la vérité.

De Boorgh vrilla dans les yeux de Rochetal son regard froid et cynique.

— La vérité, vraiment?

Ils marchaient côte à côte, sur un chemin tranquille, à une lieue et demie de Lille, du côté de Roubaix. Il faisait bon. C'était l'été. Les épis mûrissants d'un champ de blé ondulaient doucement sous une brise légère. Dans l'ombre, sous les arbres, des nuées de guêpes bourdonnaient autour des fruits gorgés de suc. L'air embaumait, coquelicots et bleuets cochaient comme au pastel l'étendue blonde des champs. On avait peine à croire qu'à deux heures de marche s'étalait la misère des taudis de Saint-Sauveur.

Depuis que Rochetal avait pris en main l'éducation d'Adam, ce paysage leur était familier. Ils l'avaient arpenté par tous les temps, sous la pluie, dans l'odeur lourde de la betterave, et sous le soleil, dans les senteurs de fruits et de blé mûr. Pour suivre dans ses courses ce père athlétique, le frêle Adam avait peiné, parfois jusqu'à la limite de ses forces. Mais il savait gré à Rochetal de ne jamais l'avoir ménagé. Au fil de ces dernières années, Rochetal lui consacrait de plus en plus de temps. Adam s'était mis à l'aimer.

Il avait beaucoup grandi, depuis l'épisode du canal. Il était moins blanc de peau, à cause de l'exercice qu'il se donnait avec son père, au grand air par tous les temps, mais il était toujours aussi mince, avec une ossature aussi fine.

Ce jour-là, Adam n'avait pas réussi à suivre l'allure de son père. Il se sentait faible, mais il ne voulait pas renoncer à la randonnée. Il avait quelque chose à dire à Rochetal. Il préférait se confier en pleine campagne, seul à seul. Depuis deux jours, il cherchait ses mots. Il allait faire de la peine à ses parents. Mais ce n'était pas sa faute. Peut-être aurait-il dû d'abord en parler à De Boorgh, mais le médecin était en voyage. Attendre qu'il revienne? Trop long. A son retour, tout serait fini, probablement.

— Papa...

— Oui, fils?

— Faut que je te dise, je vais mourir.

Rochetal s'était tourné vers Adam. Il avait blêmi, son visage s'était décomposé en une fraction de seconde. Et puis, presque aussitôt, son expression changea de nouveau. L'inquiétude fit place à un soulagement amusé. Stupéfait, Adam reprit :

— Tu ne comprends pas? Je vais...

Rochetal l'interrompit.

— Non, je ne crois pas.

— Mais si!

Rochetal souriait.

— Papa, écoute-moi! Tu ne sais même pas...

— Si, je sais. Je me doute. Tu saignes, c'est ça?

Adam acquiesça. Il saignait, depuis deux jours. Il n'avait osé le dire à personne. Il avait dissimulé ses vêtements tachés, et son drap, taché lui aussi. Pas par honte. Par peur. En espérant un miracle. Ça allait peut-être s'arrêter. Mais un jour avait passé, et une nuit, et il se vidait de son sang, inexorablement. Il allait mourir, c'était certain.

— C'est normal, dit Rochetal.

Il laissa passer un temps, puis il ajouta :

— C'est normal chez les filles.

Il entraîna Adam sous un arbre et le força à s'asseoir à l'ombre, pour lui parler plus commodément. Il n'y avait pas âme qui vive autour d'eux, à perte de vue. Même une simple silhouette au loin aurait rendu la confession difficile, peut-être impossible. Mais là, il n'y avait qu'eux. Le père et celui qui s'était cru fils. La fille apprenant qui elle était, ce qu'elle était. Dans cette solitude propice, ce fut long et douloureux. Adam pleurait. Rochetal faillit bien pleurer lui aussi. Mais il se contint. C'était lui qui avait plongé son enfant dans ce mensonge, dans ce malheur. A lui d'assumer. A lui de rester serein, au moins en apparence, pour rassurer Adam, pour l'aider.

Adam sanglotait. Rochetal le prit dans ses bras. Tous les repères de l'enfant avaient disparu. Depuis toujours, il se pensait en garçon, nourri de la virilité conquérante, presque brutale de Rochetal, et de celle, abstraite et subtile, de l'érudit Eléazar Delvallonte. Tout à coup, on lui apprenait qu'il n'en était rien. Il appartenait à l'autre sexe. Il était semblable dans sa chair à sa mère, à sa sœur, à sa tante, à Zinon. Et cette révélation s'effectuait par ce que la féminité recelait de plus étranger et de plus mystérieux aux yeux des mâles : le flux menstruel.

— Mais pourquoi? Pourquoi t'as fait ça, papa? Pourquoi tu m'as donné ce prénom? Pourquoi tu m'as fait croire que j'étais un garçon?

En cet instant, Rochetal n'osa pas croiser le regard de l'adolescent.

— Je ne pouvais pas faire autrement. Il me fallait un fils. Je savais que ta mère n'aurait sans doute pas d'autre enfant. Alors ce fils, c'était toi! Il le fallait, pour le nom, pour l'atelier.

Adam se révolta.

— Le nom! L'atelier! Mais tu es fou, papa! Qu'est-ce que je suis, moi, qu'est-ce que je vais devenir?

Rochetal fit face à ce sursaut de révolte. Il pouvait

répondre aux questions d'Adam, mais il n'apaiserait pas sa douleur et sa peur.

— Tu peux devenir un apprenti menuisier, puis un compagnon, puis un maître et un patron, comme moi !

CHAPITRE 18

La révélation de sa féminité avait anéanti toutes ses certitudes. Adam regardait à présent les choses et les êtres autour de lui avec d'autres yeux. Le monde était devenu une vaste duperie. Disparaître ? Mettre fin à ses jours ? Assassiner Rochetal ? Adam était déchiré par des sentiments contradictoires.

Au premier rang des menteurs, il classait son père et sa mère, et Jethro De Boorgh, bien sûr. Pouvait-on imaginer pire menteur qu'un médecin qui vous trompait sur votre sexe ? Adam lui-même constituait l'exemple parfait de l'imposture après avoir été celui de l'ignorance. Parmi les idiots confirmés figuraient Eléazar et Emilienne. Encore Adam aurait-il hésité à les ranger dans cette catégorie innocente, tant il se défiait à présent de tout et de tous, si son père ne lui avait juré qu'ils ignoraient la vérité. Mais quel crédit accorder aux serments de Rochetal, à présent ? Adam avait considéré quelque temps son précepteur avec méfiance. Cependant, quand il levait les yeux de ses bouquins, le regard du vieil Eléazar exprimait une candeur dont Adam ne parvenait pas à douter. Et Emilienne ? Oh, s'il fallait douter d'Emilienne, alors, il fallait suspecter le blanc d'être en réalité le noir, et le jour d'être la nuit ! Adam mit pourtant sa sœur à l'épreuve. Alors qu'ils étaient seuls, il s'exclama qu'il en avait assez d'être un enfant et qu'il lui tardait de devenir un homme.

— Qu'est-ce que tu racontes ? demanda Emilienne. Tu as quatorze ans, bientôt quinze. Tu es d'ores et déjà un jeune homme !

— Oui, mais non. Une femme n'est pas une femme avant d'être réglée, n'est-ce pas ?

Emilienne rougit. Jamais Adam n'avait parlé de tels sujets. Quelle mouche le piquait ?

— Oui, enfin... Oui, c'est ce qu'on dit, et même...

Elle n'alla pas plus loin. Elle-même se posait de troublantes questions. A dix-sept ans, elle ne manquait pas de prétendants. L'amabilité de la fille et la prospérité du père attiraient bien des jeunes gens. Bien sûr, Rochetal ne trouvait personne digne de devenir son gendre. De son côté, Emilienne était fort romantique. Elle avait juré qu'elle n'épouserait qu'un homme dont elle serait vraiment amoureuse. Or, l'heureux élu n'était pas encore apparu.

— Et même quoi ? insista Adam devant le silence soudain d'Emilienne.

— Non, rien. Qui t'a parlé de ces choses ?

Adam haussa les épaules.

— Peu importe. Dis-moi, est-ce que les garçons...

Embarrassé, il s'interrompit à son tour.

— Oui, quoi ? s'impatienta Emilienne.

— Est-ce que les garçons ont des règles eux aussi ? A leur façon, je veux dire !

Emilienne rougit de plus belle. Qu'était-il donc arrivé à son petit frère chéri pour qu'il pose des questions aussi incongrues ? Les jupons devaient le travailler pour lui mettre ces pensées-là dans la tête.

— Pas que je sache, dit-elle avec gêne. Il vous

pousse de la barbe et des poils, et votre voix mue, et... Et il vous vient une pomme d'Adam, là.

Du doigt, elle désigna la gorge d'Adam, où d'ailleurs la fameuse pomme brillait par son absence. Au même instant, elle constata que les joues de son frère n'étaient pas moins lisses que les siennes, ni sa voix moins cristalline. Adam le lut dans ses yeux. Il fit mine de battre précipitamment en retraite. Emilienne crut comprendre qu'une inquiétude toute masculine avait conduit le jeune garçon à l'interroger de cette façon. Elle s'efforça de le rassurer.

— Il y a des hommes qui sont faits comme des singes et d'autres comme des anges... La véritable virilité ne tient pas à ces détails vulgaires. Les femmes n'en sont pas dupes.

— Alors elles m'aimeront, sans doute ! s'exclama Adam.

— Sans aucun doute, renchérit Emilienne, car tu es fin et délicat. Et tu as une jolie peau ! Si tu avais quelques années de plus et si tu n'étais pas mon frère, tu n'aurais pas à me faire longtemps la cour pour que je t'accorde ma main ! conclut-elle dans un éclat de rire.

— Il faudra que tu en épouses un autre, sœurette ! Tu sais que papa commence à perdre patience ? Ton dernier prétendant était pourtant un bon ouvrier, sobre, sérieux, intelligent.

— Amédée Maugrenasse ? Il sent la pipe, et il roule les r comme un torrent...

— C'est normal, il est du Cantal !

— Il est court sur pattes, il ne lit que les métrés de menuiserie et *L'Echo de Saint-Pourcain.* Il me regarde par en dessous, comme une mule qu'il achèterait bien si le vendeur baissait son prix... Bref, il n'est pas romantique pour deux sous. Plutôt mourir que d'épouser Amédée Maugrenasse ! Mais toi, dis-moi, tu te marieras bien un jour. Comment vois-tu ta future ?

— Je suis trop jeune pour y penser, dit Adam peu soucieux de s'engager sur ce terrain périlleux. Je n'ai encore ni barbe ni pomme d'Adam, et ma voix n'a pas encore mué.

Prétextant une leçon à revoir, il tourna les talons et planta là sa sœur. De leur conversation, il retenait qu'elle ne nourrissait encore aucun doute sur sa condition de garçon. Mais elle finirait par se poser des questions, songea-t-il. C'était inéluctable.

Il monta dans sa chambre. Au lieu de se mettre à étudier, il se jeta sur son lit pour ressasser son tourment une fois de plus. Tout lui paraissait si absurde... Il lui fallait continuer à feindre d'être un garçon, et il ne savait même pas au juste comment les garçons étaient constitués ! Les larmes lui montèrent aux yeux. Comme tout avait été simple et clair, jusqu'alors ! Tout à coup, le désespoir le submergea. Faux garçon, fille effarée de se découvrir telle, il voyait partout des gouffres s'ouvrir sous ses pas. Le sentiment de n'avoir pas sa place en ce monde le submergea. Il se souvint que Céleste gardait dans son armoire de toilette une fiole de laudanum dont elle usait pour apaiser certaines douleurs mystérieuses, « spécifiquement féminines ». Si féminines, d'ailleurs, qu'il arrivait à Emilienne de les ressentir, elle aussi, et de les traiter de la même manière... Ce rapprochement parut tout à coup lumineux à Adam. L'idée s'imposa soudain à lui avec une force redoublée. Ne souffrait-il pas précisément de la révélation brutale de sa féminité ? Céleste lui avait recommandé de ne pas toucher à ce flacon, presque autant poison que médicament. Bizarre... Sa mère se soignait à l'aide d'un poison. Il se redressa, s'assit au bord de son lit, le visage entre les mains. L'ironie du sort voulait que le médicament-poison des femmes lui apparût comme le remède magique à ses tourments. Il se leva, courut jusqu'au cabinet de toilette de ses parents.

Céleste était allée faire des courses avec sa vieille amie Raymonde. Rochetal, à l'atelier, faisait trimer ses ouvriers. Adam trouva sans peine le flacon de laudanum. Il le fourra dans sa poche et regagna sa chambre. Son cœur battait fort. Il tenait son salut. Pour guérir leurs mystérieuses douleurs, il suffisait à Céleste et à Emilienne de quelques gouttes de ce poison miraculeux. Lui, il avalerait tout le contenu du flacon. Cela suffirait-il ? Au-delà de quelques gouttes, l'effet devait être foudroyant, pour que sa mère l'ait prévenu à ce point !

Adam laissa son regard errer autour de lui, sur le décor de sa chambre. Son cœur se serra. Fallait-il mourir ici, dans ce lieu si familier ? Il imagina ses parents découvrant son corps, leur incrédulité d'abord, leurs larmes ensuite... Car ils pleureraient, c'était sûr. Et Rochetal ? Pleurerait-il Adam, dont il aurait causé la mort, ou bien déplorerait-il l'échec de son projet insensé ? L'adolescent haussa les épaules. Quelle différence, au bout du compte ? D'ailleurs, à l'instant de dire adieu à la vie, Adam ne ressentait à l'égard de son père qu'une rancune excédée. Céleste et Emilienne, c'était autre chose. Il était infiniment plus douloureux d'évoquer leur chagrin. C'était si douloureux qu'il s'efforça de les chasser de son esprit. Puisque sa décision était prise, il lui fallait se concentrer sur son acte.

Sous le coup d'une impulsion subite, il endossa une veste, fourra le flacon dans sa poche et sortit. Il lui répugnait de mourir ici, dans sa chambre d'enfant. De l'atelier en bas, montait l'habituelle rumeur de ruche : sifflement des scies, grincement obstiné des chignoles, martellement des maillets... Et la voix autoritaire de Rochetal, là-bas au fond, du côté des huisseries qu'on préparait pour un nouveau casernement de hussards. Il traversa l'atelier à la hâte, sans tourner la tête, comme s'il craignait qu'un seul regard amical, un simple salut d'un des ouvriers de son père, ne le détournât de son projet. Personne ne prit garde à lui.

L'automne était venu. Le ciel était bas, la chaussée mouillée témoignait de la violence de la dernière averse. Une lumière grise baignait la ville. Adam marcha droit devant lui, perdu dans ses sombres pensées. Il n'allait pourtant pas tout à fait au hasard. Instinctivement, il cherchait la solitude. Il lui fallait sortir du centre. Il n'aurait pas à errer trop longtemps... Ville militaire, Lille comportait de nombreux terrains d'exercice à faible distance des casernes et de la citadelle. Les pas d'Adam l'y conduisirent.

Il traversa le canal de la moyenne Deûle, puis longeant l'esplanade, il se dirigea vers le jardin de la citadelle. Dans le bois de la Deûle, il trouverait un endroit propice.

Il marcha quelque temps encore dans le sous-bois mouillé avant de s'arrêter, malade de désarroi et de chagrin. Qu'était-il venu faire au monde? Sa courte existence lui apparaissait comme une erreur monumentale... Heureusement, il détenait le moyen de l'effacer. Dans sa poche, sa main se referma sur le flacon de laudanum. Allons, courage! Ce ne serait que l'affaire de quelques minutes, de quelques secondes peut-être, s'il avalait le contenu du flacon d'un trait. Il se demanda s'il allait souffrir. Il avait entendu parler d'empoisonnements au cyanure ou à la mort-aux-rats qui se terminaient dans d'atroces souffrances... Les gens se tordaient de douleur en vomissant et en suppliant qu'on les achève. Mais puisque le laudanum servait à apaiser les souffrances, au contraire... Il se raccrocha à cette idée. Il se remémora le visage apaisé de Céleste, quand l'élixir la délivrait de ses « douleurs spécifiques ». Les siennes aussi l'étaient, spécifiques ! Il tira le flacon de sa poche. Ses yeux s'étaient emplis de larmes qui troublaient sa vue. Il se moucha d'un revers de manche, puis déboucha le flacon d'un geste rageur. Comme c'était dur de mourir ! Il revit les jours heureux de sa prime enfance, l'atelier, le visage doux de Céleste, les grands yeux aimants d'Emilienne, les jouets de garçon que son père avait fabriqués et peints de ses mains, le gendarme au grand sabre de bois, le cheval à bascule. Il éclata en sanglots pour de bon. Oh, mon Dieu, en finir, vite, vite ! Il ravala ses larmes et porta le flacon à sa bouche.

— Eh, toi, là !

Il sursauta violemment. Une main ferme enserrait son poignet. De surprise et de peur, il faillit laisser échapper le flacon. Une bouffée de rage le submergea. Il foudroya du regard l'intrus qui le dévisageait sans relâcher son étreinte. Le garçon qui lui faisait face le dominait d'une bonne taille, mais Adam résistait. L'étreinte se relâcha. Ils se dévisageaient maintenant, ne sachant quoi dire.

Un sentiment inconnu jusqu'alors envahit Adam. Jamais il n'avait approché un garçon d'aussi près et surtout jamais un garçon ne l'avait *touché.* Lui Adam, une fille pour de vrai, se retrouvait seul au fond des bois à l'insu de tous avec un garçon... ce qu'il était lui-même quelques jours auparavant. Son esprit rapide trouvait là un des exercices auxquels il aurait à se livrer dans d'autres confrontations, dans un avenir proche, bien plus brutales que celle dont il était l'objet aujourd'hui. Malgré son trouble, la silhouette du nouveau venu lui sembla familière. Il l'avait déjà rencontré, mais où, mais quand ?

— Ça va pas ? Qu'est-ce que tu fabriques ?

La voix du garçon était déjà grave, presque celle d'un homme.

— Moi ? Rien. De quoi je me mêle ? lança-t-il d'une voix furieuse.

Le garçon haussa les épaules.

— Tu chiales comme un veau, et tu t'enfiles du laudanum à la bouteille... T'aurais un problème que ça m'étonnerait pas !

— Comment tu sais que c'est du laudanum ?

— Je reconnais le flacon. Mon père en prend des fois, quand il a mal. T'es malade, toi aussi ?

Ce fut au tour d'Adam de hausser les épaules.

— Non. C'est juste pour...

Il se tut.

— Pour le plaisir ? Vu ta tête, ça n'a pas l'air très rigolo ! gouailla son interlocuteur.

Adam sentit à nouveau la colère l'envahir. Ce type allait-il lui foutre la paix ? Mais une autre question occupait son esprit : *Où l'avait-il déjà rencontré ?* Cela devait remonter à quelques années, et ç'avait été bref, sûrement...

— Occupe-toi de tes affaires ! maugréa-t-il. Est-ce que je me mêle des tiennes, moi ?

— Non. Mais moi, je chiale pas comme un veau. Et je m'envoie pas du sirop d'opium à la régalade... Mais dis donc, on s'est pas déjà rencontrés ?

Ils se dévisagèrent de nouveau. D'un geste

machinal, Adam reboucha le flacon et le fourra dans sa poche. C'était loupé pour l'instant. Il avait pourtant été bien près d'y arriver, si cet emmerdeur n'était pas survenu... Ça y était, il se souvenait : c'était le gars qui lui avait sauvé la vie quelques années plus tôt, en le tirant des eaux du canal. Au même instant, la lumière se fit aussi dans l'esprit de Thibaut.

— Attends voir... Le blondinet, le canal, les Tsimak.

— Les quoi ?

— Les frères Tsimak. C'est eux qui t'avaient foutu dans le canal !

— Oui, je me souviens, maintenant. Tu t'appelles Thibaut. Thibaut Frochot !

— C'est ça. Et toi, tu es Adam Rochetal, dit Thibaut en considérant le beau visage du fils de l'homme qu'il haïssait de toute son âme sans le connaître.

CHAPITRE 19

— Il y a une chose que j'aimerais savoir...

Ils marchaient côte à côte dans le bois de la Deûle. En parlant, Adam se tournait vers Thibaut et levait les yeux vers lui. Thibaut était beaucoup plus grand. A seize ans, il avait déjà sa taille d'homme, ou peu s'en fallait. Tandis qu'Adam...

— Quoi ?

— Tu m'as sorti de l'eau et tu es parti en colère.

— Je me rappelle pas.

— Moi, si ! Tu m'avais sauvé la vie, j'étais prêt à devenir ton ami, et puis tu m'as planté là comme si j'étais un criminel.

— Je me rappelle pas, je te dis ! J'avais froid aux miches, peut-être, ou bien je me disais que j'allais me faire recevoir chez moi, en rentrant tout trempé.

— Peut-être, mais il devait y avoir autre chose, puisque tu ne m'as même pas serré la main.

Thibaut eut un geste d'agacement.

— Écoute, il y a des années de ça. Je me souviens plus bien, mets-toi ça dans la tête, d'accord ? Et d'abord, quelle importance ça a ?

Thibaut se souvenait très bien. En effet, il avait refusé la main que lui tendait Adam. Il était rentré chez lui trempé, bien sûr, mais aussi bouleversé d'avoir rencontré le fils de l'agresseur de Léo. Il y avait pensé des semaines, des mois durant. Et peu à peu, le temps avait fait son œuvre, mais le nom du menuisier Rochetal n'était jamais sorti de sa mémoire. Il jeta un coup d'œil à son compagnon. Adam avait le teint pâle et les yeux rougis par les larmes, mais cela ne prouvait pas qu'il fût intoxiqué au sirop d'opium. Et d'ailleurs, ça coûtait cher... Cela dit, menuisier établi à son compte avec un atelier et des ouvriers à lui, Rochetal père était riche. Thibaut dévisagea Adam avec plus de curiosité encore. Il ne lut sur son visage que les marques de la détresse, et non les stigmates du vice. Seuls quelques aristocrates ou bourgeois dépravés, ainsi que des prostituées de haut vol, avaient les moyens de se droguer au laudanum. Dans le peuple, on s'assommait au trois-six, au genièvre ou à la bière. Outre que son jeune âge aurait rendu problématique une telle dépense, Adam avait l'air désespéré, mais certainement pas dépravé.

— Tu as raison, ça n'a pas d'importance, reprit-il. Et d'abord, rien n'a d'importance. Tout ce qu'on fait, tout ce qu'on dit, c'est comme du pipi de chat, tu ne crois pas ?

— Si... Non... Enfin, je ne sais pas trop, dit honnêtement Thibaut.

Il ne s'était jamais posé de telles questions. Pour lui, certaines choses avaient de l'importance, d'autres n'en avaient aucune. Et ce qui l'intéressait ces temps-ci, en dehors des choses de la chair, c'était son Tour de France. Au printemps prochain, il allait quitter Lille et sa famille pour s'élancer sur les routes. Aux yeux d'un garçon de seize ans robuste et aventureux, cette perspective était pleine d'attraits. Depuis que son père avait fixé la date du départ pour son grand voyage initiatique, Thibaut comptait les jours. L'impatience qu'il ressentait se doublait d'une certaine appréhension.

Léo n'avait pas dissimulé à l'adolescent qu'un Tour de France d'apprenti, long de trois ans, et qui vous conduisait dans les endroits les plus divers, n'allait pas sans aléas, ni bonnes ou mauvaises fortunes. Il ne devait pas s'attendre à un chemin semé de roses, à des gîtes somptueux, à une chair succulente, à des lits douillets. Mais la vie s'apprend, tout comme le dosage d'une pâte à pain ou le réglage de la chaleur d'un four, et les difficultés vous forgent un caractère. Léo avait évoqué pour Thibaut ses propres aventures et mésaventures du temps où il traversait le pays en long et en large tout en apprenant son métier. A cette occasion, toute sa jeunesse, du moins sa partie la plus joyeuse et la plus excitante, lui était revenue en mémoire. Il s'était souvenu des paysages, des cieux et des étapes, des visages et des voix, des corps aussi, bien sûr, même s'il n'avait pas insisté sur cet aspect des choses. Il se doutait bien que Thibaut s'intéressait à la question, mais il s'était contenté d'évoquer au passage les petites amies qu'on peut se faire partout où l'on passe, si l'on sait s'y prendre. Cette dernière évocation n'était pas tombée dans l'oreille d'un sourd. Quand il s'imaginait par avance sur les routes, le baluchon sur l'épaule et la canne au poing, Thibaut se voyait dans chaque champ et dans chaque estaminet où il ferait halte, quantité de mignonnes peu farouches...

— Je pars au printemps, dit-il à Adam.

— Où ça ?

— Faire mon Tour de France, tiens ! Mais toi, tu fais des études. Tu seras quoi, plus tard ? Docteur ?

— Non, non. Mon précepteur voudrait bien, mais mon père ne veut pas en entendre parler. Il estime que j'ai bien assez fourré mon nez dans les livres. Il veut que je fasse le Tour de France, moi aussi.

— Sans blague ! Mais le fils d'un maître-artisan n'est pas obligé.

— Mon père dit qu'on n'a le droit de faire travailler les autres que si on est soi-même le meilleur ouvrier.

— J'ai entendu des choses plus bêtes que ça, concéda Thibaut à contrecœur. Et tu pars quand ?

— Je ne sais pas, avoua Adam. L'année prochaine, je suppose... Ou peut-être même cette année, ajouta-t-il dans une soudaine bouffée d'espoir.

Tout à coup, ce départ auquel Adam, obsédé par la révélation de son sexe, ne pensait plus guère, lui apparut comme une porte de salut. Partir, c'est mourir un peu, mais en moins douloureux et en moins effrayant. En partant, pourrait-il se faire à son nouveau destin ?

— Oui, cette année, ce serait bien ! reprit-il. Maintenant, tiens, demain !

— Partir en automne, ça ne serait guère malin ! Tu commences par déguster le mauvais temps, la pluie, bientôt la neige. Non, autant prendre son vol à la belle saison. Moi, je pars en avril, c'est décidé. Mon père me prépare des points de chute. Il écrit à ses anciens compagnons. Aujourd'hui, plusieurs sont rouleurs ou Premiers en Ville. Ils me faciliteront les choses, en souvenir des bons moments qu'ils ont passés ensemble. Il attend les réponses. Y en a un qu'a déjà répondu, Breton-Bon-Vouloir, un gars de Brest qui s'est installé au soleil, à Marseille. Je travaillerai chez lui, pour commencer.

Adam se demanda si son père à lui préparait ainsi

son voyage. Le menuisier ne lui en avait encore rien dit, mais c'était probable. Adam lui devait l'absurde situation dans laquelle il se trouvait, mais il ne pouvait nier que Rochetal l'aimait et se souciait de lui.

— Comment il est, ton père ? questionna-t-il en observant Thibaut du coin de l'œil.

— Mon père ?

Thibaut hésita. Il n'arrivait pas à chasser de son esprit l'idée que le père d'Adam avait défiguré le sien. Adam n'avait rien à voir là-dedans, bien sûr, mais...

— Mon père... c'est un type formidable. Quand je vois les pères de mes copains à Saint-Sauveur, je me dis que j'ai de la chance. La plupart boivent et courent la gueuse. Tous les soirs, ça gueule, ça cogne, ça vomit dans le caniveau. Léo, lui, il boit pas, il travaille dur, il est à la maison tous les soirs. S'il va au cabaret trois fois l'an, en compagnie de ma mère, c'est le bout du monde. Je peux dire que j'ai de la veine !

Adam considéra Thibaut avec envie. Pourtant, lui non plus n'avait pas eu à se plaindre de son père, pendant les quinze premières années de son existence. Rochetal avait même été un père modèle : sobre et travailleur, lui aussi, ambitieux pour ses enfants, leur préparant un avenir prospère après une enfance heureuse. Mais derrière cette belle image se cachaient un mensonge et une folie dont il était la victime.

— Et toi ? demanda Thibaut. Tu poses des questions, mais tu dis pas grand-chose sur toi.

— Oh moi, c'est pas intéressant.

— Sûrement que si, en tout cas autant que mes histoires ! Comment il est, ton père ?

Adam baissa les yeux.

— Comment te dire... C'est une force. Voilà, c'est une force, mon père. Tout le monde ressent ça, devant lui, les apprentis, les ouvriers, les fournisseurs et les clients.

— Et toi ?

— Ben oui, moi aussi, tu penses !

Il se tut, essayant en vain de dissimuler la tristesse qui l'habitait. Thibaut s'en aperçut, mais décida de poursuivre.

— Il est fort comment ? Physiquement ?

— Oui, mais pas seulement. De caractère aussi. Il décide des choses et il les réalise ; rien au monde ne pourrait l'en empêcher. Et ton père, il est fort ?

Thibaut ne répondit pas tout de suite. Son premier réflexe aurait été de dire oui, bien sûr que Léo était fort ! Il avait des biceps comme ça, des pectoraux comme ci. Mais il avait aussi une gueule cassée, fracassée par quelqu'un de plus fort que lui... le père d'Adam.

— Oui, plutôt, oui, répondit-il enfin. Dans son métier, il faut. Les sacs de farine, c'est lourd.

— Je ne parle pas seulement de la force physique, dit Adam. Mais de cette impression qu'on a de se trouver devant une volonté que rien ne peut faire céder, qui t'écrase, qui...

Thibaut dévisagea Adam avec une curiosité renouvelée.

— Tu veux dire que ton père t'écrase ?

Adam se reprit :

— Non, bien sûr, non. C'est juste pour dire qu'il est fort, quoi !

— Tu l'avais déjà dit. Non, le mien n'écrase personne. Il est là, il travaille, il aide, il veille à ce que tout aille bien. Les gens l'aiment, c'est tout ce que je peux dire.

A nouveau, Adam envia Thibaut. Est-ce que les gens aimaient Rochetal ? Et lui, est-ce qu'il aimait son père malgré le sale coup qu'il lui avait fait ? Il était incapable de répondre à cette question. Il était grand temps de détourner la conversation.

— Et à part ça, qu'est-ce que tu fiches dans le bois de la Deûle ? On est loin de Saint-Sauveur, non ?

— Je cherchais une fille. Par ici, il y en a qui font ça pour pas cher, lâcha crûment Thibaut.

— Qui font ça ? Quoi, ça ?

— Baiser, tiens ! Tu serais pas un peu nigaud, des fois ?

Adam rougit jusqu'aux oreilles. S'il y avait un sujet qu'il n'était pas enclin à aborder, c'était bien celui-là. Mais Thibaut suivait son idée.

— Parce que j'en ai assez : à Saint-Sauveur, tous les gars de mon âge l'ont fait, y a plus que moi. De quoi j'ai l'air ? Y a bien Rose, qui n'aurait demandé que ça, mais elle est tombée malade : c'est la phtisie, ça s'attrape ! Alors bon, comme on m'a parlé des filles du bois de la Deûle... Tu l'as déjà fait, toi ?

Adam aurait voulu rentrer sous terre. Complètement affolé, il mentit avec un aplomb qui le stupéfia lui-même :

— Bien sûr ! Plusieurs fois, même.

Thibaut ne s'attendait pas à ça. Adam avait l'air si enfantin...

— Sans blague ? Toi ? Tu as...

— Ben oui, tu me demandes, je te réponds !

— Et avec qui ?

Adam n'hésita qu'une fraction de seconde. Une fois qu'on a commencé à mentir, il ne faut surtout pas s'arrêter. Dieu sait pourquoi, c'est le nom de Mlle Valinck, la grande amie de son précepteur, qui lui monta aux lèvres. Peut-être avait-il surpris à ce sujet un échange énigmatique entre Rochetal et Céleste ? En tout cas, il livra ce nom à Thibaut et il lui décrivit complaisamment Mlle Valinck, surtout sa poitrine qu'elle avait fort généreuse. En s'entendant broder sur ce sujet, Adam s'effarait de sa propre impudence. Quelle mouche l'avait piqué ? Mais c'était amusant, en même temps que choquant, de voir briller les yeux de Thibaut à l'évocation des appâts de Mlle Valinck. Décidément, à en juger par la réaction de Thibaut, les garçons étaient d'une naïveté extraordinaire. Cependant, malgré l'excitation que provoquaient en lui les confidences d'Adam, Thibaut demeurait incrédule. Une bourgeoise, une *dame,* s'était jetée sur ce chérubin-là ? Tout de même un peu gros ! Il voulut pousser Adam dans ses retranchements, et lui réclama des précisions que le malheureux était bien en peine de fournir. Comprenant qu'il s'enfonçait, Adam choisit d'interrompre le récit de ses prétendus exploits.

— Oh, et puis, crois ce que tu veux, qu'est-ce que ça peut me faire ?

— Attends, te fâche pas, tu disais...

— Rien ! Je disais rien. Je ne vois pas pourquoi je m'attarde à parler de ça avec... avec un puceau !

Adam se demanda où il était allé chercher ce culot ; comprenait-il seulement le sens de ce mot ? Il l'avait saisi au vol en travaillant à l'atelier, dans une conversation entre deux ouvriers de Rochetal. Mais, ce mot eut un effet certain sur Thibaut. Il piqua un fard, puis se renfrogna.

— Je ne sais pas lequel est le plus puceau des deux ! marmonna-t-il. Bon, ben, on s'est tout dit. Allez, salut !

Il commença à s'éloigner à grands pas. Le cœur

d'Adam se serra. C'était la seconde fois qu'ils se rencontraient, que Thibaut lui sauvait la mise et qu'ils se séparaient fâchés.

— Eh, Thibaut !

Thibaut parut hésiter, puis finit par se retourner.

— Quoi ?

— A bientôt quand même ! On se retrouvera peut-être sur la route ! lui lança Adam avec un triste sourire.

Thibaut eut un geste évasif.

— Peut-être, peut-être pas.

— Alors bonne chance !

— C'est ça, bonne chance, répondit Thibaut.

Puis il se détourna et reprit son chemin.

Resté seul, l'adolescent tâta la fiole de laudanum dans sa poche. Ce ne serait pas pour aujourd'hui, grâce à Thibaut et grâce à l'idée du Tour de France qui s'était mise à vivre en lui. Comme un papillon déploie ses ailes, avec lenteur, avec précaution, l'espoir renaissait. Ah, s'il avait pu s'élancer aujourd'hui sur les routes, même sous la pluie ou la grêle, même dans le froid, quitter Lille, s'éloigner de Rochetal et de Jethro De Boorgh, tous les menteurs dont il était le mensonge, quelle délivrance ç'aurait été ! Ce jour viendrait. Et il allait tout faire pour qu'il soit proche.

CHAPITRE 20

En rentrant à la maison, Adam remit le flacon en place. Il savait où le trouver en cas de besoin. Arrivé dans sa chambre, il se déshabilla et entreprit une toilette sommaire. Il coiffa rapidement ses cheveux courts. Puis son regard se figea sur l'image que lui renvoyait la glace. Pour la première fois, il détaillait ce corps que le destin lui avait attribué. Le joli garçon, pensa-t-il. Un long cou, peut-être, mais les épaules larges, les bras minces et finement musclés — merci Rochetal ! Et puis, à peine renflés, deux petits seins hauts, à la peau délicate. Il les prit entre ses mains et les pressa doucement. C'était agréable, surprenant. Le garçon Adam caressant la fille « *Adam* ». Au bout du compte, ne jouissait-*elle* pas du privilège des deux sexes ? L'infirmité ne se transformait-elle pas en supériorité ? Une soudaine jubilation envahit son corps. Elle était à la fois dépositaire d'un secret et le secret lui-même.

Tout en souriant à son image, Adam serra les poings et décocha quelques coups violents à un ennemi imaginaire. Puis relâchant son corps, elle entreprit de marcher en tortillant des hanches. Elle faillit trébucher. Décidément, être une fille, ça s'apprenait aussi ! Elle éclata de rire. *A présent, on allait bien s'amuser. A nous deux, Rochetal !*

Le menuisier tenait à ce qu'Adam effectuât son Tour de France comme tout apprenti. Elle partirait l'année suivante. La veille encore, l'adolescente désemparée aurait pu à tout moment renoncer au projet qu'il avait si longuement élaboré. Il fut stupéfait de découvrir son enthousiasme soudain. Bien plus vite qu'il ne l'avait espéré, la complicité entre le père et le *fils* renaissait, plus forte qu'auparavant. Adam allait faire face. C'était bien son enfant, son sang. Fou de joie, il prit l'adolescente dans ses bras et la serra très fort.

— Rassure-toi, tu vas partir, mais pas cet hiver. Mieux vaut voyager à la belle saison, et choisir une bonne cayenne à l'arrivée du mauvais temps...

— Ce serait ce printemps, alors ? demanda Adam.

— Ce printemps-ci ? Non, c'est encore trop tôt ! Tu es un peu jeune. Je ne vais pas te jeter sur la route comme un vagabond. Tu es mon fils, un Rochetal, partout où tu passeras... Je veux que tu travailles avec les meilleurs menuisiers et que tu deviennes un compagnon de premier ordre. D'accord, fiston ?

— D'accord, papa, murmura-t-elle. Mais ça me semble bien loin, l'autre printemps !

Intrigué, Rochetal la dévisagea.

— Tu es si pressé de partir ? Tu n'es pas bien, ici ?

— Si, si, bien sûr ! Mais j'aimerais voir du pays, quand même. Toutes ces villes, tous ces paysages...

Rochetal voulut tempérer son enthousiasme.

— Oh, tu sais, les paysages... Bien sûr, tu vas tailler la route, mais ne t'imagine pas faire un voyage d'agrément. Tu vas surtout découvrir des ateliers, des compagnons et des patrons, des techniques et des tours de main... Je ne veux pas t'effrayer, mais ça va te changer. Ici, c'est tantôt Eléazar et les livres, tantôt l'atelier, le maillet et la gouge. Sur le Tour, ça sera le travail et rien d'autre. Es-tu si pressé que ça de changer de vie ?

Adam choisit de jouer cartes sur table.

— Oui, papa. Autant ne pas perdre de temps. Puisque je serai maître-menuisier, je préférerais m'y coller tout de suite.

Rochetal ne dissimula pas sa satisfaction. Du moment qu'Adam ne s'obstinait pas à poursuivre des études de songe-creux auprès d'Eléazar, Rochetal s'estimait heureux. Quant à la date effective de son départ pour la grande aventure du Tour de France, le menuisier allait y réfléchir.

Sans s'en douter, Rochetal fut l'objet d'une stratégie subtile. Adam détruisait les uns après les autres tous les arguments susceptibles de retarder son départ. Il lui fut plus difficile d'influencer Céleste que Rochetal. Le menuisier avait beau être à la fois malin et autoritaire, ce n'était qu'une brute facile à manœuvrer du moment qu'on lui cédait sur l'essentiel. Bien sûr, le long et aventureux périple n'était pas sans danger, mais bientôt son obsession reprenait le dessus et balayait toute vision raisonnable des choses. Adam était son fils. Il lui avait appris à jurer, à se battre et même à cracher par terre comme n'importe quel garçon. Il saurait se faire respecter. L'enthousiasme d'Adam le rassurait. Non content d'épouser le grand projet, il brûlait de le concrétiser. Rochetal lui céda.

Céleste, elle, résista autant qu'elle put. Elle n'était pas aveuglée comme Rochetal. L'impatience d'Adam lui paraissait suspecte. Elle l'avait observée avec plus d'attention que ne l'avait fait son époux. Dans sa hâte de s'élancer sur les routes, elle soupçonnait un désir de fuite. Elle évaluait mieux que son mari les risques que l'adolescente courrait en chemin. Un tel voyage entraînait fatalement des rencontres dangereuses, des instants de promiscuité périlleux pour une adolescente porteuse d'un tel secret. Céleste tremblait à l'idée de ce qui attendait Adam. Elle tenta donc de toutes ses forces de retarder l'instant où elle serait confrontée à la brutalité du monde. Mais elle ne pouvait rien faire contre la volonté de Rochetal.

L'hiver fut occupé à adresser des lettres aux vieux compagnons de Rochetal disséminés à travers la France. Leurs réponses dessinaient un itinéraire qu'Adam suivait avec passion. Les noms des villes retenues sonnaient agréablement à son oreille, comme la promesse de sons, de couleurs et de parfums qu'elle goûterait goulûment après sa vie de recluse. De jour en jour, l'adolescente se métamorphosait, elle était prête à jeter sa famille pardessus les moulins. Seule, elle allait tailler sa route. Elle était une aventurière ! Emilienne, heureuse du bonheur d'Adam, redoutait cependant l'instant de la séparation. Elle allait se sentir bien seule après son départ. De Boorgh aurait payé cher pour assister aux aventures que l'imposture d'Adam n'allait pas manquer de provoquer durant son voyage.

A l'approche du grand jour et à la demande de Rochetal, le médecin marron examina une dernière fois son fils. Il le trouva — il la trouva, plutôt, car pour lui Adam avait toujours été une fille — en excellente santé. Depuis la révélation, l'affection que l'adolescente portait à De Boorgh avait fait place à un profond ressentiment.

Le médecin lui demanda si la perspective du Tour de France ne l'effrayait pas. Après tout, on ne croisait pas que des anges, sur les routes.

— Docteur, dit-elle en prononçant ce mot avec un accent d'ironie mordante, je serai plus en sécurité sur les routes que je l'ai jamais été ici. On ne me mentira, on ne me trompera jamais autant que vous l'avez fait pendant quinze ans, mon père et vous !

— C'est vrai qu'on t'a menti, répondit De Boorgh. Tu crois qu'on peut résister à Rochetal ?

— Mais vous, qu'avez-vous gagné dans l'affaire ? Un peu d'argent ? Vous êtes prêt à tout pour de l'argent !

— Méprise-moi si tu veux, je suis immunisé. Je suis peut-être une crapule, mais je suis aussi un bon médecin.

— D'accord, vous m'avez sauvée d'une mauvaise coqueluche. Vous avez été là pour la moindre petite fièvre. Mais les prostituées aussi ont eu droit à vos meilleurs soins ! Ce qui vous sauve à vos yeux, c'est que vous êtes un bon médecin des corps, comme mon père est un bon menuisier. Chaque patient n'est pas seulement un corps, mais une personne qui mérite le respect et la compassion. Quelle compassion avez-vous eue pour moi ?

A ces derniers mots, la voix d'Adam s'altéra. Il retint ses larmes. De Boorgh chancela. Jamais quiconque ne lui avait tenu un tel discours. La justesse du propos éveilla des douleurs anciennes. Il eut soudain conscience de sa vie misérable, solitaire et sans amour. Il dut se faire violence pour exprimer enfin les sentiments qu'il portait à l'adolescente.

— Te voilà une femme, ou presque, et crois-moi, tu vas être belle comme le jour, éblouissante. Tu as du courage. Tu es intelligente et...

Il s'interrompit un court instant et reprit d'une voix chargée d'émotion :

— ... Et j'aurais été fier et heureux d'avoir une fille telle que toi.

Adam fondit en larmes. Pour la première fois de sa vie, quelqu'un s'adressait à elle comme il convenait à la vérité de sa personne. Jethro De Boorgh l'attira doucement contre son épaule. Adam fit mine de résister, puis s'abandonna et sanglota franchement, mouillant de ses pleurs le revers crasseux de la redingote de De Boorgh.

— Là, voilà, voilà... Ça va aller, dit le médecin en lui caressant doucement les cheveux. Pourquoi pleures-tu, au fond? Bien sûr, ta situation est un peu compliquée... comparée aux autres jeunes gens et jeunes filles de ton âge. Il va te falloir trouver ta place. Mais tu disposes de tant d'atouts! Tu es belle...

De Boorgh sentit Adam se raidir. L'adolescente se dégagea et lui fit face.

— « Belle »! Vous vous rendez compte? On m'a toujours dit que j'étais un garçon. Je marche garçon, je respire, je dors, je parle, je pense garçon, et tout à coup on me dit : « Tu es belle! » Comment voulez-vous que je m'arrange de ça?

— Pour ce que tu as, il n'existe pas de médicament, sinon la volonté, et peut-être la chance.

Les larmes d'Adam avaient cessé de couler. Elle essuya de la paume ses yeux et ses joues encore humides et renifla un grand coup.

— La chance? Alors souhaitez-m'en, si c'est tout ce que vous pouvez faire.

— Je t'en souhaite, Adam, de tout cœur, s'il m'est encore permis d'employer ce mot-là après tout ce que j'ai vu et tout ce que j'ai fait!

Les adieux d'Adam à son maître Eléazar furent aussi chargés d'émotion. Le vieil érudit était désolé de voir partir son élève. Pour lui, ce Tour de France ne serait qu'un gâchis. Adam possédait les capacités nécessaires pour se consacrer à la connaissance.

— Je suis triste, Adam, je ne te le cache pas. Dans trois ans, tu seras peut-être un excellent menuisier, mais tu auras oublié ton latin, ton grec, toute ta rhétorique...

— Il m'en restera toujours assez, monsieur Eléazar. Après tout, on peut vivre sans grec et sans rhétorique.

— Certes ! Mais une fois qu'on a goûté à la vie de l'esprit, on ne peut plus s'en passer, et on dépérit si on en est totalement privé. C'est comme une asphyxie. Tu as grandi entre deux mondes, Adam, tu as deux personnalités. Tu es à la fois un apprenti menuisier et un apprenti lettré. Tu es un métis, à ta façon !

Eléazar ne croyait pas si bien dire. Adam était à moitié menuisier, à moitié helléniste, à moitié fille, à moitié garçon, elle était à moitié tout...

— Qui peut dire de quoi l'avenir est fait ? reprit Eléazar. Je voudrais simplement être plus vieux de quinze ans, et voir où tu en seras à trente ans. Mais ce qui compte, c'est que tu sois heureux. Et pour ça, il te faudra fonder une famille. Une famille, c'est mon grand regret. Alors promets-moi que dans quinze ans, quel que soit ton état, menuisier ou professeur ou je ne sais quoi d'autre, tu seras entouré d'une nombreuse famille. Après tout, puisque tu es un peu mon fils, tes enfants seront un peu mes petits-enfants.

Adam se mordit les lèvres. Ce cher vieil Ezézazar avait le don de foutre les pieds dans le plat. Lui, avoir des enfants ? Et avec qui ?

— Je vous le promets, monsieur Eléazar, il y en aura au moins douze, et ils se relaieront pour pousser votre fauteuil dans le parc, pour vous faire prendre l'air aux beaux jours !

Le vieil homme sourit à cette évocation.

— Tu te moques de moi ! Néanmoins, je prends bonne note de ta promesse. Fais-m'en une autre, et je m'estimerai satisfait. Il y aura bien la place pour quelques livres, dans ta besace de vagabond ? Alors emporte Homère et Virgile. Au moins ceux-là !

— C'est promis, mentit Adam qui avait déjà projeté d'emporter des œuvres d'auteurs plus au goût du jour, comme Lamartine, George Sand ou Eugène Sue.

— Alors tiens, prends ça, dit Eléazar en fourrant une petite bourse dans la poche d'Adam.

L'adolescente voulut la refuser. Le vieil homme la força à la rempocher.

— C'est pour tes lectures ! plaida-t-il. Un homme qui lit a deux fois plus de besoins que les autres. Il n'a pas qu'un estomac, il a aussi un cerveau à nourrir...

Adam finit par accepter pour ne pas le désobliger.

— Allez, c'est bien. Tu pars quand, demain ? Alors embrassons-nous. Reviens avant quinze ans, tout de même, parce que ce serait peut-être un peu long pour ma vieille carcasse...

Rochetal tenait trop à Adam pour la laisser s'aventurer seule sur les routes. Sans rien lui dire, il s'était mis en quête d'un compagnon de voyage. Il avait cherché parmi les jeunes de sa connaissance, il s'était enquis discrètement auprès de ses ouvriers et de ses confrères et il avait fini par trouver Janicot.

Janicot, géant boutonneux, n'était pas très malin, mais pour l'intelligence, Rochetal n'était pas inquiet, Adam en avait à revendre. Ce dont elle aurait besoin, en revanche, c'était d'un garde du corps. Et à dix-sept ans, Janicot avait une encolure de taureau, des épaules d'Hercule de foire et des mains larges comme des battoirs. Avec ça, très honnête, et le meilleur caractère du monde. Toujours souriant et prêt à rendre service, une chanson ou une blague aux lèvres. Mais il ne fallait pas lui chercher noise. Pour le voir à l'œuvre, Rochetal l'engagea une quinzaine de jours comme arpète. Il fut bientôt édifié. Comme ouvrier menuisier, Janicot ne vaudrait jamais un clou. C'était un maladroit. Il sciait en biais, ses tenons et ses mortaises se regardaient en chiens de fusil, ses queues d'aronde perdaient leurs plumes, il clouait à côté et collait à la louche. Tout ce qu'on lui mettait entre les pattes était bon à jeter. Mais comme ange gardien, on ne pouvait rêver mieux. Si exigeant qu'il se montrât d'ordinaire, Rochetal lui promit pourtant une place dans l'atelier à son retour s'il veillait sur Adam tout au long de leur Tour de France. Le prestige de Rochetal n'était pas mince dans le métier. Janicot se sentit pousser des ailes à l'idée d'entrer à son service. D'ailleurs, il s'était pris d'amitié pour Adam, à le fréquenter lors de son essai dans l'atelier. Adam l'impressionnait par son savoir et son élégance naturelle. Rochetal n'avait pas soufflé mot à Adam de la mission dont il chargeait Janicot et il avait exigé le secret du jeune colosse. Il suffisait qu'il soit là pour agir en cas de besoin. Flatté de la confiance que lui marquait Rochetal, Janicot accepta le marché avec enthousiasme.

Aux derniers jours d'avril, Adam et Janicot se mirent en route pour Dijon, leur première destination. Le Nord n'était pas terre de compagnonnage, tout comme la Normandie, la Bretagne et le Massif central. Rochetal le leur avait appris et il avait ajouté que le Tour de France empruntait les vallées, dans le sens des aiguilles d'une montre. Il leur avait précisé qu'on suivait les vallées de la Seine, de la Saône et du Rhône, puis après la côte méditerranéenne, le canal du Midi, la vallée de la Garonne et celle de la Loire. En dehors du pèlerinage rituel à la Sainte-Baume, on passait par les villes de compagnonnage ou de Devoir, telles que Nantes, Orléans, Lyon, Bordeaux, Dijon, Angers, Vendôme, Marseille, Nîmes. Les *villes bâtardes* étaient nombreuses. Si on n'y procédait ni aux initiations, ni aux réceptions, on y maintenait malgré tout une cayenne, en raison de l'emploi et du passage. Précisément, on édifiait un vaste hôpital à Dijon. L'embauche attirait là de nombreux compagnons et aspirants.

CHAPITRE 21

Amalia donna un dernier coup de fer aux pantalons de coutil qu'elle lui avait confectionnés et s'assura que ses brodequins étaient bien cirés. Thibaut ferma soigneusement la veste de velours noir presque neuve, puis fit un tour sur lui-même.

— Mais tu es presque aussi large que moi, dit Léo.

Habitué à le voir tous les jours, il ne s'était pas rendu compte que son fils était devenu un homme, ma foi aussi vigoureux qu'il l'était à son âge.

Ils se tenaient tous trois devant la maison, un peu gauches, ne sachant comment prendre congé, après tant d'années passées les uns contre les autres, à s'aimer en silence. Amalia caressa les cheveux de son fils.

— Ils sont un peu longs, lui dit-elle.

Léo fit mine de le défendre.

— Avec sa carrure, on ne le prendra pas pour une fille !

On s'étreignit, on tâcha de ne pas montrer les larmes qui montaient aux yeux. Puis Amalia et Léo, la gorge serrée, virent la silhouette de leur grand bébé s'en aller, et disparaître.

Thibaut prit la direction d'Autun. Il n'avait nul besoin d'un garde du corps, contrairement à Adam, mais il voyageait en compagnie, comme la plupart des apprentis et des aspirants sur le Tour. Ce n'était pas Léo qui avait choisi ses compagnons de voyage. Thibaut les avait trouvés par hasard, sur la route d'Auxerre, deux braves gars de son âge, qui répondaient aux noms de Jean Frasier et Bastien Grondet.

Depuis l'épisode du bois de la Deûle, Thibaut n'avait pas seulement pris de la stature et de l'assurance. Un autre changement s'était produit en lui. Vexé d'avoir été traité de puceau par Adam, il avait décidé de devenir un « homme » avant de prendre la route. Il était retourné rôder sous les murailles de la forteresse. Le beau temps était revenu. La terre et l'herbe avaient séché, laissant aux filles publiques toute liberté pour exercer leur art en plein air. Thibaut ne chercha pas longtemps. Il n'avait pas parcouru cent mètres sous les remparts qu'au détour d'un bosquet une voix gouailleuse l'interpellait. Il n'en menait déjà pas large, mais son embarras s'accrut encore quand il reconnut la mère de Sébastien Le Goël, la fameuse Zinon la squelette. Il faillit filer sans demander son reste. C'était compter sans le savoir-faire et l'autorité de Zinon. Elle ferra ce petit poisson des eaux de son quartier avec la dextérité d'une professionnelle aguerrie. S'étant assurée qu'il disposait d'une somme correspondant à ses tarifs d'ailleurs variables, elle l'entraîna plus avant sous les ombrages. Quand il sortit de ses mains, il n'était plus le même. Cette première expérience n'avait rien eu de bien romantique. Zinon était une prostituée de bas étage, et même un garçon qui ne connaissait aucun étage supérieur en ce domaine ne pouvait s'y tromper. Mais ce n'était pas le grand amour qu'il était venu chercher dans le bois de la Deûle. A présent, bardé de sa science toute fraîche, il se sentait prêt à conquérir le monde. Aucune fille ne lui résisterait. Il connaissait le mode d'emploi.

Bastien Grondet et Jean Frasier avaient grandi à la campagne. Ils avaient roulé sur les bottes de paille avec des coquines gourmandes et peu farouches. Ils portaient un regard amusé sur les choses de la chair. Avec Thibaut ils partageaient tout. Ils se lançaient des blagues et des défis, se payaient des fous rires pour un oui, pour un non. Les journées passaient vite. Ils s'endormaient à la belle étoile, blottis dans une couverture autour du feu où ils avaient confectionné une vague tambouille presque toujours trop cuite, trop salée, mais délicieuse tout de même. Ils s'éveillaient transis par le froid dans la brume du petit matin, et se réchauffaient les mains au-dessus du foyer où bouillait une lavasse de chicorée.

Villageois et paysans étaient accoutumés à voir passer des garçons de cet âge par petites bandes joyeuses. On savait ce qui les lançait sur la route, et il n'était pas rare qu'on leur offrît l'hospitalité d'un coin d'âtre, d'une assiette de soupe, et d'un tas de paille au sec pour passer la nuit. Parfois, la grange n'était pas vide. Les filles de ferme et les petites gardeuses d'oies rencontrées sur la route se donnaient à Thibaut avec plaisir et tendresse. Il avait hérité de son père les traits harmonieux et virils que Rochetal avait naguère réduits à néant. Fillettes et femmes y étaient sensibles. Frasier aussi avait du succès. Il était petit et gracieux, noir comme un pruneau, vif comme un renard. Grondet, le lourdaud, n'avait pas la partie belle en compagnie de ces deux-là. Thibaut et Frasier faisaient la paire. Grondet leur restait étranger, un camarade plutôt qu'un ami. Et en matière de filles, il était bien rare d'en rencontrer trois d'humeur également joueuse. Grondet se rattrapait avec les vilaines que dédaignaient ses compères. Ils choisissaient, ils en venaient à faire les difficiles. Lui se contentait de celles qui voulaient bien de lui.

Ce bienheureux vagabondage les conduisit en deux semaines à Autun. Là, Grondet poursuivit sur Mâcon et Lyon. Thibaut et Frasier étaient arrivés à destination.

La Mère Eglantine Lourdin tenait sa cayenne d'une main de fer. Léo la connaissait. Vingt ans auparavant, il y avait séjourné plusieurs mois. Il avait décrit à Thibaut une belle femme au visage sévère, aux lourds cheveux d'un noir de jais coiffés en bandeaux, régnant sur une maison d'une propreté méticuleuse. Le jeune homme trouva en effet sévérité et propreté chez la Mère Eglantine, mais les cheveux de jais avaient blanchi et la beauté s'était en partie envolée. Que s'était-il passé, jadis, entre Eglantine et Léo ? La Mère accueillit Thibaut avec une curiosité et une sympathie bien vives. Le rouleur d'Autun, cette année-là, s'appelait Lorrain-l'Endurance. C'était un bon type, autrefois parfait compagnon, mais en vieillissant, le goût de boire lui était venu, penchant contraire aux règles du compagnonnage. D'abord discrète, l'ivrognerie du rouleur était à présent de notoriété publique. Les uns en riaient, et prenaient un malin plaisir à l'appeler « Lorrain-l'Intempérance ». Les autres menaçaient de le traduire au tribunal de la cayenne et de le chasser de sa charge de rouleur, car il donnait le mauvais exemple aux plus jeunes. On lui pardonnait parce qu'il avait l'ivresse joyeuse. L'aurait-il eue mauvaise que tout serait allé plus vite : une algarade, une gifle ou une bourrade, et le scandale aurait éclaté.

Lorrain-l'Endurance trouva une bonne place à Thibaut. Il avait bien connu Léo, en 1836, alors qu'ils travaillaient ensemble chez un gros boulanger de Beaune. Il casa Thibaut chez Delorme, un petit homme fluet, aux traits émaciés, au cheveu rare. Le feu de son four semblait l'avoir desséché au fil des ans. Toutefois, il balançait son sac de farine de 50 kilos sur l'épaule et le portait comme en se jouant.

— Laisse donc le sac s'appuyer le gros du boulot, dit-il à Thibaut qui, au début, mettait son point d'honneur à travailler en force. Faut être un peu malin, sinon on se bousille les vertèbres et les côtes sans profit... Le tout, c'est de calculer : ton sac est là, il doit venir là ; tu donnes un coup de reins au début, en même temps tu fonces vers le but, tu cours avec ta charge sur ta lancée. Le tout, c'est de l'avoir le moins longtemps possible sur les osselets. Si tu t'arrêtes même une fraction de seconde, tu perds l'énergie initiale, faut tout recommencer du point de vue mécanique. Tu piges ?

Tout d'abord sceptique, Thibaut dut admettre que le minuscule Delorme trimballait ses sacs plus vite et au prix d'une moindre fatigue. Il en fit son profit. Avant de coltiner les sacs qui arrivaient de la minoterie, plutôt que de se jeter dessus et de les décharger avec des hans de bûcheron, il prenait le temps d'étudier comment la charrette était chargée, et quel trajet il aurait à parcourir avec un sac sur le dos. Delorme s'en aperçut et le félicita.

— C'est ça, petit, tu es bien le fils de Léo ! On a bossé ensemble à Lorient. Il était bâti autrement que moi, il aurait pu jouer les gros bras et se briser le dos, mais il avait de la cervelle, et il savait doser son effort. Toi aussi, c'est bien ! Viens donc que je te montre un truc, pour lancer plus vite l'allumage d'un four. C'est une question de taille des bois du dessous...

Après sa dure journée, Thibaut se dépêchait de rejoindre la cayenne. Souvent, il faisait déjà nuit, mais la silhouette familière de la bâtisse aux fenêtres éclairées lui faisait hâter le pas. Dès la porte d'entrée, il sentait avec plaisir une bonne odeur de ragoût ou de pot-au-feu. Mère Eglantine, pourtant avare de démonstrations d'amitié, l'accueillait avec un bon sourire et veillait que son assiette soit copieusement remplie. Son père avait-il bénéficié en son temps de pareils privilèges ? Avec amusement, Thibaut l'imaginait savourant de plus douces faveurs.

Simple apprenti non encore adopté selon les règles, loin d'être admis dans la Société au titre de compagnon *reçu* ou *fini,* Thibaut occupait le plus bas échelon d'une hiérarchie rigide. Partout, au travail comme en cayenne, arpètes et aspirants étaient servis en dernier. Si une embauche lointaine ou rurale se présentait, c'était eux que le rouleur envoyait volontiers travailler à la *broussaille,* c'est-à-dire à la campagne. Mal payés, parfois houspillés, rudoyés, ils ambitionnaient d'autant plus de progresser dans l'univers compagnonnique. Fils d'un compagnon apprécié, Thibaut bénéficiait à Autun d'un traitement de faveur. Ce ne serait pas toujours le cas, lui avait dit Léo.

— Il y a de bonnes et de mauvaises cayennes, comme de bons et de mauvais patrons. Forcément, tu en rencontreras de chaque sorte, fiston !

Le fiston prenait les choses avec philosophie. A Autun, entre la Mère Eglantine qui le chouchoutait et Delorme qui l'avait à la bonne, il aurait fallu être bien délicat pour ne pas y arriver. Et puis, il y avait

Léonie. Léonie, seize ans, servait chez l'herboriste Jandu. Thibaut avait fait sa connaissance un jour qu'il avait besoin d'une tisane. Chez Jandu, en arrivant devant le comptoir de bois et de cuivre luisant, il avait presque oublié le nom de sa tisane en voyant Léonie pour la première fois. Entre les bocaux de faïence, les couffins odorants et les fagots de racines aromatiques, elle était une fleur fraîche parmi les fleurs séchées.

Léonie était petite. Elle avait la peau très blanche, des yeux couleur de myosotis, une bouche en coquelicot, des bouclettes blondes, des joues roses. Ce n'était qu'une petite employée de boutique, mais il émanait d'elle une réserve qui ressemblait, aux yeux de Thibaut, à de la distinction. Il l'avait trouvée magnifique. Dès l'abord, elle ne s'était pas montrée revêche. Quinze jours après leur première rencontre, ils étaient amants. L'amour dans les bras de Léonie n'avait que peu à voir avec ce qu'il avait goûté au hasard des routes, dans ceux de ses conquêtes champêtres et encore moins avec l'étreinte bestiale de Zinon la squelette.

On était au début de l'été, la vie était belle, elle embaumait tout à la fois la soupe de la Mère Eglantine, l'excellent pain de Delorme, la chevelure de Léonie. Il pensait à ses parents avec tendresse et même avec reconnaissance. Il prenait à présent conscience du cadeau merveilleux qu'ils lui avaient fait en lui donnant la vie. Il ne pouvait exprimer ce bonheur dans ses lettres. Alors il se bornait à leur dire qu'il se portait bien et qu'il faisait beau. Léo se souvenait de son propre Tour de France et il décryptait.

CHAPITRE 22

Janicot n'était pas très malin. Après une demi-journée de route, il eut tôt fait d'avouer à Adam quel rôle il était censé jouer auprès d'elle. Adam fut très contente de se découvrir un garde du corps. Tous les enfants ont rêvé de disposer d'un serviteur, sinon d'un esclave. Les contes regorgent de géants obéissants et dévoués, que tous les Aladin peuvent appeler à leur secours en toute circonstance. La soumission était naturelle chez Janicot. De surcroît, anxieux de remplir sa promesse à Rochetal, en qui il voyait son futur employeur, le brave gars ne quittait pas Adam d'une semelle. Il lui obéissait au doigt et à l'œil. Adam aurait pu abuser de lui et s'en faire un véritable domestique. Elle se contenta de s'en amuser un moment, avant de s'en agacer.

Il y avait des circonstances, malheureusement quotidiennes, dans lesquelles la présence de Janicot exaspérait Adam. Les garçons ne s'isolent pas pour uriner. Ils se tournent vers un mur ou un tronc d'arbre et voilà. Ils procèdent même en groupe à cette opération, avec force commentaires et plaisanteries plus ou moins fines. Parfois même ils font des concours de portée ou de hauteur de jet dans lesquels Adam aurait été bien en peine de s'aligner.

La première fois qu'Adam vit Janicot se livrer à cet exercice, ses cheveux se dressèrent sur sa tête. Elle n'avait pas songé à cet aspect de son imposture. Sa vie en aurait-elle dépendu, elle n'aurait pu imiter Janicot et s'acquitter de cette incontournable formalité physiologique. Par chance, elle avait déjà pris la mesure de son camarade. Elle décida d'instaurer sans plus attendre la règle qui prévaudrait entre eux à cet égard.

— Moi aussi, tiens ! dit-elle sans plus de précision tout en s'enfonçant dans les buissons qui bordaient la route.

— Ben où tu vas ? Tu ne peux pas faire ça sur la grand-route, comme tout le monde ? demanda Janicot en ricanant.

C'était l'occasion ou jamais. Adam se retourna et vrilla un regard impérieux dans celui du balourd.

— Non, moi je pisse en privé. Toujours. C'est compris ?

Tenir à pisser tout seul dans son coin parut à Janicot une fantaisie bien dans la manière de ce chérubin qu'on lui avait donné à escorter. Il prit la chose à la rigolade.

— Comme vous voudrez, Monsieur mon Prince ! Soulagez-vous où vous voulez, tant que ça n'est pas sur mes croquenots !

— J'en prends bonne note, dit Adam en riant à son tour. Alors c'est compris ? Je n'ai pas besoin qu'on me tienne la chandelle en plein jour !

Elle se détourna et poursuivit son chemin. Quand elle se fut éloignée d'une bonne trentaine de mètres et qu'elle fut totalement invisible, elle s'arrêta, s'assit sur une souche, et demeura immobile cinq bonnes minutes, attentive à tout bruit de pas. Elle voulait être sûre que Janicot, par-delà la plaisanterie, avait intégré l'interdiction de la suivre et de s'approcher d'elle en pareil cas. Adam s'estima satisfaite quand la voix lointaine de Janicot s'éleva.

— Mon Prince est tombé dans un trou ?

— J'arrive, répondit Adam.

Elle prit toutefois le temps de se soulager pour de bon, puisqu'elle était sûre à présent de la loyauté de Janicot.

Il y avait aussi la toilette. Là encore, Adam dut annoncer la couleur. Pour ses ablutions également, Adam exigeait la plus complète intimité. Pas question de se laver ensemble dans un abreuvoir ou une fontaine, ou dans le cours d'une rivière, ni même au broc d'une cayenne ou d'un gîte d'étape. Adam n'acceptait même pas d'ôter sa chemise ou son pantalon en public. Et s'il n'y avait pas moyen de s'isoler, eh bien elle ne se lavait pas, préférant attendre, aussi longtemps qu'il le fallait, que ses exigences pussent être satisfaites. Janicot accepta ce principe sans difficulté. Cette pudeur-là allait avec l'autre. Les bizarreries d'Adam cadraient d'ailleurs assez bien, aux yeux de Janicot, avec son côté « savant ». Car le soir, avant de s'endormir, si elle disposait de lumière en suffisance, Adam était capable de s'absorber pendant une heure ou deux dans la lecture d'un des livres qui alourdissaient sa besace. Pour Janicot, qui déchiffrait tout juste les gros titres des journaux, c'était là la marque d'une capacité intellectuelle excédant très largement celle d'un homme normal. Adam était une sorte de savant, et les savants sont tous plus ou moins marteaux, puisqu'ils lisent des livres et tiennent à toute force à pisser dans la solitude. Adam était donc un peu fou et cela renforçait Janicot dans sa détermination à le protéger contre tout danger éventuel.

Ils ne restèrent pas longtemps à Dijon. Niçois-Veille-au-Mieux, le maître-menuisier à qui Rochetal les avait adressés de confiance, venait de mourir subitement. Il s'était effondré, terrassé par une apoplexie, à la fin d'un repas de compagnons un peu trop arrosé. A défaut de ce point de chute confortable, le rouleur de Dijon ne trouva pas de remplaçant à la hauteur. En la personne de Bourguignon-Tôt-à-l'Ouvrage, Adam et Janicot découvrirent ce que pouvait être un mauvais patron.

Bourguignon payait mal. Et il imposait à ses ouvriers et apprentis un labeur inhumain. Adam et Janicot comprirent vite où ils étaient tombés. Les compagnons reçus ou finis étaient à peu près respectés, mais les arpètes étaient houspillés sans cesse. On retenait sur leurs maigres salaires le remboursement d'outils qu'on les accusait d'avoir abîmés. Les deux adolescents échangèrent une grimace et rentrèrent la tête dans les épaules. Apparemment, ils n'avaient guère de secours à attendre des compagnons en titre, surtout désireux de garder leur emploi sur un marché du travail réduit après la mort de Niçois-Veille-au-Mieux.

Afin de trouver d'autres valeurs dans leur apprentissage, Adam avait convaincu Janicot de suivre des cours de trait, géométrie descriptive dont Rochetal avait enseigné les premiers rudiments à son fils. Lors d'une promenade dans la campagne, il lui avait raconté comment les architectes, tailleurs de pierre, charpentiers, menuisiers et serruriers, usaient de cette discipline essentielle. Il lui avait ensuite désigné un clocher au loin.

— Comment crois-tu que les innombrables chefs-d'œuvre dont nous avons parlé ensemble ont vu le jour ?

Ce jour-là, Adam avait trouvé en Rochetal une science et une passion dignes de celles de ce bon vieux Eléazar.

— Il te faut comprendre, mon fils, que les cathédrales romanes et gothiques sont le fruit de l'application des lois séculaires du trait. Et la clé comme le symbole de cette connaissance empirique est le *compas.*

Rochetal avait alors dessiné sur le chemin de terre un compas et il avait inscrit le mystérieux *nombre d'or* qui régit les proportions du corps humain. Le ton était devenu mystique pour expliquer comment cet instrument privilégié des bâtisseurs conférerait à l'œuvre, quelle qu'elle fût, simple serrure ou basilique immense, des proportions en harmonie avec l'homme, et à travers lui, avec le cosmos.

Considéré comme un maître, un vieux compagnon à rouflaquettes et moustaches blanches, Clermontois-Va-Toujours donnait des cours de trait moyennant quelques sous. Ses dessins de chaires d'église, ses buffets d'orgue, ses corps et ses chapiteaux de bibliothèques monumentales faisaient l'admiration des débutants. Définissant les différents volumes dont se composaient les pièces de menuiserie, ils leur servaient de modèles. Mais Clermontois n'avait plus rien dessiné depuis un quart de siècle. Il paraissait las, désabusé, comme barricadé dans le souvenir d'un temps légendaire où il avait administré les preuves de son excellence. Il décourageait ses élèves plus qu'il ne les exhortait à se dépasser, et encore moins à le dépasser lui-même. Comme il avait gardé l'œil sûr, malgré tout, il devina bientôt en Janicot « un bon à rien à deux mains gauches », et en Adam

« un petit gars pas maladroit ». Adam apprenait vite. Trop vite, peut-être, pour ce maître tatillon et borné. La vieille gloire, ulcérée, cantonna tout un temps son élève dans l'étude de profils de moulures. Adam se révolta. Outré, Clermontois finit par excommunier le jeune prodige qui ne s'en plaignit pas. Il avait le sentiment de stagner. Janicot, lui, après maintes rebuffades, ne rêvait que de foutre le feu à tous ses vieux papiers. Adam l'en dissuada. Le scandale leur aurait été fatal dans l'univers conservateur où ils évoluaient.

Dégoûtés par l'ambiance de leur atelier comme par l'attitude de leur professeur de trait, les deux apprentis estimèrent qu'ils n'avaient rien à gagner en prolongeant leur séjour à Dijon. Leur étape suivante, dans l'itinéraire établi par Rochetal, était Lyon. Ils annoncèrent leur départ au rouleur, qui en répercuta la nouvelle auprès de Bourguignon. Celui-ci ne voulut pas les laisser partir. Ce n'était pas qu'il tînt beaucoup à Janicot, qui gâchait trop de bois à son gré, mais il avait repéré, lui aussi, les dispositions d'Adam. Sans vergogne, il lui confiait des tâches qui n'étaient déjà plus celles d'un apprenti. Adam n'y aurait rien trouvé à redire si elle avait été payée en conséquence. Elle ne le lui envoya pas dire, de même qu'elle ne cacha pas son sentiment au rouleur, qui était de mèche avec le patron. Le différend eut lieu devant tout l'atelier. Bourguignon et le rouleur, Mahé-Bon-Enfant, se flattaient d'intimider sans peine le plus fluet des apprentis de la maison. Ils durent déchanter. Tout menu qu'il était, Adam ne cédait pas un pouce de terrain et défendait son point de vue avec audace, sans se laisser couper la parole.

— Ça n'est pas juste de me faire effectuer le travail d'un compagnon et de me payer comme un arpète, dit-elle en se tournant vers les compagnons reçus qu'elle côtoyait à l'établi. Je ne prétends pas me pousser du col, mais je ne me laisserai pas exploiter. Cet atelier et ce patron ne me conviennent pas, je m'en vais !

De rage, Bourguignon serra les poings. S'ils avaient été seuls, il aurait bien rossé ce morveux. Mais le discours d'Adam touchait une corde sensible chez ses ouvriers. Ils n'appréciaient pas qu'on utilise un apprenti, si doué fût-il, pour des travaux de menuisier confirmé. Des lueurs inquiétantes s'allumaient dans certains regards. Bourguignon comprit qu'il fallait lâcher, mais il ne pouvait se résoudre à perdre la face. Il voulut traiter Adam par le mépris.

— Pauvre petit prétentieux ! Tu prétends abattre la besogne d'un compagnon. Y ferait beau voir qu'on t'en donne. Vous pouvez partir, allez, je ne vous dois rien, c'est plutôt vous qui me devez de l'argent, avec tout le bois que vous m'avez gâché, toi et l'autre abruti, dit-il en désignant Janicot.

Comme beaucoup de maladroits, Janicot n'avait pas conscience de la médiocrité de son travail. Il faisait de son mieux ; ça lui paraissait suffire. Il voulut se défendre, mais il n'avait pas la répartie facile d'Adam. Il s'empourpra et bégaya une protestation confuse. Adam vola à son secours.

— Si l'un de nous ne vous donnait pas satisfaction, il fallait le dire tout de suite et refuser de l'employer. Vous lui devez comme à moi, le mois passé et deux semaines du mois en cours ; ça nous fait deux francs et six sous chacun !

Bourguignon se décoiffa et fit mine de jeter sa casquette par terre.

— J'irais payer des crapules qui m'ont escagassé pour des centaines de francs de bois ? Plutôt crever !

Sans se démonter, Adam se tourna vers Mahé-Bon-Enfant et le prit à témoin.

— Rouleur, c'est à vous de faire respecter l'usage. Ou bien les compagnons vont penser qu'il y a un arrangement entre Bourguignon et vous !

Mahé devint cramoisi sous l'apostrophe d'Adam. Il vit qu'on le dévisageait. Il capitula, non sans se promettre vengeance.

— Quel arrangement ? Je ne connais que ce qui est dû à chacun, et qui doit lui être payé. Maître Bourguignon, allongez leurs deux francs six sous à ces deux galapiats, et qu'ils fichent le camp d'ici !

Ce disant, il adressa un discret clin d'œil au menuisier qui répondit par un mouvement de lèvres à peine perceptible. Il tira de son large pantalon un gros porte-monnaie et compta deux fois deux francs six sous. Il les tendit à Adam avec un air de mépris.

CHAPITRE 23

Il était très tôt. La vieille comtoise à demi déglinguée de la cayenne avait tout juste égrené quatre coups. Les deux adolescents se levèrent dans le noir, rassemblèrent leurs hardes en prenant soin de ne réveiller personne et descendirent boire un bol de café à la cuisine. Avec une miche de pain et un pot de beurre, la Mère leur en avait laissé une cafetière pleine qu'ils n'eurent qu'à réchauffer sur la cuisinière. Ils se taillèrent des tartines en chuchotant. Ils étaient tout excités à l'idée de poursuivre leur voyage par la voie des eaux. Le correspondant de Rochetal à Lyon ne les attendait pas avant plusieurs semaines. Ils avaient donc du temps devant eux. A la fois pour le plaisir et pour s'épargner des fatigues, ils avaient décidé d'emprunter le coche d'eau du canal de Bourgogne. Il les conduirait à la Saône, qu'ils atteindraient à la hauteur de Beaune, et dont le cours paisible les mènerait jusqu'à destination.

Ils avaient hâte de quitter Dijon. Le coche d'eau levait l'amarre à cinq heures et ils n'entendaient pas manquer le départ. Ils avaient réglé toutes leurs dépenses la veille au soir, rubis sur l'ongle. La discipline compagnonnique ne plaisantait pas avec les mauvais payeurs, déclarés *brûleurs*.

Le casse-croûte fut vite avalé. Janicot ramassa les miettes et essuya la table pendant qu'Adam lavait les bols. Une minute plus tard, le baluchon à l'épaule, ils étaient dans la rue.

La nuit était encore noire. Quelques kilomètres séparaient la cayenne de l'embarcadère. Ils y seraient aux premières lueurs du jour, juste à point pour embarquer dans une aube dorée, car les étoiles innombrables, bien visibles dans le ciel totalement dégagé, auguraient d'une journée splendide.

— Comme des rois, qu'on va être ! exulta Janicot. Les doigts de pied en éventail à se prélasser au soleil. Quelle bonne idée de prendre le coche d'eau, au lieu de s'appuyer le trajet à pinces !

Adam acquiesça. La veille, elle s'était offert chez un bouquiniste de Dijon un exemplaire d'occasion de *Mademoiselle de Maupin*. Une conversation entre deux jeunes bourgeois, dans un café du centre, avait éveillé sa curiosité à propos de ce roman de Théophile Gautier. Elle avait cru comprendre qu'il racontait l'histoire d'une jeune fille travestie en homme. Sous ce déguisement, elle vivait des aventures sans doute scabreuses, si Adam en croyait les mines entendues des deux jeunes gens. De cette lecture, elle attendait elle ne savait quoi au juste, une aide peut-être, puisque la situation décrite par l'auteur paraissait ressembler à la sienne. Elle profiterait de la lente navigation du coche d'eau entre les rives verdoyantes du canal pour s'y plonger. Janicot ne la dérangerait pas. Cela n'avait pas été facile, mais Adam était enfin parvenue à lui faire comprendre qu'on n'adresse pas plus la parole à une

meur sans nécessité.

A cette heure matinale, les rues étaient parfaitement désertes. Les brodequins des deux compères résonnaient sur le gros pavé de la chaussée. S'ils échangeaient un mot par-ci, par-là, chacun était surtout absorbé dans ses pensées. Celles de Janicot tournaient autour du bienheureux farniente dont il allait jouir jusqu'à Lyon. Adam réfléchissait à cette mystérieuse Mademoiselle de Maupin, à la fois garçon et fille, comme lui... Ils avaient parcouru une demi-lieue, et il leur en restait un peu moins à couvrir avant d'arriver à l'embarcadère. Ils longeaient un grand verger inclus dans le tissu urbain encore lâche des faubourgs, quand plusieurs hommes jaillirent de l'ombre et se jetèrent sur eux en silence.

Adam poussa un cri aigu. Elle voulut se mettre en garde, mais l'embuscade avait été mûrement préparée. Tandis qu'un des agresseurs se dressait devant elle, un autre l'attaquait par-derrière et la ceinturait. Elle eut beau se débattre, lancer de violents coups de pied et des ruades frénétiques, en un clin d'œil, elle fut jetée et maintenue à terre. Ses agresseurs avaient déjeuné d'une lampée de vin et de saucisson à l'ail, si elle en jugeait par l'haleine lourde qu'ils lui soufflaient au visage. Elle voulut appeler au secours, mais une main brutale et malodorante s'appliqua sur sa bouche pour la bâillonner. Dans l'obscurité, elle ne put que deviner le sort de Janicot. Il opposait à ses agresseurs une résistance plus efficace qu'Adam. L'un d'eux poussa un grognement de douleur, un autre jura. Des insultes étouffées fusèrent dans la nuit.

— P'tit fumier ! Tu vas voir...

Elle reconnut distinctement la voix de Janicot qui haletait :

d'ici, nom de Dieu !

Il y eut des chocs sourds, d'autres jurons, des raclements de souliers sur le pavé.

— Tu l'auras voulu, salopard !

Un choc. Un cri. C'est le pauvre brave Janicot qui écope, songea Adam en se mordant les lèvres.

— Tiens-le, toi, merde, pendant que j'le cogne !

Un sursaut de révolte souleva Adam. Elle se mit à gigoter avec une telle fureur qu'un bref instant elle put espérer se dégager. L'assaillant qui la tenait par-derrière dut la ressaisir à pleins bras. Ses mains se plaquèrent sur le torse d'Adam. De surprise, il faillit relâcher son étreinte.

— Ça alors ! Dirait-on pas que...

Adam comprit dans un éclair ce que son adversaire était en train de soupçonner. Affolée, elle rua des quatre fers. Un coup de pied atteignit l'homme qui lui faisait face au bas-ventre. Il beugla. Son compagnon rugit et frappa Adam à la tempe. Dans le crâne de l'adolescent, une lueur s'alluma, aveuglante, puis ce fut le noir absolu.

— Ah, tiens, ça y est, on dirait. Le freluquet revient à lui, mon capitaine...

La voix était rude, une voix de paysan sans doute. Mais ses intonations n'étaient pas hostiles. Au contraire, elles exprimaient plutôt de la sollicitude. Adam entrouvrit les yeux. Un petit jour encore hésitant commençait à supplanter la lueur des deux lampes à huile qui éclairaient la pièce relativement exiguë. Elle parut pleine de monde au gisant, car derrière l'homme penché sur lui, Adam aperçut d'autres silhouettes moins distinctes.

— Bien, bien, j'aime mieux ça, dit une voix beaucoup moins rustique. Les morts, c'est de la

nous dit, le jeune homme ?

L'élégant capitaine fit signe à son sous-fifre de s'écarter pour lui permettre de s'accroupir auprès d'Adam.

— Ça va mieux, mon garçon ?

Adam voulut hocher la tête. Mal lui en prit. Une violente douleur lui vrilla le crâne. Elle grimaça et ferma les yeux.

— Tout doux, petit ! Ne bouge pas, contente-toi de parler, si tu le peux.

Adam ouvrit la bouche et articula péniblement.

— Oui, je crois... Où... suis-je ?... Qui êtes-vous ?

— Il peut parler, c'est déjà encourageant ! nota le capitaine avec satisfaction. Tu es chez le sieur Dauzon, qui a bien voulu nous ouvrir sa porte et nous fournir de quoi panser tes blessures et celles de ton copain... Je suis le capitaine de Fayet, du 43e hussards, en garnison à Dijon. Ton camarade et toi, vous avez fait une mauvaise rencontre. Coup de chance, j'emmenais une patrouille à l'exercice. On est arrivés juste à point pour mettre vos agresseurs en fuite... Mes hommes leur donnent la chasse. Mais cette bande de crapules connaît le coin comme sa poche. Difficile de poursuivre des fuyards dans ce dédale de ruelles. Qu'est-ce que vous faisiez dehors à cette heure-là ?

— On allait... prendre le coche d'eau pour rejoindre la Saône... Mais dites-moi, monsieur, qu'est-il arrivé à Janicot ?

— Ton Janicot n'est pas trop en forme ; ils l'ont bien esquinté ! Mais, rassure-toi, sa vie n'est pas en danger. Il a trinqué, voilà tout. Alors, ces gars-là, tu sais qui c'est ?

Adam faillit secouer la tête. Elle se retint de jus-

rait.

— Non. Mais...

— Mais ? Tu as une idée quand même, une piste qui pourrait être utile ? Je sais que c'est l'affaire des gendarmes. Je connais bien le brigadier Longerey. Je ne serais pas mécontent de le narguer en lui livrant la bande prête à cuire ! Alors ?

Sous le crâne endolori d'Adam, les idées se bousculaient. Elle n'avait reconnu aucun des agresseurs, mais elle aurait mis sa main au feu que Bourguignon et Mahé étaient les instigateurs du guet-apens.

Le capitaine de Fayet s'impatienta :

— Alors, bonhomme ? A quoi penses-tu ? M'est avis que tu as ton idée !

— Non, monsieur. Je ne connaissais pas ces hommes.

— Tu mens ! Tu as hésité. Dieu sait ce qui se serait passé si nous n'étions pas arrivés à temps. Si tu sais quelque chose, il faut me le dire.

Bien qu'il ne fût pas encore reçu compagnon, Adam avait déjà intégré le goût du secret et la méfiance vis-à-vis de toutes les incarnations du pouvoir. L'armée et son alliée la police n'échappaient pas à cette méfiance.

— Je vous suis très reconnaissant, monsieur, mais je ne connaissais pas ces hommes, articula Adam d'une voix faible.

Le capitaine le dévisagea avec curiosité. Il finit par hausser les épaules.

— Je vois : c'est une de vos affaires de compagnons... Bien que tu me sembles trop jeune pour avoir été initié. Après tout, libre à toi de protéger ceux qui vous ont dérouillés... Et dépouillés ! ajouta-t-il en exhibant le porte-monnaie d'Adam, manifestement vide.

Janicot, implora Adam.

— Tu auras bien le temps de le voir à l'hôpital, répondit l'officier. J'ai envoyé une estafette chercher une ambulance. Il a peut-être le crâne un peu fêlé. Le médecin-major Trinquelot va s'en assurer.

— Mais le coche d'eau part à cinq heures !

— Oublie-le, il est parti depuis une demi-heure.

En dépit de ses préventions contre l'armée, Adam dut reconnaître que le capitaine de Fayet était bon bougre, tout comme le médecin-major Trinquelot. A l'infirmerie du 43e hussards, Janicot et Adam reçurent les soins qu'exigeait leur état. Par chance, l'adolescente ne présentant qu'une plaie à la tête, l'examen auquel se livra le médecin militaire demeura très superficiel. Durant dix jours, le temps que Janicot, sévèrement commotionné, eût recouvré assez de force pour reprendre la route, ils furent tous deux hébergés, nourris et blanchis aux frais de l'armée. Fayet s'était pris d'amitié pour eux.

Le matin de l'agression, les hussards du 43e avaient fini par attraper un certain Bordet, connu pour être un mauvais sujet et un ivrogne. Il nia farouchement avoir participé à l'embuscade. Le brigadier de gendarmerie Longerey le confronta à Adam et Janicot. Sans l'avoir vraiment vu, en raison de l'obscurité, Adam fut certaine qu'il s'agissait d'un des assaillants. Sans doute celui qui l'avait ceinturé par-derrière. Son odeur l'avait trahi : saucisson à l'ail, vinasse et vieille sueur. C'était un homme d'une trentaine d'années, à la mise négligée, au visage déjà bouffi et couperosé par l'abus de l'alcool.

— Alors, jeune Rochetal, ce gaillard-là te rappelle-t-il quelque chose ? demanda Longerey.

tant où elle allait dénoncer la brute, elle surprit dans son regard une lueur de défi. D'un geste à peine esquissé, mais éloquent, le salopard lui mit le marché entre les mains : l'impunité contre le silence. Si Adam parlait, Bordet vendrait la mèche : dans la bagarre, il avait percé le secret d'Adam. Il s'était aperçu que le prétendu jeune garçon avait des seins. Peut-être même avait-il profité de l'inconscience d'Adam pour pousser plus loin ses investigations? Et les autres? Bordet les avait-il informés de sa découverte? L'intervention des hussards avait-elle épargné à Adam un viol collectif? Autant de questions auxquelles Adam ne pouvait répondre, et qu'il craignait par-dessus tout de voir soulevées en public. Le seul moyen de s'assurer de la discrétion de Bordet, c'était de l'innocenter.

— Non, dit-elle, désolé, mon agresseur ne sentait pas aussi mauvais!

Bordet respira plus librement. Dans son petit œil porcin, toujours cette détestable lueur de défi et d'ironie méchante. Mais Adam n'en avait cure. Préserver son secret, c'était tout ce qui comptait à ses yeux.

Fayet avait dû entretenir Longerey de ses soupçons. Adam sentit sur elle les regards croisés du cavalier et du gendarme. Il les soutint sans broncher.

— Janicot non plus ne l'a jamais vu, à ce qu'il prétend, dit Fayet. Il y a quelque chose qui me chiffonne là-dedans.

— Tant pis! Élargissez-moi ce rombier-là... jusqu'à la prochaine fois! lâcha Longerey dans un haussement d'épaules.

— Quant à vous, reprit l'officier de hussards, maintenant que vous êtes rétablis, débarrassez-moi

vous entretenir comme ça jusqu'à la Saint-Glinglin ? Du vent, les petits oiseaux, et tant pis pour vous si vous retombez sur les mêmes chasseurs. Tu n'avais qu'à me dire la vérité.

— Je vous l'ai dite, soutint Adam. Je n'ai jamais vu cet homme.

— Peut-être. Ce ne sont pas mes affaires, après tout.

Non sans brusquerie, le capitaine de Fayet fouilla dans la poche de gousset de son dolman. Il en extirpa quelque chose qu'il tendit à Adam avec une certaine brusquerie.

— Qu'est-ce que c'est ?

— Cent sous, nigaud ! Ça paiera vos deux places sur le coche d'eau jusqu'à Lyon.

— Mais je ne peux pas accepter !

De Fayet n'aimait ni les refus ni les remerciements. Déjà il avait tourné les talons et quittait l'infirmerie à grands pas, laissant Adam tout rouge avec sa pièce de cinq francs dans le creux de la main.

CHAPITRE 24

Le lendemain à l'aube, sous l'escorte d'un hussard commis par Fayet, Adam et Janicot gagnèrent le coche d'eau, à bord duquel ils embarquèrent avec dix jours de retard. Au moment de les quitter, le soldat leur remit un paquet de la part du médecin-major Trinquelot.

— Le toubi' dit qu'il y a là toute la médecine dont vous avez besoin.

Dans le paquet, il y avait des côtelettes cuites, un grand morceau de boudin, une roue de fromage et des pommes, une miche de pain et deux bouteilles de piquette.

Adam et Janicot échangèrent un large sourire. Une fois leur passage payé jusqu'à Lyon, il ne leur serait pas resté grand-chose pour manger, si Trinquelot n'y avait veillé.

— Mon vieux Janicot, on est vernis !

Janicot opina vigoureusement. Vus de l'extérieur, ils ne paraissaient pas spécialement vernis, dans leurs vêtements déchirés lors de la bagarre et ravaudés à la diable, avec leurs ecchymoses, leurs écorchures diverses et le bandage qui entourait encore le crâne de Janicot. Mais ils étaient jeunes, heureux de

perdu dans l'aventure que quelques francs, la montre d'Adam et le couteau de Janicot. Ils avaient éprouvé en peu de temps à quel point l'humanité peut être sournoise et brutale, et aussi à quel point elle peut se montrer amicale et secourable.

A bord du coche, Adam eut tout loisir de lire. Elle dévora *Mademoiselle de Maupin,* que ses agresseurs ne lui avaient pas volé. Un livre, se dit-elle, c'était le bien qu'on risquait le moins de se faire dérober! Tandis que les rives du canal, puis de la Saône, défilaient sous ses yeux au pas monotone des chevaux tirant le coche depuis le chemin de halage, elle médita l'histoire de Mademoiselle de Maupin. Grâce à ce récit, elle y vit un peu plus clair dans son propre cœur. L'héroïne, elle, avait *choisi* de se travestir.

Janicot ne lisait pas. Contre une rondelle de boudin, il avait monnayé au fils du marinier un bout de fil, un hameçon et quelques plombs, et il pêchait, campé à l'arrière de l'embarcation. Il n'était pas maladroit. Gardons, carpes et tanches, et même deux brochets se laissèrent prendre à sa ligne improvisée. Ils firent griller leur menu fretin lors d'une halte. A l'occasion du passage des écluses, ils échangèrent leurs plus belles prises aux riverains contre du pain et des fruits.

Janicot avait changé, semblait-il à Adam. Elle devinait quelque chose de nouveau en son compagnon. Ils s'entendaient toujours aussi bien, et même mieux qu'avant l'épreuve. A l'infirmerie, Adam avait passé beaucoup de temps auprès de Janicot, durant les quelques jours où son état avait été critique. Et pourtant, il y avait à présent chez Janicot une réserve, qui n'était pas de la froideur, mais comme une crainte ou une timidité mystérieuse.

savait-il quelque chose qu'elle ignorait? Simple comme il était, il finirait bien par le lui dire sans qu'elle l'interroge. Elle décida d'attendre.

Le voyage fut plaisant sous des soleils radieux. Au confluent du canal et de la rivière, ils abandonnèrent le coche d'eau pour le bateau-poste de la Saône, poursuivant leur chemin scintillant et moiré de reflets. A l'approche du bateau, les gosses qui gardaient les troupeaux dans les prairies de la rive s'approchaient du bord et montraient leur adresse, exécutant galipettes et cabrioles dans l'espoir de récolter quelques sous. Adam se laissait bercer par le flot. L'été lui accordait un répit, elle s'empressait d'en jouir. A son arrivée à Lyon, la vie reprendrait son cours, et avec elle, l'incertitude qui la taraudait, l'inquiétude de tous les instants que générait en elle son étrange condition.

Lyon était ville de Devoir, une des capitales du compagnonnage. Ils trouvèrent chez les compagnons du Devoir de Liberté un accueil et une ambiance qui n'avaient rien à voir avec les pratiques douteuses de Mahé et de Bourguigon. La Mère des Enfants de Salomon de Lyon était Mme Achard, qui tenait cayenne, 16, rue de la Barre, derrière l'Hôtel-Dieu, entre la place Bellecour et le pont de la Guillotière. Adam y séjourna. Les apprentis, la plupart du temps, logeaient chez leur patron. Le gîte qui leur était ainsi assuré faisait partie du salaire. Adam et Janicot furent provisoirement séparés, ce que Rochetal père n'aurait pas apprécié. Adam avait trouvé une place chez M. Aubry de Béziers. Employé chez un tonnelier, Janicot n'était pas loin. Ce travail plus simple lui convenait mieux que la menuiserie très élaborée pratiquée chez Aubry. Avec toute l'amitié sincère

éloignement la soulageait. Depuis la mésaventure de Dijon, l'attitude moins naturelle de Janicot, presque trop attentionné, la mettait mal à l'aise.

A Lyon, Adam progressa dans l'art de la géométrie, grâce à l'enseignement d'un maître remarquable, Lyonnais-l'Ami-du-Trait. Apprentis et compagnons reçus se disputaient le privilège d'assister à ses cours. Comparé à l'enseignement du Lyonnais, celui de Clermontois-Va-Toujours faisait piètre figure dans le souvenir d'Adam.

Le compagnonnage lui découvrait enfin son visage aimable et mystérieux.

CHAPITRE 25

Chez Aubry, Adam n'était pas le seul arpète. Il y avait là une demi-douzaine de garçons en apprentissage, taillables et corvéables à merci, et pourtant traités décemment selon les règles alors admises. M. Aubry faisait un patron sévère mais humain et respectueux des usages de la profession. A l'atelier Aubry, l'ambiance était joyeuse. Adam s'entendait bien avec la plupart de ses camarades. Sauf l'un d'eux, Luigi Cinquetti, qui ne parlait que de femmes. Parmi les autres, Adam appréciait particulièrement Jeannot Lecerf pour sa gaieté et Benjamin Laude pour sa beauté.

Jeannot, la joie de vivre incarnée, avait toujours une histoire leste à la bouche, mais jamais salace comme celles de Luigi. Il ne lui était même pas nécessaire de parler pour détendre l'atmosphère. Il était là devant son établi, il relevait la tête et en vous apercevant, vous adressait un clin d'œil ou un petit sourire en coin, et ça suffisait, on se sentait content sans vraiment savoir pourquoi. On se remettait au travail avec plus de cœur.

Benjamin, c'était autre chose. Dix-sept ans, de beaux yeux bruns dans un visage de médaille, des cheveux bouclés et soyeux. Il aurait pu être page dans un roman de chevalerie, poète dans un drame romantique, ange dans un mystère médiéval. Adam s'aperçut bientôt qu'un plaisir nouveau l'envahissait quand son regard se posait sur lui. Avec quelque inquiétude, elle se demanda si ce n'était pas ça, *tomber amoureuse*. Mais était-ce de l'amour ou du désir ? La question n'était pas simple. Le trouble qu'elle ressentait à la vue de Benjamin pouvait signaler l'un ou l'autre, peut-être même l'un et l'autre indifféremment. Elle n'avait rien ressenti de tel auparavant. Elle s'étonnait d'être attirée par un garçon qui n'était ni très intelligent, ni très drôle, ni très adroit, ni même très gentil. Fallait-il en conclure que le désir, et peut-être même l'amour, ne s'adressaient qu'à cette grâce corporelle ?

Les jeunes apprentis travaillaient dur chez Aubry, mais ils s'amusaient aussi. Ils se retrouvaient certains soirs après le travail ou bien le dimanche et formaient alors, avec quelques arpètes d'autres ateliers et manufactures, une bande remuante et bruyante. On passait des soirées au cabaret, on allait danser dans les bals de la Croix-Rousse ou bien, le dimanche, on profitait des derniers beaux jours pour se promener au bord du fleuve. Les sorties nocturnes n'étaient pas toujours innocentes. Luigi Cinquetti s'ingéniait à leur donner un tour graveleux. Chose facile, tant la gaudriole tenait de place dans les préoccupations de ces jeunes gens. Les gars de la bande aimaient bien chanter, jouer aux fléchettes ou aux dominos, aux boules ou aux quilles, ou simplement se raconter des histoires en buvant de la bière. Mais parfois, ces plaisirs ne leur suffisaient pas. Alors les incitations de Luigi rencontraient des oreilles

trouvait un prétexte pour quitter le groupe et elle rentrait seule chez Aubry, malheureuse et mécontente. Les bals aussi la mettaient mal à l'aise. On se touche, on se serre en dansant. Ses cavalières ne tarderaient pas à s'aviser qu'elle n'avait pas la poitrine aussi plate et dure qu'un garçon. Elle s'abstenait. Les autres se moquaient d'elle. On la chambrait pour sa timidité. Les moqueries, même amicales, n'étaient pas un prix trop cher à payer pour préserver son secret. Elle regardait les autres danser avec plaisir et même avec envie. Elle aurait aimé les imiter. Mais ce n'était pas Eugénie, ni Camille, qu'elle souhaitait tenir entre ses bras, c'était Benjamin.

Un autre garçon occupait ses pensées par intermittence. Le souvenir de Thibaut Frochot revenait parfois la visiter. Souvenir à la fois heureux et malheureux. Par une troublante insistance du sort, à deux reprises, Thibaut lui avait sauvé la vie, et chaque fois, leur rencontre s'était achevée abruptement, laissant Adam frustrée et malheureuse. Quel drôle de caractère, généreux et brusque, d'un premier abord amical, et devenant tout à coup hostile ! Adam le reverrait-il jamais ? Il était beau garçon, sans avoir la grâce émouvante de Benjamin. Mais le jeune menuisier n'avait pas grand-chose à dire. Au contraire, Thibaut semblait riche et dense. Un être incompréhensible et attirant, un mystère vivant. Lui aussi accomplissait son Tour de France et qui pouvait savoir où il se trouvait ? Benjamin, lui, était là, plaisante image inaccessible. Et Adam marinait dans sa jalousie. Car Benjamin plaisait à tous. Au cabaret, au bal, dans la rue, partout où il passait, les yeux des jeunes filles s'allumaient d'une lueur qu'Adam avait

Benjamin s'éclipsait avec une fille à son bras. Ce qui se passait ensuite ne faisait guère de doute.

— Et voilà notre Benjamin qui s'en va baiser la petite Alice. Il va pas s'ennuyer! Je la connais, je me la suis faite, moi aussi, se vantait Luigi. Comme elle veut se marier vierge, elle reçoit par l'autre porte...

Dans son innocence, Adam n'avait pas compris la première fois. L'autre porte? Sa demande d'explications avait soulevé une tempête de rires gras.

— Il faut te faire un dessin? Tiens, je vais te montrer!

Sortant un bout de crayon de son gousset, Luigi avait gribouillé sur un morceau de papier un dessin obscène. Il l'avait fait circuler, déchaînant à nouveau l'hilarité générale. Mortifiée, Adam avait saisi la première occasion pour rentrer se coucher.

De telles trivialités dégoûtaient et horrifiaient Adam. A force de côtoyer une société composée presque exclusivement de jeunes mâles obsédés par la chair, elle avait perdu son ignorance, sinon son innocence. La répulsion que lui causait leur bestialité ne lui facilitait guère l'acceptation de sa féminité, dont elle sentait la conscience grandir en elle. Fille, appelée à devenir femme, elle devrait un jour composer avec cette virilité si répugnante et si séduisante à la fois. Luigi était un homme. Benjamin aussi. Thibaut Frochot aussi. Comment concilier ces incarnations disparates de la masculinité? Luigi lui faisait horreur, mais Benjamin, s'il n'en parlait pas autant, ne courait pas moins la gueuse et avec beaucoup plus de succès. Avait-il accompli avec la petite Alice l'acte évoqué par Luigi et qu'Adam jugeait immonde? Cette idée la contrariait tellement qu'il ne put s'empêcher de le lui demander.

porte ? lui demanda-t-elle.

Benjamin tourna vers elle un regard ahuri.

— Hein ? Où ça ?

Adam rougit. Elle avait payé d'audace et maintenant il fallait s'expliquer.

— Eh ben... Alice... L'autre soir... Tu l'as eue ?

Les autres gars de l'atelier auraient dit « Tu l'as niquée ? » ou « Tu l'as fourrée ? » Adam n'osait pas.

Benjamin hocha la tête.

— Bien sûr. Qu'est-ce que tu crois ? Qu'on allait au concert ? Elle ne demandait que ça.

Adam avait le feu aux joues et une vague envie de pleurer, mais il fallait qu'elle sache.

— Mais par quelle porte ?

Benjamin fronça les sourcils. Il avait la comprenette un peu lente.

— Qu'est-ce que c'est que cette histoire de porte ?

— Benedetto nous a dit qu'elle veut se marier vierge, alors...

Benjamin comprit enfin.

— Ah oui, tiens, c'est vrai ! Par-devant elle veut pas, alors on s'est débrouillés autrement.

— Par la porte de derrière, quoi, dit Adam sans regarder son camarade.

Benjamin eut un petit rire.

— Oui, oh, pas seulement par là. Tu piges ? La vache, elle a de l'appétit, la petite Alice, j'en ai encore le gland tout bleu !

Ce fut au tour d'Adam de ne pas comprendre. Elle resta quelques secondes le front plissé, l'air perplexe, puis la lumière se fit dans son esprit. Elle se raidit. C'était vraiment trop. Benjamin était comme les autres. Pire que les autres. C'était plus qu'Adam

min. C'est à peine si celui-ci remarqua qu'elle avait les larmes aux yeux. Il mit cela au compte du malaise qu'Adam prétexta pour lui fausser compagnie.

— Excuse-moi, je me sens pas bien. Je vais marcher un peu le long du fleuve, l'air pur me fera du bien. Tu pourras ramener les fournitures sans moi ? Ça ne sera pas trop lourd ?

— Je m'en tirerai bien tout seul. Tu es sûr que ça va aller, vieux ?

— Oui, oui, t'en fais pas pour moi, ça va aller ! dit Adam avec détermination.

Elle venait de rayer Benjamin de sa vie à tout jamais.

— Excuse-moi auprès de M. Aubry, ajouta-t-elle. Je serai à l'atelier cet après-midi.

— Entendu.

Adam tourna les talons et s'éloigna en direction du fleuve.

CHAPITRE 26

Thibaut passa l'été, l'automne et l'hiver à Autun. Puis, à l'orée du printemps, il s'apprêta à gagner Marseille. Il fit ses adieux à la Mère Eglantine, à Lorrain-l'Intempérance, bon bougre malgré son penchant pour la chopine. L'un et l'autre l'embrassèrent affectueusement. Ils avaient reconnu en lui les qualités de Léo et s'étaient attachés au fils comme ils avaient aimé le père. Il alla embrasser Léonie, qui n'était plus sa petite amie depuis deux mois déjà, mais devenue son amie tout court. Elle l'avait remplacé par un jeune potard, bien gentil, d'ailleurs. Cela ne tombait pas si mal, car il avait lui-même rencontré une délicieuse petite marchande de rubans. Il avait conçu de la « trahison » de Léonie une peine légère et peu durable, découvrant ainsi que les amours pouvaient passer en laissant de doux souvenirs. Il fit ses adieux à Frasier, non sans un pincement de cœur, car ils étaient bons copains. Ils se promirent de se revoir. Leur vie itinérante les conduirait tôt ou tard à travailler à nouveau dans la même ville.

D'Autun à Marseille, la route est longue. Thibaut l'affronta par une journée pluvieuse. Pas question de

l'apprenti fondait vite dans les dépenses d'auberge. Il supporta les rigueurs du ciel avec sérénité. Depuis quelques semaines déjà, il se sentait des fourmis dans les jambes. Il avait hâte de découvrir de nouveaux paysages, de nouveaux visages, de nouveaux amis et la mer qu'il n'avait jamais vue.

Il arriva à Marseille juste assez tôt pour assister à un spectacle inédit. Le jour où il se présenta au rouleur qui devait le conduire chez Breton-Bon-Vouloir, on chassait de la cayenne un compagnon boulanger désormais inscrit renégat. Thibaut s'étonna d'abord de ne trouver que des visages fermés. On s'enquit sans ménagements excessifs de ce qu'il voulait. Quand on sut qui il était, car Léo Frochot avait laissé de bons souvenirs ici comme ailleurs, l'accueil se fit plus cordial. Radouci, le rouleur Vivarais-Noble-Cœur lui expliqua de quoi il retournait.

— C'est un gars qui en a trop fait chez nous. Il resquillait sur ses consommations qu'il notait à l'ardoise. Il sifflait une bouteille et il s'inscrivait pour un verre, il dévorait un poulet et n'avouait qu'un œuf ! Et jamais d'argent sur lui pour payer son écot au bistro, pour offrir un cigare aux copains. Rien que sa gueule pour fumer le tabac des autres et pour boire leur anisette. Avec ça, mal embouché, malpropre, pas foutu de vider son vase de nuit. Et la dernière, c'est qu'il a manqué de respect à la Mère ! Alors on va lui faire la conduite, la grande, celle de Grenoble, même qu'on soit à Marseille !

Ainsi fut fait, sous les yeux étonnés du nouvel arrivant. La conduite suivait le Levage d'Acquit, c'est-à-dire la remise d'un certificat attestant le règlement de toutes les dettes d'un compagnon sur

tère chaleureux si la communauté avait de graves reproches à faire au partant. Mais le « menteur » ne s'en était pas tenu là. Il avait eu avec la Mère des gestes déplacés et cela soulevait dans la cayenne une indignation et une fureur irrépressibles.

Pour punir un compagnon, on ne s'adressait pas à la justice. La cayenne lavait son linge sale en famille. Ainsi Thibaut assista-t-il à l'exclusion d'un certain Bordelais-Beau-Courage. Toute sa vie, Thibaut devait garder de la scène un souvenir terrible. L'homme était petit, presque chauve, vêtu d'une veste et d'un pantalon de velours noir élimés. Il pouvait avoir quarante ans. Dans son visage glabre, ses yeux très sombres enfoncés dans les orbites semblaient ceux d'un animal aux aguets. Son expulsion, sa flétrissure, semblaient contenter tout le monde. Pas une voix ne s'élevait en sa faveur. Après qu'on eut brisé un verre symbolisant tous ceux qu'il avait bus frauduleusement aux frais de la Société, il reçut, sous les huées, un soufflet de chaque compagnon. Enfin, le visage rougi des gifles qu'il avait essuyées, il dut subir l'humiliation suprême : on brûla publiquement ses couleurs et son passeport compagnonnique. Il n'était plus rien. Après l'avoir accepté en son sein, le monde des compagnons le rejetait comme un corps étranger et nuisible. Il allait lui falloir affronter la route hors de toute fraternité, sans autre nom que celui de sa première naissance, sans aucune aide, sans nul réconfort.

— Tu vois, fils de Frochot, ce qu'il en coûte de ne pas respecter la Mère ? dit une voix au fort accent marseillais.

C'était Noble-Cœur. Les poings aux hanches, une lueur ironique dans le regard, il contemplait Thibaut.

Quand les couleurs et le trait carré, son passeport, furent réduits en cendres, le Premier en Ville brisa la canne de l'exclu sur son genou, puis il le poussa hors de la cayenne d'un vigoureux coup de pied aux fesses. Courbé, des larmes de rage au coin des yeux, l'homme fila en grinçant des injures.

Le cœur serré, bien qu'il ne nourrît aucune sympathie à son égard, Thibaut le suivit du regard jusqu'à ce qu'il eût disparu au bout de la rue. Plutôt mourir que d'endurer pareille humiliation ! Il haussa les épaules. Il n'était même pas encore officiellement aspirant.

— Allez, viens, lui dit Vivarais-Noble-Cœur, il est encore tôt, je vais te présenter à ton patron. Il m'a parlé de toi, quand il a reçu la lettre de ton père. Tu dormiras chez lui, c'est déjà arrangé. Mais sa femme est malade, elle ne fait plus guère de cuisine. Il vaudrait mieux que tu prennes tes repas du soir à la cayenne, à la table des jeunots. Tu te plairas, la Mère fait de la bonne tambouille et l'ambiance est aimable. Et tu verras, c'est un fameux boulanger, Breton-Bon-Vouloir, et un brave homme. Si tu travailles bien, tu auras la belle vie...

Noble-Cœur n'avait pas menti. Thibaut se plut à Marseille. A la cayenne où il dînait souvent, les autres apprentis et aspirants l'accueillirent avec amitié. La chair était bonne, et l'atmosphère bon enfant. Chez Breton-Bon-Vouloir, par faveur spéciale due à la vieille amitié entre son père et Breton, l'apprenti logeait dans la chambre que le fils aîné du patron avait laissée vide en s'enrôlant dans la marine. Breton était brave. Sa boulangerie située tout près de la Canebière drainait une clientèle nombreuse. Il fournissait aussi en biscuits secs nombre de bâtiments

le stade artisanal. Il employait une trentaine de personnes. Du moment qu'on travaillait, il n'avait pas un mot au-dessus de l'autre avec ses ouvriers. Lui-même travaillait comme un fou pour payer à sa femme souffrante les remèdes inefficaces que prescrivaient les meilleurs docteurs de la cité phocéenne. Ce qu'elle avait, il semblait que les médecins eux-mêmes n'en eussent aucune idée précise. Était-ce un cancer, de simples langueurs de femme, de l'hypocondrie, de l'anémie ? Mystère. Elle flottait dans une chemise de nuit bleu ciel entre son fauteuil et son lit. Dix fois par jour, Breton-Bon-Vouloir montait s'enquérir de ses moindres besoins, si le dernier remède faisait un peu d'effet, puis il redescendait s'échiner à faire tourner la boutique. Sorti de là, une bouffarde, un verre de rosé, une balade sur le port où il allait chaque soir contempler les navires à quai, en songeant à ceux de sa jeunesse atlantique ou à celui sur lequel son fils naviguait, voilà tout ce qui faisait sa vie.

A son contact, Thibaut se prit d'amour pour les bateaux, lui aussi. Dieu sait pourtant s'il était terrien ! Son enfance lilloise l'avait ancré en pleine terre. Mais à Marseille, la découverte de la mer l'avait bouleversé. Il se laissait enivrer par la proximité de cette grande étendue qui palpitait, qui vous laissait monter sur son dos dans une coquille de noix, qui vous emmenait avec elle vers d'autres horizons. Sans but précis, il allait souvent rôder autour des bateaux. Il ouvrait ses narines aux odeurs fortes qui flottaient autour d'eux, il rêvait aux paysages sur lesquels s'étaient découpées naguère leurs voiles aujourd'hui repliées, mais toujours prêtes à s'ouvrir pour un nouvel envol. Et quand il avait bien

bleu, il rejoignait ses camarades à la cayenne ou dans un bistroquet pour une partie de cartes ou de dominos. C'est ainsi qu'une fin d'après-midi du mois d'août, alors qu'il venait respirer un peu l'air du large à proximité des coursiers de la mer, il fut accosté par un homme. Il tarda à le reconnaître, car il ne l'avait vu qu'une fois, alors glabre, tandis qu'aujourd'hui il portait la barbe.

— Frochot ? C'est bien toi, Thibaut Frochot ?

L'homme était vêtu de haillons. Il sentait l'alcool et la crasse.

— Oui, c'est moi, qu'est-ce que vous me voulez ?

— Tu me remets pas ? Pourtant tu m'as vu une fois, il y a quelque temps, à la cayenne des boulangers. J'étais à la noce, si on veut !

— Bon sang, vous êtes... Bordelais-Beau-Courage !

L'homme secoua la tête.

— Non, non ! Ce nom-là m'a été retiré avec mon trait carré. Je ne suis plus que Mathieu Blayeur, un malheureux juste bon à crever la faim. Plus de passeport, plus d'emploi, plus de toit, plus rien !

— Vous voilà comme un esponton, répondit Thibaut. Il y a même des patrons qui les préfèrent, parce qu'ils sont moins exigeants sur la paye. Il ne tient qu'à vous d'aller trouver un de ceux-là !

Thibaut fit mine de passer son chemin. Comme tous les compagnons qu'il connaissait, il méprisait les ouvriers indépendants. On les appelait les espontons, on leur cassait la gueule à l'occasion, parce qu'ils prétendaient mener leur barque tout seuls et répugnaient à s'engager dans les sociétés.

Mathieu Blayeur retint Thibaut par le col. La moutarde monta au nez du jeune homme.

Il se dégagea d'un mouvement brusque. L'autre eut un ricanement méprisant.

— Ah, c'est qu'il se prend pas pour de la merde, le fils à Frochot ! Attention ! C'est un seigneur, le fils à Frochot !

— Vous connaissez mon père ? Et mon nom ? Personne nous a présentés !

— Cet enfoiré de Noble-Cœur t'a appelé par ton nom, le jour où ils m'ont viré... Et, oui, je connais ton père.

Il ricana.

— Pourquoi riez-vous ? Vous vous moquez de mon père ? demanda Thibaut en serrant les poings.

— Me moquer ? Ça non, ça serait pas joli, de se moquer du courage malheureux. Parce qu'on ne peut pas lui retirer ça, à ton père !

— Qu'est-ce que vous voulez dire ? Expliquez-vous, hein, sinon...

— Tout doux ! Je veux bien te raconter comment je l'ai connu, et comment j'ai assisté à la grande bagarre dont il est sorti si mal en point, et même je peux te dire pourquoi c'est arrivé, mais...

Blayeur se tut et, élevant sa main droite à la hauteur de son visage, il frotta son pouce sur son index en un geste sans équivoque.

— Vous voulez de l'argent ?

Blayeur sourit de toutes ses dents jaunies par le tabac.

— Oh, pas beaucoup ! T'es qu'un pauvre apprenti. Mais t'auras bien de quoi me payer une assiette de soupe et une chopine, et peut-être même un paquet de gris avec. Je me trompe ? Regarde, j'ai plus rien. Pour manger, j'ai échangé mon velours qu'était déjà pas brillant contre ces loques-là... Et

dire ? Non, il me faut quelques francs pour me retourner, pour survivre en attendant de retrouver une place. Cinq francs ! T'as bien cinq francs ? Cinq francs, et je te raconte comment ton père s'est fait défoncer la gueule par Rochetal, dans le temps !

Rochetal ! Blayeur avait prononcé le nom qu'il fallait ! Il disait vrai, il savait ce que Thibaut désirait savoir. Il tâta sa poche. Blayeur vit son geste. Son visage cafard s'éclaira.

— Cinq francs ! C'est rien, cinq francs !

Ça n'était pas rien pour un apprenti. Et d'ailleurs Thibaut, s'il les possédait tout juste, ne les avait pas sur lui. Il ne prenait jamais que quelques piécettes pour sortir. Son très modeste magot, il le laissait dans sa chambre chez Breton.

L'autre, le voyant accroché, ne décramponnait pas.

— Cinq francs pour tout savoir. Ah, c'est une histoire bien romanesque, tu sais...

Thibaut capitula d'un coup. Sa curiosité était la plus forte.

— D'accord. Cinq francs. Mais je les ai pas là. Je vais aller les chercher. Vous m'attendez ici. Si vous n'y êtes pas quand je reviens, tant pis pour vous... Et si vous me contez des sottises, gare à vous !

Blayeur tiqua. Ce gamin de dix-sept ans le menaçait, lui un homme de trente ans passés ! Il faillit se fâcher. La pensée des cinq francs le retint. Et puis, que restait-il de son amour-propre, depuis sa flétrissure ? De plus, malgré ses dix-sept ans, Thibaut était beaucoup plus grand et plus lourd que lui.

— T'inquiète, t'inquiète ! Va chercher les sous, j'attends là !

Un quart d'heure plus tard, Thibaut était de retour.

— Oui. Pas de coup fourré, hein?

— T'inquiète, je te dis! Montre l'argent!

Thibaut sortit de sa poche une belle pièce de cinq francs toute neuve. Il l'avait échangée quelques jours plus tôt contre toute sa ferraille. Il s'était senti presque riche. Il était prêt à sacrifier sans regret cette fortune de pauvre contre les révélations de Blayeur. Mais si on essayait de le blouser, ça irait mal. Il le lui redit. Blayeur protesta de sa bonne foi.

— Viens par là, on sera plus au calme pour causer.

Thibaut se laissa entraîner.

— Donne la pièce d'abord, dit Blayeur quand ils furent à l'écart de la cohue du quai.

— Non. Vous pouvez me faire confiance. Moi, on ne m'a pas chassé d'une cayenne.

Blayeur haussa les épaules.

— Comme tu voudras. Voilà...

CHAPITRE 27

Quand il rentra à la cayenne, plus tard dans la soirée, Thibaut savait tout. La tentative des Chiens blancs pour prendre Lille et en faire une ville de compagnonnage, le rendez-vous, la procession, la fierté de s'affirmer publiquement ce qu'on est, pour les parias de la boulange... Bordelais-Beau-Courage en était, de cette procession, avec sa canne et ses couleurs de jeune compagnon reçu, toutes ses dents et ses cheveux, et son honneur encore intact. Il ne buvait pas à l'époque, il n'avait pas pris l'habitude d'accumuler dans les bistros des ardoises bientôt trop lourdes pour un simple ouvrier-boulanger, des dettes qui lui pourrissaient la vie et qui allaient faire de lui ce qu'il était à présent, un exclu, un misérable, presque un bandit. Enfin bref, il y était, ce soir-là, derrière Agenais, Mosellan et Tourangeau, derrière Léo Frochot qui servait de garde du corps à Agenais. Il avait tout vu et il avait tout raconté à Thibaut.

Le jeune homme en avait eu pour ses cinq francs. L'embuscade des Indiens un peu avant la halle, les parlottes, le défi, la bagarre, Frochot, le champion des Chiens blancs, contre Rochetal, un Ardennais, le futur chef des Indiens. Mais aussi, parce que

fils les dessous de l'affaire, la rivalité de mâles autour de Céleste. Pour le renégat, il n'y avait pas de doute là-dessus : Rochetal avait gagné. Mais il n'était pas forcé de massacrer Frochot comme ça, de lui arracher un œil de l'orbite, de lui casser les dents, de lui crever les côtes à coups de lattes. Il avait fait ça en plus, pour le plaisir et pour humilier son concurrent auprès de Céleste. Et celle-là, ah, celle-là, c'était une garce, parce qu'on ne fait pas ça à un homme. S'il n'est plus assez beau, si on n'en veut plus, on le quitte, mais pas justement pour celui qui lui a fait ça. Lui, Blayeur, à la place de Frochot, il savait bien comment il aurait réagi. Le vitriol, ça ne coûte pas cher. Une fiole, et hop, un soir qu'elle se balade seule à la nuit tombée, la salope reçoit son dû. Est-ce que Rochetal en aurait encore voulu, de la Céleste toute ravalée à l'acide sulfurique, une femme sans nez, sans sourcils, avec une gueule à peu près aussi amène que celle de Léo Frochot? Mais chacun voit midi à sa porte. Plutôt que de se venger, Frochot avait préféré se laisser couler dans l'alcool. Thibaut avait sursauté. Son père, alcoolique? Oui, mon p'tit! Ça te la coupe, hein? Buveur, Frochot, gros buveur réputé comme pochtron d'élite, ouvrier boulanger chassé de toutes ses places à cause de son vice : pas fiable, sale, jamais à l'heure pour la fournée. Une épave, un bon à rien pire que Blayeur, c'est tout dire! La dernière fois qu'on l'avait vu, il titubait au bord de la Deûle, hébété, les lacets défaits, la braguette ouverte, la chemise hors du pantalon, et sur son passage on se bouchait le nez, parce qu'il sentait la merde à dix mètres. C'était vers ce temps-là que Blayeur avait quitté Lille. Depuis, il avait entendu dire que Frochot s'était

fille qui n'avait pas peur des monstres, et qu'elle s'était collée avec lui pour faire un gosse. Et voilà, le gosse, c'était Thibaut. La vie était drôle, non?

Thibaut avait demandé à Blayeur si c'était tout ce qu'il avait à lui dire. C'était à peu près tout. Sinon peut-être que Rochetal, après sa victoire, avait bien épousé Céleste, qu'il avait ouvert son atelier de menuiserie et que l'entreprise avait prospéré. Maintenant, le cogneur des Ardennes avait pignon sur rue, des machines et des ouvriers, un comptable et un héritier. Thibaut avait hoché la tête. Il le connaissait, l'héritier. Il lui avait sauvé la vie deux fois. De cela, il ne dit rien à Blayeur. Il lui lança la pièce de cinq francs et partit sans se retourner.

Thibaut était soulagé. Il avait craint que, dans l'affaire, Léo n'eût pas été seulement une victime. Qu'il ait eu quelque chose à se reprocher. Que ce soit l'autre, Rochetal, l'Ardennais, le père d'Adam, le vrai héros, le bon de cette histoire, et non Léo. Mais non. La force brutale, mais aussi la félonie, étaient du côté de Rochetal. Léo avait été martyrisé par un forcené, et trahi par une garce. Son honneur était sauf. Et même pour l'alcool, la déchéance, eh bien, on ne pouvait rien lui reprocher. Il avait la double excuse du malheur et du désespoir, et il avait reconquis sa dignité. Thibaut essuya une larme. Il aimait encore mieux son père et sa mère, maintenant qu'il savait. Le souvenir d'Adam lui traversa l'esprit. Alors le blondinet, c'était le fils de Céleste-la-salope et de Rochetal-l'ordure? Thibaut serra les poings. Il l'aurait bien rossé s'il l'avait eu sous la main! Mais à la réflexion, non, il se serait contenté de lui flanquer une gifle. Une simple gifle. Avec sa stature de fille, ses mains fines, ses airs de premier

hauteur. On ne se bat pas contre une fille manquée. Rochetal avait engendré une créature fluette, un efféminé, quelle bonne blague !

Thibaut n'avait pas répondu à la dernière lettre d'Amalia. Il répara cet oubli ce soir-là. Sans rien leur dire de sa rencontre avec Blayeur, il s'efforça de leur faire sentir à quel point il les chérissait. Il n'était pas très adroit avec une plume à la main. Il n'avait pas été mauvais élève, à la mutuelle, mais il n'avait pas bénéficié d'un « précepteur particulier », comme Adam Rochetal. Il se battit avec l'encre et les mots jusqu'à une heure avancée, puis la lettre enfin scellée et cachetée, posée bien en évidence sur sa table de toilette, il s'endormit.

Au bout de quelques semaines, quand il fut persuadé que le fils de Léo, son camarade de jeunesse, avait de l'étoffe, Breton-Bon-Vouloir commença à confier à Thibaut des tâches plus complexes et plus intéressantes. Il s'était déjà familiarisé avec la panification. Il découvrit des horizons nouveaux dans cette boulangerie qui prenait des airs de fabrique. Breton le fit passer par divers postes, notamment celui du biscuit de mer, produit bien particulier qui devait être séché de façon à supporter de très longues durées de conservation. Quand il aidait à sortir une fournée de biscuits, Thibaut ne pouvait s'empêcher de songer aux grands voiliers à quai. Ils en emporteraient par tonnes dans leurs flancs et leur feraient faire ainsi le tour du monde. Ce fut en rendant visite avec Breton à l'intendant d'un de ces navires que Thibaut rencontra Joachim.

Joachim était mousse à bord d'un beau trois-mâts qui venait de rentrer de Pondichéry et complétait son approvisionnement. *La Princesse du Sud* ramenait

et des cotonnades, du kapok de Malaisie, du corozo et du poivre d'Indonésie. Thibaut avait accompagné son patron pour l'aider à porter un couffin de biscuits. Sa présence n'était pas nécessaire lors de l'entrevue entre Breton et l'intendant. Il posa donc son fardeau dans la cabine et sortit attendre le boulanger sur le pont. Un jeune gars était là, en train de repeindre le plat-bord d'une chaloupe en sifflotant. C'était Joachim, dix-sept ans, des cheveux noirs en bataille, la peau déjà tannée d'un jeune loup de mer, des pieds nus couverts d'une couche de crasse impressionnante. Quand il vit Thibaut, et qu'il l'estima susceptible de le renseigner sur le sujet qui l'intéressait le plus au monde, son entrée en matière fut abrupte :

— Eh, eh ! J'm'appelle Joachim, j'suis mousse à bord de c't'e barge. On vient d'arriver, et j'connais personne ici. J'ai embarqué à Madras et mon port natal c'est Lorient. Toi, t'es du coin ? Tu connais des filles ?

Thibaut travaillait déjà à Marseille depuis quatre mois. Des filles, il en connaissait quelques-unes ici, mais ce n'était peut-être pas exactement le genre de filles que cherchait le mousse.

— Quel genre de filles ? Des putains, y en a tant que t'en veux autour du port. T'inquiète pas, t'auras besoin de personne pour en trouver !

— Non, non, pas des radasses, des vraies filles, gentilles, honnêtes. Les putains, j'aime pas ça, ça vous flanque des maladies... J'préfère des gentilles petites. Al' veulent pas toujours faire mi-mi, mais au moins al' vous envoient pas à l'hôpital ! Alors t'en connais ?

Amusé par l'oiseau, Thibaut convint qu'il en

savonnerie ou de sardinerie qui venaient danser chaque semaine au Trianon. Elles n'avaient pas toutes froid aux yeux.

— Vous restez combien de temps à l'escale?

— Oh, y en a pour cinq à six semaines au moins. L'navire a eu des malheurs dans l'archipel, on a des tarets plein la coque, le gouvernail est à refaire. Y va falloir se mettre à la cale. C'est pour ça, on aura l'temps d'fréquenter et d'fricoter, t'vois?

— Alors je peux te présenter. T'aurais le droit de quitter le bord samedi soir?

— J'm'arrangerai, fais-moi confiance! Comment qu'al' sont? Girondes?

Thibaut ne put réprimer un sourire. L'impatience de Joachim faisait plaisir à voir.

— Tu jugeras par toi-même. Mais souviens-toi, c'est pas des traînées!

— Aie pas peur! J'sais m'conduire. *Gentleman Joachim,* qu'on m'surnommait là-bas, à Madras. J'fais l'baisemain comme un amiral en visite.

Le baisemain, ça risquait plutôt de décontenancer les petites videuses de sardines du Trianon, se dit Thibaut. Mais la santé et le bagout de Joachim avaient toutes chances de plaire.

— On dit samedi vers huit heures, à l'entrée du Trianon. C'est pas loin du port, en montant vers Saint-Victor. Tu peux pas te perdre, tu demandes, c'est connu... Ah, lave-toi les pieds et mets des chaussures, hein?

— J'ai des vernis, qu'est-ce que tu crois? Au fait, c'est quoi ton nom?

— Thibaut Frochot; je suis apprenti boulanger. Alors d'accord, à samedi?

— A samedi!

Le samedi, Joachim était à l'heure au rendez-vous. Coiffé et rasé de frais, propre comme un sou neuf, élégant à sa façon dans un pantalon de marin à pattes d'éléphant, une veste à gros boutons dorés et des souliers vernis, pêchés Dieu sait où, il plut tout de suite aux habituées du Trianon. Thibaut le présenta à Josette Colonna, à Delphine Vicenti, et même à Bénédicte Escassou, la fille de Noble-Cœur. Quelques minutes plus tard, le mousse évoluait comme un poisson dans l'eau sous le plafond enfumé du Trianon.

L'arpète de boulangerie et le mousse des sept mers devinrent inséparables. *Inséparables,* c'était plutôt une façon de parler, car le travail de Thibaut chez Breton-Bon-Vouloir et celui de Joachim à bord de *La Princesse du Sud* ne leur laissaient que de brefs loisirs. Mais ils se retrouvaient le soir, chaque fois que Joachim obtenait l'autorisation de descendre à terre. L'entrée du trois-mâts au bassin de radoub facilita bientôt les choses. Ensemble, les deux garçons écumèrent les cabarets et les bals comme deux renards en quête de poulettes à croquer. Leurs tableaux de chasse devinrent bientôt respectables. Leurs échanges dépassaient cependant la simple complicité de deux larrons en foire. Sous ses dehors de Gavroche des mers, Joachim avait déjà vu beaucoup de choses à dix-sept ans. Il racontait ses aventures à Thibaut, il lui parlait des rivages où il avait abordé, de leurs habitants, de leurs coutumes, de la façon qu'ils avaient de concevoir et d'affronter la vie... Il lui décrivait leurs vêtements, ce qu'ils mangeaient, comment ils dormaient, et même comment ils aimaient, car sa précoce expérience faisait de lui un grand connaisseur des mœurs bengalies et malaises. Les récits de Joachim plongeaient Thibaut dans un puissant dépaysement. La pluie de Lille, la couleur de zinc terni de son ciel, l'odeur des courées, des caves et des chambres, le goût du hareng et des *babluettes,* tout ça lui paraissait infiniment lointain, tout à coup. Et même la réalité présente, le soleil, les senteurs de soupe de poisson et d'anis, d'ail et d'olives, le brouhaha des rues, les criailleries, les exclamations et les chants d'une grande cité méridionale, tout cela s'affadissait aussi. Joachim lui parlait d'un ailleurs infiniment plus coloré, odorant, sonore, que tout ce qu'il connaissait. Un jour, peut-être, lui aussi éprouverait sur sa peau la brûlure d'autres soleils, la caresse d'autres vents que ceux d'ici. Partir ? Mais il était engagé sur le chemin des compagnons, ce Tour de France qui le ramènerait inexorablement à son point de départ, vers les bruines et les brouillards du Nord. Échappe-t-on aisément à son destin ? Le sien ne lui déplaisait pas. Bien au contraire, il aimait le dur métier qu'il était en train d'apprendre. Il aimait le pain, charnellement. Cette matière nourricière, il serait fier un jour d'être de ceux qui savaient la pétrir et la cuire et la dispenser aux autres hommes. Restait le rêve, le mirage des îles, des peaux cuivrées, brunes, noires... Joachim lui parlait avec un égal enthousiasme des petites Malaises et des fruits exotiques, succulents. Dans l'esprit de Thibaut, tout se mêlait, les filles de là-bas, les fruits de là-bas, les unes et les autres aussi délicieux.

Un jour, Joachim rendit visite en pleine après-midi à Thibaut, chez Breton. *La Princesse du Sud* levait l'ancre le lendemain. Direction Gibraltar, Casablanca, Dakar, le cap de Bonne-Espérance, Madagascar, Pondichéry, Ceylan, Djakarta... Thibaut le savait, l'appareillage était imminent. *La*

Princesse du Sud était sortie du radoub et on avait fini de livrer le biscuit de mer à son bord depuis déjà une semaine. Thibaut et Joachim se séparèrent à regret. Mais les yeux du jeune mousse brillaient déjà à la perspective de retrouver ses eldorados.

Thibaut délaissa un moment le four qu'il surveillait, après s'être fait remplacer, pour dire adieu à Joachim dans la cour de la boulangerie.

— Amuse-toi bien, vieux, et gaffe aux maladies, ça rôde, là-bas.

— Compte sur moi ! Y a la lèpre, là-bas. La lèpre ! Tu vois ça ? Dis donc, tu diras à Bénédicte...

Joachim avait beaucoup fréquenté Bénédicte Escassou. Noble-Cœur s'en était même alarmé. Un marin, on sait ce que ça donne comme soupirant : un courant d'air, un jour ici, le lendemain aux antipodes.

— Tu crois qu'al' va avoir d'la peine ? Dis-y-lui qu'je r'viendrai. J'pourrai même pas lui dire au r'voir, le capitaine nous consigne à bord dès c'soir cinq heures, tellement qu'il a la trouille qu'on manque à l'appel d'main matin.

— T'inquiète pas, je lui parlerai pour toi. Je la vois presque tous les jours à la cayenne. Mais c'est sûr qu'elle va l'avoir saumâtre, d'autant que...

— Ben oui, quoi, al'a pas dit non, et moi non p'us ! Allez, gars, l'heure passe, j'ai encore du monde à saluer, faut s'dire au r'voir !

Se reverraient-ils ? Peut-être, si Thibaut séjournait encore à Marseille dans deux ans, si Joachim restait à bord de *La Princesse du Sud,* si le navire résistait aux vagues de la Méditerranée, de l'Atlantique et de l'océan Indien, si... Ils se serrèrent la main très fort.

CHAPITRE 28

Après l'épisode Alice, Adam avait pris ses distances avec la petite bande qu'elle fréquentait, et plus encore avec Benjamin. Elle se fit rare à la cayenne de la rue de la Barre où ils se retrouvaient. Elle restait à lire dans sa chambre chez Aubry. Par chance, elle disposait d'une petite chambre pour elle seule, ce qui lui épargnait une promiscuité gênante. Située au dernier étage de la maison Aubry, elle donnait sur un jardin que le propriétaire laissait en friche, envahi par nombre d'oiseaux et de chats errants. Adam ne se lassait pas d'épier leurs manigances. Elle y cueillait des fleurs sauvages qu'elle disposait dans un vase acheté à la foire. Elle s'était aménagé une sorte de nid, entre les fleurs du jardin et ses quelques livres. Aucun apprenti de sa connaissance ne manifestait ce goût pour les fleurs et les livres. George Sand et Victor Hugo avaient infiniment plus de conversation que ce Benjamin, inculte et insipide, juste bon à séduire de petites dévergondées. Très vite pourtant, *François le champi* avait ennuyé Adam. Malgré elle, elle pensait à la bande, aux bonnes parties de cartes ou de rigolade, aux facéties de Jeannot, aux yeux noisette de Benjamin...

Benjamin ! Encore Benjamin. Elle s'était pourtant promis de l'oublier. Elle n'y parvenait pas. Benjamin était un porc, pour faire ce qu'il avait fait avec Alice, et sans doute avec d'autres. Adam se rappelait son rire lors de ses confidences.

Il lui fallait punir Benjamin pour ce rire, le changer en grincement de dents. Mais que faire ? Le garçon la tenait pour un camarade et rien de plus. Un instant, elle fut tentée de lui révéler la vérité. Elle se débrouillerait pour le voir seul et elle lui dirait : « Tu me prends pour un de tes copains, eh bien non, je suis une fille ! » Elle imaginait sa stupéfaction... Et alors ? Après un instant de surprise, Benjamin se conduirait avec elle comme avec la petite Alice et avec les autres, il voudrait la « baiser » ! Et à cette idée, tout l'être d'Adam se révulsait. Le faible qu'elle avait pour Benjamin faisait place à un profond dégoût.

Mais elle s'ennuyait toute seule dans sa chambrette. Elle décida de renouer avec la cayenne. A sa surprise, on lui fit fête. Les moqueries sur sa pudeur n'empêchaient pas qu'on l'aime. Elle avait sa place dans le groupe. Elle lisait des romans, des journaux, des ouvrages d'histoire. Elle était le savant de la bande. L'estime dans laquelle la tenaient les meilleurs compagnons, et surtout Lyonnais-l'Ami-du-Trait, les impressionnait tous. C'était assez pour qu'on lui pardonne sa différence. Seul, Luigi Cinquetti l'avait prise en grippe. Adam avait dû le traiter de porc lubrique une fois de trop. Depuis son retour au sein du groupe, Luigi lui cherchait noise. Et bien sûr, cette persécution tournait autour des choses du sexe. Il accusait Adam d'être de la « jaquette flottante ». Un type qui ne court pas la gueuse et qui s'exprime bizarrement ne pouvait qu'en être. Il se mit donc sur ce thème à chambrer Adam, qui prit ces piques à la blague. Les autres, qui l'aimaient bien, s'amusèrent pourtant de cette plaisanterie innocente. Luigi pressentait-il quelque chose ? Il s'accrochait à son souffre-douleur, revenant avec obstination sur sa prétendue homosexualité. Adam montra les dents, à sa façon. Elle avait infiniment plus de repartie et d'humour que Luigi. Mais il avait le cuir épais. Il pouvait se faire moucher dix fois au cours d'une soirée, et revenir une onzième fois à la charge. Son grand argument, c'était qu'on ne voyait jamais Adam en compagnie d'une fille.

Cette grossière insistance commença à gâcher la vie d'Adam. Luigi finissait par trouver des oreilles complaisantes. Allait-on finir par croire à ses sottises ? Adam en vint à le craindre. Mais comment faire taire Luigi, puisque rien ne le décourageait ? Adam cherchait en vain une réponse à cette question quand elle se fit piéger.

Luigi avait-il monté le coup à l'avance, avec la complicité de certains des autres ? Toujours est-il qu'Adam avait un peu bu. Jeannot avait tenté en vain de la modérer.

— Méfie-toi, tu bois jamais, tu vas pas tenir.

Adam avait haussé les épaules. Elle avait une bonne raison de se lâcher un peu, ce soir-là. Elle avait réalisé un dessin superbe sous la houlette de Lyonnais-l'Ami-du-Trait. Une armoire d'hôpital, divisée en une multitude de tiroirs vitrés destinés à ranger les remèdes. De cette remarquable pièce, qui ne serait sans doute jamais réalisée, Adam avait su dégager les volumes avec une clarté et une élégance qui avaient enthousiasmé le vieux dessinateur. Il l'en avait chaudement félicitée en présence de plusieurs compagnons et maîtres-menuisiers, une satisfaction d'amour-propre qui n'était pas donnée tous les jours à un apprenti. Aussi, rompant avec ses habitudes de sobriété, Adam se laissa aller à vider plusieurs verres de rosé de Provence. On chanta, on félicita le héros de la journée, on porta des toasts à l'Ami-du-Trait et au plus brillant de ses disciples. Enfin, à une heure avancée de la nuit, on leva le camp dans un brouhaha de voix avinées. Avant de s'être rendu compte du guet-apens, Adam se retrouvait, serré de près par Luigi et Benjamin, dans une maison close du port.

Elle voulut s'éclipser, mais Luigi veillait. Devant les amis, tous éméchés à des degrés divers, Adam n'allait pas se défiler, cette fois-ci ! Il lui fallait montrer une bonne fois de quoi il était capable.

— Allez, mon bonhomme, regarde-moi ces mignonnes qui te tendent les bras... Si tu aimes les femmes, c'est le moment de le prouver, ou alors on saura à quoi s'en tenir !

La sueur au front, titubant, Adam contemplait les « mignonnes ». En fait, un bel échantillonnage de putains de tous âges et de toutes catégories. Subodorant le puceau à initier, ce qui a la réputation de porter bonheur, les filles lui souriaient gentiment. Adam, se raccrochant à son ivresse manifeste, tenta une ultime dérobade.

— Les gars, je me sens mal, je crois bien que je vais rendre tout mon rosé.

Le stratagème faillit marcher. Les filles reculèrent précipitamment. Mais ce salaud de Luigi n'entendait pas laisser filer sa proie.

— Penses-tu ! T'as presque rien bu ! Deux petits verres, trois peut-être. On n'est pas malade avec ça.

— Chacun a sa jauge, protesta Adam.

Luigi fit en sorte qu'on ne l'entende pas.

— Si c'est la dépense qui t'effraye, te soucie pas de ça, c'est moi qui offre, beugla-t-il. A toi, à toi seulement ! corrigea-t-il aussitôt, inquiet de la mine réjouie des comparses qui se considéraient déjà invités eux aussi.

— Vous autres, bandes de singes en rut, vous baiserez à vos frais ! Je veux juste voir ce que t'as dans la culotte ! Allez, Adam, choisis-toi-z'en une ! Celle que tu veux, n'hésite pas. Tu vas voir, c'est doux, c'est chaud, ça sent bon... Veinard, va, tout ça gratuit ! Alors, laquelle tu veux ? Luce ? Elle est ridée comme une vieille pomme, mais elle en connaît un rayon. Ou bien la grosse Edmonde, la Couette ? Avec elle, t'auras pas froid aux miches. Ou alors Fanchon la ramailleuse ? Elle ravaudait les filets sur le port avant de faire la putain. Elle a un sacré coup de main.

Les apprentis et les putains hurlaient de rire aux saillies de Luigi. Quelques adultes souriaient avec indulgence devant ces jeunots en bordée. Le jeune homme exultait. Depuis le temps qu'il cherchait à coincer Adam...

La jeune fille sentait monter en elle une angoisse incoercible. Toutes les peurs inhérentes à son imposture se matérialisaient. Hébétée, elle lançait des regards affolés autour d'elle, cherchant en vain un secours auprès des camarades de chez Aubry. Mais tous ricanaient. Jeannot était trop soûl à présent pour lui venir en aide. Benjamin lorgnait une nouvelle, une Africaine noire comme la nuit, qui lui souriait de ses dents éblouissantes. Il n'y avait absolument rien à attendre de lui. Adam se sentit mourir. Jamais elle n'accepterait de voir la réalité dévoilée aux yeux de toutes ces brutes, son secret découvert. Plutôt mourir. Mourir ou tuer ! Elle plongea sa main dans sa poche, la referma sur un couteau serpette dont elle ne se séparait jamais. Il allait bien falloir qu'on la laisse partir, sinon...

A l'instant où elle allait sortir le couteau de sa poche, l'ouvrir et le planter entre les côtes de Luigi, une voix de femme s'éleva, surpassant les braillements des garçons et les gloussements des putains.

— Taisez-vous donc, tous, fermez un peu vos grandes gueules !

Un silence surnaturel s'abattit sur le salon pourtant bondé d'ivrognes surexcités. C'était Rosa, la belle Rosa, la sublime, la plus belle putain du bordel et même du quartier. Invisible jusqu'alors, elle émergeait de la pièce voisine dans un déshabillé rouge sang.

— Foutez-lui la paix, à ce gosse ! C'est pas humain, ce que vous lui faites !

Luigi sentit la situation lui échapper. Il tenta de donner le signal d'une huée générale. Il ne fut pas suivi. L'impériale Rosa en imposait plus qu'un gamin vicieux. Elle lui intima d'ailleurs silence d'un geste et d'un regard également souverains.

— Je vais m'occuper de lui, moi... Et gratuit ! Pour le plaisir !

Elle se tourna vers la sous-maîtresse.

— Madame Pauline, mettez ce jeune homme sur mon compte, et une bouteille de champ' aussi !

Mme Pauline s'inclina. L'altière Rosa était le fleuron de son établissement, et du moment qu'elle prenait la passe et le champ' à son compte...

— A ton service, ma belle. Dans quelle chambre, le plateau ?

— La rouge, bien sûr !

— La chambre rouge !

Un murmure accueillit ce choix prestigieux. *La chambre rouge!* C'était la plus confortable, la plus luxueuse, celle où l'on recevait le chef des douanes, la capitainerie du port et certains notables, les grands soirs.

Luigi voulut intervenir.

— C'est bien aimable à vous, m'dame Rosa, mais...

— Toi, ta gueule! rugit soudain Rosa.

Puis, se retournant vers Adam, elle lui tendit sa main avec des airs d'impératrice d'opéra-comique.

— Gentil page, bel écuyer, accompagnerez-vous votre reine jusqu'à sa couche?

Bouche bée, Adam saisit cette main salvatrice. Elle échappait au pire! Rosa lui décocha un sourire d'une douceur infinie et l'entraîna vers l'escalier tendu d'un vieux tapis jadis écarlate. La foule époustouflée les laissa disparaître, avant d'éclater en commentaires admiratifs : Cette Rosa, quelle classe, quand même! Luigi haussa les épaules. N'empêche, Rosa ou pas, là-haut, il faudrait bien que le blancbec passe à la casserole.

CHAPITRE 29

— Détends-toi, chéri, dit Rosa d'une voix caressante. Oublie cette bande de brutes, on n'est plus que toi et moi, maintenant. On a tout le temps devant nous. On va passer un merveilleux moment, fais-moi confiance. Ne pense plus à cet abruti de Luigi, va ! Ce n'est pas ton ami, celui-là, hein ?

— Non, madame.

Rosa sourit avec bonté.

— Tu ne vas pas m'appeler madame, tout de même ? Intimes comme on va être, ce serait un peu fort ! Appelle-moi Rosa ou même Rosa chérie, si tu veux. Tu vas voir comme on va bien s'entendre. Le Luigi, qu'est-ce qu'il te veut ?

— Je ne sais pas, madame. Je veux dire Rosa !

— Rosa chérie ! dit Rosa en fronçant les sourcils. Ça te vient pas facilement, hein ?

Elle se radoucit.

— Tu es timide ? Tu... tu es tout neuf ?

On frappa à la porte.

— Entre, Hortense. Mets ça là.

La servante posa sur un guéridon un plateau supportant une bouteille de champagne dans un seau empli de glace pilée et des flûtes en cristal taillé.

Suprême raffinement, il y avait même une rose rouge dans une des flûtes. En se redressant, Hortense adressa à Rosa un sourire de connivence, et à Adam un clin d'œil entendu.

— Amusez-vous bien, tous les deux !

— Merci, ma grande ! Dis à Perrotin qu'on veut pas être dérangés, hein ? Si Luigi essaye de monter pour faire le con, qu'il le vire !

La servante sortie, Rosa se campa devant Adam et se cambra, faisant ressortir sa poitrine opulente, qui tendait les balconnets de son corset sous le tulle d'un déshabillé transparent.

— Alors tu t'appelles Adam ?

— Madame Rosa... Il faut que je vous dise...

— Qu'est-ce qu'il y a à dire ? Ne dis rien, viens plus près de moi, tout ira bien ! murmura Rosa.

Elle fit mine de bâillonner l'adolescent de sa main doucement posée sur sa bouche. Elle l'écarta.

— Si ! Il y a que... Je ne veux pas !

Le sourire de Rosa s'estompa.

— Tu ne veux pas de moi ?

— Ça n'est pas ça. Vous êtes belle, la plus belle de toutes. Mais je ne veux pas, c'est tout.

— Luigi a raison alors ? Tu n'aimes pas les femmes ? Et moi qui m'embête à... C'est bien ma veine !

— Ce n'est pas ça non plus !

Adam était au bord des larmes. Rosa vit ses yeux s'embuer. L'émotion la gagna. Il était si mignon, si fragile pour un garçon ! Pas étonnant, après tout...

— Allons, allons ! Tu n'es pas le premier. Il n'y a pas de quoi en faire un drame !

Adam éclata en sanglots.

— Mais est-ce que quelqu'un va comprendre, à la fin ? Ce n'est pas ça. Les sottises de Luigi, ça n'a rien à voir ! Je suis...

— Quoi donc, mignon? Dis-moi, dis-moi tout, je peux tout entendre moi, tout comprendre, rien ne me fait peur, rien ne me dégoûte. Mais il faut me dire!

— Je suis une fille!

Pour la première fois, elle avait prononcé ces mots à haute voix devant un étranger. Elle se sentit libérée.

Rosa recula, stupéfaite.

— Une fille!

Elle revint vers Adam, la saisit par les épaules, la tira sous la suspension pour mieux l'observer, passa le dos de sa main sous son menton, constatant son absence de barbe.

— Une fille! Attends voir.

Resserrant sa prise sur le bras d'Adam pour l'empêcher de se dégager, elle appliqua sa main sur son bas-ventre et chercha brutalement ce qui était censé s'y trouver.

— C'est vrai, ma foi, t'as rien. Rien de rien!

— Bien sûr, puisque je vous dis...

Rosa relâcha soudain son étreinte et repoussa Adam avec brusquerie.

— Ça va, j'ai compris, tu es une fille! Je connais la différence, va! Et alors, à quoi ça te sert de te faire passer pour un mâle? Qu'est-ce que tu fous en pantalon, à traîner avec les hommes? T'es gouine, c'est ça? Si c'est ça, faut le dire, ça ne décoiffe personne, ici. Fille ou garçon, t'es toujours aussi mignon!

La voix de Rosa avait à nouveau changé; tout à coup elle redevenait caressante. Elle rattrapa Adam par le poignet, l'attira contre elle, voulut glisser sa main entre peau et chemise. Adam cria :

— Non!

— Non? T'es bien sûre? Tu ne sais pas ce que

c'est. C'est aussi bon qu'avec les hommes, même meilleur. Mais que je suis bête, t'as rien connu, ni homme ni femme, ni curé ni bonne sœur, t'es vierge... Je me trompe?

Adam rougit. Le bon cœur de Rosa s'émut à nouveau.

— Pauvrette! Joliette! Ça n'a jamais servi et ça pleure déjà. Allons, calme-toi. Puisque tu ne veux pas, je te laisse tranquille. On va causer comme deux amies, comme deux sœurs. Tu veux un peu de champagne? Tu ne vas pas vomir, hein? C'était pour te dédouaner, que tu disais ça tout à l'heure.

Adam hésita.

— Je ne suis pas trop sûre; j'ai pas l'habitude.

— C'est sain, c'est du champ'! Allez, rien qu'un doigt avec moi, en copines.

Elle emplit une flûte jusqu'au bord, et une autre à demi.

— Allez, tiens, tchin! A quoi on boit? A la santé de ce con de Luigi, tiens! Qu'est-ce qu'il trimballe, celui-là!

— Non, pas à la santé de Luigi. Qu'il crève!

— C'est ça, qu'il crève, et la moitié des hommes avec. Il en restera toujours assez pour nous monter dessus, va! Alors on boit à toi, à ce que tu veux, à ce que t'as pas et à ce que t'as à la place. Tchin, ma chérie!

Elles choquèrent leurs flûtes. Adam trempa prudemment ses lèvres dans le champagne, tandis que Rosa vidait sa flûte d'un trait.

— Il est bon, souffla Rosa en se resservant aussitôt. Mais alors dis-moi, qu'est-ce que tu fais avec cette bande de greluchons? Comment t'en es arrivée là? Viens, asseyons-nous au bord du lit, on sera mieux pour causer. Non, ne crains rien, je te toucherai pas. Tu es sacrée. Sauf si tu changes d'avis, bien sûr ! Alors ?

— Alors... j'ai *commencé* par là. Je suis censée être un garçon depuis toujours. Depuis ma naissance. Je suis un faux garçon. Un imposteur. C'est mon père qui l'a voulu comme ça.

Et Adam raconta tout. A mesure que la vérité jaillissait de sa bouche, Adam sentait une extraordinaire libération s'opérer en elle. Les yeux écarquillés, Rosa écoutait la confession de l'adolescente. De temps à autre, la prostituée remplissait sa flûte de champagne, non sans en proposer à nouveau à Adam, qui refusait d'un simple mouvement de tête, sans cesser de parler.

Quand le flot se tarit, quand tout fut dit, Adam but le doigt de champagne que Rosa lui avait servi. Le breuvage était tiède à présent. Adam avait le sentiment d'être devenue une créature nouvelle, une fille enfin. L'ancien Adam, qui hésitait entre son sexe naturel et celui qu'on lui avait assigné, avait vécu.

— Pauvre choute, dit Rosa. C'est trop moche, ce qu'on t'a fait. Ton père, c'est un salaud !

Adam secoua la tête. Elle ne pouvait se résoudre à condamner Rochetal. Il était son père. Elle l'aimait et continuerait à l'aimer en dépit de tout, mais elle n'accepterait plus de souffrir à cause de sa folie.

— Non, ce n'est pas un salaud. Seulement un fou. Il croit bien faire, préserver ce qu'il a construit, assurer l'avenir de la famille. Il est sincère.

— Ouais ! Des sincères dans ce genre-là, j'en ai connu, moi aussi. Les autres peuvent crever autour d'eux, ça ne leur fait ni chaud ni froid. Tout ce qui compte, c'est eux et leur obsession... Enfin bon, c'est pas mon père ! Le mien est mort d'alcoolisme. Ça a été le plus beau jour de ma vie. T'as pas idée de la sincérité avec laquelle il nous donnait des coups de pied dans le ventre, les soirs de cuite ! C'est pas tout ça, qu'est-ce que tu vas faire ?

Rosa dévisageait Adam avec un mélange de compassion et de curiosité.

— Je ne sais pas. Je pourrais sauter par la fenêtre et filer, ou bien tu pourrais dire que... Qu'on a... Tous les deux, quoi !

Rosa hocha la tête.

— Si tu veux, je leur raconterai que tu m'as baisée comme jamais, ça me dérange pas ! Mais ça n'est pas ce que je voulais dire. Qu'est-ce que tu vas faire *dans ta vie* ? Tu vas continuer comme ça, à faire semblant de pisser debout, comme eux ? Tu n'es pas heureuse et tu ne le seras jamais si tu ne te tires pas du piège dans lequel ton père t'a enfermée !

Heureuse ? *Heureuse*, au féminin ? Adam n'avait jamais envisagé que cela fût possible. Au masculin non plus, d'ailleurs, depuis qu'on lui avait révélé la vérité sur son sexe. Elle resta silencieuse.

— Il va falloir choisir, reprit Rosa. Tu as déjà choisi au fond de toi, mais tu ne t'es pas encore décidée à dire la vérité à tout le monde. C'est pourtant ce que tu as de mieux à faire. Etre la même dedans et dehors... Tu verras comme on se sent bien ! Moi, je me sens putain au fond de moi, et je suis une putain aux yeux de tous. Eh bien c'est très confortable. Tiens, tu devrais penser à te trouver un nom de fille, pour le jour où tu sauteras le pas. Tu es sûre de ne pas vouloir casser le morceau ce soir ? On sort bras dessus, bras dessous, tu dis une bonne fois à tous ces connards que tu es une fille, et tu leur tires ta révérence. Je vois d'ici leur bobine ! Ah, le Luigi, dis donc, la tête qu'il ferait !

Un instant, Adam imagina la scène. Mais elle la

voyait encore par ses yeux de garçon. Les gars de la bande seraient stupéfaits, bien sûr, mais la gauloiserie et l'obscénité l'emporteraient sur l'étonnement, d'autant plus facilement qu'ils étaient soûls comme des cochons. Elle songea fugitivement à Benjamin et elle haussa les épaules. Benjamin, il était comme les autres ; il ne l'intéressait plus.

— Non, dit-elle à voix basse. Pas encore. Je ne suis pas prête. Un jour, je le ferai, je dirai ce que je suis. Mais pas à eux, pas à ces porcs. A... à quelqu'un, je ne sais pas qui, mais à quelqu'un qui en vaudra la peine !

Des larmes lui étaient montées aux yeux. Rosa les essuya d'une main légère, maternelle, cette fois.

— Comme tu voudras, ma chérie. Quand tu voudras. A qui tu voudras. Alors on y va ? Te bile pas, je vais leur faire un numéro qu'ils ne sont pas près d'oublier... Allez, on vide la rouille de champ' et on descend ! Tu me laisses parler, tu souris, tu fais le modeste, d'accord ?

Elles étaient restées presque deux heures à parler dans la chambre rouge. En bas, les arpètes en bordée avaient continué à boire et à rire. Quelques-uns s'étaient laissé convaincre de tromper l'attente plus agréablement encore, en compagnie d'une pensionnaire. Benjamin et Luigi s'étaient disputé la primeur de Kolinda, la nouvelle à la peau d'ébène. Mme Pauline avait essayé de la mettre aux enchères, mais la bourse fort modeste des apprentis se prêtait mal à de tels affrontements. Ils avaient joué aux dés l'ordre dans lequel ils jouiraient de ses charmes. Benjamin l'avait emporté. En attendant son tour, Luigi avait bien essayé d'aller épier les bruits à la porte de la chambre rouge, mais Perrotin, le videur, l'avait chassé sans ménagement.

Benjamin et Luigi avaient eu tout le temps de tâter l'un et l'autre des charmes noirs de Kolinda, et ils avaient rejoint l'assistance bavarde et goguenarde réunie au salon, quand Rosa et Adam réapparurent en haut de l'escalier.

Un tohu-bohu d'exclamations, de rires et de questions salaces les accueillit.

— Alors? S'est-y bien comporté, ou a-t-y fait flanelle? tonitrua Luigi. Vous en avez mis, du temps! On se demandait s'il avait pas essayé de s'enfuir par les toits!

— Eh ben quoi? Un vrai bonhomme, ça prend son temps, ça n'est pas comme d'aucuns que je connais, qui en font tout un plat et qui baisent comme des lapins! répondit Rosa du haut de l'escalier. Tendrement serrée contre Adam, et ramenant d'une main son déshabillé sur sa gorge, elle commença à descendre les marches en affectant une démarche lasse d'amante comblée.

— Alors c'est vrai, ça y est, il est bon pour le service? gouailla Benjamin.

— Meilleur que vous tous, toi et toute ta bande de peine-à-jouir!

L'apostrophe provoqua un concert de protestations. Cependant, l'annonce qu'Adam avait passé l'épreuve avec succès rassurait tous ceux qui l'aimaient bien. On ne l'avait chambré que pour rigoler. Au fond, seul Luigi semblait furieux. L'air incrédule, un tic nerveux lui déformant la joue, il posait des questions, réclamait des détails, et pourquoi pas, des preuves. Rosa le rabroua brutalement.

— De quoi je me mêle, Luigi? Tu veux aller renifler ma bassine? Peut-être que c'est ça qui te plaît, au fait! Pas de chance pour ce soir, je l'ai vidée. Mais l'eau de bidet, c'est pas ce qui manque ici!

Vexé, Luigi piqua un fard. Il lança un regard mauvais à Rosa et à Adam, et choisit d'abandonner la partie.

— Bon, ben nous v'là au moins rassurés sur le compte du chérubin. Il est entier ! grommela-t-il. Allez, je me rentre, moi. Salut la compagnie !

Personne ne le retint. Après son départ, Rosa paya encore du champagne aux arpètes avant de les mettre gentiment dehors. Il était tard. Adam franchit le seuil la dernière. Rosa en l'embrassant glissa entre ses lèvres une langue preste, parfumée au champagne.

— Si tu avais voulu... Adieu, Ada !

— Adieu, Rosa. Merci pour tout !

La jeune fille effleura du bout des doigts la joue de Rosa, puis se coula dans l'ombre de la rue. A quelques dizaines de mètres, les autres l'attendaient. Ils l'escortèrent jusque chez Aubry en brodant sur ses exploits amoureux. Elle laissa faire. La voix de Rosa résonnait dans son esprit. Rosa l'avait appelée Ada. Ada, bien sûr. Adam, c'était son nom du temps des mensonges. Ce temps n'était pas encore révolu, mais elle se jura qu'il s'achèverait un jour, coûte que coûte. Et alors elle s'appellerait Ada. Sourde aux braillements de ses camarades, elle essaya ce nom à mi-voix : *Ada... Ada Rochetal...* Son vrai nom, un jour.

CHAPITRE 30

Après Marseille, où il demeura près d'un an, Thibaut devait rallier Toulouse. Il avait beaucoup mûri pendant son séjour dans la cité phocéenne. L'adolescent devenait un homme. La révélation du drame vécu par son père s'avérait une initiation intime, qui devait précéder l'autre, l'initiation compagnonnique à laquelle il se préparait de ville en ville, de maître en maître. Il était sur la route depuis presque un an et demi à présent. Son amour du métier, son ardeur à la tâche et son désir d'apprendre le faisaient apprécier de tous. Il ferait un excellent compagnon boulanger, une fois reçu, quand il aurait bouclé son Tour de France par le sacro-saint pèlerinage à la Sainte-Baume. A Marseille, Noble-Cœur comme Breton-Bon-Vouloir voyaient en lui un de ceux en qui s'incarnerait l'avenir de la corporation. Avec passion, ils lui avaient transmis leur savoir, le fruit de leur expérience. Ils l'avaient familiarisé avec ce monde qu'il était appelé à découvrir.

Ils avaient le sentiment d'appartenir, comme Léo Frochot, à une génération sacrifiée. Ils avançaient en âge. Ils avaient passé leur vie dans l'attente de cette fameuse Reconnaissance qu'on leur refusait depuis la naissance de leur société en 1811. Même le père fondateur y avait laissé la peau. Dans les cayennes, Thibaut s'était souvent retrouvé à table au milieu de Chiens blancs qui aimaient se raconter l'histoire de leur origine. On évoquait le courage de Bavarois-Beau-Désir, un compagnon doleur, qui avait violé toutes les règles pour initier quatre boulangers. Hélas, alors qu'il devait partir pour New York à bord du *Woodésie,* pour fuir les représailles des sociétés établies, il avait disparu corps et âme. Le brave Bavarois, comme on aimait à l'appeler, avait payé de sa vie, sa générosité et son indépendance d'esprit. A ce moment-là, les conteurs marquaient un temps de silence, puis levaient leur verre en signe d'hommage.

Lors des assemblées générales des corps d'Etat des Compagnons du Devoir, la lutte était âpre. Depuis son enfance, Thibaut avait baigné dans cette ambiance, et dans cet espoir sans cesse déçu. Il se souvenait d'avoir vu Léo pleurer de rage à l'annonce d'une nouvelle défaite des boulangers. Encore, en ce temps-là, l'enfant ignorait-il que son père avait été défiguré par un menuisier. A présent qu'il approchait de sa réception, le jeune homme comprenait mieux le sens de la lutte des boulangers pour la Reconnaissance. C'était de leur dignité de travailleurs et d'hommes qu'il s'agissait. Comment auraient-ils accepté qu'on continue à les mépriser? En arrivant à l'âge d'homme, Thibaut prenait conscience de sa condition. Il adhérait à présent aux idées de son père.

Tel était son état d'esprit quand il quitta Marseille. Il fit la route à pied, de bout en bout. Il venait de séjourner longtemps en ville, et il était heureux de retrouver les premiers émerveillements éprouvés lors de son départ de Lille. La route, le ciel, la liberté, les aventures et mésaventures du voyageur, les plaisirs glanés en chemin, un sourire de femme, un fruit, un verre de vin frais... Peu pressé, il passa par Millau, Rodez, Albi... Ce n'était pas le chemin le plus aisé ni le plus sûr, il fallait traverser les solitudes effrayantes et exaltantes de l'Aubrac, mais des camarades lui avaient vanté l'Aveyron et ses paysages.

Dans la petite ville de Conques, au pied de son admirable église abbatiale, il fit la connaissance d'Auxerrois-Parfait-Compagnon, une caricature. En matière de compagnonnage pittoresque, Auxerrois en étalait un peu, et même beaucoup. Avant même d'avoir échangé les signaux consacrés, compagnons et aspirants se reconnaissaient entre eux au premier coup d'œil. Ils demeuraient le plus souvent discrets vis-à-vis du monde extérieur. Arborer ses couleurs et revendiquer son appartenance à une société compagnonnique était imprudent, sinon dangereux. Les conversations de cayenne étaient pleines du souvenir de ces mauvaises rencontres où de braves compagnons avaient parfois perdu la vie. Les boulangers, surtout, avaient intérêt à se garder de l'animosité des corps d'État traditionnels. Leurs adversaires ne perdaient pas une occasion de leur faire tâter de leur canne plombée ou de leur compas acéré. Mais Auxerrois n'avait peur de rien. Toutes couleurs déployées au pommeau de sa canne et au rebord d'un large chapeau de toile écrue, il paradait devant l'église. A ses couleurs, justement, le rouge, le vert et le blanc, Thibaut reconnut un compagnon boulanger. Il alla tout naturellement vers lui et se présenta comme aspirant du même corps. L'autre l'accueillit de la manière la plus aimable, et l'entraîna tout aussitôt à l'auberge. Thibaut se laissa faire. Après sa route harassante, il aspirait à un peu de compagnie et de repos. Auxerrois faisait preuve d'une faconde un peu lassante, mais il ne rechignait pas à payer un verre ni même trois et il allait se révéler, jusqu'à Toulouse, un joyeux compagnon de route, le meilleur que Thibaut eût rencontré jusque-là.

Auxerrois, Thibaut le comprit vite, était une espèce de dévot du compagnonnage. Il parlait de Maître Jacques comme un franciscain exalté par sa foi. Bien qu'il respectât infiniment la figure du fondateur, Thibaut trouvait cette ferveur un peu excessive. Mais sorti de ces pâmoisons, Auxerrois était bon bougre et Thibaut lui pardonnait ses outrances. Un visage poupin sur un corps rond, des yeux de faïence brillants d'une naïveté incommensurable, Auxerrois était extrêmement sympathique. Il avait travaillé partout, et il effectuait son second Tour de France. Il souffrait d'une certaine difficulté à se fixer une bonne fois.

— J'ai la bougeotte. La France est si belle que je ne me lasse pas de la découvrir ! Tiens, je ne connais pas le Nord d'où tu viens. On dit qu'il n'y a guère de cayennes, par là-haut ?

— Beaucoup de boulangers de chez nous ont fait leur Tour de France, mais nous n'avons pas de villes de Devoir, ni même de villes bâtardes. On a bien essayé de prendre Lille, du temps de mon père, mais les Indiens s'en sont mêlés, et ça n'a pas pu se faire.

— Parce que ton père est compagnon, bien sûr ?

— Bien sûr ! As-tu entendu parler d'Angoumois-Cœur-à-l'Ouvrage ? C'est lui.

Auxerrois dévisagea Thibaut avec une curiosité accrue.

— Angoumois-Cœur-à-l'Ouvrage ? Tu parles si

j'en ai entendu parler ! On me l'a décrit comme un boulanger de toute première classe...

— Ah bon, où ça ? demanda Thibaut flatté.

— Oh, partout où je suis passé : à Blois, à Nantes, à Bordeaux... Partout, c'est simple !

Thibaut hésita à demander à Auxerrois si on lui avait parlé de l'affaire de Lille et du combat malheureux de Léo contre l'Ardennais. Mais à quoi bon revenir sur une défaite cuisante ? Il y renonça, pour le moment du moins. Quand il connaîtrait mieux Auxerrois, peut-être.

Ils furent à Toulouse en dix jours. Ils allèrent se présenter à la cayenne des boulangers. Là, Auxerrois effectua sous les yeux de Thibaut un topage en règle, bien dans sa manière pointilleuse de fervent compagnon. Devant le rouleur de la cayenne, tenant sa canne de la main gauche et son sac de la main droite, il marcha trois pas en équerre sans quitter du regard le pommeau de sa canne. Chacun marqua le rite, puis les cannes croisées furent déposées à terre. On cria « Tape ! » en frappant trois coups. Puis l'arrivant et le rouleur reculèrent en faisant demi-tour du pied droit sur le pied gauche. Il se saluèrent, puis repartirent du pied droit, et tombèrent dans les bras l'un de l'autre pour échanger les paroles rituelles bouche contre oreille... Enfin Auxerrois tendit au rouleur ses Affaires, le passeport compagnonnique dont Thibaut n'était pas encore détenteur. Pour lui, tout fut plus simple et plus rapide. Une heure après son arrivée, et sans cérémonie particulière, il était présenté à son nouveau maître, Toulousain-l'Impatient. Ce grand gaillard à la forte carrure toussait sa farine avec la fumée de sa pipe sans jamais cesser de houspiller ses ouvriers.

— Il faut le laisser gronder. C'est un Chien blanc

qui ne mord pas ! lança avec un clin d'œil un des geindres du fournil à Thibaut. C'était un aspirant, nommé Ferdinand Belzunce, un gros blond rougeaud à moitié cuit par la chaleur.

L'Impatient n'avait plus de place chez lui pour loger un nouvel arrivant et la cayenne du 7, rue Tripière était si fréquentée qu'on réservait les chambres aux compagnons reçus. Auxerrois s'y installa, tandis que Thibaut prenait une chambre d'hôte chez une veuve de compagnon, à peu de distance de son patron. La tâche était dure, chez l'Impatient, car non content du travail au fournil, il fallait encore livrer chez les pratiques le pain qu'on avait déjà sué à pétrir et à cuire. C'était un usage courant dans la profession, qui n'entraînait pas de rémunération supplémentaire et alourdissait le travail. On s'en plaignait sans pourtant se décider à l'assigner aux seuls apprentis, car, au moins dans les maisons bourgeoises où on livrait, on recevait parfois un pourboire pour sa peine.

Quelques semaines avant l'arrivée de Thibaut et d'Auxerrois à Toulouse, la ville avait été le théâtre d'affrontements violents entre Chiens blancs et Loups, les tailleurs de pierre. Cependant l'action obstinée des Chiens blancs grignotait un peu plus chaque année le front uni de leurs opposants. Une fois de plus, l'affrontement avait mal tourné. Plusieurs compagnons boulangers avaient été blessés, un tailleur de pierre avait perdu la vie. La police enquêtait. Dans chaque camp, plusieurs compagnons avaient jugé salutaire de quitter Toulouse en toute hâte. On avait alerté les postes de garde et lancé des avis de recherche, sans beaucoup d'espoir. Le milieu des compagnons cultivait le secret et l'usage des surnoms ne facilitait pas les enquêtes.

Bien qu'il ne logeât pas en cayenne, Thibaut voyait fréquemment Auxerrois. Il jouait aux jonchets ou aux cartes avec lui. Le jeune homme était curieux du monde mystérieux dans lequel il entrerait comme l'avait fait Léo avant lui. Auxerrois, bribe par bribe, avait commencé à le lui dévoiler. Il était intarissable sur les mythes fondateurs du compagnonnage.

Auxerrois n'avait pas son pareil pour ourdir les intrigues et assurer les montées dramatiques. Emporté par sa verve et sa passion communicative, Thibaut écoutait ces histoires comme les contes de fées dont Amalia l'avait bercé quand il était enfant. Il n'était pas le seul : une demi-douzaine d'aspirants et de compagnons réunis autour de lui écoutaient, passionnés, le récit de ces vieilles histoires, les légendes du mouvement compagnonnique.

Des semaines passèrent et devinrent des mois. Thibaut avait créé autour de lui un solide réseau d'amitiés. A présent, comme à Autun, comme à Marseille, il avait trouvé ses repères, il savait où rencontrer des visages familiers, des sourires chaleureux, et il se sentait bien. Un samedi, décidant de déjeuner à la cayenne, il y trouva une ambiance inhabituelle. Thibaut sentit dès son entrée dans la grande salle à manger qu'il se passait quelque chose. On causait à mi-voix et c'était insolite. D'habitude, les repas se déroulaient dans un joyeux brouhaha. A l'instant de s'asseoir, le jeune homme laissa errer son regard autour de lui. A la table où siégeaient le Premier en Ville et le rouleur, et où quelques compagnons triés sur le volet avaient le privilège de prendre place, il repéra un visage nouveau.

CHAPITRE 31

Le nouveau venu était un inconnu pour Thibaut.

— Qui est-ce ? demanda-t-il à Rouennais-Plein-d'Honneur, un compagnon reçu depuis peu.

— T'occupe, c'est personne !

— Il a pourtant l'air de quelqu'un, rigola Thibaut.

— Tu l'as dit, ce gars-là, c'est quelqu'un, justement, lança un aspirant qui séjournait à Toulouse depuis plus d'une année.

Rouennais le tança.

— Toi, la ferme, tu parles trop, pour un trou de balle d'aspirant !

— Hé ! oh ! C'est plus Rouennais-Plein-d'Honneur, c'est Rouennais-Mal-Embouché, qu'on va t'appeler si ça continue, ironisa l'aspirant. Y a pas trois semaines, t'étais pas encore compagnon et tu parlais moins haut. T'es peut-être plus aspirant, mais tu resteras trou du cul toute ta vie, j'ai l'impression !

Outragé dans sa dignité toute neuve, Rouennais foudroya l'aspirant du regard.

— Quoi, tu m'insultes ? Je vais en parler au Premier en Ville, tu vas voir, tu ne feras pas de vieux os ici, crois-moi !

— Et moi je lui dirai, au Premier en Ville, que c'est vous qui avez insulté mon camarade le premier! intervint Thibaut.

La Mère de la cayenne, aidée de sa nièce, apportait une daube dont s'échappait un fumet si appétissant qu'on oublia la dispute, au moins pour un temps. Rouennais tourna ostensiblement le dos à ses interlocuteurs, tandis que Thibaut s'asseyait près de l'aspirant.

— Ouf! Quel con, celui-là! souffla l'aspirant. Depuis qu'il est reçu, il se prend pour Maître Jacques en personne.

— On croirait bien. Dis donc, qui c'est, le nouveau? demanda Thibaut.

L'aspirant tourna son regard vers la table du Premier en Ville.

— C'est Nancéen-la-Vaillance! murmura-t-il avec du respect dans la voix.

— Et alors?

— Et alors, il était là quand ça a bardé avec les Loups, tu sais bien...

— Ah ouais, j'étais encore sur la route, mais on m'a raconté. Ça a saigné, hein?

— Tu parles! Trois blessés graves chez nous, et chez eux deux éclopés... Plus un mort.

— On me l'a dit. Et alors, Nancéen était là?

L'aspirant baissa encore la voix.

— S'il était là? C'est un brave, Nancéen. Sans lui, on prenait la pâtée pour de bon. Mais, tu gardes ça pour toi, hein? Tu me jures? Parce que...

Thibaut jura. L'aspirant lui fit signe de se pencher et de tendre l'oreille. Sa voix n'était plus qu'un murmure.

— Quand Nancéen s'est jeté dans la bagarre, pour nous c'était presque la débandade. On avait une demi-douzaine de blessés, qui avaient pris des coups de canne ou de gourdin, des coups de compas dans le gras de la cuisse, dans la poitrine... Les Loups, eux, n'en avaient qu'un. Nancéen a foncé dans le tas, il en a étendu deux à coups de canne, il en a sonné un autre en passant. C'est ce qui nous a sauvés !

— Tu y étais ?

— Un peu mon neveu ! J'étais pas fier, je peux te dire.

— Alors c'est lui qui...

— Chut ! Assez pour la question. Tu m'as compris.

Thibaut acquiesça. Il avait compris. C'était Nancéen qui avait tué le Loup, quelques semaines plus tôt. C'était lui que les gendarmes recherchaient à cinquante lieues à la ronde. Thibaut le regarda plus attentivement. En grande conversation avec le Premier en Ville et le rouleur, il les écoutait tour à tour l'un et l'autre, tout en émiettant pensivement son pain au bord de son assiette. Il pouvait avoir trente-cinq ans. Ses cheveux noirs étaient coupés court. Il ne paraissait pas très grand, mais la largeur de ses épaules et de son torse avait de quoi impressionner. Dans son visage aux traits réguliers, des yeux noirs brillaient d'un feu paisible. Rien d'excité ou d'inquiet en lui. Pourtant, se dit Thibaut, il avait tué un homme, il en avait blessé d'autres. La police était à ses trousses, et si on l'attrapait c'était au mieux le bagne, au pire la guillotine. Mais qu'est-ce qu'il faisait là, en plein cœur de Toulouse, à quelques centaines de mètres du lieu de la rixe fatale et des policiers acharnés à le retrouver et à l'envoyer aux assises ? Thibaut posa la question à l'aspirant.

— Est-ce que je sais ? T'as entendu Sa Majesté

Rouennais Ier ? Nous autres trous de balle, on nous dit rien ! Il doit avoir un truc à régler avant de refoutre le camp, pour de bon cette fois, ou un message pour le Premier en Ville. Chez nous il n'a rien à craindre. Il règle ses affaires, il passe la nuit à la cayenne, et demain matin à l'aube l'oiseau s'envole. Il a pas l'air de se biler, regarde...

Auxerrois-Parfait-Compagnon était assis à une des grandes tables proches de celle, plus petite, des notables avec lesquels conversait Nancéen. Thibaut le salua de loin. L'Auxerrois lui rendit son salut, puis détourna son regard. La Mère apporta une bouteille de bordeaux et fit mine de la poser devant l'Auxerrois. Avec un sourire, celui-ci lui fit signe de l'apporter à l'autre table et de la poser devant Nancéen. Elle obéit. Surpris, Nancéen l'interrogea du regard. La Mère désigna Auxerrois d'un signe de tête. Nancéen s'inclina brièvement pour remercier. Auxerrois s'inclina à son tour, puis regarda ostensiblement ailleurs, en homme qui a tenu à marquer sa solidarité, mais qui ne veut pas s'imposer et gêner. Nancéen saisit la bouteille et emplit les verres de ses voisins avant de se servir lui-même.

— N'empêche, chuchota l'aspirant à l'adresse de Thibaut, quand on pense...

— Il a des nerfs d'acier, le bougre ! conclut Thibaut.

En quittant la cayenne, Thibaut passa la porte avec Auxerrois-Parfait-Compagnon.

— Alors, lança Auxerrois, ça biche avec ton patron ?

— C'est le bon gars, sous ses dehors grognons. Et vous, dans votre place, ça colle bien ?

Auxerrois eut une grimace fataliste.

— J'ai connu de meilleurs singes, j'en ai connu de pires, tout ça fait une moyenne.

— J'ai vu que vous avez offert une bouteille, dit Thibaut d'une voix soudain timide.

— Hein ? Ah oui. Je me dis que quand un gars a des couilles au cul, ça vaut bien qu'on lui paye à boire, non ? Tu le connais, toi, Nancéen ?

— Ben non, dit Thibaut. Je l'avais jamais rencontré avant. J'étais encore à Marseille, quand... Enfin, vous savez quoi !

— Je sais, mais motus ! Et puis hein, on n'est même pas sûrs. On m'a dit que c'était lui, mais moi, ce que j'ai pas vu de mes yeux...

— C'est lui, y a pas de doute. Mon voisin de table y était. Il a tout vu. Ça chauffait, à ce qu'il m'a dit !

— Ça, ça devait chauffer dur ! Ton voisin de table, hein ? Attends, je le revois pas. Moron, c'est ça ?

— Non, non, Moron, c'est le goitreux, celui qu'on appelle le crétin des Alpes. Non, c'est de Messonnier que je vous parle.

— Messonnier, c'est ça ! En tout cas, hein, silence, ça ne rigole pas, ces histoires-là ! Tu dînes à la cayenne, ce soir ?

— Non, pas ce soir, j'ai rendez-vous avec une petite fileuse, une fille de canut qui a la peau douce comme de la soie.

— T'as raison, amuse-toi ! Allez, à plus tard.

Ils se séparèrent. Songeur, Thibaut reprit le chemin du fournil. Il n'avait pas parcouru vingt mètres qu'une main amicale se posait sur son épaule. Il se retourna.

— Grondet, ça alors ! s'exclama-t-il en reconnaissant un de ses tout premiers compagnons. Te voilà par ici ?

— Eh oui ! J'ai travaillé un an à Lyon et presque six mois à Avignon. Il faudra que je te raconte, à Avignon, la femme du singe pour qui je faisais le geindre, tu peux pas imaginer !

— Quoi donc ?

— Eh ben, elle geignait pas mal non plus, si tu vois ce que je veux dire. Une salope à n'y pas croire ! Je serais bien resté dans cette place, moi, mais le vieux nous est tombé dessus. Ce qu'il a pas aimé, c'est que je la baise sur le pétrin. Il avait des principes. Enfin bon, il a flanqué une rouste à sa femme, moi il m'a foutu à la porte, et me v'là ! Et toi, t'as eu de bons singes ?

— J'ai pas eu à me plaindre, répondit Thibaut. A Autun, à Marseille, je suis pas mal tombé, j'ai appris plein de choses. Alors tu viens juste d'arriver ? Tu n'as pas encore vu le rouleur ?

— Je m'y rends de ce pas. Et comme je tournais le coin de la rue, je t'ai vu qui sortais de la cayenne. Au fait, la bouffe est bonne ?

Thibaut prit une expression gourmande.

— La Mère fait une daube, je te dis que ça !

Grondet claqua des lèvres.

— Je vais me plaire dans le coin, alors ! Dis donc, le gars avec qui t'étais, là, en sortant, tu le connais bien ?

— Auxerrois ? Oui, je commence à le connaître. On a fait la route ensemble depuis Conques. C'est le bon gars, le cœur sur la main. Et puis ça n'est pas pour rien qu'on l'appelle Auxerrois-Parfait-Compagnon. Sur les rites, il en connaît un rayon, il m'a appris plein de choses sur Maître Jacques et tout ça.

— Ah ouais ? C'est bizarre tout de même.

Le ton de la voix de Grondet, soudain grave et soucieux, alerta Thibaut.

— Eh ben quoi ?

— C'est bizarre, parce que à Lyon, on le connaît pas sous ce nom-là ! Là-bas, il se faisait appeler Gascon-Bienfaisant et sa réputation n'était pas des meilleures. Chaque fois qu'on prononçait son nom devant lui, mon patron imitait la mouche avec ses lèvres.

— Je te crois pas, répondit Thibaut, abasourdi.

L'image d'Auxerrois ne cadrait absolument pas avec les allégations de Grondet.

— Mais t'es sûr que c'est le même ? Tu l'as bien connu, là-bas ?

— Bien connu, non. Je l'ai rencontré quelquefois. Oh, il ne rechignait pas à lier connaissance et à payer une chopine, mais vu l'opinion que mon maître avait de lui, je me suis tenu à l'écart. Et là, quand je t'ai vu avec lui, j'ai préféré attendre qu'il soit plus là pour te parler.

— Tu me la coupes, là ! Auxerrois, une mouche... Non, je ne peux pas y croire, décidément.

— Mais pourquoi qu'il aurait deux noms ? Gascon-Bienfaisant à Lyon et Auxerrois-Parfait-Compagnon à Toulouse ? Tu crois que c'est normal ?

— Non, ça, je crois pas. Il doit y avoir une explication.

Deux heures sonnèrent au clocher de la cathédrale. Thibaut allait être en retard et Toulousain-l'Impatient n'aimait pas ça.

— Excuse-moi, pays, faut que j'aille au chagrin. On se recause bientôt, puisque t'es là en ville !

— Bien sûr. Mais pense à ce que je t'ai dit : un compagnon qui a deux noms de compagnon, c'est pas un compagnon bien catholique !

Thibaut eut une moue dubitative. Ils se serrèrent la main. Grondet repartit vers la cayenne et Thibaut se hâta vers le fournil de Toulousain.

Tout l'après-midi, en travaillant, Thibaut ne put s'empêcher de remâcher les paroles de son ami Grondet. Il le connaissait assez pour savoir que ce n'était pas un menteur. Mais il croyait connaître aussi Auxerrois, et il avait tout aussi confiance en lui. Grondet devait confondre deux hommes. Ou bien l'Auxerrois avait-il un jumeau? Cependant, il n'y a pas de fumée sans feu. Auxerrois était peut-être une mouche... La police s'ingéniait à pénétrer les sociétés de compagnons. Ce qui troublait le plus Thibaut, c'était cette histoire de double identité. A son entrée dans une cayenne, un compagnon devait impérativement présenter ses Affaires au Premier en Ville et au rouleur. Ce document secret, établi au jour de sa réception, mentionnait tous ses déplacements et ses différents emplois. Il attestait de la bonne conduite de son détenteur. A la mort du compagnon, il était détruit. Pour être admis dans deux cayennes sous deux noms différents, il fallait posséder deux passeports, et cette seule idée constituait un véritable scandale, un sacrilège. S'agissait-il de faux purs et simples ou de passeports volés, à des vivants ou à des morts? Un vertige saisit Thibaut. Il ne pouvait soupçonner Auxerrois de telles vilenies. Dans le même temps, une terrible inquiétude l'envahit. Il se souvenait des quelques mots qu'il avait échangés avec Auxerrois en sortant de table. Sans méfiance, il avait failli à la loi du silence de la Société en confirmant à Auxerrois que Nancéen avait bien eu sa part dans la rixe tragique, et il lui avait appris que l'aspirant Messonnier y avait participé lui aussi, *et qu'il avait tout vu.*

Il fut sur le point de défaillir. Si Auxerrois était un mouchard, et si Nancéen et Messonnier étaient arrêtés, ne serait-ce pas sa faute? Que devait-il faire?

Avertir sans tarder le Premier en Ville des soupçons que Grondet nourrissait à l'encontre d'Auxerrois ? Mais Grondet devait voir le rouleur. Peut-être était-il déjà intervenu dans ce sens ? Mais la culpabilité d'Auxerrois n'était pas certaine, loin de là ! Il ne s'agissait peut-être que d'un malentendu, d'une confusion de personnes... Et il était très grave d'accuser un innocent. Les heures passèrent sans que Thibaut parvienne à prendre un parti. Quand enfin, il rentra chez lui, après avoir aidé Toulousain à sortir la fournée, il était huit heures du soir. Bertine la petite fileuse, son rendez-vous, l'attendait vers neuf heures au bord de la Garonne. Il se lava et échangea ses vêtements de travail tout enfarinés contre ce qu'il appelait son « costume de joli cœur ». Inquiet, préoccupé, il se rendit néanmoins au rendez-vous. Bertine, joli brin de fille, était déjà arrivée. Elle s'était faite belle, elle aussi. Thibaut avait éprouvé la douceur de sa peau, mais ils n'étaient pas encore amants. Pour un temps, les sombres pensées qu'il nourrissait à l'encontre d'Auxerrois et de Nancéen passèrent au second plan. Les deux jeunes gens dînèrent dans une gargote, puis ils allèrent flâner le long de la rivière. Le temps était sec et il ne manquait pas de bosquets propices aux jeux amoureux. Bertine avait décidément la peau très douce. Elle se montra peu farouche. Ils s'allongèrent ensemble sur l'herbe et se caressèrent longuement. Mais soudain, Bertine rabattit sa robe et darda sur lui un regard flamboyant.

— Tu penses à autre chose !

— Qu'est-ce que tu vas chercher ?

— Je sais ce que je dis. T'es près de moi, mais tes pensées sont ailleurs.

Il se redressa soudain. Elle voyait juste. Après

leurs étreintes, l'obsession reprenait possession de lui.

— C'est vrai. Il faut me pardonner, mais je dois y aller.

— Où ça?

— A la cayenne. Si c'est ce que je crains, c'est grave!

Il se leva d'un bond.

— Attache au moins ton pantalon!

Il s'exécuta.

— Tu m'en veux pas?

Elle haussa les épaules.

— Je pourrais. Mais non. On se revoit quand?

— Bientôt!

Déjà, il prenait sa course dans l'ombre qui baignait la berge.

CHAPITRE 32

— Janicot ! Sacré vieux ! Justement, je me demandais ce que tu devenais.

— Ah bon, tu pensais à moi ?

Janicot se dandinait comme un ours, tout en triturant sa casquette qu'il avait ôtée pour saluer maître Aubry. Il avait encore grandi et forci, se dit Adam, un véritable géant. Il s'était présenté chez Aubry à l'improviste pour rendre visite à Adam, qui l'avait accueilli avec une joie non feinte. Elle était lasse de fréquenter la bande d'arpètes dont Benjamin et Luigi étaient les meneurs. Si elle n'était pas tombée sur Rosa, son aventure au bordel aurait pu mal tourner. Janicot n'était pas bien malin, mais il lui semblait moins dangereux, dans sa situation, que ces gars qui n'avaient en tête que les filles et la bringue.

— Ça faisait un moment qu'on ne s'était pas vus. Alors, ça marche bien, dans ta place ? demanda Adam.

— Couci-couça. Le trait, tu vois, j'ai du mal. Je suis pas bien doué. Je sais pas comment tu fais pour piger tout ça. Moi, les proportions idéales, le rapport du décagone étoilé au rayon du cercle circonscrit, je m'embrouille là-dedans, je te dis pas ! Ton père m'a promis de m'embaucher au retour, mais j'ai peur qu'il ne change d'avis en voyant mon travail.

Adam sourit avec indulgence.

— Ne t'inquiète pas. C'est seulement une suite de recettes à mémoriser et à appliquer au découpage des surfaces et des volumes.

— Je sais bien, mais un jour je crois que j'ai compris et le lendemain je m'y perds.

— Je t'aiderai, si tu veux.

Le visage de Janicot s'éclaira.

— Tu ferais ça pour moi ?

— Bien sûr ! Tiens, le dimanche matin. On y passe deux heures, trois ou quatre semaines de suite, et on remet tout ça d'aplomb dans ta cervelle.

— J'en ai bien besoin, tu sais !

Janicot rayonnait. Un court instant, Adam regretta de s'être engagée aussi formellement. Elle manquait de temps libre et elle aimait lire, rêver, réfléchir. Mais elle appréciait Janicot. Elle pouvait lui rendre service.

Ils prirent rendez-vous pour le dimanche suivant. A dix heures tapantes, Janicot frappa à sa porte. Il avait les bras chargés d'un assortiment de charcuterie, petit salé, pâté, saucisson et poitrine fumée, d'un pot de fromage blanc et d'une bouteille de vin.

— Eh bien ! s'exclama Adam, qu'est-ce que c'est que ça ? On est censé bosser, pas se taper la cloche.

— Je sais bien, dit Janicot, mais après avoir travaillé, on pourrait manger ensemble.

— Pourquoi pas ?

Adam se sentait quelque peu contrariée. Déjeuner avec Janicot, cela signifiait passer avec lui encore un long moment, en plus des deux heures qu'elle avait déjà promis de lui consacrer. Cette perspective ne lui plaisait qu'à demi. Depuis l'épisode de la maison close, elle se complaisait dans la solitude, réfléchissant aux changements que sa condition de femme allait amener dans son existence. Mais qu'était-ce au juste qu'une femme? Était-ce quelqu'un qui ressemblait à Céleste, sa mère, soumise à son époux au point de mentir sur son ordre? Ou bien quelqu'un comme Rosa, une putain, sans doute, mais libre d'agir et de penser à sa guise? Depuis sa naissance, Adam n'avait rencontré que deux êtres humains jouissant d'une réelle autonomie intellectuelle, d'une vraie liberté de pensée : son vieux pédagogue Eléazar, malgré son infirmité, et Rosa, malgré sa condition de prostituée. Ah oui, il y avait peut-être aussi Jethro De Boorgh. Mais Jethro De Boorgh avait trompé Adam, c'était un menteur comme Rochetal, une crapule au bout du compte, ce que n'étaient ni Eléazar ni Rosa.

La leçon de trait se révéla pénible. Janicot avait beau y mettre la meilleure volonté du monde, il était bête. Adam prit pour la première fois la mesure de la bêtise de son camarade. Il mélangeait tout : l'hexagone, le dodécagone, le pentagone, les décagones convexes ou étoilés, les modules angulaires de 18°, les valeurs de *pi,* les sections dorées... Il faisait de tout ça une salade dans laquelle Adam en arrivait elle-même à se perdre. A l'issue de la première leçon, Adam s'épongea le front. C'était sans espoir. Janicot ne comprendrait jamais les principes du trait. Deviendrait-il seulement compagnon reçu? Rien n'était moins sûr. Adam se souvint des commentaires cruels de Clermontois-Va-Toujours. Janicot n'avait pas seulement un esprit lent, il était aussi maladroit de ses mains. Adam se mordit les lèvres. Jamais un perfectionniste comme Rochetal n'engagerait un tel tocard. C'était triste à dire, mais il n'était bon qu'à balayer les copeaux au pied des établis.

Ils dégagèrent la table sur laquelle ils avaient travaillé et Janicot déballa ses provisions. Ils mangèrent. Janicot était heureux. Adam lui avait parlé doucement, sans manifester l'impatience ou l'énervement que sa lenteur inspirait à ceux qui s'efforçaient de lui apprendre quelque chose. Il s'imaginait qu'il avait progressé. Et tout à sa joie, il parlait la bouche pleine, il vidait verre sur verre, il rêvait à voix haute. Il se voyait déjà compagnon. Adam n'osait trop rien dire. Elle mangeait et buvait à peine.

Bientôt la conversation prit un autre tour. Janicot se plaisait à revenir sur leur équipée au départ de Dijon et sur l'agression dont ils avaient été victimes. Ils l'avaient échappé belle, nom de Dieu ! Adam acquiesçait, ça oui, ils s'en étaient tirés à bon compte. Janicot insistait, rabâchait... Adam finit par s'interroger. Qu'est-ce qu'il avait donc dans la tête, le Janicot ? Adam se souvenait de l'haleine fétide de son agresseur, de l'instant terrible où ses mains s'étaient refermées sur son buste, c'est-à-dire sur ses seins menus, mais indubitablement féminins, et où il avait poussé une exclamation de surprise. Est-ce que par hasard Janicot, qui se débattait pourtant de son côté contre d'autres adversaires, aurait pu l'entendre et l'interpréter ? Frappé à la tempe, Adam avait perdu connaissance. Que s'était-il passé au juste entre cet instant et celui où elle était revenue à elle ? Mais Janicot, lui aussi, avait souffert dans la bagarre. Pour l'heure, il trinquait joyeusement. Ses yeux brillaient, ses lèvres grasses de pâté de campagne luisaient. Adam le trouva répugnant, tout à coup. Ou bien était-ce l'idée que Janicot pût se douter de quelque chose, qui lui inspirait ce dégoût ?

— Dis donc, je me demandais... T'en as connu, toi, des filles ?

Adam accusa le coup. Là, voilà, ça y était ! Même avec Janicot, il fallait y venir !

— Évidemment ! Y en a plein les rues !

— Non... je veux dire...

La voix d'Adam se fit cinglante, soudain.

— Tu ferais mieux de te mêler de tes affaires !

Pour n'importe quel autre, le signal aurait été clair. Mais pas pour Janicot.

— Tu sais pas ce que me disait Bertrand Delbœuf, l'autre jour ? Bertrand, il marne au Mobilier moderne, à la Croix-Rousse. Il te connaît, il vient souvent chercher des planches chez Aubry. Eh ben il m'a dit : « Adam Rochetal, on dirait une fille ! »

Adam faillit s'étrangler.

— Tiens donc !

— Comme je te le dis : « Adam Rochetal, on dirait une fille ! » Et il a même ajouté : « Une fille bien jolie, en plus ! » C'est marrant, non ?

— C'est à se tordre. Et alors ?

— Et alors... Rien, rien ! Mais c'est marrant. Remarque, c'est pas tout à fait faux, hein ? C'est vrai, t'es pas baraqué, comme gars... Pas comme moi, quoi ! T'es tout mince, t'as la peau douce, les os fins... Et puis t'as quasiment pas de barbe.

— Quasiment pas, c'est vrai ! Janicot...

— Ouais ?

— Tu m'emmerdes !

— Hein ? Allez, quoi, c'est que de la blague. Tu le prends mal ?

— Très mal. Tiens, remballe ta cochonnaille et fous-moi le camp !

La voix d'Adam tremblait de rage. Non content de lui gâcher sa matinée, cet abruti allait lui pourrir sa journée, avec les réflexions de l'autre crétin de Delbœuf, un grand escogriffe qui la reluquait chaque fois qu'il passait chez Aubry.

— Allez, quoi, te fâche pas ! Je lui ai dit, à Delbœuf, que t'étais bien un gars et que dans la castagne, t'avais rien à envier à personne. Je l'avais bien vu à Dijon.

— Je m'en fous, de ce que Delbœuf t'a dit et de ce que tu lui as dit. Dégage-moi le plancher, allez, du vent !

Janicot était si éberlué qu'il restait assis, sans obtempérer. Excédée, Adam se leva et rassembla les victuailles entamées. Elle fourra le tout dans un panier, rafla la bouteille sous le nez de Janicot, la reboucha et la déposa sur la charcutaille.

— Allez, hop ! Du balai !

Janicot finit par comprendre qu'Adam ne plaisantait pas. Il tenta encore de plaider. En vain. Adam prit le panier, alla ouvrir la porte et déposa les provisions sur le palier.

— Écoute, je regrette...

— Tu peux. Salut !

Janicot se dirigea à regret vers la porte.

— On se verra quand même dimanche prochain ? Pour le trait... J'ai presque pigé, aujourd'hui. Ce serait bien que...

— Non. Dimanche prochain j'irai à l'église.

— Alors l'autre dimanche ? Hein ? Ou alors un soir en semaine, le jour que tu veux.

Sans répondre, Adam lui montra la porte d'un mouvement de menton. Janicot obéit enfin. La déception se lisait sur son visage. Il paraissait au bord des larmes. Adam regretta un instant de s'être montrée si brutale. Mais Janicot l'avait cherché ! Elle le laissa sortir et referma sèchement la porte derrière lui. Elle poussa un profond soupir. Quand donc connaîtrait-elle la paix ? Elle regarda ses mains. Elles tremblaient. Elle laissa errer son regard autour d'elle, sur l'humble décor de sa petite chambre. Ses yeux se posèrent sur son exemplaire tout dépenaillé de *Mademoiselle de Maupin.* Elle le connaissait par cœur.

Toute la journée, Adam resta prostrée sur son lit. Les propos de Janicot venaient raviver tous les doutes, toutes les angoisses qu'elle s'efforçait jour après jour de juguler. A la nuit tombée, n'y tenant plus, elle sortit et marcha droit devant elle, sans but particulier, des heures durant. Ses pas l'amenèrent sous les fenêtres du bordel où officiait Rosa. Rosa... La seule personne à laquelle elle se fût jamais confiée ! Elle éprouva le besoin de la voir, de lui parler à nouveau. Mais Rosa serait-elle disponible ? Elle la reconnaîtrait sûrement, car une histoire comme la sienne ne s'oublie pas, mais comment l'accueillerait-elle ? Adam haussa les épaules. Une putain est toujours disponible pour qui a de l'argent dans sa poche. Elle poussa la porte du bordel et entra sans plus hésiter.

Mme Pauline, la patronne, la reçut avec un sourire amusé :

— Tiens ! Qui voilà ? Notre jeune don Juan de l'autre soir. Tu reviens voir mes petites coquines ? Une fois qu'on y a goûté, on ne peut plus s'en passer ! Mais d'abord le verre de l'amitié. Qu'est-ce que je te sers ? Un mêlécasse, un rouge limé ?

— Un... un rouge limé, oui.

Mme Pauline posa un verre devant elle et versa le vin rouge dans la limonade.

— Tiens, on n'a pas revu Luigi, depuis l'autre jour. Il va bien, au moins ?

— Luigi ? Je suppose.

— Alors, t'as envie d'un câlin ? Ça tombe bien, Edmonde est libre ! Les plus gros seins de la ville. Elle a des clients qui viennent exprès de Villefranche ou de Bourg-en-Bresse. Y a même deux frères, tous deux notaires, qui font le voyage depuis Valence, t'as qu'à voir !

— Edmonde ? Un autre jour peut-être. Non, j'aurais bien aimé voir Rosa.

— C'est pour Rosa que tu reviens nous voir. Ah, Rosa ! Bien sûr, une femme comme elle, c'est plus cher, mais c'est autre chose, elle a l'art, et puis tu lui as fait un tel effet que je suis sûre qu'elle va te soigner. Elle est en main pour le moment, mais je te la retiens, c'est dit.

Mme Pauline s'excusa et se tourna vers de nouveaux clients, des pioupious éméchés qui parlaient fort et faisaient résonner le plancher sous leurs souliers bien cirés. Adam s'installa à une table et sirota son rouge limé en papotant avec la vieille Hortense. Enfin, Rosa apparut dans son éternelle robe rouge. Son client la quitta en lui adressant un baiser. Du haut de son comptoir, Mme Pauline se pencha vers elle et lui murmura quelques mots à l'oreille. Rosa se tourna vers Adam. Un sourire se dessina sur ses traits altiers. Elle dit encore un mot à la tôlière et se dirigea vers Adam de son pas impérial.

— Bonsoir, Adam. Alors tu es venu pour moi ?

Il hocha la tête.

— C'est vrai. Je voudrais vous parler.

— L'autre jour, c'était différent, la passe était à mes frais. Aujourd'hui est un autre jour. Parler, faire l'amour, avec moi c'est pareil, il faut payer.

— Je vous paierai, bien sûr.

— Alors viens.

Adam vida son verre et suivit celle qu'elle tenait pour sa seule amie, dans le bruissement de sa robe rouge.

CHAPITRE 33

— Je ne sais plus quoi faire, Rosa. Je suis perdue. Il n'y a que des ténèbres autour de moi. Où dois-je aller ? Que dois-je faire ? Qui suis-je, en réalité ? J'ai envie d'en finir, comme à Lille, quand je voulais boire du laudanum jusqu'à en mourir !

— Ta-ta-ta-ta ! Voilà autre chose !... Si tu permets, j'ôte cette foutue robe ; j'étouffe là-dedans. C'est pas tant la robe que le corset en fait, alors avec ta permission, je me dégrafe un peu le temps qu'on cause.

Sous les yeux d'Adam, Rosa enleva sa robe et donna un peu de jeu aux lacets du bustier qui faisait ressortir son opulente poitrine d'une blancheur de lait. Un de ses seins jaillit du balconnet. Au centre d'une aréole ocre se dressait vers le ciel une pointe orgueilleuse, qui parut démesurée à Adam. Les bouts de ses propres seins s'érigeaient à peine...

— Ouf, ça va mieux ! Qu'est-ce que tu disais ? Te suicider ? Mourir ? Quelle connerie ! Pourquoi tu mourrais ? Tu n'as commis aucun crime. Tu es toi. Il se trouve que ce *toi* a des seins et un minou au lieu d'avoir un vit et des couilles ; est-ce que c'est ta faute ?

Les mots employés par Rosa choquaient Adam, mais elle reconnaissait la justesse de ses propos.

— Tu es née fille, reprit Rosa. C'est ton père, qu'on devrait pendre ! Bon sang de bonsoir, qu'est-ce que tu attends pour te faire baiser par un mâle qui te montrera enfin de quel côté le sort t'a fait naître ? Tu veux que j'appelle Perrotin ? Il a exactement le profil nécessaire. C'est un âne, mais il peut se montrer gentil.

— Non, non, surtout pas ! s'écria Adam.

— Comme tu voudras, mais tu as tort. Ça te simplifierait la vie.

— Si c'était aussi facile que ça ! Parfois je me dis que c'est impossible. Que je resterai toute ma vie un garçon, un faux garçon. Et j'ai envie de mourir.

— Tu dis des bêtises. Quel gâchis ce serait, belle comme tu es ! Tiens, j'ai une idée.

Rosa courut à la porte et poussa le verrou.

— Voilà, comme ça, on est tranquilles. Je laisse toujours ouvert, pour Perrotin, en cas de besoin.

Elle revint vers Adam et se pencha sur elle. Sur son visage se lisait la jubilation d'une petite fille en train d'inventer un jeu.

— Déshabille-toi, on va te transformer en fille !

— Qu'est-ce que tu racontes ?

— J'ai là le trousseau d'une gosse qui vient d'arriver de Perpignan. Elle n'est pas plus épaisse que toi. Plus dessalée, ça, c'est sûr ! Allez, dépêche-toi, ôte-moi tout ça !

Adam hésitait. Rosa la bouscula gentiment. On était entre filles, on n'avait pas à se gêner. Déjà, elle ouvrait une armoire, en tirait une malle dont elle soulevait le couvercle pour en extraire vêtements et sous-vêtements.

— Allez, dépêche-toi ! On n'a pas toute la nuit.

Si on reste trop longtemps, Mme Pauline va te compter deux passes !

— J'enlève tout ?

— Tout ! Tu enlèves toutes tes hardes d'homme et tu mets tout ça ! répondit Rosa en jetant successivement sur le lit une culotte de femme, un jupon, un petit bustier, une paire de bas, une chemise de soie et une robe. Dis donc, tu es joliment faite ! s'exclama-t-elle en contemplant Adam en tenue d'Ève. Ma vache, si tu n'étais pas...

Adam rougit.

— Passe-moi les sous-vêtements, vite, j'ai froid !

— Attrape ! dit Rosa en lui lançant la culotte.

Adam l'enfila avec un pincement au cœur. Le bustier suivit, puis les bas. En quelques instants, Adam se trouva transformé en femme. Elle se sentit d'abord atrocement mal à l'aise. Tout son corps lui semblait étranger. Le corps d'une autre pesant sur elle à l'étouffer. Mais Rosa, ravie, tournait autour d'elle en riant.

— Mince, chérie, ce que tu es chouette !

— Penses-tu ! Je dois être ridicule !

— Ridicule ? C'est la plupart des bonnes femmes qui seraient ridicules à côté de toi ! Attends, attends, on va te maquiller.

Adam voulut se dérober, mais il n'y avait pas moyen d'échapper à Rosa. Son énergie balayait toute résistance. Elle attira Adam vers le cabinet de toilette et la força à s'asseoir devant un grand miroir.

— Là, mets-toi là et laisse-moi faire. Et si tu bouges, je te plante une lime à ongles dans l'œil !

Rosa s'amusait en choisissant poudres, crèmes et fards parmi la quantité de boîtes et de pots qui encombraient la tablette. Humectant ses lèvres rouge sang, l'œil plissé, elle fondit sur sa proie. Tout d'abord, elle plaça sur sa tête une perruque blonde, dont elle peigna et ordonna vivement les boucles. Adam, hypnotisée, assista à sa propre métamorphose. Un être nouveau venait au monde. Cet être était une femme et cette femme, c'était elle ! Et cette femme découvrait pour la première fois son visage. Ce fut un choc, un vertige, un éblouissement.

— Alors ? Qu'est-ce que t'en penses ? *Ada ?*

Dans le miroir, tout près du sien, il y avait le visage de Rosa, empreint d'une expression à la fois ironique et affectueuse.

— Oh, Rosa !

Adam sentit monter ses larmes.

— Ah non, ne pleure pas, bécasse, tu vas ruiner tout mon ouvrage !

La jeune fille parvint à retenir ses larmes. Elle ne voulait pas détruire l'image que lui renvoyait le miroir. Elle la trouvait belle. Elle lui était trop précieuse. Elle essuya d'un doigt la larme qui grossissait à sa paupière et menaçait de dévaler sur sa joue.

— Rosa ! Rosa ! Qu'est-ce qui m'arrive ? Qu'est-ce que je vais devenir ?

— Une femme, c'est tout, et ça n'est déjà pas mal. En tout cas, ça n'est pas un drame. Lève-toi. Va te regarder en pied dans la psyché !

Adam obéit. Elle se sentait gauche dans ces vêtements, sous ce harnachement insolite, mais sa nouvelle image la fascinait.

— Mets des chaussures, tu verras comme on se sent en talons hauts ! Je vais te passer des bottines à moi, on doit chausser pareil.

— Je vais me casser la figure !

— Peut-être bien, mais tu ne pourras pas y couper ! Tu ne te vois pas remettre tes godillots avec cette robe ?

Rosa la poussa jusqu'au lit, la fit s'asseoir et s'affaira à la chausser et à lui lacer des bottines en cuir jaune clair.

— Là, allez, debout, maintenant, et lance-toi !

Adam obéit. Elle s'avança dans la pièce d'un pas hésitant.

— Évidemment, tu n'es pas encore prête à aller danser, mais tu vas tourner la tête de tous les bonshommes !

— Rosa... J'ai envie...

Rosa faillit se méprendre.

— Hein ? Si vite ? Eh bien, ça te fait de l'effet, dis donc !

— Tu te moques de moi ! Non, j'ai envie de... de sortir. Comme ça, habillée en femme, enfin !

Rosa sourit.

— Dommage. Mais bien sûr, chérie, va faire un tour, pourquoi pas ? Comprends-le une fois pour toutes : tu es libre. Dans ton corps à toi, dans ta vie à toi ! Sors par l'arrière, tiens.

Rosa entraîna Adam vers une petite porte dérobée qui était bien utile, quand elle recevait tel notable ou tel malfrat, soucieux de discrétion.

— J'ai un peu peur. Tu ne m'accompagnes pas ? implora Adam.

Rosa secoua la tête.

— Je ne peux pas, chérie, je travaille dans ce bordel ! Mais tout ira bien, tu verras. Ne commets pas d'imprudence, méfie-toi des hommes. Tous ceux qui t'adresseront la parole n'auront qu'une idée en tête, et tu devines laquelle... Alors rembarre-les dès les premiers mots, c'est le plus sûr ! Et puis, essaye de ne pas trop fusiller les talons de mes bottines. Tiens, n'oublie pas de prendre un châle.

Adam marchait dans la nuit. Tout d'abord, les

bottines à hauts talons lui avaient posé quelques problèmes d'équilibre, mais elle s'y était faite rapidement et le pire était passé. A présent, même pour un œil exercé, elle ressemblait parfaitement à ce qu'elle était : une jolie jeune fille, une élégante qui traversait la place Bellecour à l'heure de la sortie des théâtres, peut-être lasse d'avoir marché trop longtemps sur des bottines à talons, si l'on en jugeait par son pas légèrement traînant.

En réalité, elle était ivre. Non d'alcool, elle n'avait bu ce soir que le rouge limé de Mme Pauline. Elle était ivre de liberté. Incrédule, elle se répétait que c'était bien elle, Ada, hier Adam, l'imposteur enfin rendu à sa vérité, qui arpentait les rues de Lyon en jupon et en robe, en bustier et en bottillons, drapée dans un châle embaumant le parfum préféré de Rosa, une essence lourde, capiteuse, qui faisait se retourner les hommes qui la croisaient. Plusieurs d'entre eux s'étaient élancés dans son sillage et s'étaient bientôt portés à sa hauteur. « Vous êtes toute seule, mademoiselle? Puis-je vous raccompagner? Les rues sont peu sûres, la nuit. » Elle les avait envoyés paître. Ils avaient grommelé une insulte ou une réflexion bien aigre : « On ne met pas un parfum de putain, quand on est une honnête femme... » Elle avait passé son chemin. Tous ces goujats n'avaient aucune existence à ses yeux. Des ombres. Des fantômes. Elle ne leur permettait pas de gâcher son émerveillement, sa liberté toute neuve. Elle marchait, marchait, comme si à chaque pas c'était d'elle-même qu'elle prenait possession. Elle jouait avec ses jupes. Le vêtement féminin l'avait toujours fascinée. Elle admirait les tailles fines gainées dans les corsets, les femmes fleurs dans leur crinoline d'été, les élégantes qui s'engouffraient dans leur attelage dans un bruissement de taffetas. Pourtant rien n'était résolu, sauf peut-être l'essentiel.

Mais hors de cette acceptation de son identité et de son sexe, tout restait problématique. Pour l'état civil, elle s'appelait toujours Adam Rochetal, elle était toujours tenue pour un homme par toutes les personnes de sa connaissance, dans cette ville comme dans sa ville natale et toutes celles par lesquelles elle était passée. Elle avait toujours un père dément qui défiait la nature. Bientôt, elle rendrait à Rosa ses bottines et les vêtements de la petite délurée de Perpignan et elle redeviendrait Adam, ce garçon qui était, lui aussi, une partie de son identité.

Elle reprit le chemin du bordel où Rosa devait l'attendre avec, peut-être, un peu d'anxiété. Le regard d'un jeune homme qui sortait d'une brasserie s'arrêta sur sa beauté, alors qu'elle passait sous une lanterne. La flamme éclaira son visage. Le jeune homme eut un haut-le-corps. Il ouvrit la bouche, tendit la main pour l'arrêter. Mais déjà elle disparaissait. Il s'élança.

— Adam !

Il avait prononcé ce nom à mi-voix. Il ne pouvait y croire. Pourtant, il aurait juré... Il fallait qu'il en ait le cœur net ! Il pressa le pas, combla la distance qui les séparait, dépassa la fine silhouette, puis fit demi-tour et revint vers elle.

— Mademoiselle !

— Monsieur ?

Le cœur d'Adam se mit à battre à grands coups. C'était Janicot, le catastrophique Janicot ! Le garçon qui ne disait jamais ce qu'il fallait dire, qui n'était jamais où il aurait dû être. Le stupide garde du corps que Rochetal avait donné à Adam, et qui tombait nez à nez avec Ada ! De plus, il avait bu, sans doute pour se consoler de l'algarade du matin.

— Mademoi... Adam... je veux dire.

— Excusez-moi, monsieur, je suis pressée. Laissez-moi passer, s'il vous plaît !

Mais le crétin ne bougeait pas. Les yeux ronds, la lèvre pendante, il dévisageait Adam, laissait errer son regard sur ses longs cheveux blonds, sur son châle et sur sa robe.

— Monsieur, s'il vous plaît !

La réflexion faisait lentement son chemin dans la cervelle épaisse du garçon, de surcroît embrumée par l'alcool. Cette femme n'était pas une femme. C'était son ami Adam. Ou alors... Ou alors Adam était cette femme. Et cette hypothèse-là venait corroborer les doutes qu'il nourrissait depuis l'affaire de Dijon, depuis qu'il avait entendu un des agresseurs d'Adam s'écrier : « Mais c'est une garce, une garce, je vous dis ! »

— Adam...

— A qui croyez-vous parler ? Laissez-moi passer ou j'appelle.

— Tu es Adam !

Adam voulut le contourner, s'échapper. Il lui saisit l'avant-bras de sa poigne d'acier. Elle poussa un cri de douleur.

— Je le savais ! Je m'en doutais... Tu es une fille et moi...

— Eh bien quoi ?

— Et moi, je t'aime !

— Tu es fou, Janicot ! Fiche-moi donc la paix, nom de Dieu !

Le colosse exulta.

— Tu vois ! Tu connais mon nom ! Tu es Adam et tu es une fille !

L'exaspération envahit Adam. Le premier jour où elle s'habillait en femme, elle tombait sur ce demeuré et il lui faisait une déclaration d'amour !

— Je t'aime, Adam ! Je suis fou de toi. J'avais bien senti... Je commençais à perdre la boule à cause de toi, parce que t'avais l'air d'un garçon, mais tout va bien, maintenant. On va se fiancer.

— Quoi ?

— Ben oui ! On va se fiancer et ensuite on se mariera, c'est tout simple.

Consternée, Adam s'adossa au mur.

— Écoute-moi, Janicot, écoute-moi attentivement, je t'en supplie ! On ne va pas se fiancer, ni se marier, ni rien. Tu vas me foutre la paix !

— Mais puisque tu es une fille !

— Je suis une fille, mais je ne me marierai jamais avec toi. Pour épouser quelqu'un, il faut l'aimer.

— Oui, mais moi je t'aime !

Adam leva les yeux au ciel. Le trait, le mariage, l'amour, tout ça était beaucoup trop compliqué pour Janicot.

— Tu es soûl, Janicot. Rentre te coucher et demain tu réfléchiras, tout deviendra plus clair.

— Non, puisque je t'aime.

Tout à coup, la colère submergea Adam.

— Arrête ! Tu ne sais pas de quoi tu parles. Il faut être deux pour se fiancer et moi je ne t'aime pas, je ne t'aimerai jamais. Tu m'emmerdes, Janicot, je te l'ai déjà dit ce matin, je te le redis ce soir une fois pour toutes !

— Tu ne m'aimes pas, tu ne m'aimes pas ?

Janicot roulait des yeux hagards. A nouveau, elle tenta de s'arracher à son étreinte.

— Tu vas me lâcher, à la fin ?

De sa main libre, elle le gifla. Alors, il leva sur

elle son poing énorme. Mais Adam avait appris à se battre comme un garçon. De toutes ses forces, elle lui donna un coup de genou dans le bas-ventre. Il poussa un hurlement, lâcha le poignet d'Adam et tomba à genoux en portant ses deux mains à son sexe.

— Excuse-moi, Janicot !

Il releva la tête vers elle. La bave aux lèvres, il râlait de douleur.

— Adam... Adam ! parvint-il à articuler.

— Si tu m'aimes comme tu le dis, évite-moi désormais, lui dit-elle d'une voix ferme. Laisse-moi tranquille, c'est ce que tu peux faire de mieux. Tu comprends ?

Elle se pencha, le prit par le col de sa chemise et le soulevant à demi, plongea son regard dans le sien. Elle y lut la flamme sourde d'un malheur infini. Adam le laissa retomber, se détourna de lui et passa son chemin en faisant claquer les talons de ses bottines sur les pavés.

CHAPITRE 34

A l'entrée de la rue Tripière, Thibaut s'arrêta un instant pour reprendre son souffle. Il avait couru tout le long du chemin. Hors d'haleine, alors qu'il touchait au but, ses craintes lui paraissaient illusoires. La double identité de l'Auxerrois était sans doute un malentendu. Il allait retrouver une cayenne paisible, quelques couche-tard tirant sur leur bouffarde devant l'âtre ou disputant une partie de dames. Nancéen-la-Vaillance devait dormir paisiblement chez la Mère, et au petit matin, il disparaîtrait dans la nature.

Thibaut aperçut bientôt la façade de la cayenne. Tout paraissait normal. Les fenêtres du bas étaient plongées dans la pénombre, mais celles de la grande salle du premier étaient éclairées ainsi que celle de la cuisine. Thibaut s'épongea le front. Qu'est-ce qu'il était allé inventer! Il n'avait rien à faire à la cayenne à cette heure-ci, et il hésita même à entrer. Il se souvint que son patron l'avait chargé d'une vague commission à l'intention du rouleur et qu'il avait omis plusieurs fois de s'en acquitter. Eh bien, ce serait l'occasion, si le rouleur était encore debout.

Thibaut monta les quelques marches du perron.

La porte tourna sur ses gonds à la première poussée. La Mère en personne la fermait à clé chaque soir, sa dernière tournée d'inspection achevée, une fois tous ses pensionnaires couchés et tous les aspirants rentrés chez leur maître. Le couloir était obscur. Thibaut huma la bonne odeur de cayenne bien tenue, mélange d'encaustique et de plats en sauce qui mijotent.

Un rai de lumière filtrait sous la porte palière du premier étage. Thibaut tendit l'oreille, s'attendant à reconnaître la voix de la Mère houspillant les couche-tard qui l'obligeaient à rester éveillée après sa dure journée, mais tout était silencieux. Il referma la porte d'entrée derrière lui et s'avança dans la pénombre. A l'instant où il tendait la main vers la pomme d'escalier, un poids terrible s'abattit sur ses épaules et le jeta à terre. Des hurlements retentirent à ses oreilles :

— On le tient ! Les menottes, vite !

Il voulut résister, mais ses agresseurs étaient au moins trois. En un clin d'œil, il fut immobilisé et menotté. Pour faire bonne mesure, on lui administra plusieurs gifles à toute volée et on le bourra de coups de poing dans les côtes. Il était en train de faire connaissance avec la police de Badinguet. Il protesta en vain ; la correction se poursuivit encore, avant qu'un commissaire ne descende de l'étage, une lampe à pétrole au poing et n'y mette le holà.

— Ça va comme ça ! Il n'est pas armé ?

— Si, monsieur. Un couteau à virole !

— Montrez-moi ça !

Un des argousins tendit à son supérieur le couteau trouvé dans la poche de Thibaut.

— Cette lame-là mesure bien ses treize centimètres ! estima le commissaire.

— Elle n’en fait même pas neuf ! s’écria Thibaut. C’est un couteau pour casser la croûte.

Une formidable gifle lui coupa la parole.

— Quand je t’interroge, tu parles. Sinon, tu te tais ! Compris ? Alors on y va : ton nom ?

Thibaut ne répondit pas. Des larmes de fureur et d’humiliation luisaient dans ses yeux. Qu’on pût le traiter ainsi le rendait littéralement fou. Avec une grimace d’impatience, le commissaire le gifla à nouveau.

— On se présente quand on est poli ! Moi, je suis le commissaire Jusant, et tu vas apprendre à me connaître, si tu ne me dis pas ton nom. Alors ? J’écoute.

— Allez vous faire foutre !

— Un rebelle ! J’adore ça !

Il se tourna vers ses sous-fifres.

— Ses papiers ?

— Rien sur lui, monsieur.

— Je résume : armé, sans papiers. Ça promet !

Une troisième gifle claqua comme un coup de fusil. Thibaut s’attendait à ce que le commissaire revienne à la charge, mais le tortionnaire se détourna de sa victime.

— Il nous engorge la souricière, ce petit con ! Au fourgon ! Je me le réserve pour la bonne bouche.

Thibaut eut le fourgon pour lui tout seul. Plusieurs fournées de suspects avaient déjà rejoint le commissariat. Tous ceux qui avaient mis un pied ce soir-là dans la cayenne avaient été coffrés. Le préfet avait fait savoir à Jusant qu’il voulait assister en personne aux interrogatoires. Le commissaire tenait Nancéen, qu’il suspectait d’être le meurtrier, et Messonnier, comme témoin capital. Le préfet ne voulait interroger que ces deux-là. On les avait enfermés dans une cellule isolée, en attendant leur transfert à la préfecture.

Thibaut fit son entrée dans le commissariat. Menottés, face au mur, une quinzaine d'hommes étaient alignés. Ils étaient tous ses amis, aspirants boulangers ou compagnons du Devoir. La gorge de Thibaut se serra. Il était responsable de ce désastre alors qu'il n'y avait pas meilleur cœur que lui. Un gendarme le poussa sans ménagement vers l'extrémité de la file. Il chercha Nancéen et l'Auxerrois du regard. En vain. Ils n'étaient là ni l'un ni l'autre. Nancéen avait-il échappé à la rafle? Auxerrois-Parfait-Compagnon était-il le traître?

Le gendarme s'arrêta et poussa brutalement Thibaut contre le mur. Embarrassé par ses menottes, le jeune homme perdit l'équilibre.

— Alors, tu tiens pas sur tes jambes? C'est comme ça, quand on picole. Allez, bouge plus et attends ton tour!

Un autre intervint pour transmettre la consigne de Jusant concernant Thibaut :

— C'est une forte tête. Le commissaire se le réserve. Mets-le à gauche.

— Qu'est-ce que tu veux que j'en fasse? On n'a plus de place nulle part. C'est comme au théâtre, mon vieux, on affiche complet!

— Débrouille-toi, il faut le mettre à part, je te dis!

— Bon, on va voir ce qu'on peut faire, grommela le gendarme. Allez, toi, avance, c'est un peu plus loin. Traitement de faveur... Direction les latrines!

Il éclata d'un rire gras.

Thibaut crut qu'il plaisantait. Mais non. Au bout d'un dédale de couloirs mal éclairés se trouvait l'ignoble cabinet à la turque réservé aux suspects. Il ne comportait pas de porte. Le gendarme accrocha les menottes du jeune homme à un piton scellé dans le mur et s'éloigna.

Une insupportable attente commença pour Thibaut. Sa position était terriblement inconfortable. Les bras levés, entravés, accrochés par ses menottes au piton, il s'efforçait de changer de position régulièrement pour échapper à l'ankylose. L'odeur était insupportable. La nausée le submergeait. Il finit par vomir, à moitié sur le mur, à moitié à ses pieds. Une irrépressible fureur l'envahit. S'il le pouvait, il tuerait sans hésiter ce gros porc qui prenait plaisir à avilir ses semblables.

Combien de temps resta-t-il dans ce réduit abject ? Une heure ? Deux heures ? Il n'aurait su le dire. Soudain, des pas se firent entendre. On venait le chercher ? Il le souhaita. Tout lui semblait préférable à ce qu'il endurait. Deux hommes s'approchaient, sans hâte, commentant le succès de la rafle.

— L'affaire est bouclée, maintenant qu'on a attrapé Nancéen, dit l'un d'eux.

Thibaut reconnut la voix sèche du commissaire Jusant. Instinctivement, il rentra la tête dans les épaules. Il s'exhortait au courage, quand l'interlocuteur de Jusant parla à son tour.

— A vous de jouer, monsieur le commissaire. Je livre, vous traitez.

Cette voix !... Thibaut l'aurait reconnue entre mille. C'était la voix d'un ami, c'était la voix d'un traître. Auxerrois-Parfait-Compagnon ! La fureur l'anima à nouveau. Plus aucun doute, Auxerrois avait donné Nancéen. C'était lui qui avait lâché la meute des chiens de police sur la cayenne. Et Thibaut, par sa naïveté, mais aussi par orgueil, portait une part de responsabilité dans ce désastre ! Auxerrois s'était bien foutu de lui !

Le sang battait aux tempes de Thibaut. Le salaud qui se faisait appeler « Parfait-Compagnon » n'était qu'une mouche !

Les pas se rapprochaient. Jusant et Auxerrois arrivaient à la hauteur du réduit. Peut-être ne venaient-ils pas pour lui. Auxerrois savait bien que Thibaut n'avait pas assisté à la rixe mortelle. Et Jusant ne devait guère se soucier d'un petit aspirant insolent. Un court instant, il espéra qu'ils l'oublieraient. Mais aussitôt, il eut honte de cet espoir enfantin. Il était un homme à présent et il allait le prouver à ces deux salauds.

— Qu'est-ce qu'il fout celui-là, accroché comme une andouille? s'exclama Jusant. Mais je le reconnais, c'est mon petit rebelle de tout à l'heure ! Te voilà frais, garçon ! Voilà où ça mène, les mauvaises fréquentations, le compagnonnage. On se croit quelqu'un, on défie les patrons et l'Empereur, et voilà où on aboutit : dans la merde !

Jusant se tourna vers Auxerrois.

— Tu le connais ?

— Je sais tout de lui. Thibaut Frochot, de Lille. Il est aspirant. Son père est compagnon boulanger. Mêlé à des sales bagarres, il y a vingt ou vingt-cinq ans, quand les Chiens blancs ont voulu prendre la ville.

— Salaud ! Donneuse ! gronda Thibaut. « Parfait-Compagnon », hein ? Si j'étais toi, je crèverais de honte !

Il cracha par terre. Il n'eut pas le temps de voir venir le coup. Le poing d'Auxerrois le frappa en plein visage. Sa bouche s'emplit de sang.

— Qui c'est, la donneuse ? grinça Auxerrois. J'avais repéré Nancéen, mais sans ta grande gueule, je n'aurais jamais su que Messonnier avait été témoin du meurtre. Il va avouer et charger Nancéen, fais-nous confiance ! Nancéen montera sur l'échafaud et ce sera ta faute !

A ces mots, la rage saisit Thibaut et décupla ses forces. Il arracha du mur le piton auquel ses menottes étaient accrochées et il se rua sur le mouchard. De ses deux mains jointes, alourdies par le poids des menottes, il frappa Auxerrois à la tête. Le mouchard bascula en arrière. Jusant jura. Alors que Thibaut s'apprêtait à frapper Auxerrois à nouveau, le commissaire sortit de sa poche une courte matraque de plomb et en assena un coup sec à la tempe du jeune homme. Alertés par les cris, deux gendarmes accouraient déjà. Ils fondirent sur Thibaut qui était tombé à genoux et le rouèrent de coups.

— Allez-y, les gars, cracha Jusant, mais pas trop sur la tête. C'est un client sérieux, je veux pouvoir l'interroger et le confronter aux deux autres, à la préfecture.

Le commissaire se pencha sur Auxerrois.

— Eh bien, tu récupères ?

— Il m'a tué, le petit salaud !

Jusant eut un petit rire sec.

— Ce sont les risques du métier. Allez, viens, je te conduis à l'infirmerie.

CHAPITRE 35

— Petit... Ça va, petit, tu remontes ?

Thibaut ouvrit les yeux. Ses lèvres le faisaient souffrir. Une douleur lancinante lui vrillait le crâne.

— Il sort du trou.

Thibaut reconnut la voix de l'aspirant Messonnier.

— Pauvre, ils t'ont salement cogné, hein ? chuchota Nancéen.

— Ouais... Jusant... Et ce salaud d'Auxerrois ! répondit Thibaut sur le même ton.

— Auxerrois ? Auxerrois-Parfait-Compagnon ? Qu'est-ce que tu racontes ? dit Messonnier.

— La vérité. C'est une mouche. Il a deux noms. On me l'a dit trop tard, regretta Thibaut. C'est lui qui a donné Nancéen !

— En tout cas, quelqu'un les a renseignés, c'est sûr, dit Nancéen. Ils nous ont mis de côté, dès le début, tous les deux. Mais toi, pourquoi t'es là ?

— Je me suis pas laissé faire, dit Thibaut.

— Tu as eu tort, dit Nancéen. Ils vont relâcher les autres dans quelques heures. Tu aurais fait partie du lot. Au lieu de quoi, tu vas rester ici et tu vas y avoir droit comme nous.

— Ça m'est égal ! J'en ai mis une bonne à l'Auxerrois, c'est déjà ça de pris ! Mais on ne va pas nous interroger ici. Jusant l'a dit, ils vont nous transférer à la préfecture.

Cette nouvelle fit sourire Nancéen.

— Un transfert... Ce sera peut-être l'occasion.

— Explique-toi.

— C'est simple, je n'aurai pas d'autres chances à tenter avant les assises. Alors je dois me tenir prêt à saisir la première qui se présente. Dites-moi, tous les deux, vous êtes décidés à m'aider ?

Les deux aspirants répondirent oui sans hésiter. Nancéen était leur aîné, leur héros et il risquait sa tête. Messonnier craignait de craquer pendant l'interrogatoire et d'enfoncer Nancéen. Pour écarter cette terrible éventualité, il se serait jeté dans le feu. Quant à Thibaut, il était prêt à donner sa vie lui aussi, pour racheter sa légèreté.

— Vous avez bien réfléchi ? leur demanda Nancéen. Que ça marche ou pas, si vous êtes repris, ça vous coûtera chaud, le bagne !

— On s'en fout ! répondit Thibaut. Tu nous dis ce qu'il faut faire et on y va !

— Pareil pour moi, confirma Messonnier. On se dégonflera pas !

— Merci, les pays. J'en étais sûr. Un transfert, c'est toujours plus propice à une évasion que le cachot. Tout dépend des conditions, du fourgon, du nombre de gardes. Alors on attend et on voit ce qui se passe.

— Mais les menottes ?

— C'est pas le problème, les menottes. Le problème, c'est le reste, les conditions du transfert... Alors suffit, on moufte plus, on attend, on gamberge, on se prépare.

La sérénité de leur ancien impressionnait les deux jeunes gens. Ils se demandaient pourquoi Nancéen se montrait si peu inquiet des menottes qui leur entravaient les poignets. Avait-il un truc ? Des questions leur brûlaient les lèvres, mais ils savaient pertinemment qu'il n'y répondrait pas. Ils prirent leur mal en patience.

Un bruit de verrous les arracha de la torpeur où ils avaient fini par glisser les uns après les autres.

— Debout là-dedans ! F-f-finie la sieste, bande de f-f-feignasses !

Thibaut reconnut son gendarme préféré, l'ignoble porc qui l'avait accroché au piton des chiottes. Son élocution légèrement embarrassée trahissait un début d'ébriété. Thibaut échangea un bref regard avec Nancéen. Ils se comprirent. Enregistrer. Attendre et voir.

— Allez ! d-d-debout, j'ai dit ! En route p-p-pour la p-préfecture ! Z'allez moins faire les m-malins, une fois là-bas !

Tandis que les prisonniers franchissaient un à un le seuil du cachot, l'ivrogne leur balança à chacun un coup de bâton dans les genoux, comme le berger tâte chacune de ses bêtes au passage pour les compter.

— Et de t-t-trois ! Le compte y est, conclut-il en donnant double ration de matraque à Thibaut.

— Assez de coups, Balloir. C'est compris ?

Au son de la voix coupante du commissaire Jusant, la brute se fit tout humble.

— Oui, monsieur le commissaire, à vos ordres !

Jusant se tourna vers un gradé.

— Brigadier Lescarnet, je vous confie ces prisonniers : Nancéen, Messonnier, Frochot... Prenez trois hommes pour les convoyer à la préfecture en fourgon cellulaire. Je vous y retrouve dans...

Il tira de son gousset une grosse montre et y jeta un rapide coup d'œil.

— Disons vers huit heures. Et surveillez vos hommes, nom de Dieu. Balloir a encore bu, c'est clair. S'il continue comme ça, je le renvoie au cul de ses vaches !

Le fourgon attendait dans la cour. Ce n'était rien d'autre qu'un cachot monté sur roues et attelé à deux robustes percherons dont la robe pommelée luisait sous les lumignons de la cour. A sa vue, Thibaut et Messonnier sentirent leur vague espoir vaciller. L'unique porte, à l'arrière, était percée d'une étroite lucarne équipée de barreaux d'acier. Les parois et le plancher étaient doublés d'épaisses plaques de tôle rivetées. Les deux aspirants observèrent la réaction de Nancéen. Le compagnon ne laissa rien transparaître. Un des gendarmes ouvrit la porte et déplia le marchepied escamotable.

— Allez, grimpez et plus vite que ça ! cria la voix mauvaise de Balloir.

Il frappait nerveusement du bout de son bâton le haut de ses guêtres. L'envie le démangeait de cogner à nouveau.

— Balloir, t'as entendu monsieur le commissaire ? lui lança le brigadier Lescarnet.

— Ouais-ouais ! J'l'ai bien entendu. Faut faire des politesses à ces canailles. Si c'était que de moi, ça serait vite réglé, allez. Une balle entre les deux yeux !

— Ça suffit ou gare au rapport ! gronda Lescarnet.

Balloir se le tint pour dit. Un à un, les captifs s'engouffrèrent dans la gueule noire du fourgon.

Lescarnet repoussa la porte sur eux et en verrouilla les deux fortes serrures.

— Les voilà bouclés ! dit-il avec un soupir de satisfaction. Cocher, à vos chevaux ! Gendarmes Duplain, Balloir, Corget, à cheval ! En route pour la préfecture ! Duplain et Corget à l'avant. Balloir avec moi au cul du fourgon. Je te quitte pas de l'œil, mon gaillard !

L'attelage s'ébranla.

— Merde de merde, murmura Messonnier, on n'a rien pu faire et ce n'est pas dans ce cercueil à roulettes qu'on va y arriver !

— Chut ! Moins fort ! lui intima Nancéen. Rapprochez-vous de moi. On ne se parle que dans le creux de l'oreille, pigé ? Rien n'est perdu !

Ils obéirent. Leur cœur battait. Pourtant, il leur semblait tout aussi impossible de s'évader de ce fourgon que de leur cachot.

Tout d'abord, Nancéen demeura silencieux. Puis, quand le fourgon roula sur le gros pavé sonore des rues, seulement alors, il reprit la parole d'une voix presque inaudible. Fascinés, tête contre tête dans la nuit épaisse de l'habitacle, Thibaut et Messonnier écoutaient ce chuchotement qui leur redonnait espoir.

— C'est bon, les pays, c'est bon pour nous ! Ce n'est pas un fourgon de sécurité avec des cellules individuelles et ils n'ont pas mis de gendarme avec nous. Nous sommes seuls là-dedans, sacrebleu, c'est notre chance !

— Mais...

— Chut, on n'a pas beaucoup de temps. Voilà le plan. Il est simplet, mais on n'a pas le choix. On se débarrasse des menottes et vous vous mettez à beugler que je me suis ouvert la gorge et que je saigne comme un cochon. Vous dites bien que c'est moi. Ils auront la trouille de se faire engueuler en amenant à Jusant un cadavre à interroger. Ça devrait les convaincre d'ouvrir la porte. S'ils ouvrent, on fonce dans le tas, on cogne, on assomme tout ce qu'on peut et on se met à courir chacun pour soi, à la grâce de Dieu. Qu'est-ce que vous en dites ?

Il sembla à Thibaut qu'il entendait déjà le bruit du coup de mousqueton qui le tuerait et qu'il sentait la balle s'enfoncer entre ses deux épaules.

— Au poil, ça me plaît, dit-il d'une voix qui chevrotait à peine.

— C'est du gâteau, dit Messonnier sur le même ton.

— Vous êtes des braves, les pays ! Thibaut, tends-moi tes mains.

Thibaut lui obéit. Nancéen fourragea quelques instants sur ses fers, puis, à sa stupéfaction, les menottes lui tombèrent des poignets.

— Ça alors ! Vous êtes un magicien ?

— Presque, souffla le compagnon. A toi, Messonnier.

Une minute plus tard, Messonnier avait les mains libres à son tour.

— C'est quoi, le truc ? interrogea-t-il à voix basse. Vous êtes pourtant pas serrurier ?

— Le truc, c'est que mon père était gendarme, souffla Nancéen. Une peau de vache, d'ailleurs. Quand il a compris que j'avais pas la vocation, il m'a mené la vie dure... Mais avant ça, tout gosse, le dimanche, je jouais avec ses menottes et pour m'épater, il m'avait appris à les ouvrir avec un clou. Depuis ce temps-là, j'ai toujours un clou sur moi. Ça va, vous n'avez pas les poignets trop engourdis ? C'est qu'il va falloir taper dur !

Dans la pénombre, les aspirants se massaient les avant-bras et les poignets pour faire circuler le sang.

— Ça ira, dit Thibaut. Qu'est-ce qu'on fait maintenant ?

— Mettez-vous de part et d'autre de la lucarne, un peu en retrait pour pas attirer l'attention... Chacun observe un côté de la rue. Quand on traversera un quartier pauvre, avec des ruelles bien tortueuses, ce sera le moment. Vous me prévenez, et on leur chante la ballade du suicidé. Après ça, à Dieu vat !

Thibaut s'assit à droite de la porte, sur l'étroite plaque de tôle qui servait de banquette. Il prit soin de rester assez éloigné de la lucarne pour n'être pas aperçu. Il distinguait l'horrible Balloir qui chevauchait droit comme un i en dépit de son ivresse. Avec les longues moustaches qui barraient son visage et son bicorne planté de guingois, il était à la fois terrible et ridicule. Thibaut se laissa glisser vers Messonnier et lui souffla à l'oreille :

— A gauche, c'est Balloir. Il est pour moi.

— Je te le laisse, chuchota l'aspirant. Il est à moitié bourré, mais il fait bien ses cinq pieds et ses cent soixante livres. A toi le plaisir ! A droite c'est le brigadier : sobre, mais plus petit, plus vieux. Je préfère.

Un chuchotement impérieux de Nancéen les rappela à l'ordre.

— Surveillez la rue, nom d'une pipe !

Ils acquiescèrent et reprirent leur veille. Après un vaste carrefour peu favorable à une tentative, le fourgon s'engagea dans un quartier plus ancien, qui correspondait mieux à leur attente.

— De mon côté, je crois que ça y est ! souffla Thibaut.

— Moi aussi, dit Messonnier.

— On y va, les pays. Merci pour tout, quoi qu'il arrive !

Il poussa un cri et se mit à haleter et à gémir.

Thibaut se précipita sur la lucarne.

— Au secours ! Au secours ! Brigadier, au secours, le camarade s'est tranché la gorge ! Il pisse son sang, il faut faire quelque chose !

A côté de lui, Messonnier hurlait de toutes ses forces, lui aussi.

— Ah les cons ! s'exclama le brigadier Lescarnet. Il s'est coupé la gorge ? Avec quoi ?

— Avec un clou, mais ça gicle, il y en a partout ! Il va mourir, je crois bien.

— C'est lequel ? L'aspirant ou le compagnon ?

— Le compagnon, Nancéen-la-Vaillance, m'sieur. Faites quelque chose, vite, ou il est perdu !

Lescarnet jura à nouveau.

— Balloir, dépasse-moi ce putain de fourgon et ordonne au cocher de s'arrêter, hurla-t-il tout en cherchant les clés dans ses fontes.

Balloir regarda son supérieur d'un œil stupide. Il finit par comprendre, et piqua des deux. A l'avant du convoi, entre Balloir, le cocher et les deux cavaliers de tête, il y eut un échange de vociférations diverses. Enfin, l'attelage ralentit et s'immobilisa. Dans le ventre du fourgon, les nerfs tendus, les trois captifs gardaient les yeux fixés sur la porte. A l'instant où elle s'ouvrirait, ils joueraient leur vie ou leur mort, à mains nues.

CHAPITRE 36

A la seconde où la porte s'ouvrit à l'arrière du fourgon, Messonnier fondit sur le brigadier Lescarnet et lui cassa le nez d'un formidable coup de poing. Messonnier, bon garçon, regretta presque son geste. Mais le danger mortel qu'ils couraient tous les trois ne lui laissait pas le choix. Il doubla son coup de poing d'un coup de pied dans le bas-ventre. Lescarnet poussa un cri de bête et roula à terre, inanimé.

Thibaut jaillit à son tour du fourgon. Il se trouva nez à nez avec Balloir qui tentait de maîtriser son cheval effrayé et porta la main à son sabre. Thibaut bondit sur le cavalier et le prit à la gorge. Les deux hommes basculèrent au bas du cheval. Balloir, empêtré dans ses étriers, ne put se dégager et resta accroché la tête en bas, comme une pièce de gibier à la ceinture d'un chasseur, tandis que son cheval s'emballait. Thibaut se reçut tant bien que mal sur le pavé, se remit sur pied aussitôt et eut le temps de cogner Balloir à deux reprises avant que le cheval, fou de peur, ne prenne le galop, entraînant son cavalier à demi inconscient, gigotant de droite et de gauche comme un ballot de chiffon. Un espoir fou gonfla la poitrine de Thibaut. Lescarnet et Balloir hors de combat ! Si seulement la chance voulait bien leur sourire encore un peu...

— Bravo, les pays !

Nancéen avait bondi sur les talons des deux aspirants. Il jugea d'un coup d'œil la situation. Le succès inespéré de la manœuvre devait être exploité sans perdre un instant. Il prit sa course en direction d'une ruelle qui s'ouvrait entre deux pâtés de maisons basses. Déjà, les deux cavaliers de tête revenaient sur leurs pas. Thibaut et Messonnier entendirent sonner les sabots de leurs montures. L'effet de surprise avait fini de jouer. Il fallait fuir.

— Bonne chance, Messonnier ! s'écria Thibaut.

Il s'élança dans la direction opposée à celle qu'avait prise Nancéen.

— Adieu, Thibaut ! lui répondit Messonnier.

Il ripa ses galoches vers l'avant du fourgon, à la rencontre des deux gendarmes rescapés. La manœuvre était audacieuse. Il s'en fallut de peu qu'elle ne réussisse. Les cavaliers, surpris, n'eurent pas le temps de faire volte-face et continuèrent sur leur lancée. Messonnier dépassa l'attelage. Courant à perdre haleine, il se dirigea vers un square dont il devinait à travers la nuit les feuillages frissonnants sous le vent. C'est alors que le cocher se dressa sur son siège, le mousqueton au poing. La pleine lune découpait la silhouette de Messonnier dans l'obscurité. Le cocher épaula, visa, tira. La détonation déchira le silence. Une balle dans les reins, Messonnier boula comme un lapin et s'immobilisa en bordure du trottoir, la tête dans le caniveau.

Les deux autres fugitifs entendirent le coup de fusil. Ne pas se retourner. Courir. Nancéen entendit derrière lui le galop d'un cheval. La ruelle était proche, quelques mètres tout au plus. Il jeta toutes ses forces dans cette course éperdue. Le gendarme était sur ses talons, le sabre haut. Nancéen pouvait sentir le souffle des nasaux du cheval sur sa nuque.

— Arrête-toi ! Arrête-toi, foutu bon sang de salaud, sinon !...

Nancéen accéléra encore. Le gendarme pesta.

— Tant pis !

Le sabre s'abattit, fendant comme un fruit le crâne du fugitif. Foudroyé en pleine course, Nancéen s'écroula.

Thibaut courait à perdre haleine. Il ignorait tout du sort de ses compagnons. Un second coup de feu retentit. C'était le cocher, à présent juché sur le toit du fourgon, qui essayait son adresse sur la dernière silhouette en fuite. La balle siffla au-dessus de la tête de Thibaut et alla fracasser un carreau à la fenêtre d'une maison endormie. Le jeune homme s'engouffra dans la première ruelle venue. Derrière lui, le galop de son poursuivant se rapprochait inéluctablement. Thibaut chercha l'asile d'une porte laissée ouverte ou d'un passage entre deux maisons. Alors qu'il désespérait, le miracle se produisit : sur sa droite, une porte cochère était entrouverte. Ou bien était-ce une illusion, un pan d'ombre qui simulait un entrebâillement entre les deux vantaux ? Thibaut s'y engagea à corps perdu. Il se jeta sur la porte qui céda sous sa pression. Il en franchit le seuil et repoussa le vantail de toutes ses forces. Dans la rue, un juron, un piétinement de sabots... A tâtons, Thibaut trouva la lourde barre que le propriétaire de la maison avait omis de mettre en place — que Dieu récompense sa paresse ! Cette barre, c'était la vie. Les gendarmes allaient cogner, tambouriner, jurer et menacer durant plusieurs minutes avant de franchir ce bienheureux obstacle !

A l'instant où le gendarme balançait son premier coup de botte dans la porte, Thibaut détalait vers le fond de la cour.

Une aube nauséeuse se levait sur la Garonne. Il pleuvait. Thibaut trouva abri sous l'auvent d'un quai de débarquement, près d'un tas de charbon. Il grelottait. Depuis le coup de matraque de Jusant, son crâne se rappelait à lui par des élancements terribles. Et puis il y avait cette douleur aiguë au mollet qui s'était révélée alors qu'il escaladait le mur d'un jardin. Il avait finalement semé ses poursuivants. Un peu plus tard, il s'était fait une longue estafilade à la cuisse en franchissant la grille de l'entrepôt. Les émotions, la fatigue, les blessures qui s'étaient accumulées tout au long de la nuit l'accablaient à présent. Il luttait de toutes ses forces contre le désespoir. Il pria le ciel que ses compagnons d'évasion aient pu s'en sortir. Ne pas être repris! Il ne fallait pas s'apitoyer. Il passa en revue les gens qu'il connaissait à Toulouse et qui pourraient lui venir en aide. Ils n'étaient pas nombreux. Il y avait Grondet. Bon camarade. Loyal. Mais il n'était en ville que depuis la veille et Thibaut ignorait où le trouver. Il y avait Bertine, sa gentille petite maîtresse qu'il avait abruptement quittée pour retourner à la cayenne. Elle accepterait sûrement de l'aider, mais il fallait traverser la ville. Trop dangereux, en plein jour du moins. Alors attendre la nuit? Mais le jour se levait à peine.

Des aboiements de chiens lui firent dresser l'oreille. Rampant sur les ballots de coton brut qu'abritait l'auvent, il gagna l'extrémité du hangar. De là, il jouissait d'un observatoire privilégié sur les environs de l'entrepôt. A la vue qui s'offrait à lui, son cœur se mit à battre la chamade. Précédée par deux gendarmes tenant en laisse des molosses au poil sombre, une escouade approchait des grilles de l'entrepôt. Quelqu'un l'avait-il aperçu et dénoncé ? Il avait croisé des ombres furtives, premiers travailleurs se rendant au labeur, avant d'atteindre la Garonne. A côté du chef de l'escouade, un petit homme tassé marchait en canard. Devant l'entrée de l'entrepôt, le gnome se détacha du groupe et, une clé à la main, se pencha sur la serrure. Pas de doute, cela devait être le gardien.

Thibaut tourna son regard vers les eaux limoneuses de la Garonne. Le fleuve était large. En cette saison, il devait être glacial. Fallait-il tenter cette ultime chance ? Avec son mollet douloureux, sa cuisse ouverte et sa tête en capilotade, le jeune homme n'aurait pas parié cent sous sur lui-même. Il en était là de ses réflexions peu optimistes, quand une frêle silhouette apparut et s'avança d'un pas tranquille en direction des gendarmes. Ils interpellèrent le nouveau venu. A leur demande, il posa par terre le petit balluchon qu'il avait sur le dos et fouilla dans ses poches pour y chercher ses papiers. Il tendit au chef de l'escouade ce qui devait être un passeport. Sans doute était-il en règle, puisqu'on le lui rendit. Cependant, on continuait à l'interroger. Thibaut le vit se retourner et tendre le bras en direction de l'amont du fleuve, tout en se lançant dans de grandes explications à en juger par la vivacité de ses gestes. Il y eut un instant de flottement au sein de l'escouade, puis sur un ordre de celui qui la menait, hommes et chiens se précipitèrent dans la direction indiquée par le passant.

L'inconnu venait d'accorder un sursis inespéré au fugitif. Il fallait en profiter pour quitter l'entrepôt. Mais où aller ? Il faisait jour à présent. Les rues allaient se remplir de monde. Il haussa les épaules. D'abord, foutre le camp d'ici, il verrait bien ensuite.

Il traversa en courant sous la pluie l'espace qui le séparait de la grille. Ahanant et gémissant, il parvint à escalader sans dommage les grilles et leurs redoutables pointes acérées. A peine avait-il atteint le sol, qu'une silhouette jaillit de l'encoignure d'une porte et se précipita vers lui.

— N'ayez pas peur ! Je ne vous veux pas de mal, dit l'inconnu. C'est vous qu'ils recherchent ?

Thibaut acquiesça. Le jeune homme qui se tenait devant lui portait une casquette et un large cache-col qui dissimulaient son visage. Thibaut eut pourtant la curieuse impression de le connaître.

— C'est vous qui les avez envoyés...

Il eut un geste vague dans la direction où s'étaient éloignés les gendarmes.

— Vous m'aviez vu ?

— Oui. Mais ne traînons pas ici, ils ne vont pas tarder à rappliquer !

— Pourquoi vous avez fait ça ?

— On a tiré des coups de feu, cette nuit, dans mon quartier. Et ce matin, on ne parlait que de compagnons massacrés par des gendarmes.

— Qui a été tué ?

— Personne ne sait leurs noms, mais la police a emporté deux cadavres, tout près de chez moi. Et toute la nuit, elle a recherché un troisième fugitif. Quand je vous ai vu escalader la grille, j'ai fait le rapprochement.

Thibaut baissa la tête.

— Deux morts ? Vous êtes sûr ?

— C'est ce qu'on m'a dit, en tout cas. C'étaient

des boulangers, des Chiens blancs... Vous êtes un Chien blanc, vous aussi ?

— Oui... Enfin, aspirant.

— Ne restons pas là ! Venez, je vous emmène chez moi.

— Pourquoi vous feriez ça ?

— Je suis aspirant, moi aussi.

— Mais pas Chien blanc ?

— Non. Indien. Enfant de Salomon. Mais qu'est-ce que ça peut faire ?

Thibaut se laissa entraîner presque de force. La pluie tombait de plus en plus fort. Le jeune homme était à bout. Il grelottait, il tremblait de tous ses membres et ce n'était pas seulement de froid. Il titubait au long des rues. L'autre l'avait saisi par le poignet et le traînait derrière lui, tel un enfant qui ne veut pas aller à l'école. Si l'inconnu n'avait pas été là, Thibaut se serait aussi bien allongé par terre. Malgré son état d'épuisement, son regard s'arrêta sur la silhouette de son sauveur. Il connaissait cette silhouette. Il l'avait déjà rencontrée, dans la vie d'avant, à Lille... Il fit un effort, et tout à coup, un nom vint se poser sur le visage du jeune inconnu.

C'était Adam Rochetal !

CHAPITRE 37

La logeuse d'Adam, Mme Gossec, était à moitié gâteuse. Elle se déplaçait difficilement et ne risquait pas de se mêler des affaires de ses locataires. Adam avait traité avec son fils pour la location de sa chambre, dès son arrivée en ville, quelques jours plus tôt. L'adresse de Mme Gossec était connue des compagnons boulangers du Devoir. Quand il n'y avait plus de chambre à la cayenne de Toulouse, on allait chez Mme Gossec. Elle n'était pas méchante, mais elle voyait le monde à travers les yeux de sa voisine, redoutable pipelette dont il faudrait se méfier. Le fils Gossec, employé à l'octroi, habitait ailleurs. Chaque semaine, il passait voir sa mère et encaissait les loyers des deux chambres qu'elle louait. L'autre locataire était garde-malade chez de riches bourgeois. Elle travaillait la nuit et rentrait au petit matin pour se reposer. Une fois caché dans la chambre d'Adam, le fugitif y serait en sécurité.

Ils eurent de la chance. Mme Gossec soignait ses perruches et la voisine était occupée ailleurs. L'un soutenant l'autre, ils s'engouffrèrent dans l'escalier. Deux minutes plus tard, Adam poussait son protégé dans sa chambre et refermait la porte derrière eux en s'épongeant le front.

— Ouf ! J'espère que personne ne nous a suivis.

Elle courut à la fenêtre et scruta la rue.

— Tout m'a l'air normal.

Elle revint vers son compagnon. Planté au milieu de la pièce, épuisé, il paraissait sur le point de s'évanouir. Il chancela.

— Holà, s'écria Adam, allonge-toi sur le lit avant de tourner de l'œil !

D'aspirant à aspirant, ils en étaient vite venus au tutoiement. Thibaut avait bien identifié son sauveteur, mais Adam n'avait toujours pas reconnu Thibaut. Ils ne s'étaient rencontrés qu'à deux reprises, en tout et pour tout, la première fois dix ans plus tôt et la seconde, deux ans auparavant. Dans l'état où il était, couvert de sang et de charbon, il était méconnaissable.

— Non, non, je vais salir ton lit, dit Thibaut d'une voix faible, en désignant ses vêtements souillés de sang.

— Alors déshabille-toi ! Je vais nettoyer tes plaies. Allez, à poil !

Adam alluma un feu dans la cheminée. Bien vite, l'eau qu'elle avait versée dans la marmite suspendue à la crémaillère se mit à bouillir. Elle en versa le contenu dans une bassine, prit une serviette et du savon, puis elle s'approcha de l'homme qu'elle avait secouru. Il lui tournait le dos. Il avait ôté ses vêtements. Son pantalon déchiré et gorgé de sang, ainsi que sa veste en piteux état étaient posés par terre, sous la fenêtre. Il avait également ôté sa chemise et son caleçon mouillés. Il était entièrement nu. A sa vue, Adam resta un instant interdite. En cayenne, elle avait vu cent fois des compagnons ou des aspirants à moitié nus. Cela ne lui avait fait ni chaud ni froid. Que se passait-il avec celui-là? Était-ce à cause de ses blessures, du sang qui maculait ses mains et ses avant-bras? Ou était-ce simplement sa beauté? Elle s'était crue amoureuse de Benjamin parce qu'elle l'avait trouvé plaisant, mignon... Mais cela n'avait rien à voir avec ce qu'elle ressentait en cet instant, devant la nudité de cet inconnu.

Elle s'avança vers Thibaut. Il se retourna. Un instant, le regard d'Adam hésita entre son ventre et son visage, mais, dans un éclair, elle reconnut Thibaut Frochot. De saisissement, elle faillit lâcher la bassine d'eau brûlante.

— Tu... Vous...

Il hocha la tête.

— C'est bien moi. Et toi, tu es Adam... Adam Rochetal. On dirait que le destin s'amuse à nos dépens, tu ne crois pas?

— Pas à nos dépens. Nos rencontres ont toujours été bénéfiques.

— Peut-être.

Adam se souvint de la façon dont elles s'étaient achevées. Par deux fois, Thibaut l'avait rejetée. En saurait-elle un jour la raison? Mais ce n'était pas le meilleur moment pour tirer la question au clair. Elle posa la bassine à ses pieds. Elle prit la serviette imbibée d'eau, l'essora et commença par nettoyer le visage de Thibaut. Il ferma les yeux et se laissa faire comme un enfant. Son visage se détendit. Sa peau était soyeuse. Adam s'étonna qu'un garçon puisse avoir la peau aussi douce sous une barbe de trois jours. Le souffle apaisé de Thibaut caressait doucement le visage d'Adam, tout proche. De nouveau, la jeune fille était troublée. Pour cacher son émoi, elle se baissa sur sa bassine et rinça la serviette. Elle laissa quelques instants ses mains baigner dans l'eau, le temps de retrouver ses esprits. Puis elle nettoya les épaules et les bras de Thibaut. C'était la première fois qu'elle touchait ainsi un homme dénudé. Que de choses lui étaient encore inconnues ! Elle sourit. Le corps de Thibaut était d'une telle perfection... Comme cela devait être agréable de se serrer contre ce corps...

L'eau de la bassine était rouge de sang. Adam la changea et revint auprès de Thibaut. Le jeune homme grelottait de froid. Adam recouvrit ses épaules de la couverture du lit. Thibaut la remercia d'un petit sourire. Elle se dépêcha de nettoyer la vilaine estafilade qui déchirait sa cuisse, en évitant de regarder son corps, se concentrant sur les seuls soins à lui prodiguer. Puis elle attrapa une vieille chemise qu'elle mit en lambeaux.

— Je vais panser tes plaies. Tu seras comme neuf.

Thibaut chancela. Adam le rattrapa avant qu'il ne tombe. Elle dut rassembler ses forces pour ne pas tomber à son tour et au contraire le soutenir, tant cette étreinte inattendue la troublait. Elle le poussa jusqu'au lit où il s'écroula de fatigue.

Quelques minutes plus tard, elle lui apporta un bol de lait chaud, où elle ajouta un peu de rhum et dans lequel elle fit fondre deux morceaux de sucre.

— Là, voilà... Dors et tout ira bien !

Ses yeux se fermaient malgré lui. Il les rouvrit et se redressa soudain.

— Adam Rochetal...

— Oui ?

— T'es un vrai compagnon, même si t'es pas encore reçu, même si t'es un foutu Enfant de Salomon... Merci ! Je te dois...

— Rien, rien du tout. Tu aurais fait la même chose. Dors. Je t'enferme, pour plus de sûreté.

— Tu sors ?

— Je vais au chagrin. Mon singe ne rigole pas avec les horaires. Il va falloir que je trouve une bonne raison pour excuser mon retard. Toi, ne fais pas de bruit, surtout.

Thibaut se laissa tomber sur l'oreiller. Il ferma les yeux pour de bon, cette fois. Elle sortit et ferma la porte à double tour.

Sa journée de travail lui parut interminable. Elle quitta l'atelier sans s'attarder. En chemin, elle acheta une miche de pain, quatre tranches de lard et quelques pommes. Le cœur battant, elle courut rejoindre Thibaut.

Dans la demi-pénombre de sa chambre, son regard s'arrêta sur le visage du jeune homme. Il dormait d'un sommeil paisible. La couverture avait glissé jusqu'à la ceinture, découvrant sa poitrine d'éphèbe. Une fois de plus, elle fut frappée par cette juvénile beauté. A mi-voix, elle appela Thibaut. Il se réveilla en sursaut, jeta autour de lui un regard égaré. Puis il reconnut Adam et sourit.

Ils parlèrent peu cette première soirée. Thibaut fit honneur au repas improvisé et se rendormit aussitôt. Adam vérifia qu'il dormait à poings fermés, puis elle arrangea le bois dans la cheminée pour la nuit. Épuisée, elle se déshabilla sans hâte, enfila une longue chemise et s'allongea près de Thibaut. Malgré sa fatigue, son cœur battait. Pour la première fois, elle se trouvait dans le même lit qu'un homme et cet homme la troublait.

A quelques centimètres, Thibaut dormait d'un sommeil paisible. Adam se détendit. Puis le visage de Janicot s'inscrivit dans son esprit. Puis se superposa celui de Rosa. Les événements s'étaient enchaînés de façon dramatique. Avant de quitter Lyon précipitamment, elle avait rendu à Rosa sa panoplie féminine. Un regret la torturait. Si elle ne l'avait pas revêtue un certain soir, Janicot serait encore vivant. Le lendemain de leur rencontre fortuite place Bellecour, le pauvre gars s'était pendu. En l'apprenant, Adam fut bouleversée. Elle avait aussitôt donné son congé chez Aubry et fait ses adieux à Rosa. Son amie avait essayé de la raisonner. Ce n'était pas sa faute si cet ahuri était tombé amoureux d'un camarade un peu trop féminin. Et ça l'était encore moins s'il avait perdu la boule en découvrant que ce copain était en fait une fille. Mais Adam se sentait coupable.

— C'est ma faute ! Tous ces mensonges, ça rend fou. Moi et les autres.

— Alors, cesse de mentir !

— Je ne peux pas, Rosa ! Pas encore.

Elle fondit en larmes.

— Je vais partir.

— Pour aller où ? Ce sera partout pareil.

— Peut-être. Mais je ne peux pas rester ici. Je vois Janicot à chaque coin de rue.

— N'y pense plus ! Oublie ! Si tu savais tout ce que j'ai pu oublier, moi.

— J'essaierai, Rosa, je te le promets. Mais pour l'instant je ne peux pas.

Avant de la laisser partir, Rosa lui avait demandé son adresse à Toulouse et lui avait offert un petit miroir de sac. Adam l'avait caché tout au fond de son baluchon, comme un talisman. A présent, il reposait, avec une robe et de la lingerie féminine, entre une paire de bottines et un nécessaire à maquillage, dans un tiroir fermé à clé. Adam avait fait ces achats en prévision du jour de sa libération. Ce jour inéluctable, mais qui demeurait indéfini, le jour où elle aurait surmonté le traumatisme de la mort de Janicot et où son évolution intérieure toucherait à son terme.

Soudain, une main effleura son épaule. Elle sursauta. Dans son profond sommeil, Thibaut s'était tourné vers elle. Tout d'abord, elle n'osa plus bouger. Puis elle se dégagea lentement. L'image de Janicot s'était effacée. Enfin, elle s'endormit à son tour.

Plusieurs jours durant, l'évasion manquée de Nancéen et son dénouement tragique occupèrent toutes les conversations. Deux morts chez les Chiens blancs, un aspirant toujours en fuite, un brigadier et un gendarme salement esquintés, le bilan était lourd. Furieux, le préfet de Toulouse déchaîna ses foudres sur tous les compagnons de la région, quelle que soit leur obédience. La police visitait les ateliers, interrogeait patrons et contremaîtres, arrêtait les Premiers en Ville et les rouleurs. Le commissaire Jusant voulait capturer Thibaut à tout prix. Les perquisitions se multipliaient chez les logeurs. A son travail, Adam n'entendait parler que d'interpellations et d'interrogatoires. Un sentiment d'insécurité la tenaillait tout au long du jour. Le soir, en rentrant chez Mme Gossec, elle s'attendait à ce que Thibaut eût été arrêté. C'est avec soulagement qu'elle le retrouvait. Au cours de leurs dîners en tête à tête, il racontait les dernières étapes de son Tour de France. Il lui parla des difficultés des Chiens blancs à se faire reconnaître, de la bagarre qui avait entraîné la fuite de Nancéen et finalement son arrestation à cause de sa naïveté et de la trahison de Parfait-Compagnon. Comme Adam, Thibaut n'avait pas été épargné par ce Tour de France. Mais le jeune boulanger ne se laissait pas abattre par la fatalité. Il gardait espoir. Après tout, il avait aussi connu les belles routes, les beaux villages, les charmantes jeunes filles, la passion du métier, l'amitié et les récits de voyage de Joachim à bord de *La Princesse du Sud*. Il se sentait prêt à quitter la France s'il le fallait. Adam aurait bien aimé se livrer à son tour, mais son secret l'obligeait à occulter la plupart des épisodes de son Tour de France.

Alors que les curiosités commençaient à s'apaiser, un événement nouveau vint les relancer. Le cadavre d'un compagnon boulanger, un certain Auxerrois-Parfait-Compagnon, avait été découvert au bord de la Garonne. Règlement de comptes interne au monde compagnonnique ou affaire privée ? Il n'était pas mort de sa belle mort. On l'avait aidé à trépasser à coups de barre de fer.

La nouvelle de la mort du mouchard mit un comble à l'inquiétude de Thibaut. Le commissaire Jusant avait assisté à son affrontement avec l'Auxerrois. Cela faisait de lui le principal suspect. Ce n'était plus une condamnation pour rébellion et violences qu'il encourait, mais un procès pour meurtre, en assises. La justice impériale avait la main lourde ; l'échafaud se profilait à l'horizon. Le sol de Toulouse devenait de plus en plus brûlant sous les pieds du jeune homme. Adam partageait ses craintes.

En outre, la cohabitation avec Thibaut lui posait de plus en plus de problèmes. Les premières nuits, assommé de fatigue, c'est à peine s'il bougeait. Mais à présent qu'il allait mieux, il lui arrivait de glisser une jambe en travers du lit ou même de venir se coller contre elle. La jeune fille était au supplice. Elle se tenait toute raide à l'extrême bord du lit, osant à peine bouger de peur de trahir sa poitrine. Le moindre contact, même innocent, enflammait ses sens. Elle en perdait le sommeil. Parfois, dans ses nuits agitées, son trouble devenait insupportable. Elle avait alors envie de le réveiller, de déboutonner sa chemise. Ses seins en jailliraient et elle s'abandonnerait à lui... Il lui fallait faire appel à toute sa raison pour maîtriser ses élans. Dès l'aube, elle se jetait hors du lit et partait dans le froid, faire sa toilette dans un petit réduit donnant sur la cour. Il était temps de mettre fin à cette épuisante promiscuité.

Physiquement, Thibaut était à présent en mesure de quitter la ville.

— Il faut que je débarrasse le plancher, dit Thibaut. Tu risques gros en m'hébergeant.

— Tu as raison. Il ne faut pas traîner trop longtemps dans le coin, sinon, un jour ou l'autre, ils vont nous tomber dessus. Fichons le camp d'ici !

— *Fichons* le camp ? Tu n'as rien à voir là-dedans. Moi parti, tu n'auras plus rien à craindre. Tu es arrivé de Lyon il n'y a pas deux mois, et...

— Si, ça fera bientôt deux mois et j'en ai marre de cette ville ! mentit Adam. J'ai la bougeotte. Et puis si on fait la route ensemble, je pourrai t'aider.

Elle ne supportait pas l'idée de le voir partir. Il lui fallait l'accompagner. Thibaut occupait toutes ses pensées. Parfois, elle se traitait d'idiote ou de folle. Quelle serait sa réaction si elle lui avouait la vérité ? Cette révélation avait conduit Janicot à la démence, puis au suicide. Mais Thibaut n'était pas Janicot. Rien n'indiquait qu'il fût amoureux de celle qu'il prenait pour un camarade et qu'il traitait comme tel.

Thibaut reprit :

— Tu es un vrai ami. Je ne peux pas te laisser courir de tels risques. Si nous étions arrêtés ensemble, tu serais accusé de complicité dans l'assassinat d'Auxerrois.

Adam n'insista pas, tant la détermination de Thibaut semblait totale.

— Au fait... Je me suis souvent demandé...

— Quoi donc ?

— Les deux premières fois où nous nous sommes rencontrés, tu m'es venu en aide, tu te souviens, au bord de la Deûle et aussi dans les bois, sous la forteresse. Et puis ton attitude a changé, comme si tu me haïssais d'un seul coup ! Je n'ai jamais compris pourquoi.

— Qu'est-ce que ça peut faire ? C'est le passé.

— Quand même, j'aimerais savoir !

Embarrassé, Thibaut chercha en vain une échappatoire.

— Laisse, je te dis, ça n'a pas d'importance !

— Je ne te crois pas, mais bon, d'accord, garde ton secret, je garderai le mien.

Une expression de curiosité se peignit sur les traits de Thibaut.

— Tu as un secret, toi ?

— Tu peux le dire !

Adam le défia du regard. Ce fut Thibaut qui baissa les yeux.

— Chacun de nous a un secret, reprit-elle. Un jour, peut-être, nous les échangerons.

CHAPITRE 38

Thibaut était résolu à quitter Toulouse coûte que coûte. Malgré l'insistance d'Adam, il avait catégoriquement refusé qu'elle l'accompagne. Il entendait affronter seul son destin. La mort dans l'âme, elle avait compris qu'il ne reviendrait pas sur sa décision. Elle lui avait procuré des vêtements à sa taille. Il était très tôt. Ils allaient boire leur dernier café ensemble, songea tristement Adam en posant les bols sur la table.

Elle ne put s'empêcher de revenir à la charge.

— Partir seul, c'est de la folie, dit-elle. Tu ne sais même pas où tu vas.

— Bien sûr que si ! On fait du pain dans toute la France. Un Chien blanc a des amis partout. Ne t'inquiète donc pas. Et dès que je suis tiré d'affaire, je te rends ton argent.

— Je m'en fiche de mon argent.

En prévision de sa fuite, Adam lui avait donné tout ce qu'elle avait : un peu plus de vingt francs. Thibaut comprit qu'il avait blessé son camarade.

— Excuse-moi. Je suis maladroit. Je ferais mieux de m'en aller.

— Finis au moins de déjeuner.

A ce moment précis, on frappa à la porte. Adam blêmit. Si c'était la police?

— Attends! chuchota-t-elle.

Thibaut s'immobilisa, la main sur l'espagnolette.

Elle alla à la porte.

— Qui est là?

— C'est la bonne fée, ta marraine! gouailla une voix de femme qu'Adam reconnut aussitôt.

Rosa! La main de fer qui étreignait son cœur relâcha son étreinte. Elle se retourna vers Thibaut, soulagée.

— C'est Rosa, une amie de Lyon. On peut lui faire confiance. Mais qu'est-ce qu'elle fabrique ici?

— Eh bien, s'impatienta la visiteuse, tu viens m'ouvrir ou tu me laisses moisir dans le couloir?

— J'arrive, Rosa! cria Adam.

Elle fit signe à Thibaut de se rasseoir. Adam ouvrit la porte. Rosa, rayonnante, vêtue d'un ensemble de voyage pied-de-poule sur lequel tranchait un superbe châle rouge, sa couleur fétiche, se tenait sur le seuil.

— Ma ché...

Alertée par la mimique silencieuse que lui adressait Adam, elle corrigea le tir :

— Mon cher petit, excuse-moi de te tomber sur le paletot à une heure aussi matinale! Je vois que je dérange, poursuivit-elle en lorgnant par-dessus l'épaule d'Adam. Je repasserai un peu plus tard.

— Non, non, dit Adam. Entre.

Adam l'attira prestement à l'intérieur de la chambre et referma la porte derrière elle.

— Rosa, je te présente Thibaut, un ami. Thibaut, voilà Rosa, que j'ai connue à Lyon.

Rosa se déganta et tendit la main à Thibaut avec un air de grande dame.

— Nous déjeunions. Tu vas te joindre à nous. Et tu vas me dire ce que tu fais à Toulouse.

— Eh bien... Je prendrai volontiers une tasse de café. Pour la raison de ma présence ici, c'est un peu... délicat.

En prononçant ces mots, Rosa inclina imperceptiblement la tête en direction de Thibaut. Adam la rassura.

— Thibaut peut tout entendre.

Thibaut sourit à tout hasard. Que pouvait-il entendre au juste ? Rosa l'intriguait. Elle portait des vêtements de bonne coupe, certainement coûteux, mais à la réflexion elle ne lui faisait pas l'effet d'être une vraie bourgeoise. Qui était-elle ? Une amie d'Adam ou une maîtresse ? Il regarda son camarade avec une curiosité nouvelle : Adam avait si peu l'air d'un garçon préoccupé par le sexe. Thibaut avait du mal à l'imaginer en galanterie, avec une personne à la féminité aussi exubérante que cette Rosa.

La jeune femme s'assit sur un escabeau.

— Merci, dit-elle en prenant le bol de café qu'Adam lui tendait.

Elle avala une gorgée de café.

— Ça réchauffe ! Il fait frisquet, dehors... Pour la raison qui m'appelle à Toulouse, disons à ton ami que je m'occupe de... d'un groupe de jeunes filles, à convoyer de Lyon à Paris, en passant par Toulouse.

Adam eut un sourire amusé, tandis que le regard de Thibaut trahissait son incompréhension.

— C'est un pensionnat ? demanda-t-il.

— Oui, une sorte de pensionnat, dit Rosa. Mais alors, avec des grandes, grandes jeunes filles...

Thibaut, perplexe, le front plissé, interrogea Adam du regard. Elle ne put garder son sérieux plus longtemps.

— Il s'agit de... comment dire, Rosa? Des courtisanes? Des hétaïres?

— Des putains, cher Adam, tu peux dire tout crûment des putains. Huit belles et bonnes putains que Perrotin et moi emmenons à Paris, où les attend un tôlier renommé. Mais je choque ton ami, peut-être?

Cette fois, Thibaut savait à quoi s'en tenir.

— Moi, choqué? J'en ai vu d'autres.

L'œil d'Adam s'était allumé, tout à coup.

— A Paris... Comment voyagez-vous?

— A précieuse cargaison, luxueux carrosse, mon petit! Non, je plaisante, c'est une vieille patache qui n'a pas dû coûter bien cher. Mais au moins, on est entre nous. Une escouade de filles publiques, c'est délicat à convoyer, ça crée du désordre, ça excite les hommes. Là, on est tranquilles.

Adam échangea un regard avec Thibaut. Il n'avait pas l'air de comprendre.

— Et... il vous resterait de la place?

Rosa dévisagea Adam avec curiosité.

— Tu as des fourmis dans les jambes?

— Pas moi seulement, nous.

Thibaut voulut intervenir. Adam le fit taire d'un geste impérieux.

— Rosa, à toi, je peux tout te dire...

— Oui ma b... mon biquet. Il y aurait de l'embrouille dans l'air? Dis-moi, j'adore ça!

— Il faudrait qu'on prenne un peu de champ, Thibaut et moi. Le climat toulousain ne nous vaut rien, ces temps-ci. Un petit voyage à Paris serait particulièrement indiqué.

— Je vois. C'est cette histoire de compagnons? On ne parle que de ça, dans la région. C'est vrai que trois morts, ça commence à faire.

— Emmène-nous, Rosa, je t'en prie, c'est une

question de vie ou de mort... Nous, on n'a tué personne, je te le jure, mais la police pense le contraire.

Rosa apaisa Adam d'un sourire affectueux.

— Je te crois ! Et quand bien même vous auriez tué quelqu'un, qu'est-ce que ça me ferait ? Le problème n'est pas là. On pourrait vous prendre dans la patache, en se serrant. Mais deux beaux jeunes coqs comme vous, enfermés avec mes huit poulettes, je crains qu'on n'aille au-devant des ennuis.

Adam surprit dans l'œil de Rosa un éclair de malice. Elle reprit espoir. Puisque la situation excitait Rosa, pourquoi ne pas aller délibérément dans ce sens ?

— Le mieux, ce serait de nous travestir.

— Hein ?

Les yeux de Rosa s'arrondirent.

— Eh bien, oui. Tu convoies huit filles jusqu'à Paris... Pourquoi pas dix ? Thibaut et moi, on se déguise en filles. En cas de contrôle, on se perd dans le nombre. Les gendarmes recherchent un jeune... je veux dire, deux jeunes hommes, pas des femmes.

Rosa éclata de rire. Son penchant pour les situations équivoques goûtait ce subterfuge. Et puis ce Thibaut était si beau garçon... Rosa, fine mouche, pressentait qu'entre Adam et lui les choses n'étaient ni claires ni simples.

— Vous travestir, tous les deux ? Toi, encore, je ne dis pas : tu es frêle. Ce serait facile. Tu ferais une fille assez crédible, conclut-elle en lançant un clin d'œil à Adam.

— Thibaut aussi pourrait faire illusion ! dit Adam.

— Excuse-moi, mais comme androgyne, il repassera, dit Rosa. Regarde-moi ce gaillard. Ah, ses petites amies ne doivent pas s'ennuyer !

Adam piqua un fard. Thibaut n'était pas convaincu.

— Je n'ai aucune envie de me travestir. Cette idée est complètement idiote !

— Attends un instant, beau gosse ! Cette idée n'a rien d'une idiotie, si elle peut vous sauver la vie à tous les deux, dit Rosa.

— Mais je ne serais pas crédible, vous l'avez dit vous-même.

— Je plaisantais. Laisse-moi une petite heure et quand tu sortiras de mes pattes, ce n'est pas pour te flanquer au mitard, que les gendarmes te courront au train, ce sera pour te sauter !

Adam vint à la rescousse. L'arrivée de Rosa et cette idée, folle en apparence, lui semblaient représenter le seul espoir restant à Thibaut d'échapper à Jusant et aux assises.

— Rosa a raison, Thibaut ! Il faut saisir cette chance, il n'y en aura pas d'autre.

Il finit par céder. Rosa applaudit des deux mains.

— J'ai laissé les filles dans un relais de poste, près d'ici. Je cours y chercher de quoi vous métamorphoser tous les deux en filles de joie et je reviens. Si tout va bien, d'ici deux heures nous filons sur Périgueux. Ensuite, Limoges, Châteauroux. Dans huit jours nous sommes à Paris et vous êtes sauvés. A tout de suite !

Abasourdi, Thibaut la laissa partir sans protester. Le stratagème imaginé par Adam lui semblait toujours aussi farfelu, mais il n'avait pas de solution de rechange.

Les préparatifs prirent un peu plus de temps que prévu, mais en fin de matinée, Adam et Thibaut, maquillés et travestis, quittèrent discrètement la maison Gossec et rejoignirent, à quelques rues de là, la patache qui les attendait. Rosa avait mis toute sa caravane dans la confidence, et pour cause : Perrotin et plusieurs des filles connaissaient Adam depuis sa visite au bordel avec Benjamin et Luigi.

Profitant de la longue séance de maquillage qui avait été nécessaire pour faire de Thibaut une femme à peu près vraisemblable, Adam avait endossé les vêtements féminins de son tiroir secret. Ils étaient beaucoup moins tapageurs que ceux qu'avait apportés Rosa. Thibaut, lui, n'y coupa pas. Quand il se vit en pied dans le grand miroir dont les filles de Rosa n'auraient accepté à aucun prix de se passer en voyage, il frémit. C'était bien en putain, et en putain voyante, que Rosa l'avait déguisé. Au moins n'attirerait-il pas l'attention au milieu de ses compagnes de voyage. En découvrant la mise d'Adam, Thibaut, admiratif, salua la métamorphose, mais Rosa la gronda du regard. Elle avait l'air d'une collégienne et non d'une prostituée.

Vers onze heures, l'attelage s'ébranla. A l'intérieur s'entassaient Rosa, flanquée du gros bras Perrotin, leur contingent de huit grues patentées, Thibaut en authentique travesti, et, en la personne d'Adam, une jeune fille travestie en homme et retravestie en femme. Un perroquet répondant au nom de Badinguet et un pékinois femelle baptisé Eugénie complétaient l'équipage.

Sous son maquillage et sa perruque, Thibaut n'en menait pas large. Certaines de ces dames le considéraient avec une certaine ironie, mais d'autres lui faisaient les yeux doux. En d'autres circonstances, la situation lui eût sans doute paru plaisante. Mais là, il jouait sa tête.

Malgré le caractère périlleux de l'équipée, Adam jouissait en secret de se savoir vêtue en femme, de porter enfin, en public, la robe qu'elle s'était offerte en prévision de sa nouvelle vie. Les circonstances n'étaient pas celles qu'elle aurait choisies, et pourtant elle était heureuse. Elle avait l'espoir de sauver Thibaut.

La patache subit un premier contrôle à la sortie de Toulouse. Un piquet de gendarmerie vérifiait chaque voiture. Rosa avait tout prévu. Elle avait donné ses consignes à deux de ses plus affriolantes pensionnaires. Le brigadier qui passa la tête dans la portière pour procéder au contrôle eut droit à un vertigineux étalage de gorges largement décolletées. Il rosit, sourit, s'attarda, mais il était plus attentif à l'étalage de ces appâts qu'à sa mission. En cas d'absolue nécessité, Rosa avait désigné d'avance la brebis qu'on immolerait sur l'autel de la lubricité. Se sachant observé par ses hommes, le brigadier n'osa s'avancer trop. Il se contenta de friser sa moustache d'un air avantageux en saluant la compagnie. Tout occupé de certaines identités rebondies, il n'avait guère accordé d'attention à une petite maigriotte habillée en sainte nitouche, ni à une grande bringue, tout au fond de l'habitacle.

Le brigadier fit signe à ses hommes de laisser passer la voiture. Rosa lui fit encore un coquet signe de la main et un regard caressant à travers la vitre. La patache s'éloigna de la ville rose au pas lent des postiers bretons. Thibaut se détendit. La première épreuve avait été surmontée. Sans doute y en aurait-il d'autres, mais on pouvait compter sur un répit de quelques heures. Il goûta alors le sel de la situation : neuf femmes se liguaient pour son salut, elles avaient toutes la cuisse légère et nombre d'entre elles n'hésitaient pas à lui adresser des œillades. Il est des sorts plus douloureux pour un jeune homme plein de sève. Tandis qu'il détaillait ses compagnes de voyage, comparant leurs charmes respectifs, tel un gourmet dans une pâtisserie, son regard s'arrêta sur Adam. Il sursauta. Plusieurs des filles de Rosa étaient tout à fait à son goût, mais aucune ne le ravissait comme son camarade déguisé en femme. Une perruque blonde, choisie par Rosa pour s'accorder à sa carnation, roulait en flots soyeux sur ses épaules. Il décida que le charme de son camarade provenait de sa perruque. Puis il n'y pensa plus. Bercé par les cahots de la route et par le pépiement des filles, il finit par s'endormir.

CHAPITRE 39

Deux alertes se produisirent encore, la première dans la région toulousaine, la seconde du côté d'Angoulême. Une fois de plus, le charme des protégées de Rosa endormit la suspicion des gendarmes.

A quelques lieues d'Angoulême, Rosa décida qu'on passerait la nuit à l'auberge de la Poularde verte. Perrotin négocia au mieux avec le tenancier, petit homme au visage blafard barré d'une énorme paire de moustaches. Après qu'on se fut accordé sur le prix, la troupe envahit la salle à manger avec force exclamations, gloussements et une forte envie de faire bonne chair et de prendre du bon temps.

L'auberge était déserte et le tenancier prit plaisir à régaler cette pratique inespérée. Tout naturellement, les huit filles s'étaient assises autour de la table d'hôtes, tandis que Rosa les surveillait mollement à une table séparée, flanquée de Thibaut et d'Adam. Les poulardes — car l'enseigne n'était pas un vain mot — s'avérèrent rôties à point et un petit vin rosé de la région dispensa dans les esprits un fumet de libertinage auquel Thibaut ne resta pas insensible. Les yeux brillants, il dévisageait les pensionnaires et finit par interroger Adam sur une éventuelle préférence pour l'une d'elles. Rosa le regarda, interloquée, puis considéra Adam dont le visage avait rougi. La jeune fille se taisait, furieuse, décontenancée, attendant de Rosa quelque secours. Mais Rosa souriait et gardait le silence. Thibaut, lui, sans attendre la réponse, s'était mis à commenter le charme des unes et des autres avec une surprenante drôlerie. Adam dut admettre qu'il avait de l'esprit, ce qui était une bonne nouvelle, quoique la situation lui semblât particulièrement déplaisante. Thibaut se tourna soudain vers Adam, le prit par les épaules et déclara :

— Mais sans conteste, c'est bien toi la plus jolie !

Rosa éclata de rire, imitée par Thibaut, alors que le malheureux Adam restait sans voix. Enfin Rosa intervint.

— Désolée, mon p'tit gars, mais Adam, je me le garde. C'est moi qui fais son éducation.

Adam adressa un clin d'œil à son amie et se mit à rire à son tour.

Puis, dans un brouhaha joyeux, Rosa distribua les chambres. Thibaut, un peu gris, décréta qu'Adam ne pouvait dormir qu'avec lui. Après un moment d'hésitation, Adam accepta. Thibaut, elle en faisait son affaire. A peine étaient-ils dans la chambre que le jeune homme s'écroula tout habillé sur le lit et s'endormit profondément. Adam se pencha vers lui, déposa un léger baiser au bord des lèvres, le contempla attendrie et dit à mi-voix :

— Essaie d'en préférer une autre !

Deux secondes après, elle frappait à la porte de Rosa.

Elles étaient couchées côte à côte. Rosa avait revêtu une de ses nuisettes transparentes, un vêtement professionnel, pour ainsi dire, tandis qu'Adam portait une grande chemise de lin.

— N'empêche, dit Rosa, on est bien bêtes de ne pas faire l'amour pour de bon, puisque tout le monde nous prend pour des amants.

— Pardonne-moi, Rosa, tu sais bien que je me garde pour un homme.

— Ouais ! Mais il m'a l'air d'un sacré gaillard ! Et plein d'appétits... Si tu ne lui cèdes pas avant qu'on arrive à Paris, il est capable d'honorer tout le monde, y compris Perrotin, le perroquet et la pékinoise, le cocher et les chevaux !

Adam feignit l'effarement.

— Quoi ? Tu t'imagines que Thibaut m'intéresse ? Tu te trompes... Ce n'est qu'un ami. Nous sommes dans la même galère, voilà tout. Je l'ai bien vu lorgner les filles, mais je ne trouve rien à y redire. En quoi ça me regarde ? Les hommes sont comme ça.

La flamme ironique qui brillait dans les yeux de Rosa prouvait qu'elle n'accordait pas foi un seul instant au beau discours d'Adam.

— Qu'est-ce que tu me chantes ? Tu ne t'es pas vue quand Thibaut faisait le galant avec Kolinda !

— Il est comme les autres. Non, vraiment, il ne me fait ni chaud ni froid !

— Au fait, tu ne m'as jamais raconté comment vous vous êtes connus. C'est un Lillois, comme toi ?

Alors Adam raconta à Rosa l'échauffourée avec les Tsimak, le bain forcé et l'épisode du bois où elle avait voulu mourir. Par deux fois, Thibaut lui avait sauvé la vie.

Rosa l'attira contre son épaule.

Adam s'écarta doucement de Rosa.

— C'est fini, je te jure ! J'ai eu un coup de vague à l'âme, mais je peux être forte... Je suis forte !

— Tu n'es pas encore très forte, dit Rosa. Tu es jeune. Mais tu le deviendras, j'en suis sûre. Dans mon métier, on juge vite les femmes. Il y a les victimes pour toujours, et les autres. Tu fais partie de la deuxième catégorie. Malgré le mauvais coup qu'on t'a fait à ta naissance, tu ne seras jamais une victime. Mais souviens-toi de ce que je t'ai toujours dit : tu ne deviendras forte qu'en devenant toi-même, c'est-à-dire une femme à part entière ! Pourquoi tu ne dis pas la vérité à Thibaut ?

— Il m'a connue avant. Il m'a connu garçon.

— Et alors ?

— Alors c'est impossible. Janicot est mort.

— Quel rapport ? Tous ceux qui percent ton secret ne sont pas condamnés à périr. Thibaut n'en mourrait sûrement pas, lui.

— Parce qu'il ne m'aime pas. Et s'il ne m'aime pas, à quoi bon lui dire qui je suis ?

— Il t'aimerait peut-être, s'il savait.

— Tu crois, Rosa ?

Adam se mordit les lèvres. La naïveté de sa question l'avait trahie. Elle tenta de corriger sa bévue.

— Je m'en fiche, en réalité. C'est un garçon comme les autres. Tous autant qu'ils sont, ils ne pensent qu'à foutre, comme ils disent.

— C'est que ça a son charme... Bon, laissons ça de côté. Nous serons à Paris après-demain. Qu'allez-vous faire ?

— Trouver du travail, tiens ! Pour moi, pas de problème. La police ne me connaît pas. Pour Thibaut, ça va être plus compliqué. Il lui faut une nouvelle identité. Mais les Chiens blancs lui en fourniront une. Chez les compagnons, en cas de besoin, on trouve toujours de l'aide.

— Est-ce que tu te rends compte que tu n'y as pas ta place ?

— Qu'est-ce que tu dis ?

— Il n'y a qu'une place pour les femmes, dans le compagnonnage : c'est d'être Mère d'une cayenne. Aubergiste, quoi !

— C'est beaucoup plus que ça !

— Peu importe. C'est ça que tu veux ? Tu t'y vois ? Vingt ou trente hommes à nourrir et à coucher en permanence ?

— Jamais de la vie !

— Tu le vois bien, ton avenir n'est pas là. Ton père est un fou ou un criminel.

— C'est un fou. Je rabâche ça depuis des années. Je ne serai jamais compagnon, parce que même si je suis la meilleure, et que je mérite cent fois d'être initiée, reçue et reconnue, ça ne serait qu'une imposture. C'est un monde d'hommes, conçu par des hommes, pour des hommes. Je dois trouver la sortie à tout prix !

— Je te le souhaite, ma chérie. Allez, j'éteins, on dort... Juste une question, très indiscrète, bien sûr, et je te fiche la paix.

— Vas-y toujours.

— Est-ce que ton sexe se mouille, quand tu penses à lui ?

Adam sursauta.

— Hein ? Mais tu es folle !

— Je suis Rosa, une putain qui connaît les cœurs et les corps. Alors, tu réponds à ma question ?

— Mais de qui parles-tu, d'abord ? demanda Adam pour gagner du temps.

— De Thibaut, bécasse, pas du perroquet !

Adam sourit.

— Je ne sais pas... Peut-être... J'ai eu l'impression, une fois, murmura-t-elle.

Un sourire attendri monta aux lèvres de Rosa.

— Alors, ma cocotte, tu es cuite. Allez, cette fois-ci, on dort.

Elle tendit le bras pour étouffer la flamme de la lampe à pétrole.

— Bonne nuit, choute.

— Bonne nuit, Rosa.

Rosa ne tarda pas à s'endormir. Dans l'obscurité, Adam resta longtemps les yeux ouverts, avant de les clore enfin pour sombrer dans un sommeil hanté de rêves dans lesquels Thibaut avait sa part.

Adam réajusta son corsage, jeta un coup d'œil dans la petite glace que Rosa avait posée sur la table de toilette. Elle avait mal dormi. Elle se trouvait pâle, les traits un peu tirés. Elle prit beaucoup de plaisir à soigner son maquillage. Elle emprunta une goutte de parfum à Rosa qui la taquina sur le soin qu'elle portait à son apparence. La jeune fille haussa les épaules et alla rejoindre les autres devant la patache. Encore deux jours de voyage et le petit groupe se séparerait à Paris. Rencontrer Thibaut serait peut-être moins facile. Elle s'installa confortablement face au jeune homme toujours travesti en une femme à la forte carrure, mais ma foi, assez désirable. Adam sourit, la situation était amusante.

Thibaut examinait son ami. Il sentait son parfum fort et pénétrant. Pourquoi donc Adam s'était-il parfumé ? C'était troublant. Son teint de porcelaine à peine poudré, rehaussé d'un maquillage délicat, faisait ressortir ses grands yeux verts, ourlés de longs cils noirs, et sa bouche soulignée d'un rouge vif, au sourire énigmatique. Ainsi arrangé, Adam avait des airs de poupée malicieuse et follement séduisante. S'il avait été une femme, Thibaut l'aurait enlevée sur-le-champ.

Mais Adam était un homme, et qui plus est, un

Rochetal. Thibaut réfléchit aux derniers événements. Une étrange fortune l'avait forcé à s'abandonner à l'amitié que le jeune homme lui avait toujours offerte. Adam était généreux et bon. Il découvrait en lui une autre personne. Un être fort et volontaire, loin du chétif enfant qu'il avait sauvé des eaux, loin de l'adolescent tourmenté et sans doute écrasé par son père qu'il avait croisé dans les bois, quelque deux ans plus tôt. Il avait mûri pendant ce Tour de France. Quelles épreuves avait-il traversées? Kolinda avait raconté à Thibaut comment Adam avait dû prouver sa virilité dans un bordel lyonnais. Elle lui avait également confié les bruits qui couraient au sujet de son compagnon de route, mort brutalement. Il se serait suicidé *par amour pour lui...* Était-ce là le fameux secret évoqué par Adam à Toulouse? Ou en existait-il un autre encore plus troublant?

Thibaut se remémora son court séjour en sa compagnie. Le jeune homme n'avait jamais voulu faire sa toilette dans la chambre et ne s'était jamais habillé ni déshabillé en sa présence. En outre, il y avait ce livre, souligné en certains endroits, que Thibaut avait trouvé par hasard. Sur le moment, trop mal en point et trop préoccupé par ses propres affaires, Thibaut n'avait pas prêté attention à ces curieuses manies. Mais à présent, un doute le taraudait : Adam était-il bien ce qu'il prétendait être?

Il le dévisagea à nouveau. Leurs yeux se rencontrèrent. Tout était assoupi autour d'eux. Ils étaient les seuls à ne pas dormir. Adam soutint son regard et à cet instant, Thibaut aurait juré qu'il le défiait de découvrir son secret. Il avait surpris ses airs tantôt songeurs, tantôt interrogateurs. Tout cela était trop troublant pour lui. Il sentit un frisson parcourir tout son corps. Il désirait Adam, comme il n'avait jamais désiré aucune femme et il avait la conviction qu'Adam brûlait du même désir. S'enfuir, mais c'était impossible. Ce silence entre eux était insoutenable. Il se sentait devenir fou. Adam baissa les yeux comme en signe de reddition et lui adressa un sourire qui apaisa le tourment de Thibaut.

CHAPITRE 40

Le voyage touchait enfin à sa dernière étape. Une halte ultime était prévue dans un relais. Rosa devait se rendre à un mystérieux rendez-vous avant de faire repartir son convoi pour Paris. Perrotin garderait les filles. Et attribuerait les chambres pour cette dernière nuit. Thibaut et Adam se retrouvèrent ensemble. Ils auraient bien aimé un autre arrangement, mais en l'absence de Rosa, on ne discutait pas avec Perrotin.

Thibaut songea qu'il n'avait pas à être troublé puisque Adam redeviendrait un garçon dans la chambre. En outre, il se jura de ne pas le regarder, de se tourner pour s'endormir dès que possible. Adam était plus gênée. Comment allait-elle faire ? A Toulouse, sa blouse de compagnon dissimulait son corps. Mais là, une fois sa robe enlevée, ce n'est pas la fine chemise qu'elle portait qui la cacherait.

Prétextant avoir froid, Adam alla se poster devant la cheminée et attendit de voir ce que faisait Thibaut. Le jeune homme lui tournait le dos. Il grommelait comme un vieux ronchon en enlevant *ces satanées bottines* qui le serraient toute la sainte journée. Adam fut prise de fou rire, tant il offrait un spectacle comique, à moitié déshabillé et empêtré dans ses atours féminins.

C'était la première fois que Thibaut l'entendait rire ainsi, d'un rire cristallin et étrange, comme si Adam avait une autre voix. Il se tourna pour le regarder. Adam était encore en fille et à ce moment-là, Thibaut aurait juré qu'il en était une. C'était peut-être cela son secret ! Il allait en avoir le cœur net. En deux enjambées, il se précipita sur Adam.

— Ah, je vais t'ôter l'envie de te moquer de moi, sale garnement !

Adam n'eut pas le temps d'esquiver l'attaque. Ils roulèrent sur le sol. Elle voulut se défendre, mais l'autre, assis sur elle à califourchon, la chatouillait de toutes parts.

Dans l'assaut, sa perruque avait roulé et le haut de sa robe avait cédé. Adam essayait de se dégager, mais l'autre resserra son emprise et accentua ses chatouilles. Adam riait aux éclats et ne pouvait rien contre les mains puissantes de Thibaut. Un à un, les petits boutons de sa chemise sautèrent. Et triomphant, Thibaut découvrit deux petits seins ronds.

— J'en étais sûr !

— Et maintenant ? lui demanda Adam avec un air de défi et de colère contenue.

— Je ne sais pas, répondit Thibaut en basculant à côté de la jeune fille pour la regarder. *Tu es belle,* murmura-t-il.

Les larmes montèrent aux yeux d'Adam. Tendrement, Thibaut caressa sa joue pour les effacer. Sa main descendit sur son cou, sur sa poitrine. La jeune fille frissonna. Thibaut retira sa main.

— Pourquoi tu ne me l'as pas dit ?

— Comment aurais-tu voulu que je te le dise ?

— Mais enfin, ça ne tient pas debout ! On se connaît depuis des années maintenant, tu t'appelles Adam, tu es aspirant, fils du maître menuisier Rochetal, tu fais ton Tour de France... Voilà ce que je sais de toi, et tout ça n'est pas vrai ? Peux-tu me dire pourquoi ?

Adam baissa la tête.

— Ce qu'a édifié mon père, seul un mâle peut en hériter : l'atelier, le savoir-faire, l'initiation compagnonnique... Or, il n'a que des filles, Émilienne et moi. Un autre se serait résigné à cet état de fait, il aurait cherché à marier au moins l'une de nous à un brave menuisier dont il aurait fait son héritier et tout aurait été réglé. Mais il est fou à lier. Il a nié la réalité, il a voulu faire de moi un garçon, afin que je puisse être initiée, reçue au sein des Enfants de Salomon et que je puisse poursuivre son œuvre. As-tu déjà entendu quelque chose de plus délirant ?

— Non, bien sûr.

— C'est pourtant la stricte vérité. J'ai souffert de cette folie et j'en souffre encore ! La deuxième fois que nous nous sommes rencontrés, dans les bois, je venais d'apprendre qui j'étais en réalité. J'allais avaler un flacon de laudanum, pour en finir. Tout mon univers basculait. Imagine... Ce jour-là, tu m'as sauvé la vie. Et le soir même, j'ai décidé de devenir une femme, d'abord pour moi.

— Rosa sait la vérité ?

— Oui.

— Alors votre liaison, c'était pour la galerie ?

Adam acquiesça.

— Et surtout pour toi. Je ne voulais pas que tu saches, à l'époque.

— Et qu'est-ce qui a changé depuis ?

Adam hésita. Elle aimait Thibaut et elle venait de

franchir un pas décisif en se confessant à lui. Elle reprit, inquiète :

— Tu me demandes ce qui a changé ?

La voix d'Adam tremblait. Sa détermination était entière, mais la réaction de Thibaut revêtait pour elle une importance capitale. Selon son attitude, elle se sentirait capable d'affronter le monde entier ou au contraire elle abandonnerait, elle abdiquerait.

— Je... C'est tellement surprenant. Tu me prends tellement au dépourvu...

Adam eut un sourire amer.

— Je t'avais promis une surprise, pas vrai ?

Thibaut se força à sourire à son tour.

Il était bouleversé. Deux sentiments contradictoires le déchiraient. Il était éperdu d'amour pour Ada. Mais Adam devenu Ada restait une Rochetal. Comment aimer le fruit du malheur et de la trahison ?

L'embarras de Thibaut, si manifeste, la plongea dans une angoisse subite. Et même s'il finissait par la croire, qu'est-ce que ça changerait, s'il ne l'aimait pas, si au fond de son cœur il n'avait pas attendu cette révélation ? Elle s'écria :

— Tu ne m'aimes pas ?

— Non ! Non, ne crois pas ça ! C'est... C'est tout le contraire !

— Qu'est-ce que ça veut dire ? Tu le regrettes, tu t'en réjouis ?

Elle était suspendue à ses lèvres.

— Je ne sais pas. Laisse-moi le temps.

Il se tut un instant et reprit :

— Pour un garçon, tu étais trop...

Il se tut à nouveau. Elle lui tira les mots. Elle puisait espoir et réconfort dans chacun de ceux qu'elle lui arrachait. Le malaise qu'il avait ressenti auprès d'elle quand il la prenait pour un garçon ne pouvait avoir qu'une signification.

— Trop quoi ? Dis-le ! Tu dois me le dire !

— Trop joli, trop gentil, trop... féminin !

— Trop féminin ? Alors tout va bien, puisque je suis une femme !

— C'est impossible. Tu es une Rochetal, je ne peux pas t'aimer. Rochetal a tué mon père. Il l'a réduit à la misère ! Il en a fait un monstre ! Il lui a volé sa jeunesse et son avenir...

Emporté par les mots, Thibaut criait à présent sa colère sans retenue. Adam, horrifiée, écoutait sans rien comprendre. Chaque mot la poignardait. Si près du bonheur, l'ombre maléfique de son père venait encore lui ravir tout espoir. Thibaut la repoussait. Il ne voulait pas d'elle. La malédiction se poursuivait. Elle se précipita vers la porte, l'ouvrit, la claqua derrière elle et dévala l'escalier en sanglotant.

Thibaut dormit d'un sommeil agité, entrecoupé de cauchemars. Tantôt les policiers lancés à sa poursuite fracassaient sa porte, l'entravaient et le menaient à l'échafaud ; tantôt Adam, frêle silhouette sans défense, était assaillie par des malfaiteurs, violée, rouée de coups et laissée pour morte.

On frappa à la porte. D'un bond, il fut debout, prêt à vendre chèrement sa peau. Ce fut Rosa qui entra, sourire aux lèvres.

— On y va. On n'attend plus que vous.

— Adam n'est pas avec vous ? demanda Thibaut inquiet.

— Non, répondit Rosa, étonnée. Je vous croyais ensemble.

Rosa comprit aussitôt qu'il s'était passé quelque chose dans cette modeste chambre. Il ne lui fallut pas longtemps pour recueillir les confessions de Thibaut. Il pleurait tout en racontant sans omettre le moindre détail, le drame qui l'avait opposé à la jeune fille.

Le récit terminé, Rosa s'approcha du jeune homme, le serra dans ses bras et lui dit :

— Mon pauvre garçon, tu as fait ton propre malheur.

Puis elle se dégagea et reprit :

— Allez, viens maintenant, il faut la retrouver.

CHAPITRE 41

Les recherches demeurèrent vaines. Finalement, un palefrenier revenant de panser les bêtes leur apprit que la jeune fille avait pris la malle-poste de l'aube qui se rendait à Paris.

Le reste du voyage fut morne. La disparition d'Adam avait étendu un voile de tristesse sur le petit groupe. Sans plus rencontrer de gendarmes, la patache gagna la capitale à la nuit tombée.

La cayenne de Paris étant sans doute surveillée après les événements de Toulouse, Thibaut prit rapidement contact avec Saumur-Plein-d'Honneur, le Premier en Ville, grâce aux bons offices d'un petit boulanger de quartier. Saumur appartenait à la génération de Léo, avec lequel il avait travaillé une trentaine d'années auparavant. Il vint accompagné de deux compagnons. Thibaut eut la désagréable impression de se trouver devant un tribunal, tant leur accueil fut sévère. Il les persuada aisément de son innocence dans l'assassinat du mouchard Auxerrois. Ils se montrèrent alors beaucoup plus chaleureux.

— Il a mérité son sort, dit Saumur, mais nous autres compagnons, nous condamnons l'assassinat sans équivoque.

Quand Thibaut leur eut raconté toute son aventure toulousaine et les péripéties de son voyage jusqu'à Paris, les compagnons saluèrent son courage et son sang-froid.

— Ne t'inquiète pas, on va te procurer un livret de travail et un emploi, dit Saumur.

— Et mon Tour de France?

— Il est suspendu. Dans une cayenne de province, tu serais vite repéré. Tandis que Paris est une grande ville, une mer humaine où un homme peut plonger et se perdre. Tu changes de nom, voilà tout. Tu te laisses pousser la barbe et tu te coiffes autrement. Tu ne connais personne à Paris?

— Personne que la police pourrait relier à l'affaire de Toulouse. Mais évidemment, si je me retrouve nez à nez avec Jusant, je suis fait.

Saumur eut un geste fataliste.

— Ça, bien sûr! Mais Jusant a bien trop à faire à Toulouse pour monter à Paris. Tu as des chances de t'en tirer, si tu renonces à prononcer ton vrai nom devant qui que ce soit.

Thibaut n'avait pas réfléchi à cet aspect de sa situation. A présent, les conséquences de son changement d'identité lui sautaient aux yeux.

— Mais mes parents... Si je veux retourner à Lille?

— Ce serait dangereux. Là-bas, tout le monde te connaît. La police impériale n'est pas si mal faite. Ton nom et ton signalement sont sûrement arrivés chez les collègues lillois de Jusant. Mais, j'ai une bonne nouvelle pour toi. Ton père sera bientôt à Paris.

Le cœur de Thibaut se mit à battre.

— Léo? Enfin je vais le revoir! Qu'est-ce qu'il vient faire à Paris? Il n'y a plus remis les pieds depuis son Tour de France, bien avant ma naissance.

— Nous sommes à la veille d'un grand événement, celui que nous attendons tous, depuis un demi-siècle.

— La Reconnaissance?

Saumur-Plein-d'Honneur acquiesça.

— Nous avons bon espoir de la voir enfin votée lors d'une assemblée générale de tous les métiers du compagnonnage, qui doit se tenir en novembre. Plusieurs corps nous ont promis leur soutien : les blanchers-chamoiseurs, les tondeurs de draps...

— Mais les corps nobles?

— Ils s'opposent encore. Mais nous n'avons pas besoin de l'unanimité, une majorité suffirait. Nous pourrions même nous passer de leur vote, en obtenant une Reconnaissance partielle. Nous touchons au but. L'opposition des métiers du bois, de la pierre et du fer, ne peut nous interdire éternellement le passage. Il en va de notre dignité! C'est pour ça que ton père fait le voyage. Tu sais combien il a lutté dans ce but.

— Il a failli y laisser sa peau il y a vingt-cinq ans, à Lille, rappela Thibaut.

— Nous le savons. Il est juste qu'il soit parmi nous lors du triomphe final... Si triomphe il y a. As-tu un logement? De l'argent?

— Je n'ai plus rien.

Saumur porta la main à sa poche.

— Voici vingt-cinq francs et l'adresse d'un logeur qui te fera de bonnes conditions. Tu rendras l'argent à la caisse de solidarité, quand tu toucheras un salaire. Chez ton logeur, on te donnera un livret de travail qui portera ton nouveau nom.

— Mon nouveau nom?

— Tu ne pourras pas le choisir. Ce ne sera pas un faux livret, mais celui d'un mort. Dès que tu l'auras reçu, présente-toi chez Lambert, aux Batignolles. Il t'embauchera. Je communiquerai ton adresse à ton père, mon vieux pays, dès son arrivée à Paris. Voilà, c'est tout, je crois.

Thibaut voulut remercier les compagnons. Saumur l'arrêta d'un geste.

— C'est normal qu'on t'aide. La cayenne de Toulouse m'a rapporté ta conduite. Nous avons aussi des informateurs à la préfecture. Tu as été courageux. Tu as risqué ta vie pour Nancéen... S'il est mort, ainsi que Messonnier, ce n'est pas de ta faute. Nancéen était un ami. Nous autres Chiens blancs, nous n'oublions jamais rien, ni le bien, ni le mal qu'on nous fait.

En revoyant son père, Thibaut fut effrayé. En moins de deux ans, le temps avait rattrapé Léo Frochot. A son tour, il était atteint par la malédiction qui pesait sur les boulangers. Les milliers de nuits passées face à la gueule desséchante du four, dans la poussière de farine qui encrassait les poumons, finissaient par avoir raison des plus robustes. Le poil blanc, amaigri, le souffle court, l'athlète défiguré n'était plus que l'ombre de lui-même. Il ne paraissait pas en avoir conscience. Ou bien préférait-il feindre une sérénité qu'il ne ressentait peut-être plus. Il serra Thibaut dans ses bras et frotta sa joue rugueuse contre celle de son fils.

— Comme tu as grandi ! Et quelles épaules et quelle poigne tu as ! Amalia serait fière de te voir comme ça, fiston. Elle est restée à Lille. Un voyage coûte et nous ne sommes pas plus riches qu'avant. Je travaille moins.

— J'économiserai pour la faire venir, papa. Je ne pourrai pas me rendre à Lille avant longtemps. Elle logera ici, ça fera moins de frais.

Ils étaient chez Thibaut, dans le petit logement trouvé grâce à Saumur. C'était propre, très simple et même pauvre, mais Thibaut s'y plaisait. Et dans ce quartier excentré, il se sentait à peu près en sécurité.

— Je sais. Saumur m'a dit. Il m'a dit aussi que tu n'avais rien fait de contraire à l'honneur.

— Tu en doutais ?

— Bien sûr que non, fils. Mais que ce soit Saumur, le Premier en Ville de la cayenne de Paris, qui me le dise, ça m'a fait plaisir. Tu t'es bien conduit. Une seule chose me chagrine : tu es recherché par la police et ta réception devient problématique, puisque tu ne peux pas terminer ton Tour de France pour l'instant. Il faut attendre. Un an, peut-être deux, avant de te relancer sur les routes. Encore faudra-t-il éviter Toulouse. Quelle perte de temps ! conclut Léo en serrant les poings.

— J'ai pensé...

Thibaut se tut. Devait-il en parler à son père ? La vie de proscrit, quasi clandestine, qui l'attendait ne lui chantait guère. Rester en France, à végéter dans l'ombre, à la merci d'un hasard malheureux ou d'une dénonciation, n'avait rien d'exaltant. Il avait songé à s'expatrier.

— Oui ? Qu'est-ce que t'allais dire ? demanda Léo.

— Non, rien... Combien de temps tu comptes séjourner à Paris ? s'enquit Thibaut.

— Pas trop longtemps. Ta mère est seule, là-bas. Elle se fatigue, elle aussi...

Cet « elle aussi » fut la seule allusion que fit Léo à sa propre lassitude.

— L'Assemblée générale des compagnons du Devoir aura lieu demain, reprit-il. J'assisterai aux débats en tant qu'observateur. Je donnerais mes deux mains pour que nous soyons enfin reconnus.

— Tu as bon espoir ?

Léo eut une moue dubitative.

— J'ai déjeuné avec Saumur-Plein-d'Honneur, ce midi. Nous avons compté et recompté les voix qui nous sont favorables. Nous n'en aurons pas plus de sept. Les vieux corps d'État bloquent tout avec l'aide de leurs alliés traditionnels. Ils peuvent faire traîner les choses pendant des années encore si on ne les déborde pas.

— Les déborder ?

— Nous déclarer fondés par nous-mêmes et nous faire reconnaître officiellement par ceux qui nous soutiennent. Si cette Reconnaissance partielle est votée par nos alliés, elle deviendra irrévocable. Un par un, chaque corps d'État finira par se rallier, avec le temps.

— Tu crois vraiment que ça peut marcher ?

Léo soupira.

— Il le faudra, si je veux voir de mes yeux le jour de la Reconnaissance. J'ai tant attendu.

En parlant, Léo s'animait. Ses yeux brillaient dans son visage émacié, ses mains tremblaient.

— Papa, calme-toi.

— Après ! Après l'Assemblée et la Reconnaissance, oui, je me calmerai. En attendant, je ne peux pas, je vais vivre sur les nerfs jusqu'à demain soir. Il faut être vigilant. Je sais que Rochetal est à Paris.

Thibaut sursauta. Que venait-il encore faire ? En un éclair, le désarroi d'Adam lui revint à l'esprit. Et son amour à lui, impossible désormais. Il maîtrisa à grand-peine la colère qui montait en lui.

— Mais papa, Rochetal est Enfant de Salomon, c'est un gavot, affilié au Devoir de Liberté. Il n'a pas voix au chapitre !

— En principe, non.

— En principe? Comment peux-tu dire ça?

— Tu es jeune, tu crois que les choses sont tranchées au sein du compagnonnage, comme les couleurs sur un drapeau. Il y a les Devoirants et les Gavots, les Enfants de Maître Jacques, ceux de Maître Soubise et ceux de Salomon. Mais il y a des couleurs qui déteignent les unes sur les autres. Rochetal a le bras assez long pour manipuler les Devoirants.

Thibaut eut une grimace significative. La haine de Léo vis-à-vis de Rochetal l'entraînait trop loin. Les antagonismes entre les diverses sociétés compagnonniques étaient tels qu'ils excluaient, selon lui, de pareilles ingérences. Mais connaissant son machiavélisme, cela devenait possible.

— Tu dois avoir raison.

Un sourire éclaira les traits creusés de Léo.

— Parlons d'autre chose. Tu n'es pas mal, avec cette barbe naissante. C'est pour la police?

— Un conseil de Saumur, acquiesça Thibaut. Qu'est-ce que tu veux faire ce soir? Il y a des revues amusantes, des opérettes. On joue *Daphnis et Chloé* d'Offenbach. Il y a aussi le Boulevard du Crime, les cabarets...

— Rien de tout ça! protesta Léo. Une bonne soupe, une partie de dames ou de piquet à la cayenne, et au lit! Ne me dis pas que tu as besoin de moi pour t'amuser, je ne te croirais pas!

— C'était juste pour que tu profites un peu de ton passage dans la capitale.

Léo posa sur Thibaut son regard fiévreux.

— J'en aurai largement profité et j'en repartirai heureux comme jamais, si nous aboutissons demain soir. C'est le but de toute ma vie, la Reconnaissance. Tu comprends, Thibaut?

— Oui papa, je comprends.

— Alors si tu veux, demain, on se voit après l'Assemblée générale. Pas à la cayenne, ça peut être dangereux pour toi. Retrouvons-nous ici, vers dix heures du soir. Et si nous avons obtenu ce que j'espère, tu m'emmènes au cabaret, je me soûlerai, et je lorgnerai les filles pour fêter ça, nom de Dieu!

Puis son père quitta la pièce. Pauvre Léo, comme il aurait aimé le prendre dans ses bras, le réconforter, lui avouer son amour pour la fille de Rochetal et pleurer sur son épaule. Seul le souci de ne pas chagriner son père l'avait retenu. Mais un jour, il faudrait bien qu'il sache.

Le lendemain, il faisait déjà nuit quand Thibaut s'éveilla. Un boulanger travaille quand la ville dort. Il était huit heures du soir. Il bâilla, s'étira, paressa quelques instants encore en songeant qu'à cette heure, la décision fatidique était en train de se prendre, si ce n'était pas déjà fait. Il eut une pensée pour son père. Tout à l'heure, le verdict se lirait à livre ouvert sur son visage. Si la Reconnaissance était acquise, Léo serait radieux. Sinon... Sinon, Thibaut préférait ne pas y penser. Il rejeta drap et couverture et quitta son lit. Il avait deux bonnes heures devant lui avant l'arrivée de Léo. C'était plus qu'il n'en fallait pour faire sa toilette et s'appuyer un solide casse-croûte en prévision de sa longue nuit de travail. Chaque soir, il retrouvait avec plaisir le fournil de Lambert, aux Batignolles. Lambert, alias Palaisien-la-Main-Forte, parce qu'il avait de formidables battoirs, comptait parmi les meilleurs boulangers avec lesquels Thibaut avait travaillé. C'était aussi un brave type et un homme de confiance au sein de la cayenne de Paris.

Thibaut expédia sa toilette, puis vida sa bassine

dans le lavabo de fonte qui s'ouvrait sur le palier, à quelques pas de sa porte. A cette heure-ci, l'immeuble retentissait des piaillements des enfants, des disputes des adultes et des bruits de cuisine. Cela sentait le poireau et le chou, avec, ici ou là, une odeur de miroton ou de ragoût qui dénonçait les tables plus prospères. Thibaut salua un voisin qui rentrait chez lui, une miche de pain à la main. L'homme paraissait chafouin et soupçonneux. Thibaut s'en était inquiété tout d'abord, mais Saumur lui avait garanti qu'il serait en sûreté dans cet immeuble. Il regagna ses pénates. Il avait oublié sur le poêle la large tranche de pain qu'il y avait mise à griller. Il la retira avant qu'elle ne se carbonise, la gratta sommairement et la tartina de beurre. Il tendait la main vers la cafetière, quand on frappa à sa porte. Il fronça les sourcils. Léo, déjà ? Il n'était pas neuf heures. Instinctivement, avec le réflexe du fugitif qu'il n'avait pas cessé d'être, il tourna son regard vers la fenêtre. Il n'était qu'au premier et sa fenêtre donnait sur le toit d'un appentis qui lui permettrait, le cas échéant, d'échapper à la police. Il se leva silencieusement et fit un pas en direction de la fenêtre.

— Ouvre, mon mignon, c'est Rosa !

Le cœur de Thibaut se mit à battre. Il entrouvrit la porte, s'assura que Rosa était seule, la fit entrer et referma aussitôt. Elle le dévisagea. Amusée, elle s'approcha de lui et posa sur ses joues deux baisers sonores. Thibaut, stupéfait, contemplait la belle jeune femme élégamment vêtue qui lui faisait face.

— Je peux m'asseoir ?

Gauchement, Thibaut lui proposa un tabouret. Elle choisit de s'asseoir sur le lit. Sa jupe ample, légèrement relevée, découvrit de ravissantes bottines qui enserraient ses fines chevilles.

— Comment m'as-tu trouvé?

— N'oublie pas quel est mon monde, chéri. Rien ne nous échappe et on sait se taire!

Thibaut sourit à cette réponse. Une seule question lui brûlait les lèvres. Il demanda d'un ton enjoué :

— Puisque tu m'as retrouvé, tu as aussi retrouvé Adam?

— Tu me sers une tasse de café?

Thibaut s'exécuta. Il arrivait à grand-peine à dissimuler son émotion. Elle le regarda malicieusement. Elle ne semblait pas pressée de répondre. Elle but une gorgée de café, reposa sa tasse, s'essuya soigneusement la bouche avec un mouchoir de dentelle et se décida enfin.

— J'ai retrouvé Adam, ou plutôt Ada, comme on l'appelle désormais. Elle travaille dans une mercerie. A deux pas d'ici d'ailleurs. Près du faubourg du Temple. Elle est adorable dans sa petite robe stricte, noire comme celle d'une petite veuve. Tu la verrais s'agiter en tous sens, servir la clientèle avec un sourire aimable. Mais dès qu'elle est seule, ses beaux yeux verts se voilent de tristesse. Elle souffre, mais en brave petit soldat, elle se bat.

Thibaut s'assit face à elle.

— Moi aussi, je souffre.

— Alors tu dois te battre. Tu ne vas tout de même pas fuir toute ta vie.

— C'est elle qui a fui.

— Ne fais pas l'enfant. Tu ne lui as pas laissé la moindre chance.

— C'est vrai. Qu'est-ce que je peux faire alors?

— Est-ce que tu sais danser?

Décontenancé, Thibaut répondit :

— Pas trop mal. Mais quel est le rapport?

— Dimanche, avec les autres vendeuses, Ada ira

au petit bal du Chat-Vert, à cinq heures. Cela n'a pas été facile pour les filles de la persuader. Comme tu t'en doutes, je l'ai poussée à s'y rendre. Alors, à toi de jouer maintenant !

Sans laisser à Thibaut le temps de répondre, elle ajouta :

— Il faut que je me sauve.

A peine Thibaut l'avait-il remerciée que Rosa quittait la pièce, laissant derrière elle un entêtant parfum de lilas.

CHAPITRE 42

Les mains dans les poches de sa redingote, la tête dans les épaules sous sa casquette, Léo Frochot avançait à pas lents. Un pas de vieillard. Ce soir-là, il sentait plus que jamais dans ses membres la fatigue accumulée au long d'une vie de travail. Bon sang, quelle lassitude, quelle déception, quel dégoût aussi ! Il arrivait devant chez Thibaut, quand une jeune femme élégante déboucha de la porte cochère et le bouscula par inadvertance.

— Eh bien alors ! protesta Léo en se penchant pour ramasser sa canne.

La jeune femme fut plus rapide et la ramassa pour lui.

— Je vous prie de m'excuser, monsieur, dit-elle en lui tendant la canne. Vous ne vous êtes pas fait mal ?

— Ça va, ça va...

Un agréable parfum se dégageait de cette personne. Léo prit le temps de détailler ses vêtements coûteux qui dissimulaient de belles formes. Dès que Léo fut entré, l'inconnue disparut.

Thibaut s'effaça pour laisser entrer son père. Son

visage las et fermé ne laissait aucun doute sur la façon dont les choses s'étaient passées.

— Assieds-toi. Il y a du café chaud.

Léo s'exécuta sans prendre la peine d'ôter sa redingote. C'était son meilleur vêtement. Avec quel espoir il l'avait enfilée ce matin ! Thibaut ferma la porte et vint s'asseoir face à lui. Il poussa dans sa direction un bol et une coupelle de mélasse, puis il empoigna la cafetière.

Les yeux baissés, l'air absent, Léo se laissa servir.

— C'est raté, hein ?

Léo leva vers lui ses yeux pleins de larmes.

— Papa...

— Raté, oui, tu peux le dire ! Ils se sont foutus de nous, les salauds !

Sa voix s'étrangla. Ce fut au tour de Thibaut de baisser les yeux pour ne pas voir pleurer son père. Il partageait sa déception, sans ressentir sa frustration avec la même violence. Léo avait vieilli dans l'attente de la Reconnaissance. Elle lui avait coûté sa jeunesse et elle se dérobait à lui aujourd'hui encore.

— Qu'est-ce qui s'est passé ?

— Ils nous ont ajournés, comme toujours. A l'ouverture, le Président, un blancher-chamoiseur, rappelle notre situation depuis 1845. Il lance un appel à la concorde et il invite les corps à délibérer avant de voter. La séance est donc suspendue pour concertation, et c'est là que ce fumier a fait son sale boulot !

— Qui ? Rochetal ?

— Non, pas lui, son ombre ! Malouin. Malouin-la-Clé-des-Cœurs, c'est son nom de compagnon. C'est l'homme de Rochetal. Très influent au sein des menuisiers et charpentiers. Il a passé les consignes de groupe en groupe. A la reprise de la séance, treize corps votent contre nous. Sept pour, toujours les mêmes : blanchers-chamoiseurs, chapeliers, doleurs, tondeurs de drap, vanniers, tisseurs-ferrandiniers, cordonniers-bottiers. Nos fidèles amis, les parias du monde du travail. Les autres refusent carrément ou bien demandent un ajournement. Et c'est ce qui est arrivé : un nouvel ajournement...

Léo serra le poing.

— Fumiers ! gronda-t-il. Cinquante ans, qu'on nous ajourne ! Ça ne finira donc jamais ? Est-ce que notre sueur ne vaut pas la leur ?

Léo ferma les yeux. Thibaut fut saisi par le masque de lassitude et de vieillesse que revêtit alors son visage.

— Il faut y croire, dit le jeune homme.

— Je voudrais bien, mais je connais Rochetal et je connais Malouin. Ils trouveront le moyen d'effrayer les blanchers-chamoiseurs et les cordonniers.

— Tu vas rester à Paris jusqu'à la prochaine assemblée ?

— Non, je pensais que cette fois-ci était la bonne, mais je n'y crois plus. Et puis il y a l'argent. Et ta mère, qui est seule là-bas à Lille. Je vais rentrer. J'ai encore un vieux camarade à voir du côté de Picpus, je lui rendrai visite jeudi et puis je retourne chez nous. Pas de cabaret, pas de cuite ni de petites femmes... Bon sang, quelle déception ! Je ne parle pas du cabaret, hein ?

— Je sais, p'pa.

Léo tendit la main vers son bol et avala une gorgée de café tiède. Puis il se leva et rajusta machinalement sa redingote.

— Allez, tu bosses tout à l'heure chez Lambert ? Le pétrin et le fournil, ça n'attend pas. Je ne veux pas te retarder, je me rentre à la cayenne.

— Je pars avec toi. C'est mon heure.

Le père et le fils descendirent ensemble l'escalier vétuste. Ils se séparèrent devant l'immeuble. Thibaut vit la silhouette voûtée de son père se perdre dans la nuit. Ils avaient prévu de se retrouver encore une fois avant le départ de Léo pour Lille. Et après? Quand se reverraient-ils à nouveau? Et Amalia? Lille était interdite à Thibaut à cause de la police, et les voyages coûtaient cher. Le cœur lourd, Thibaut prit le chemin de la boulangerie Lambert.

CHAPITRE 43

Dix fois, au long de la matinée, Thibaut s'était juré qu'il n'irait pas à ce bal. Pourquoi cette gêne à l'idée de retrouver Ada ? Qu'avait-il à lui reprocher ? Bien sûr, il y avait cette histoire vieille de vingt-cinq ans, l'affrontement entre son père et Rochetal, qui s'était si mal terminé pour Léo. Mais Ada n'y était pour rien. Elle n'était pas née à l'époque. Thibaut n'avait aucune raison de lui en vouloir. Au contraire, il n'avait qu'à se réjouir de l'amour qu'Ada lui portait. Il lui devait même de la reconnaissance, pour l'avoir tiré d'affaire à Toulouse. Le malaise tenait à la complexité du sentiment que Thibaut nourrissait à son égard. Alors même qu'il venait de se jurer qu'il ne mettrait pas les pieds au Chat-Vert, Thibaut consulta sa montre. L'image d'Ada se dessinait malgré lui dans son esprit. Thibaut avait déjà été amoureux, sans même parler des béguins passagers, mais jamais l'image d'une fille ou d'une femme ne s'était imposée à lui avec une telle insistance.

A midi, il déjeuna sans appétit et se prépara avec soin pour le bal. Il consulta à nouveau sa montre. Comme le temps était lent aujourd'hui ! Enfin, l'heure vint de se mettre en route. A chaque pas, sa nervosité grandissait. Malgré les nombreux flâneurs qui déambulaient nonchalamment le long des boulevards en ce beau dimanche, il arriva très vite à la guinguette du Chat-Vert. Le lieu était plaisant, avec son jardin qui permettait, l'été, de se rafraîchir entre deux valses ou deux mazurkas à l'ombre de ses tonnelles. La vaste salle de bal comportait aussi, outre un long comptoir, de nombreuses tables disposées en bordure de la piste. L'orchestre jouait les ritournelles à la mode. Le petit peuple venait au Chat-Vert pour s'y étourdir de flonflons et y faire des rencontres. Aux ouvriers, aux fonctionnaires subalternes, aux employés de boutique et de maison des deux sexes, aux modistes et couturières, se mêlaient toujours quelques oisives plus délurées. Thibaut n'était guère sorti depuis son arrivée à Paris. Il découvrait l'endroit. Il paya son ticket, entra et chercha des yeux la toile représentant un gros chat en bourgeois dont lui avait parlé Rosa. Il la trouva sans peine. Accrochée à droite du comptoir, elle mesurait bien trois mètres sur quatre. D'une patte gantée de blanc, le chat vert frisait sa moustache à la vue d'une troupe de petites souris en robes largement décolletées et à la mine peu terrifiée. Dans les yeux du matou, dont l'un portait monocle, flottait un sourire égrillard. En d'autres circonstances, Thibaut aurait souri à ce spectacle. Il ne lui accorda qu'un regard impatient. Il chercha Ada des yeux, en vain. Il jeta un regard à sa montre. Cinq heures et deux minutes. Il soupira. Lui si naturel et détendu, il se sentait emprunté tout à coup. Commanderait-il une consommation pour se donner une contenance ? L'établissement venait tout juste d'ouvrir et seules quelques personnes se tenaient devant la buvette. Un homme entre deux âges, deux jeunots manifestement en goguette et déjà un peu éméchés.

Une dizaine de couples valsaient sur la piste. Amusé, Thibaut constata qu'autour des tables, les deux sexes s'étaient répartis comme en deux territoires. La rangée de droite semblait réservée aux arpètes, aux vendeuses, aux lingères et aux ouvrières. Seule à sa table, une petite bourgeoise élégante semblait s'être perdue dans cette assemblée plébéienne. Sa table proche du comptoir lui avait permis de remarquer la prestance de Thibaut. Elle le dévisageait avec gourmandise. Sa barbe naissante, ses yeux brillants, ses cheveux bouclés et sa stature lui conféraient une séduction dont il n'avait pas conscience.

La salle se remplissait de plus en plus. Les jeunes ouvriers endimanchés ricanaient, timides, en faisant force gestes en direction des filles. Puis l'un d'eux quittait le groupe et marchant crânement pour se donner courage, s'arrêtait à une table de filles, ôtait sa casquette et demandait une danse. C'était la première fois que Thibaut se retrouvait dans une pareille foule. Il tenta de franchir le mur mouvant des danseurs pour rejoindre les tables des filles. Il y parvint après quelques bousculades et dévisagea chacune des occupantes, table après table. En vain. Il ne trouvait pas Ada. Il eut soudain envie de fuir cette foule compacte qui se pressait contre lui. C'est alors qu'il l'aperçut. Elle valsait au bras d'un jeune soldat en uniforme. Son cœur se mit à battre. Le rouge au front, les poings serrés, il s'avança vers le couple. Puis il s'arrêta. De quel droit serait-il jaloux ? Il l'avait blessée. Elle s'était enfuie. Elle ne lui devait rien.

La musique cessa. Les applaudissements éclatèrent. Le soldat tenta de garder Ada dans ses bras. Elle se dégagea brutalement et le planta au milieu de la piste. Elle rejoignit une tablée de jeunes filles que Thibaut observa avec curiosité. Elles étaient six, avaient à peine vingt ans. Elles dégustaient d'innocentes grenadines et du sirop d'orgeat. Des vendeuses, pensa-t-il. Elles étaient bien mises, leurs cheveux tirés étaient ornés de rubans colorés. Elles accueillirent la jeune fille avec moquerie.

— Il a essayé de te peloter ?

Ada éclata d'un rire cristallin. Thibaut se souvenait bien de ce rire.

— Il n'est pas près de m'embêter, celui-là !

— Continue comme ça et tu finiras vieille fille !

Ada s'assit parmi elles. Ses lèvres esquissaient toujours un petit sourire, mais la mélancolie se lisait dans ses yeux. Thibaut s'approcha et le silence se fit tout autour de la tablée des cancanières. Les jeunes filles le dévisageaient. Puis elles commencèrent à voix mi-hautes à supputer laquelle d'entre elles ce beau jeune homme inviterait à danser. Ada, stupéfaite, bouleversée, porta la main à son cœur. Son regard se voila. Elle se sentit défaillir. Thibaut se penchait vers elle, sans dire un seul mot, mais son regard suppliait. Le cœur d'Ada battait à tout rompre.

La tablée assistait en silence à ce mystérieux face-à-face. Décidément, la dernière venue dans leur mercerie ne cessait de les étonner. Les premiers accords d'une valse se firent entendre. Sans un mot, Thibaut tendit la main à Ada. Elle y posa la sienne. Ce simple contact fit éprouver aux deux jeunes gens une sensation fulgurante. Thibaut entraîna Ada vers la piste de danse.

Quand la jeune fille se glissa dans ses bras, Thibaut sentit son cœur battre soudain à toute vitesse. Il serra Ada contre sa poitrine et referma ses bras sur elle. Comme elle était menue ! Il se pencha vers elle et surprit le geste furtif qu'elle eut pour essuyer une larme.

— Tu pleures ?

— Moi ? Jamais de la vie ! protesta-t-elle.

La valse précisait son rythme. Ils dansèrent un instant en silence, chacun s'absorbant dans la perception de l'autre. Il la serra un peu plus. Elle s'abandonna.

Thibaut caressait sa joue et s'étonnait de l'incroyable douceur de sa peau, de la finesse inconcevable de ses cheveux d'or. Il se pencha vers elle et lui murmura à l'oreille :

— Ada, Ada Rochetal... Je t'aime.

Ils valsèrent longtemps et, à la première mazurka, ils quittèrent le Chat-Vert. Ils marchèrent main dans la main, parlant sans cesse, échangeant des baisers. A un marchand ambulant, ils achetèrent des friandises. En suivant les grands boulevards où les becs de gaz dispensaient une lumière douce, ils arrivèrent au 33 de la rue Bergère. Ils étaient devant chez Thibaut. Il l'interrogea du regard. Elle se serra contre lui pour toute réponse. Cérémonieusement, il poussa la porte cochère et s'effaça pour la laisser passer. Au pied de l'escalier, il lui tendit la main comme l'aurait fait un homme du monde. Délicatement, avec des airs de marquise, elle y posa la sienne. Lentement, ils montèrent l'escalier, avec la solennité d'un couple marchant vers l'autel.

Sur le coup de cinq heures, après avoir dormi tout juste une heure, le jeune homme se leva, s'habilla, et posa un dernier baiser dans les cheveux d'Ada somnolente avant de la quitter pour courir aux Batignolles. Thibaut prenait son service pour la première livraison, ce matin-là. En entendant la porte se refermer derrière Thibaut, Ada songea qu'elle aurait dû se lever elle aussi et rentrer chez elle. Elle disposait d'un répit de quelques heures avant de retrouver la mercerie. La robe rose qu'elle avait ôtée en tremblant de bonheur quelques heures auparavant pour se donner à Thibaut était posée sur une chaise non loin du lit. Il n'était pas question de se présenter ainsi vêtue ! Il lui fallait passer chez elle pour enfiler sa petite robe noire, couronnée d'un col blanc. Mais elle était si bien, dans la chaleur des draps, dans l'odeur encore présente de Thibaut. Pourquoi fallait-il s'arracher à cette jouissance paisible, à cette merveilleuse lassitude d'après l'amour ?

CHAPITRE 44

Elle glissait malgré elle dans un sommeil heureux, traversé de bribes de rêves ensoleillés.

— Mademoiselle... Excusez-moi, mademoiselle !...

Un homme se tenait à son chevet. Elle se dressa, affolée par cette intrusion. L'attitude de l'homme n'avait rien d'hostile. Il paraissait même hésiter entre timidité et amusement. Mais ce qui frappait le plus en lui, c'était sa laideur.

— Qu'est-ce que vous faites là ? demanda-t-elle sèchement, tout en tirant le drap sur sa gorge.

Il sourit à nouveau.

— J'avais un mot à dire à Thibaut. Je l'ai manqué de peu, si je comprends bien. J'allais lui laisser un message et comme il cache sa clé sous une tomette décollée, dans le couloir. Étant donné que vous couchez dans son lit, je suppose que vous le connaissez un peu ?

Ada rougit.

— C'est-à-dire... On est allés danser et il était tard, alors...

Un petit rire silencieux souleva la poitrine de Léo.

— Ne vous excusez pas. J'ai eu vingt ans, moi

aussi. Il a bien de la chance, vous êtes ravissante. Mais pourquoi avez-vous les cheveux taillés si court ?

Ada chercha un mensonge et lui servit le premier venu :

— Ils repoussent. J'ai eu la gale. On n'en sortait plus, le médecin m'a rasée.

— La gale, c'est embêtant.

— Oui, mais c'est fini, maintenant.

— Vous retrouvez Thibaut, ce soir, je suppose ? Je suis Léo Frochot, son père. Le pays que je voulais voir jeudi est décédé, alors je vais avancer mon retour à Lille. Je partirai mercredi matin. S'il veut me voir avant mon départ, ce serait encore possible demain en fin d'après-midi, avant qu'il n'aille au fournil. Il vaut mieux qu'il ne passe pas à la cayenne.

— Je sais, c'est trop dangereux.

— Vous êtes au courant ? Eh bien, dites-lui que je serai chez Enfantin, rue Mouffetard. Il connaît, je crois.

— Si je le vois, je lui dirai. Mais pour être sûr, vous devriez lui laisser un message, il le trouvera en rentrant.

— Vous avez raison. Voyons, vous avez un crayon ?

Ada s'excusa d'un sourire. Nue comme un ver sous le drap, elle n'avait pas de crayon sur elle. Il ouvrit le tiroir de la table.

— Ah, en voilà un !

Il avait déniché aussi un petit carnet. Il le posa devant lui, chaussa des bésicles et se pencha pour écrire en tirant un peu la langue. Ada l'observait, fascinée par ce visage monstrueux d'où émanait une surprenante douceur.

— Léo, je peux vous demander...

— Quoi donc ?

— Je n'ose pas...

Il tourna vers elle un regard interrogateur. Malgré sa laideur, sous cet angle, elle retrouvait sur ses traits une lointaine ressemblance avec Thibaut. Elle frémit. Mon Dieu, c'est mon père qui a fait ça ?

— Qu'est-ce qui vous est arrivé ?

— Vous voulez dire... Pour ma figure ?

— C'est mal élevé, je sais, mais...

Il haussa les épaules.

— C'est mieux de demander que de me dévisager avec des yeux de merlan frit ou, pire, de ne pas oser me regarder en face. Eh bien, c'est très simple, je me suis battu, quand j'étais jeune. Et voilà ! Ça vous épate, hein ? Une simple bagarre, ça ne va jamais jusque-là, en principe. On se tape, il y en a un des deux qui perd, on arrête, on s'en tient là si on n'est pas des sauvages. Mais moi, je me suis battu contre un sauvage. On s'est cognés, il était plus fort que moi, j'ai perdu et c'est après qu'il m'a fait ça.

Ada porta la main à sa bouche. Il avait fallu que l'adversaire de Léo s'acharne sur lui à coups de pied, il avait fallu qu'il le piétine à coups de talon en pleine figure, pour lui faire ça. Ému à la fois au souvenir de ce jour terrible et à la vue de la compassion que son récit suscitait chez la jeune fille, Léo la dévisageait en hochant doucement la tête.

— Il est allé en prison ? demanda-t-elle.

— Très peu, quelques mois... Il y a passé beaucoup moins de temps que moi à l'hôpital. Il avait des appuis.

Il se détourna et recommença à écrire en s'appliquant, en appuyant un peu trop fort la pointe du crayon sur le papier, comme les gens qui n'ont pas l'habitude.

— Comment s'appelait-il ? s'enquit-elle, espérant encore que son père n'était pas le coupable.

Il poussa un soupir.

— C'est un Ardennais fixé à Lille depuis longtemps. Un menuisier, un patron prospère, aujourd'hui. Il s'appelle Rochetal. Mais qu'est-ce que ça peut faire ?

Elle réprima de son poing fermé le cri qui lui montait aux lèvres, et comme il parlait sans la regarder, il ne vit pas à quel point cette confirmation l'avait bouleversée. Elle fit un effort surhumain pour se maîtriser et pour continuer à l'interroger d'une voix normale. Elle y parvint, car elle voulait savoir. Cette rixe vieille de plus de vingt ans était devenue la chose la plus importante à ses yeux. C'était son père qui avait fait cela au père de Thibaut...

— Mais pourquoi s'est-il acharné sur vous ?

— Il n'y avait pas seulement une querelle de compagnons entre nous... Il y avait autre chose. Une histoire de femmes. C'est moi qui l'avais connue le premier, voyez. Il était jaloux, il la voulait. Bon, elle ne s'est pas trop bien conduite, il l'a eue, pendant que moi je traînais à l'hôpital. La vie n'est pas bonne, parfois.

— Et cette femme, comment s'appelait-elle ? demanda Ada, en se mordant les lèvres.

— Elle s'appelait Céleste. Elle est devenue la femme de cette ordure.

Ada sursauta à deux reprises comme si elle avait reçu deux gifles à quelques secondes d'intervalle. Cette femme, c'était sa mère et cette ordure, c'était son père. Elle voulut se révolter. Elle se retint à temps. Qu'adviendrait-il de leur amour, à Thibaut et à elle, si elle dévoilait à Léo Frochot qu'elle était la fille de Rochetal et de Céleste ? Son père avait failli gâcher sa vie à jamais. Si elle se tirait du piège dans lequel il l'avait jetée, ce serait grâce à sa rencontre avec Thibaut et grâce à son amour... Mais Céleste avait été une mère aimante, tendre, attentive. Tout ce qu'Ada pouvait lui reprocher, c'était d'avoir cédé à la folie de Rochetal. Mais étant donné le caractère de son père, Céleste n'avait pas pu faire autrement.

Léo fut touché par la détresse qu'il lisait sur le visage de la jeune inconnue. Il décida d'interrompre son récit.

— Je me demande pourquoi je vous raconte tout ça ! Ça ne fait jamais de bien de remuer ces vieilles histoires.

— Excusez-moi, murmura Ada. C'est ma faute, c'est moi qui vous ai questionné.

— C'est vrai. Mais comme ça au moins vous savez tout, ou presque tout, sur la famille Frochot. Ma femme est intendante-lingère chez des gens, des bourgeois, mais des gentils qui la traitent bien... Et vous, vous faites quoi, dans la vie ?

— Oh, moi... Je travaille dans une mercerie. Mais j'aimerais apprendre à lire aux enfants ! déclara-t-elle avec une assurance soudaine.

Alors qu'elle prononçait ces mots, le visage d'Eléazar lui apparut, tandis que la voix du vieil érudit retentissait dans sa mémoire. Ne lui avait-il pas prédit qu'elle aurait à choisir un jour entre les livres et l'atelier ? Léo eut un hochement de tête approbateur. Lui n'était qu'un compagnon boulanger, mais il révérait le savoir et il était flatté que son Thibaut ait pu séduire une femme instruite.

— C'est bien ! répéta-t-il. Thibaut travaillait bien à l'école mutualiste. Bon, je lui ai mis un mot. Je ne vais pas vous déranger plus longtemps. Excusez-moi de vous avoir ennuyée avec mes histoires de dans le temps, Rochetal, tout ça...

Elle ne put lui dire pourquoi les siennes l'avaient au contraire prodigieusement intéressée et profondément bouleversée.

— Allez, je m'en vais. Je vous laisse la clé ?

— Oui, merci.

— Alors à un de ces jours, peut-être ?

— Peut-être.

Il lui sourit. Quand il souriait, sa laideur devenait attendrissante. On avait l'impression qu'il pleurait en même temps, qu'il souriait à travers des larmes séchées depuis longtemps, mais dont on devinait encore très bien la trace sur ses joues. Elle lui rendit son sourire. Il se détourna, posa la clé sur la table et sortit.

Après le départ de Léo, elle se leva et alla pousser le verrou. Avant de partir, Thibaut avait rempli le broc. Elle le vida dans la bassine et fit sa toilette sans hâte. Sa décision était prise. Elle ne resterait pas longtemps à la mercerie. Malgré la sympathie qu'elle éprouvait pour les autres vendeuses et sa recherche de l'univers féminin, ce monde lui restait étranger. Rien ne la retiendrait. Elle était libre, parce qu'elle ne possédait rien.

CHAPITRE 45

Ce jour-là, Enfantin avait préparé du saucisson chaud à la lyonnaise, servi sur un lit de pommes de terre baignant dans l'huile et les oignons. Thibaut, qui arrivait des Batignolles, retrouva Léo devant son assiette. Il l'embrassa et lui demanda :

— C'est bon ?

— Tu peux en commander, il est fameux. Mais j'ai moins d'appétit que dans le temps. Tu pourras terminer ma part, si ça te dit. Alors tu as trouvé mon message ?

— Ada me l'a transmis, dit Thibaut en rougissant un peu.

— Ah, elle s'appelle Ada ? C'est original. Dis donc, j'espère qu'elle n'a plus la gale, parce que sinon tu peux être sûr que t'es plombé, mon pauvre garçon !

Thibaut sourit au souvenir du mensonge d'Ada. Elle lui avait raconté son entrevue avec Léo. Elle lui avait également parlé de la douleur qu'elle avait ressentie en voyant son père et en écoutant son récit. Elle ignorait la trahison de Céleste et elle avait fait jurer Thibaut de tout lui dire dorénavant. Ils s'aimaient, ils allaient passer toute leur vie ensemble. Aucune ombre, aucun mensonge, aucun non-dit ne devaient se glisser entre eux.

— Dis donc, elle est mignonne, cette fille. C'est sérieux, elle et toi, ou c'est juste comme ça, pour s'amuser ?

Thibaut rentra la tête dans les épaules. Il aimait Ada. Il ne voulait pas trahir Léo. L'idée de lui mentir ou de lui cacher quelque chose lui était insupportable. Surtout ça... Mais comment Léo prendrait-il la chose ?

— C'est sérieux, papa. Très sérieux.

Léo dévisagea son fils avec curiosité. Il ne l'avait jamais vu aussi grave. La petite était-elle enceinte ? Ça n'aurait pas été un drame. On n'était pas des bourgeois, pour se cailler les sangs à propos d'un mioche né hors mariage. Du moment qu'on était en mesure de les nourrir, on prenait les enfants comme ils venaient.

— Très sérieux, hein ? Eh bien, ce p'tiot, je serai content de faire sa connaissance quand il verra le jour. Et Amalia aussi, j'en suis sûr !

Thibaut comprit la méprise de son père.

— Non, p'pa, tu y es pas. Ada n'est pas enceinte.

— Alors pourquoi tu prends ces airs de notaire annonçant une tuile ?

— C'est que... Ada est de Lille, p'pa.

— La belle affaire ! Ça n'en vaut que mieux.

— Tu connais sa famille, p'pa.

— Sans blague ? C'est vrai que j'ai même pas pensé à lui demander son nom, l'autre soir.

— Papa... Elle s'appelle Adam Rochetal !

— Non ! Tu veux dire...

— Oui. Rochetal. L'Ardennais. Celui qui... Celui avec qui tu t'es battu.

— Tu savais ça, toi ?

— Oui. Et sa mère c'est Céleste. Céleste Rochetal.

Le visage de Léo se figea.

— Eh bien, on peut dire que t'es tombé pile, parvint-il à articuler d'une voix altérée.

— J'ai pas fait exprès, tu sais, ça s'est trouvé comme ça.

— Mais tu m'as dit qu'elle s'appelle *Adam* Rochetal ou j'ai mal entendu ? Ce n'est pas un prénom de fille, ça, Adam.

— Tu as bien entendu. Pour l'état civil, elle s'appelle Adam Rochetal, et c'est un garçon.

Léo faillit s'étrangler.

— Un garçon ?

Il se tut. Enfantin venait prendre la commande de Thibaut, qui montra du doigt l'assiette de Léo.

— Une autre comme ça, s'il vous plaît, avec un bock.

Le patron hocha la tête et tourna les talons.

— Qu'est-ce que t'es en train de me raconter ? reprit alors Léo. C'est un gars, cette fille ?

Thibaut eut un geste apaisant.

— Tu l'as vue au lit. Elle m'a dit qu'elle ne savait plus où se mettre. T'as quand même pu juger si c'était une fille !

— C'est ce qu'il m'a semblé, mais avec ce que tu me dis, j'en mettrais pas ma tête à couper.

— C'est une fille, aucun doute là-dessus ! Mais à l'état civil elle est inscrite comme un garçon. Une dinguerie de son père. Il voulait un héritier mâle, et il n'a eu que deux filles, Émilienne et... Ada. Alors il a soudoyé un médecin et un prêtre. Elle m'a tout raconté. Elle a grandi élevée en garçon. Vêtements, jeux, coiffure.

— Ah, la gale, en réalité c'est ça ?

Thibaut acquiesça.

— Alors elle se balade encore déguisée en homme ?

— Plus maintenant. Elle a choisi, ça y est. Elle est une femme, désormais. Elle laisse tomber l'atelier, le Tour de France, tout ça.

— Le Tour de France ! Tu veux dire...

— Rochetal voulait qu'elle lui succède dans sa menuiserie. Pour ça, il fallait qu'elle devienne compagnon. S'il n'y avait pas eu les histoires de Toulouse, si elle n'avait pas tout plaqué pour m'aider, en fait pour me sauver la vie, elle aurait bientôt été reçue compagnon.

— Une femme, compagnon ? Mais c'est pas possible, Rochetal est fou à lier !

— Sûr. Mais tu le savais, non ? Tu as eu l'occasion de t'en rendre compte.

— C'est vrai. C'est un dément. Qu'est-ce que vous comptez faire ?

— Vivre ensemble.

— Comment vous allez faire, si elle ne travaille plus ? Elle était aspirant menuisier, c'est ça ? Elle ne peut plus toucher un rabot, si elle devient... redevient une femme !

— On va s'en tirer. Moi, j'ai mon boulot. Rosa, une amie, lui a trouvé une place d'employée dans une mercerie, en attendant.

— En attendant quoi ?

— Elle veut enseigner. Elle en est capable, elle a appris à lire et à écrire avec un précepteur.

Léo se tapa sur les cuisses.

— Attends... Ce maboul de Rochetal a payé un précepteur à sa fille déguisée en garçon, et puis il a fait d'elle un menuisier ? Il est bon pour l'asile ! Donc, elle travaille dans une mercerie ?

— Oui. Si Rosa, sa seule amie, n'avait pas été là, elle n'aurait jamais eu ce travail.

— Qui c'est, cette Rosa? Une mercière?

— Non, non, elle est sous-maîtresse rue de Provence. Ses pensionnaires se fournissent dans cette mercerie, alors forcément, la patronne n'a rien à refuser à Rosa.

Léo en resta bouche bée. Vous n'apprenez pas tous les jours que votre fils vit avec le rejeton, mâle selon l'état civil, de votre pire ennemi, et que ce fils est en réalité une fille, qui a pour meilleure amie une tenancière de bordel. Mais très vite, Léo reprit ses esprits. Il jubilait.

— Donc, il a trompé l'état civil sur le sexe de son enfant et il a fait passer sa fille pour un garçon auprès des compagnons menuisiers, Enfants de Salomon?

— C'est ça. Il lui a même appris des rites alors qu'elle n'était qu'une enfant...

Enfantin revint, chargé d'un bock de bière et de l'assiette destinée à Thibaut. Il les posa devant lui et lui souhaita bon appétit.

— Régale-toi, fiston! dit Léo en se levant.

— Tu t'en vas? Je croyais qu'on déjeunait ensemble.

— Tu es arrivé un peu tard de ton boulot, et j'ai quelqu'un à voir. Mais je vais peut-être rester plus longtemps que prévu.

Thibaut faillit demander pourquoi, mais Léo paraissait pressé, tout à coup. Il paya les deux repas. Thibaut fit mine de protester, mais Léo assena une tape joyeuse sur l'épaule de son fils.

— Je te tiens au courant!

Déjà il avait disparu, laissant Thibaut seul face à son assiette fumante.

— Je le tiens, ce salaud !

Léo courait presque. Comme il savourait cet instant ! Que Rochetal eût menti en déclarant la naissance d'un garçon alors qu'il s'agissait d'une fille constituait un délit aux yeux de la loi. Mais qu'un compagnon aussi fanatique que Rochetal eût initié une fille aux rites secrets des Enfants de Salomon, c'était une affaire autrement plus grave. Avec l'aide du Malouin, Rochetal avait fait échouer la Reconnaissance des Chiens blancs et ils recommenceraient le mois prochain. Jusqu'à présent, Léo était impuissant. Les confidences de Thibaut avaient changé la donne.

Une horloge publique indiquait treize heures quinze. Léo réfléchit un instant. Il avait encore une chance d'attraper l'oiseau au nid, s'il prenait un fiacre. Ce serait bien le premier de sa vie, mais ça valait la dépense. Une hâte irrésistible s'était emparée de lui. Pendant vingt-cinq ans, il avait attendu cet instant. Il voulait affronter Rochetal maintenant, tout de suite.

Il héla un fiacre en maraude. Le cocher l'aperçut et faillit ignorer son appel. Même en redingote, Léo sentait l'ouvrier. Mais une course est une course. L'attelage ralentit et s'arrêta à la hauteur de Léo.

— C'est pour aller où ?

— Boulevard de Sébastopol.

Le cocher fixa son prix que Léo trouva exorbitant, mais la perspective d'arriver au plus vite jusqu'à son vieil ennemi l'emporta sur sa parcimonie d'ouvrier.

Les Glycines, situées sur le boulevard de Sébastopol, récemment inauguré par Napoléon III, était une pension prétentieuse, avec des tentures pourpres et des fanfreluches dorées. L'établissement impressionna Léo, qui ne connaissait que les cayennes, les auberges rustiques et les bouchons à la bonne franquette comme celui d'Enfantin. Les pauvres n'ont pas la notion du vrai luxe. Alors, se dit Léo, c'était là que Rochetal descendait lors de ses visites à Paris ? Il devait les faire marner, ses apprentis et ses ouvriers, pour se payer ça ! A toutes les rancunes accumulées depuis toujours contre Rochetal, vint s'ajouter la haine du petit contre le gros. Comme il avait hésité un peu plus tôt à héler un fiacre, il hésita à sonner à la porte en bois verni, garnie de barres de cuivre luisantes. Il le fallait pourtant, même s'il devait pour cela s'aventurer dans un monde qui n'était pas le sien.

La porte s'ouvrit. Une dame à lorgnons, aux cheveux blancs coiffés en un lourd chignon et vêtue d'une sévère robe noire agrémentée d'un camée discret, se tenait devant lui. La propriétaire des lieux, Mme Fontenais, lui demanda froidement :

— Vous désirez ?

Elle l'avait situé sur l'échelle sociale au premier coup d'œil.

Léo se découvrit.

— Euh... Je cherche quelqu'un... M. Rochetal.

Mme Fontenais se félicita de l'excellence de son diagnostic. Les Rochetal n'étaient pas de mauvais clients. Ils prenaient toujours une bonne chambre. M. Rochetal ne mégotait pas sur les vins et il s'acquittait de ses notes rubis sur l'ongle. Il n'en faisait pas moins terriblement peuple. Et ce quidam qui cherchait après lui n'avait rien à lui envier sur ce chapitre. L'un était prospère et l'autre non, mais c'était le même monde, tout ça. Elle poussa un léger soupir.

— En effet, M. Rochetal est bien descendu chez nous. Il est au salon, je crois. Qui dois-je faire annoncer ?

— Ne prenez pas cette peine, indiquez-moi seulement le chemin, s'il vous plaît.

— Comme vous voudrez, dit-elle sèchement. Le salon se trouve devant vous, au fond du couloir.

— Merci bien, madame.

Tandis que Léo s'engageait dans le couloir, l'hôtesse le suivit du regard avec curiosité. Léo déboucha dans une vaste salle ornée d'une fresque représentant une scène de promenade au bois, avec cavaliers à fines moustaches et écuyères montant en amazone. Léo trouva cela très joli, très bien peint, mais il n'était pas là pour visiter. Il chercha Rochetal des yeux. Un doute le saisit. Allaient-ils se reconnaître? Un quart de siècle avait passé depuis leur dernière rencontre. On change, en vingt-cinq ans. Mais il reconnaîtrait son vieil ennemi dans cent ans, même en enfer!

Là, ce type corpulent, assis sur un canapé de velours rouge, près d'un guéridon sur lequel étaient posés une carafe et un verre, c'était lui, aucun doute! Léo le voyait de profil. Il remplissait son verre d'un liquide rouge sombre. Une dizaine de mètres les séparaient. Léo eut tout le temps de détailler ce visage honni. Bon sang, c'était lui, le fumier! Empâté, avec quelque chose... de souverain. Dans le temps, on ne lisait sur ses traits que de l'avidité, de l'impudence et de la violence. Léo porta sa main à sa poche, il tâta son couteau sous l'étoffe de son pantalon. Mais non, il n'égorgerait pas Rochetal, il ne le saignerait pas comme un porc, ainsi qu'il avait si souvent rêvé de le faire. Il ne risquerait pas la guillotine. Il voulait abattre Rochetal, le détruire, mais il voulait aussi lui survivre pour jouir longtemps de sa vengeance.

CHAPITRE 46

Rochetal, confortablement adossé, porta lentement le verre à ses lèvres, but une gorgée du liquide pourpre, la savoura avec un plaisir évident. Puis, il fit tourner le verre finement ciselé devant lui, le faisant jouer dans les rais de lumière qui passaient entre les tentures du salon. Il devait travailler comme ça, dans le temps, se dit Léo, quand il mettait encore la main à la pâte, maniant la gouge avec un soin extrême, pesant ses coups de marteau et de rabot.

L'Ardennais eut conscience d'une présence et leva les yeux vers Léo.

— Qu'est-ce que...

— Tu permets?...

Sans attendre de réponse, Léo tira une chaise et s'assit face à Rochetal.

— Tu me reconnais pas, Rochetal? C'est vrai que tu ne m'as jamais vu comme ça! Pourtant, c'est toi qui m'as arrangé. Beau boulot, hein?

Rochetal plissa les yeux. Il avait deviné, bien sûr, et déjà, il réfléchissait. Dans sa poche, sa main cherchait le couteau qui ne le quittait jamais. Il l'étreignit. Dévisagea Léo. Ses lèvres minces esquissèrent un petit sourire.

— Frochot. Y a un bail qu'on ne s'est vus! Qu'est-ce que tu fous à Paris? Tu cherches de l'embauche?

Léo secoua la tête.

— Voyage d'agrément, comme toi. Céleste t'a accompagné?

Rochetal eut un sourire contraint.

— Tu sais comment sont les femmes. Elle ne manquerait un séjour à Paris pour rien au monde. C'est l'occasion de courir les modistes. Elle y est, en ce moment, elle fait ses emplettes. Et Mme Frochot?

— Elle est restée à la maison.

Léo se tut. Il contemplait le visage de son vieil ennemi. Les traits de Rochetal n'avaient souffert que des dégradations de l'âge : des rides sur le front, des pattes d'oie au coin de la paupière, des bajoues, des bouffissures. Léo, lui, portait un masque inarrachable, monstrueux une fois pour toutes. Et c'était la faute de Rochetal.

— Bien, bien, bien... A part ça, qu'est-ce que tu veux? demanda l'Ardennais. Tu es entré par hasard et tu m'as vu, ou quoi?

Il était clair qu'il n'y croyait pas une seconde.

— Non, dit Léo. J'espérais bien te trouver là. J'ai fait la connaissance de ton fils, figure-toi.

En prononçant ces mots, Léo épia la réaction de son interlocuteur. Il ne fut pas déçu. En dépit de sa maîtrise, Rochetal pâlit.

— Adam?... Adam est à Paris? Et il sait que j'y suis?

— Il le sait. Mais ce n'est pas lui qui m'a dit où je te trouverais.

Rochetal fronça les sourcils.

— Qui te l'a dit?

— Des amis à moi. Des boulangers.

Désormais, sans savoir encore sur quel plan Frochot allait l'attaquer, l'Ardennais savait que le combat était engagé. Cette fois-ci, ils n'en viendraient probablement pas aux mains, mais comme autrefois l'un d'eux resterait sur le carreau.

— Je le croyais à Toulouse.

— Ton fils? Il y était il y a encore moins d'un mois. Et puis hop, il a changé d'air.

— Pourquoi pas? Les jeunes ne tiennent pas en place.

— C'est vrai. Il ne faut tout de même pas faire son Tour de France en courant, sinon on n'a pas le temps d'apprendre!

Rochetal était contrarié par la nouvelle. Il avait programmé ce Tour de France avec un soin jaloux, mais Adam semblait n'en faire qu'à sa tête. Il n'avait jamais donné de ses nouvelles. Rochetal s'en inquiétait. Son prétendu fils était livré à lui-même, loin de Lille et de son père. La nature n'allait-elle pas parler plus fort en lui? Rochetal fit taire ses inquiétudes. Et puisque Frochot attaquait sur ce front-là, il avait de quoi répliquer.

— Et ton fils, Frochot, toujours en fuite?

— Ah, t'es au courant?

— Forcément. Un aspirant, un Lillois, recherché pour le meurtre d'un compagnon, du même rite que lui, en plus... On a beaucoup jasé.

Léo ne se démonta pas.

— C'est pas ce qu'on lit dans les gazettes. Le type était une mouche de la police. Et Thibaut n'est pour rien dans sa mort.

— Puisque tu le dis. En tout cas, il a intérêt à courir vite s'il veut garder sa tête sur les épaules, lâcha Rochetal avec un mauvais sourire.

Il y avait une menace dans ces mots-là. Rochetal était bien une ordure ! On pouvait s'attendre à tout avec un adversaire pareil. Léo se serait senti plus à l'aise si Thibaut avait été hors d'atteinte. Heureusement, Rochetal ne savait pas qu'il se trouvait à Paris.

— Oh, il a pris du champ ! Je ne sais même pas où il a filé. En Belgique ou en Italie, j'imagine.

— C'est mieux pour lui, acquiesça Rochetal.

Il avait perçu une tension imperceptible dans la voix de Léo. Le Chien blanc mentait, l'Indien en aurait mis sa main à couper. Thibaut Frochot ne devait pas être si loin que ça. C'était bon à savoir.

— Mais, reprit-il, tu ne m'as toujours pas dit ce que tu veux. Tu n'es pas venu seulement pour me donner des nouvelles de mon fils ?

— Eh bien si... D'une certaine façon.

Aussitôt, Rochetal fut en état d'alerte. Adam, c'était à la fois son bien le plus précieux sur la terre et son talon d'Achille. Tout en contemplant les traits ravagés de Frochot, Rochetal pensa qu'il aurait dû le tuer, vingt-cinq ans auparavant, au lieu de le défigurer. Mais Delcambier aurait eu du mal à lui éviter le bagne. Si Frochot touchait à Adam, Rochetal le tuerait cette fois-ci.

— Explique-toi.

— Je sais tout.

L'assurance de Rochetal vacilla un court instant. Léo avait bien joué son atout. Rochetal était puissant, intelligent et courageux. Pour le décontenancer, il fallait frapper le premier, aussi fort que possible, et ne plus s'arrêter de cogner.

— Je sais tout, répéta Léo. Ton fils est une fille. Tu as menti à l'état civil, avec la complicité d'un médecin et d'un curé. Tu as menti à tes voisins, à tes amis, à tout le monde. Et surtout à elle, la malheureuse ! Elle a cru toute son enfance qu'elle était un garçon. Mais le pire, le pire pour toi, c'est que tu as menti aux Indiens, tu as menti à tes compagnons. Tu as entrepris d'initier ta fille aux rites compagnonniques...

— Tais-toi ! Tu es fou, t'as bu, tu dis des absurdités !

Les yeux exorbités, la face congestionnée, Rochetal s'était dressé brutalement pour saisir Léo au collet. Léo se dégagea d'un geste et repoussa Rochetal. L'Ardennais retomba sur son siège, décomposé.

— Je dis la simple vérité et tu le sais !

Près d'eux, deux couples suspendirent leur partie de whist et leur jetèrent des regards curieux, en murmurant quelques commentaires désobligeants.

— Parlons calmement, reprit Léo à voix basse. Tu as tes habitudes ici. Tu ne veux pas qu'on roule par terre comme des ouvriers ? Ça la ficherait mal, pour M. Rochetal.

— Fumier ! grinça Rochetal. Je te crèverai !

Lui aussi avait baissé le ton. Il se maîtrisait. Il tentait d'analyser la situation afin d'y faire face.

— Qui t'a raconté ces conneries ?

— Elle. Ada.

— Ada ?

— Ada. Elle a choisi de s'appeler ainsi, désormais. Adam-Ada, une seule lettre à changer et elle devient *enfin* elle-même.

— Où est Adam ?

— Où est-*elle,* corrigea Léo. Je ne sais pas. Quelque part à Paris, mais c'est grand, Paris ! Je ne suis pas sûr qu'elle veuille te voir.

— Foutaises ! Allons droit au but : qu'est-ce que tu cherches ? Qu'est-ce que tu veux ?

— La Reconnaissance.

— Quoi ?

— Tu as très bien compris : la Reconnaissance des boulangers.

— Mais qu'est-ce que j'ai à y voir ? J'appartiens aux Enfants de Salomon. Vos histoires ne me concernent pas !

— Tu mens ! Avec Malouin-la-Clé-des-Cœurs, tu manipules les menuisiers compagnons du Devoir et ceux de la pierre et du fer.

— Malouin ? Tu délires, ma parole ! Je le connais à peine.

— Tu mens comme tu respires, soupira Léo. C'est un ancien Indien comme toi. Un homme à toi, ton agent chez nous autres. Et c'est de lui que tu te sers pour empêcher la Reconnaissance des Chiens blancs. Mais maintenant je te tiens. Tu as fini de mordre, serpent ! Le mois prochain aura lieu une nouvelle réunion des Enfants de Maître Jacques. Elle examinera à nouveau notre demande.

Un sourire méprisant aux lèvres, Rochetal interrompit l'ouvrier boulanger.

— Eh bien elle l'examinera. Et elle se prononcera en toute indépendance... Si les blanchers, les tondeurs et les tisseurs-ferrandiniers veulent vous reconnaître, grand bien leur fasse ! Comment veux-tu que je m'y oppose ? Tu dis des sottises, mon pauvre Frochot !

— Ils nous reconnaîtront si on ne les effraie pas en les menaçant d'une scission de la Société des compagnons du Devoir. Et c'est ce que tu as dans la tête ! Les intimider, leur faire lâcher les boulangers. Mais je te préviens, Rochetal, si tu fais ça, je crache le morceau !

— Qu'est-ce que tu veux dire ?

— Tu ne devines pas ? Quelle tête ils feraient, les

compagnons, s'ils apprenaient que tu as fait passer ta fille pour un garçon, que tu l'as initiée aux rites compagnonniques, que tu as tout mis en œuvre pour faire d'elle un compagnon reçu et confirmé, pour qu'elle devienne un maître-menuisier et qu'elle te succède à la tête de ta fabrique ? Tu serais un homme fini. Tu joues les oracles. Tu te poses en gardien de la tradition et des rites secrets, et tu les dévoiles à une *fille* ! Si tes amis apprennent ça, tu peux mettre la clé sous la porte. Les compagnons te banniront. Tu perdras ta clientèle. Ce sera la faillite. L'atelier déserté, les impayés, les huissiers, le déshonneur...

— Personne ne te croira ! Mon fils, une fille ? On te rira au nez, Frochot. D'ailleurs, tu ne peux rien prouver !

— Un être humain n'est pas comme une lettre qu'on peut cacher, trafiquer ou brûler. Il suffira qu'on demande à ton fils de pisser debout et l'affaire sera jouée. Personne ne compte que des amis, même dans son camp, surtout pas toi !

Une servante attirée par l'algarade des deux hommes s'approcha.

— Monsieur Rochetal, quelque chose ne va pas ? demanda-t-elle.

— Tout va bien, tout va bien, grommela-t-il. Laissez-nous !

Malgré sa morgue apparente, son assurance avait volé en éclats. Frochot le tenait. La finesse des traits d'Adam, sa silhouette gracile, le grain de sa peau, tout cela était passé inaperçu. Personne n'aurait imaginé que ce jeune garçon pût être une fille. Mais dès que le mot serait lâché, le scandale éclaterait aux yeux de tous.

— Ça suffit. Finissons-en. Combien tu veux pour te taire ?

Le regard de Rochetal était fixé sur Léo, comme s'il avait essayé de l'hypnotiser. Sa voix était basse et rauque. S'ils n'avaient pas été dans un lieu public, il se serait jeté sur lui pour le faire taire à jamais.

— Tu n'as pas compris. Je ne veux que la Reconnaissance.

Rochetal écarta cette requête du revers de la main.

— Parlons sérieusement. Tu n'es plus tout jeune et le fournil fatigue son homme avant l'âge. Ta femme s'use à travailler chez les autres. Tu gagnes des clous. Je suis sûr que vous n'avez pas trois sous de côté. La vieillesse arrive. Peut-être la maladie. T'as une sale mine, Frochot ! L'hospice de Lille, ça n'est pas bien confortable. Avec tes poumons... Le mieux que t'aurais à faire si tu avais un peu de jugeote, ce serait de te mettre à ton compte. T'es un bon boulanger. Tu ferais travailler les autres. J'ai pas raison ?

— Là-dessus, t'as sûrement raison.

— Tu vois bien ! Alors voilà, on dit cinq mille. Cinq mille francs. Ça n'est pas rien. Simplement pour oublier de te mêler des affaires des autres, ça n'est pas mal payé, non ?

— Va te faire foutre, Rochetal. Ton pognon, j'en veux pas ! Je veux la Reconnaissance, un point c'est tout. Si personne ne s'y oppose, je ne dis rien. Ada est bien assez grande pour savoir ce qu'elle veut faire. Mais si la Reconnaissance n'est pas votée, je balance tout. Alors, débrouille-toi !

CHAPITRE 47

Céleste Rochetal frissonna. Une pluie fine s'était mise à tomber. Elle avait marché longtemps. Elle se sentait un peu lasse. Les vitrines des grands magasins nouvellement édifiés l'avaient fascinée. Elle n'avait jamais rien vu d'aussi grand, d'aussi luxueux. Elle y avait passé plusieurs heures à fouiller dans les rayons. D'abord intimidée par les lumières et la profusion des marchandises, elle s'était laissé tenter par un chapeau agrémenté d'un large ruban de taffetas. Elle s'en était coiffée aussitôt et elle s'était hâtée de retourner aux Glycines. A présent, les bras chargés de paquets, elle n'avait plus que le boulevard à traverser pour rejoindre la pension cossue.

C'est alors qu'elle le vit. Léo Frochot se tenait devant l'entrée des Glycines. Vingt-cinq ans s'étaient écoulés et malgré son visage défiguré, ses épaules voûtées, elle le reconnut aussitôt. Que venait-il faire là ? Des images anciennes défilèrent dans son esprit. Elle voulut fuir. Mais déjà Frochot s'éloignait et disparaissait dans la foule. Avait-il rencontré Rochetal ? Que s'était-il passé ?

La voie était libre. Elle s'élança imprudemment

sur la chaussée humide, glissa et s'abattit au milieu de la rue parmi ses paquets éparpillés. Un fiacre arrivait à vive allure. Le cocher ne put ni stopper ni détourner son attelage. Les chevaux piétinèrent la malheureuse avant qu'une des roues de la voiture, en passant sur elle, ne lui brisât les deux jambes. Elle poussa un grand cri. Déjà, un attroupement s'était formé.

Une petite femme de chambre qui venait prendre son service aux Glycines avait assisté à la scène. Elle avait reconnu la victime, une cliente de la pension. Elle se précipita pour annoncer la nouvelle. Il fallait prévenir le mari. Rochetal était toujours au salon, l'air abattu. C'est à peine s'il vit s'approcher l'hôtesse, Mme Fontenais. Son visage était grave. Elle toussota pour attirer son attention.

— Monsieur Rochetal... Pardonnez-moi... Mme Rochetal vient d'avoir un accident, sur le boulevard, juste en face...

Mais il ne bougeait pas, se contentant de regarder fixement la paume de ses mains, comme s'il y avait vu des choses écrites.

Dans le mois qui suivit, des certificats en bonne et due forme, émanant des Mères des cayennes d'Orléans, Blois, Tours, Saumur, Angers, Nantes, La Rochelle, Rochefort, Angoulême et Bordeaux, furent collectés et adressés aux responsables parisiens des Chiens blancs. Ils devaient permettre au Premier en Ville Saumur-Plein-d'Honneur, à Rochelais-la-Fraternité, Second en Ville, et au rouleur Dauphiné-le-Rapide, de prouver que le Tour de France des ouvriers boulangers compagnons du Devoir était parfaitement régulier. Forts de ces attestations, ils avaient l'espoir de faire voter la Reconnaissance, au moins partielle. Réunir ces certificats en moins d'un mois était une gageure. Elle fut tenue, mais l'ironie du sort voulut que ces précieux certificats ne servissent à rien. Le 9 décembre, excédés par les tergiversations de l'Assemblée et par les prétextes invoqués pour empêcher la Reconnaissance, trois corps d'Etat montrèrent l'exemple du courage et de la tolérance par un geste spectaculaire. Ce jour-là, les blanchers-chamoiseurs, les tondeurs de drap et les cordonniers-bottiers signèrent l'acte de Reconnaissance des compagnons boulangers du Devoir, Enfants de Maître Jacques, fondés par eux-mêmes. A la surprise générale, les adversaires traditionnels de cette Reconnaissance ne firent rien pour s'y opposer. Avaient-ils été pris de court ou bien des tractations secrètes avaient-elles désarmé menuisiers-charpentiers et tailleurs de pierre ? Ou bien l'ennemi secret qui s'ingéniait depuis des décennies à barrer le chemin aux Chiens blancs avait-il fini par renoncer à sa volonté d'exclusion ? Un seul homme connaissait la vérité. Il était là le 9 décembre et il assista les larmes aux yeux à la réalisation d'une espérance qu'il nourrissait depuis toujours. Cette réunion dont il n'est resté aucun procès-verbal, à l'exception du seul parchemin sur lequel fut consignée la constitution officielle des compagnons boulangers, fut le plus beau moment de sa vie. Quand tout fut réglé, à l'instant où les vainqueurs de la journée s'apprêtaient à fêter ce grand jour par un vin d'honneur, il passa une main lasse sur son visage en forme de champ de bataille, il salua quelques amis, et il s'éclipsa.

La neige tombait sur Paris. Léo Frochot marchait sans hâte. Une grande paix habitait son cœur. La victoire avait été longue à venir, mais comme elle était douce ! Il eut une pensée pour Ada. Il l'avait revue plusieurs fois depuis leur première rencontre chez Thibaut. Ces deux-là ne se quittaient plus. La haine que Léo nourrissait à l'égard de Rochetal épargnait sa fille. Elle aussi avait été la victime de l'Ardennais. Étrange destin, qui allait réunir, sinon réconcilier, deux ennemis mortels à travers leurs enfants ! Léo retrouvait dans les yeux d'Ada, quand elle regardait Thibaut, la lueur qui brillait dans les yeux de Céleste quand elle lui souriait à lui, vingt ans plus tôt. Et puis Léo savait gré à Ada de lui avoir fourni à son insu le moyen de l'emporter sur son vieil adversaire. Sans elle, sans la connaissance de son secret, jamais il n'aurait pu neutraliser Rochetal. Les amours de Thibaut et d'Ada confortaient le sentiment qu'il avait de sa victoire. Il aurait donc tout pris à Rochetal, y compris sa fille. Allons, tout allait bien. La Reconnaissance acquise, il n'avait plus rien à faire à Paris. Il lui tardait de retrouver Amalia. Seul point noir, la situation de Thibaut n'avait guère évolué. Il était toujours recherché par la police. Les papiers procurés par Saumur le protégeaient pour un temps. Sans doute, pour plus de sûreté, faudrait-il choisir l'exil un jour ou l'autre. Pourquoi pas la Belgique ? C'était assez près pour permettre des visites familiales. Ce soir-là, Léo avait rendez-vous avec Thibaut et Ada. Il se promit d'aborder ce sujet avec eux. Rien n'était simple, bien sûr. Pour Thibaut, pas de problème, que ce soit en France ou ailleurs, un bon garçon boulanger ne manquait jamais d'ouvrage. Mais pour Ada, ce serait plus difficile.

S'il avait prêté plus d'attention à son fils, Léo l'aurait sans doute jugé préoccupé, mais la grande nouvelle dont il était porteur, la formidable surprise de la journée, la Reconnaissance enfin acquise, l'obsédait trop pour qu'il se soucie d'autre chose que de l'annoncer à Thibaut.

— Tiens-toi bien, c'est fait ! Trois corps nous ont reconnus d'entrée de jeu, prenant tout le monde à contre-pied... Nos amis de toujours, bien sûr ! Les autres suivront au fil du temps. Les menuisiers n'ont pas moufté. Malouin n'était même pas là. Ça ne peut avoir qu'un sens : Rochetal a renoncé.

Malgré sa joie, Léo prit garde de ne pas en dire trop à Thibaut. Il ne lui avait pas parlé de sa visite à l'Ardennais. Il y avait Ada. Les jeunes gens s'aimaient, c'était clair. Léo ne voulait rien dévoiler qui aurait pu troubler leur entente.

— Tu parles ! Ces jours-ci, Rochetal a bien autre chose à faire que de chercher des poux dans la tête des Chiens blancs !

Léo dévisagea Thibaut avec curiosité.

— Qu'est-ce que tu veux dire ?

— Ada m'a laissé un message. Sa mère est mourante.

La nouvelle cloua Léo sur place. Céleste, mourante ? Dieu sait s'il l'avait maudite, quand elle l'avait délaissé pour son rival, et s'il lui gardait rancune de cette trahison. Cependant, le mot brutal, « mourante », avait ranimé en Léo l'image adorable de la jeune fille dont il avait été amoureux un quart de siècle plus tôt.

— Mourante ? Mais de quoi, mon Dieu ?

— Un accident. Tiens, lis !

Thibaut tendit une feuille de papier à son père. Celui-ci ne connaissait pas l'écriture de Rochetal mais sa signature, bien lisible au bas de la feuille, provoqua chez lui un mouvement de répulsion.

— C'est de lui... Voyons...

« Mon cher enfant, disait la lettre, *j'ai eu bien du mal à te trouver. Il a fallu que je m'adresse à ton*

patron. Il paraît que tu as quitté ton emploi sans explications. Ce n'est pas comme ça que je t'ai élevé, je crois. De même, tu aurais pu donner de tes nouvelles. Il faudra que nous parlions, toi et moi, de ton Tour de France, de ton avenir. Mais laissons ça pour l'instant. Si tu veux revoir ta pauvre mère encore vivante, il faut te hâter de venir à l'hôpital Saint-Louis, où je l'ai fait transporter après qu'elle est passée sous une voiture. Viens vite, si nous ne sommes pas devenus des étrangers pour toi, elle et moi. Viens pour elle, au moins. Elle a demandé après toi. »

Léo relut fiévreusement le message, puis le replia et le posa sur la table.

— Céleste ! C'est terrible.

— Elle t'a trahi.

— C'est vrai. Mais c'est si loin... Lui, Rochetal, je ne lui pardonnerai jamais ! Mais elle, elle a été faible.

— Maman t'a aimé comme tu étais.

— Tu as raison, mais je ne peux pas m'empêcher de revoir Céleste à vingt ans. Ada est là-bas ?

Thibaut acquiesça.

— Tu crois que je dois y aller ? Je n'entrerai pas, bien sûr ! J'attendrai Ada dehors.

— Tu risques de la manquer. Et quand elle reviendra, elle aura besoin de toi. Attends-la plutôt ici.

Léo remit sa casquette.

— Tu t'en vas ? demanda Thibaut.

— Je vais vous laisser, ça vaudra mieux. On ne fera pas la fête, de toute façon. Faut croire que c'était écrit.

— On la fera une autre fois, papa. La Reconnaissance, c'est quelque chose !

— Oui, c'est quelque chose. Embrasse Ada pour moi. Elle n'est pour rien dans nos vieilles histoires à Rochetal et à moi.

— Promis, papa.

CHAPITRE 48

Les joues baignées de larmes, Ada contemplait le visage blême de sa mère. Les yeux clos, les lèvres pincées, Céleste reposait dans l'odeur de cérat, odeur écœurante et diffuse de l'hôpital, sur un lit étroit, isolée des autres malades par de longs rideaux. Un souffle faible et irrégulier soulevait sa poitrine.

— Comment est-ce arrivé? demanda la jeune fille.

Rochetal soupira. L'apparition d'Adam vêtue en femme l'avait suffoqué. Il avait eu du mal à reconnaître sous ce qui lui apparaissait comme un déguisement, celle en qui il s'obstinait à voir un fils. Il dut faire effort sur lui-même pour répondre.

— Elle a glissé sur la chaussée, dit-il enfin. Un fiacre arrivait. Il l'a renversée. Elle a les deux jambes brisées. Les médecins ont cru qu'elle en réchapperait. Mais ça s'est infecté. Il n'y a plus d'espoir.

— Aucun espoir? demanda Ada d'une voix brisée.

— Aucun.

— Tu es sûr qu'elle n'entend pas?

Rochetal secoua la tête.

— On lui donne de l'opium. Quand elle s'éveille, c'est pour délirer.

Ada s'agenouilla au chevet de Céleste et saisit sa main. Elle la porta à sa joue, puis à ses lèvres.

— Oh, maman.

— Ma petite fille, c'est toi ?

C'était un murmure, un filet de voix comme un ruisseau prêt à se tarir, mais le cœur d'Ada battit de joie dans sa poitrine. Sa mère revenait à elle et c'était pour l'appeler sa petite fille, enfin !

— Oui, maman, c'est moi, ta fille.

Rochetal fronça les sourcils. Malgré sa peine, il s'accrochait à sa folie, il voulait feindre encore qu'il avait un fils et non une fille.

— Arrêtez ça, vous deux !

Ada l'ignora.

— Tu m'entends, maman ? Tu es là, avec moi. Je voulais te dire, j'ai choisi, maman. Je suis une femme, comme toi, maman ! J'ai choisi Ada comme prénom.

— Ça suffit ! gronda Rochetal. Tu fatigues ta mère, laisse-la tranquille !

Ada se retourna vers lui.

— C'est toi qui vas te taire. Tu n'as toujours pensé qu'à toi. Avoir un fils, transmettre ton nom, ton savoir, tes outils, ton argent... Mais moi, je ne suis pas ton fils. Je vais vivre malgré tes mensonges. Je suis une femme et j'ai rencontré un homme !

— Ah, c'est donc ça ? Le premier galant qui passe et on envoie tout balader, ragea Rochetal. On détruit l'œuvre d'une vie, les efforts et les espoirs de son père !

— Oui ! cria Ada. Tout ! Tes marteaux et tes gouges, les tenons et les mortaises, le trait et le nombre d'or, tu les gardes pour toi, papa ! Désormais je vais porter des robes et des rubans, laisser pousser mes cheveux.

— Si tu fais ça, je te déshérite ! cria Rochetal. Toute seule tu n'es rien, tu n'as entre les mains que le métier que je t'ai donné. Tu veux donc tout détruire ? J'ai sué trente ans pour avoir des murs, des machines, des outils, des compagnons, une réputation, une clientèle... Je suis le meilleur et tu seras le meilleur aussi, quand tu prendras ma succession !

— Jamais ! Je ne suis pas seule. J'ai Thibaut !

Rochetal fit un pas vers elle, prêt à la frapper.

— Thibaut ? Qui est ce Thibaut ?

— Je vous en prie, je vous en supplie, intervint Céleste d'une voix basse et haletante, ne vous disputez pas.

— Maman !

Ada se détourna de Rochetal et étreignit la moribonde.

— Maman, pardonne-moi, pardonne-nous, balbutia-t-elle. Tu ne vas pas mourir, maman, je te le jure...

— Si, je sais. Mais au moins je t'ai revue, et je sais que tout va bien aller pour toi. Tu es une belle fille.

— Tu perds l'esprit ! cria Rochetal.

Pour la première fois de sa vie, elle osa lui tenir tête.

— Tais-toi ! Tu n'es qu'une brute, un insensé. J'aurais dû t'empêcher de faire du mal. Mais notre fille est forte. J'ai confiance en elle ! Ada, Ada... Oh, ma fille, quelle joie de pouvoir t'appeler comme ça : « ma fille » !

Hors de lui, Rochetal tourna les talons et quitta la pièce en jurant.

Ada garda longtemps la main de Céleste dans la sienne.

— Ma chérie, comme je regrette, murmura Céleste. J'aurais dû t'apprendre à être une femme. C'était mon rôle, c'était mon devoir. J'aurais dû t'apprendre à coudre. On aurait fait de la broderie ensemble. On aurait préparé ta robe de bal et ton trousseau.

— Je le ferai en pensant à toi, maman, je te promets !

Céleste ferma les yeux. Sembla s'endormir. Puis ses lèvres bougèrent à nouveau.

— Alors, il s'appelle Thibaut ? Il est bel homme ? Il est gentil ?

— Il est très beau et personne n'est plus gentil que lui. Il est apprenti boulanger, maman. C'est le fils de Léo Frochot.

— Qu'est-ce que tu dis ?

— Le fils de Léo Frochot. Tu l'as connu, je crois ? Ce sont des Lillois.

— Léo Frochot ?

Céleste laissa retomber sa tête sur l'oreiller. Ses yeux luisaient de fièvre. Ces retrouvailles l'avaient épuisée et son esprit luttait contre la confusion qui l'envahissait à nouveau.

— Léo Frochot...

— Ça ne fait rien, n'y pense plus. Il faut que tu te reposes. Tu ne vas pas mourir, mais tu dois économiser tes forces. Tu vas dormir, ça te fera du bien.

Céleste écoutait à peine. Son regard se voilait à présent.

— Thibaut... Un beau garçon... C'est bien, tu vas être heureuse. Tu vas porter de belles robes... Et tu auras des enfants !

Elle tenta de sourire.

— Des enfants, tu te rends compte?

— Oui, maman... Une fille... On l'appellera Céleste. Repose-toi, maintenant, tu en as besoin, ferme les yeux, va, je reste là, près de toi.

Céleste obéit. Elle posa un baiser sur la main d'Ada qui caressait son visage et elle sembla s'assoupir. La jeune fille essuya les larmes qui embuaient ses yeux. Tout à coup, Céleste rouvrit les siens.

— Léo! Léo Frochot! C'est lui que j'ai trahi! souffla-t-elle. Il m'aimait. Et moi... Mon Dieu, qu'est-ce que j'ai fait?

Céleste s'agita un long moment encore en prononçant des mots sans suite avant de sombrer dans l'inconscience. Elle s'éteignit quelques instants plus tard, dans les bras d'Ada. Rochetal n'avait pas reparu.

Lorsque Ada quitta l'hôpital, son père se dressa devant elle. Dans les tourbillons de neige qui les environnaient, il avait l'air d'un spectre. Il avait dû boire, car ses yeux étaient injectés de sang et son haleine empestait l'alcool.

— Adam...

— Ada! corrigea-t-elle. Adam est mort.

L'ivrogne oscilla sur ses talons.

— Ta mère...

— Morte, elle aussi. Sans toi. Tu peux aller l'embrasser, maintenant.

Il voulut protester, mais ne parvint qu'à bredouiller des mots inintelligibles.

— Laisse-moi passer!

Elle l'écarta sans ménagement, le repoussant contre le mur. Il faillit tomber. Il se rattrapa de justesse. Déjà, elle s'éloignait à grands pas. Il brandit dans sa direction un doigt menaçant. Dans son cerveau embrumé par l'alcool, obscurci par la colère, il n'y avait de place que pour une seule pensée. Il avait perdu sa femme et son fils imaginaire, il avait perdu son combat contre Frochot et les Chiens blancs. Il ne lui restait plus que la vengeance. Et Ada avait prononcé un prénom devant lui. Un prénom de trop. Depuis des heures, au cabaret, il tournait et retournait tout ça dans sa tête. Tandis que sa femme agonisait et avant que le genièvre n'ait obscurci sa raison, il avait eu le temps de reconstituer le puzzle. Même ivre et bredouillant, il savait à qui il devait sa défaite.

Lors de l'enterrement de Céleste, trois jours plus tard, Rochetal et Ada suivirent ensemble le cercueil. La neige qui était tombée en abondance la nuit de la mort de Céleste avait fondu. Il n'en restait que des plaques malpropres sur les trottoirs, des amas grumeleux que l'urine des chevaux jaunissait dans les caniveaux. Le père et la fille s'étaient salués d'un simple signe de tête en arrivant à l'église où un curé distrait expédia un service bon marché. Ils se quittèrent en sortant du cimetière. Ada avait pleuré. Rochetal avait les yeux secs et ressemblait à un cadavre.

Elle regagna le meublé qu'elle partageait avec Thibaut. Il était au fournil. Elle n'aurait pas à essayer de faire bonne figure. Elle se laissa aller à sa tristesse. Pour la première fois de sa jeune existence, elle était confrontée à une disparition brutale et irréversible. Ses griefs envers Céleste, sa faiblesse, sa soumission à Rochetal s'évanouissaient. Il lui revenait en mémoire des souvenirs anciens, presque oubliés, de rire, de caresses, de tendres baisers que sa mère lui avait prodigués presque en cachette. Sa tristesse faisait place à une immense compassion. La pâle existence de Céleste n'avait été que souffrances et humiliations. *Maman, tu seras fière de moi, je te le jure! Personne au monde ne me soumettra!*

La porte s'ouvrit. Thibaut entra, posa à terre un volumineux baluchon. Ada se jeta dans ses bras. Thibaut la serra très fort contre lui et lui caressa tendrement les cheveux.

— Je suis là, mon amour.

Il desserra son étreinte, la regarda avec gravité et lui demanda :

— Es-tu prête à partir avec moi?

Un sourire éclaira le visage de la jeune fille.

— Oui, je suis prête.

— Tu partirais avec un repris de justice?

— Je n'ai pas peur avec toi.

— Saumur est passé me voir au fournil. Il m'a donné des couvertures, des vivres et un peu d'argent. Il pense qu'il est temps de quitter Paris.

Ada se serra à nouveau contre lui et murmura :

— Tout ce que tu voudras.

Deux coups frappés à la porte les firent sursauter. Qui cela pouvait-il être? Ils ne recevaient jamais de visite et Léo était reparti pour Lille. Par un geste, Thibaut fit signe à Ada d'aller voir qui frappait. Il était déjà près de la fenêtre.

Une voix de basse, au fort accent batave, lui murmura à travers la porte :

— C'est toi, Adam?... Ouvre-moi, c'est Jethro, Jethro De Boorgh!

Thibaut revint sur ses pas. Ada lui avait parlé cent fois des deux ombres tutélaires de sa drôle d'enfance, le médecin marron Jethro De Boorgh et le brave pédagogue, Eléazar Delvallonte. Cependant, l'irruption de l'un ou l'autre de ces deux fantômes du passé n'avait rien de rassurant. Seul Rochetal avait pu leur communiquer l'adresse d'Ada.

— Monsieur De Boorgh ? Vous êtes seul ?

— Oui. Ouvre-moi !

Ada consulta Thibaut du regard, puis elle ouvrit la porte. Jethro De Boorgh s'engouffra dans la pièce. Ada referma derrière lui. Il se retourna vers elle. Non sans émotion, elle contempla le visage de forban de cet homme qui avait été la cheville ouvrière de l'imposture échafaudée par son père.

— Ada, comme tu as changé ! s'exclama le Hollandais. Bon sang, tu es magnifique, *comme ça* !

— Comme ça, vous voulez dire, en femme ?

— Oui, tu es magnifique !

— Merci. C'est pour me faire ce compliment que vous êtes venu ?

Le médecin des putains choisit d'ignorer son ironie. Il souffla dans ses mains puis se battit ostensiblement les côtes.

— Sacré nom de Dieu, ça s'est rafraîchi, hein ? Y aurait-il pas un peu de grog pour un ami qui vient de loin ?

— Êtes-vous venu en ami ? lui demanda Thibaut.

Jethro De Boorgh l'examina avec une curiosité non dissimulée.

— Ah ! Thibaut Frochot, j'imagine ?

Le jeune homme pâlit. Dans son trouble, il ne pensa même pas à nier.

— Vous connaissez mon nom ?

— Bien sûr. Vous êtes Thibaut Frochot, le fils de Léo Frochot, recherché par la police impériale. Pour rébellion, évasion et meurtre.

Thibaut chercha des yeux son couteau sur la table. Jethro De Boorgh suivit son regard et comprit.

— Ne vous méprenez pas. Vous n'avez rien à craindre de moi, au contraire ! Alors non, vraiment, pas la moindre goutte de grog ou de genièvre ?

— Il doit nous rester un peu de café, rien d'autre, dit Ada en adressant à Thibaut un geste apaisant.

— Va pour le café, dit Jethro sur un ton fataliste. Vais-je le boire debout ?

Ada lui désigna une chaise.

— Merci, fillette.

Il ôta sa lourde pelisse et la tendit à Ada, tandis que Thibaut lui servait un bol de café. Le Hollandais laissa errer son regard autour de lui.

— Vous n'êtes pas mal, ici... Dommage, il va falloir détaler.

— Comment ça ?

— Si vous tenez à votre tête. Vous avez été dénoncé.

Thibaut serra les poings.

— Par qui ?

Le Hollandais haussa les épaules.

— Qu'importe ? Il faut foutre le camp.

— C'est mon père, n'est-ce pas ? Ça ne peut être que lui, demanda Ada.

— C'est lui, soupira De Boorgh. Dès son retour à Lille, il a signalé au divisionnaire Delcambier qu'un certain Frochot, recherché pour meurtre à Toulouse, pourrait bien se cacher à Paris sous l'identité d'Armand Fleuriot...

— Mais comment peut-il connaître mon véritable nom ? demanda Thibaut.

Ada se mordit les lèvres.

— C'est ma faute ! J'ai été imprudente, j'ai prononcé ton prénom devant lui. A partir de là, il a dû deviner...

Les yeux d'Ada s'emplirent de larmes.

— Il ne s'arrêtera donc jamais?

Thibaut prit la main de la jeune fille, la serra fort et jeta à De Boorgh un regard soupçonneux.

— Une chose me chiffonne, monsieur De Boorgh, comment savez-vous tout ça?

— Dans ma spécialité, je vois toutes sortes de gens... M. Delcambier m'honore parfois de ses confidences... Dans la mesure où je lui réserve depuis longtemps les miennes!

Thibaut hocha la tête d'un air entendu. Jethro De Boorgh venait de définir assez précisément la relation qu'entretiennent un policier et une mouche : donnant-donnant.

— Mais pourquoi avez-vous pris la peine de venir de Lille, en plein hiver, pour nous prévenir?

Un mince sourire éclaira la face ravinée de De Boorgh.

— J'ai de l'affection pour Adam. Encore pardon, j'oublie tout le temps qu'il faut dire Ada, désormais! Je l'ai mise au monde.

— Vous avez menti devant l'état civil, dit Ada. Et maintenant vous avez peur qu'on ne vous demande des comptes!

— Peut-être, admit De Boorgh. Oh, le cœur humain n'est qu'un mystère. Générosité, égoïsme, allez savoir ce qui l'emporte vraiment en nous?

Nerveux, Thibaut marchait de long en large.

— On bavarde, alors que la police est peut-être dans l'escalier!

— Elle pourrait y être, admit le Hollandais.

Il s'interrompit pour consulter sa montre.

— Elle n'y sera que dans quelques heures. Si vous attendez demain matin, vous êtes perdu! Delcambier a consenti à oublier le télégramme destiné à ses collègues parisiens, le temps de vous prévenir...

Mais déjà, le sol lui brûlait les pieds. Attendre, tarder, c'était s'exposer au pire. Il leur fallut quelques minutes pour réunir leur maigre bien. Au balluchon de Thibaut, Ada ajouta le sien. Il ne l'avait jamais quittée depuis son Tour de France.

— Mais où va-t-on aller? demanda Thibaut.

— Allons chez Rosa, pour commencer, lui proposa Ada.

— Qui est Rosa? s'enquit Jethro De Boorgh.

— Une putain, répondit-elle sans se retourner. Ma meilleure amie.

Un sourire à la fois amusé et inquiet s'inscrivit sur les traits du vieux praticien. Il savait mieux que personne que les filles ne vendaient pas seulement leur corps; elles vendaient tout et tout le monde.

— Tu lui fais confiance?

Ada le foudroya du regard.

— Je suis sûre de Rosa. Elle ne m'a jamais menti, elle.

Jethro De Boorgh se le tint pour dit. Dix minutes plus tard, le trio descendait l'escalier et se perdait dans la nuit hostile et glacée.

CHAPITRE 49

Rue de Provence, ils trouvèrent un Perrotin aux cent coups. Rosa avait été embarquée et enfermée à Saint-Lazare, jetée dans ce cloaque humain, avec les pierreuses et les vieilles syphilitiques. La vengeance d'un commissaire mal arrosé. Ça se tasserait, ça n'était qu'un avertissement et l'internement de la tôlière ne durerait sans doute que quelques jours. Mais en attendant, Perrotin ne pouvait pas héberger les amants en fuite. La poulaille risquait de perquisitionner à tout moment. Si Thibaut était capturé dans son établissement, ça n'arrangerait pas les ennuis de Rosa. Perrotin n'était pas mauvais bougre, il leur donna cent francs. Il fit venir Jeanlain, ami de cœur d'une pensionnaire, qui faisait le fiacre. La négociation fut âpre avec le cocher. Malgré sa bonne bouille ronde aux gros sourcils charbonneux, il voulait vendre chèrement sa course. Pas question de les mener jusqu'à la frontière belge, mais sur le chemin, jusqu'à Saint-Quentin. On ferait étape près de Compiègne, à Verberie, où ses cousins tenaient une auberge. Il exigea cent francs, la somme exacte que Perrotin leur avait donnée. Thibaut consulta Ada du regard. Elle lui fit signe d'accepter. Un léger sourire aux lèvres, Jethro De Boorgh avait assisté à la transaction sans intervenir.

A l'instant de les quitter, De Boorgh glissa un rouleau de pièces d'or dans la main d'Ada.

— Tiens, fillette. Ça ne suffira peut-être pas à racheter mon âme toute noire, mais tu vas en avoir besoin.

— Merci, docteur Jethro.

C'est de cette manière qu'elle l'appelait, enfant, quand il venait l'ausculter, au temps où elle croyait encore qu'elle était un garçon. Il sourit. Si elle l'appelait ainsi, c'était qu'elle lui avait finalement pardonné.

— Docteur Jethro, est-ce que monsieur Eléazar sait ?

— Non. Je n'ai pas osé lui expliquer qu'on t'avait menti.

— Vous lui direz ? Je voudrais qu'il sache qui je suis, ce que je suis.

— Tu le reverras bien un jour, tu le lui diras toi-même, protesta le Hollandais.

— Peut-être. Qui sait ce que nous réserve le destin ? Jurez-moi que vous lui direz, insista Ada.

De Boorgh promit.

— D'accord, je le lui dirai.

— Merci pour tout, et malgré tout, docteur Jethro !

Elle se haussa sur la pointe des pieds pour l'embrasser. Il rougit, lui, le mercenaire des bas-fonds, cynique et endurci. Il tendit la main à Thibaut, s'enveloppa dans sa houppelande et quitta le bordel de la rue de Provence.

A la tombée de la nuit, par un temps épouvantable, Ada et Thibaut arrivèrent au Relais du Roy, une auberge miteuse. La bâtisse, quasiment en ruine, était peuplée de quelques adultes abêtis par l'alcool. La cousine, une souillon, ne songeait qu'à leur soutirer de l'argent. Déjà, en chemin, Jeanlain avait fait semblant de se perdre pour leur extorquer vingt francs de plus. Ils dînèrent à la table commune d'une soupe au chou qui sentait l'aigre, puis montèrent se coucher dans une soupente misérable. Jeanlain, quant à lui, en attendant l'aube pour reprendre la route, dormirait près de l'âtre de la grande salle, dans un vieux fauteuil.

— Je n'ai pas confiance, dit Ada à voix basse.

Thibaut partageait ses appréhensions.

— Qu'est-ce qu'on décide ?

— Pour le moment, on attend. On ne peut pas partir à pied sur la route sous cette pluie battante. Demain matin, j'irai au village. Avec l'or de Jethro, je devrais pouvoir acheter deux chevaux. On filera droit sur la frontière.

Dans la nuit, Thibaut qui n'arrivait pas à dormir se releva et jeta un coup d'œil par la fenêtre. Sur le chemin qui conduisait au village, une lanterne sourde oscillait. Il jura. Il avait cru disposer d'un répit. On ne le lui avait pas laissé. Il courut réveiller Ada.

— Lève-toi. On nous a trahis, il faut partir.

Ils s'habillèrent, saisirent leurs sacs, et s'engagèrent silencieusement dans l'escalier. En bas, face à la cheminée, le fauteuil était vide.

— C'est ce salaud ! souffla Thibaut. Il n'a pas voulu atteler, on aurait pu entendre. Il a préféré filer à pied. Tant mieux, ça nous laisse une chance.

— Qu'est-ce qu'on va faire ?

— Lui voler ses chevaux, décida Thibaut.

Ils se glissèrent dans l'écurie, amadouèrent les chevaux et, en silence, les firent sortir et les conduisirent jusqu'à la grand-route.

— Suis-moi, dit Thibaut, en engageant sa monture dans la direction de Paris.

— On tourne le dos à la Belgique, fit remarquer Ada.

— Jeanlain connaît nos intentions. Dans quelques heures, il y aura des gendarmes sur toutes les routes qui y mènent. Il faut revenir sur nos pas.

— Mais pour aller où ?

— Le plus loin possible.

Thibaut se pencha sur l'encolure de son cheval et caressa le visage de la jeune fille.

— Allez, on fait la course ?

Ils galopèrent une bonne partie de la nuit. Très vite, ils avaient quitté la grand-route pour prendre les chemins de traverse. Ils retrouvèrent aisément leurs réflexes d'aspirants compagnons livrés à eux-mêmes dans les campagnes du Tour de France. Ils avaient appris à lire un paysage, à déchiffrer la forêt, à utiliser les chemins vicinaux, les sentiers de bûcherons, à suivre les étoiles. A l'aube, trempés et transis, ils s'abritèrent dans une grange, non loin de Pontoise. Ils y trouvèrent du fourrage pour les chevaux. Otant leurs habits humides, dans la nudité d'Adam et d'Ève, ils s'enveloppèrent dans leurs couvertures et s'endormirent enlacés.

Un peu plus tard, en furetant dans la grange, Thibaut découvrit une vieille selle dont le rembourrage de paille était mangé des vers, mais dont les sangles étaient encore bonnes. Ils iraient plus vite avec une seule monture sellée, qu'avec deux bêtes montées à cru. L'un des deux chevaux était encore vaillant, l'autre, plus âgé, était épuisé et incapable de reprendre la route pour le moment. Ils l'abandonnèrent en quittant la grange.

Le chemin de la Belgique leur étant certainement barré, puisque Jeanlain avait dû dévoiler leur projet aux gendarmes, ils songèrent à l'Italie. Mais l'Italie était lointaine. Même s'ils parvenaient à se procurer une voiture, le voyage prendrait des jours et des jours. Pendant ce temps, il faudrait descendre dans des auberges, nourrir et soigner les chevaux, et tout cela était dangereux pour des fugitifs activement recherchés.

— Le temps joue contre nous, dit Thibaut. Notre seule chance, c'est de quitter la France très vite. Hormis la Belgique, le pays le plus proche, c'est l'Angleterre !

— Et comment on va traverser la mer ?

— L'or de Jethro De Boorgh devrait suffire à convaincre un pêcheur de nous emmener. Nous voyagerons de nuit, en contournant les villes. De jour, nous nous reposerons dans des granges. Ça nous rappellera notre Tour de France.

Ada eut un petit sourire.

Thibaut avait compté trois nuits ; il en fallut cinq. Infléchissant leur itinéraire loin des régions où la police devait les rechercher avec zèle, ils n'atteignirent pas la mer à Calais, mais à proximité du Havre. Le cheval n'en pouvait plus. Ils le laissèrent dans un champ. Ils parcoururent les vingt derniers kilomètres à pied. Ils étaient épuisés. Ils n'avaient plus dormi dans un lit, ils n'avaient plus rien avalé de chaud depuis Verberie, sa soupente minable et sa soupe au chou aigre. Ils se nourrissaient de pain et de saucisson, ils luttaient contre le froid intense en avalant des rasades de calvados, dont Thibaut avait pu acheter une bouteille. Les granges trouvées en chemin ne leur avaient offert que des abris précaires. Ils se savaient sales, hagards, vulnérables. On se méfie des vagabonds et autres traîne-misère qui hantent les routes. A dormir dans le froid, de terribles crampes leur tordaient les membres. Leur lassitude augmentait à mesure qu'ils approchaient du rivage. Leur projet leur paraissait de plus en plus chimérique, l'Angleterre plus lointaine et inaccessible.

Dans la lueur laiteuse du petit matin, le visage exsangue d'Ada effraya Thibaut. Il devenait vital qu'elle se réchauffe et qu'elle avale autre chose que du pain rassis et du calva glacé. En arrivant dans les faubourgs du Havre, Thibaut aperçut une auberge dont une grosse servante s'affairait à ouvrir les volets. Rompant avec sa prudence habituelle, il entraîna la jeune fille dans cette direction.

La souillon gagnait à être connue, si l'on montrait la couleur de son argent. Thibaut ayant satisfait à cette formalité, elle accepta sans difficulté l'histoire d'essieu faussé qu'il inventa pour expliquer leur piètre équipage. Elle compatit à leurs malheurs et les installa devant un poêle dont elle regarnit le foyer. Puis elle leur servit une bonne soupe chaude, du café et des tartines. A la demande de Thibaut, la tenancière leur prépara une chambre et un broc d'eau.

Pour la première fois depuis de longs jours, ils purent se déshabiller et se laver. Quand Ada se glissa entre les draps que Thibaut avait réchauffés à l'aide d'une bassinoire, elle se crut au paradis. Il la couvrit de baisers et la borda comme une enfant.

— On ne m'a jamais si bien soignée. Tu ne te déshabilles pas ?

— Non. Tu vas te reposer pendant que je vais sur le port. Je trouverai bien un pêcheur qui nous prendra à son bord. Ne t'inquiète pas, je reviens très vite. Demain, Ada, demain, l'Angleterre !

Elle ferma les yeux.

— Demain, enfin, soupira-t-elle.

CHAPITRE 50

Il était huit heures passées. Thibaut avait trouvé ce qu'il cherchait. Un certain Magloire devait le mettre en contact avec un pêcheur qui les embarquerait pour Portsmouth sans poser de question. Ce Magloire tenait ses quartiers à la taverne du Cormoran. Thibaut décida d'aller chercher Ada. La jeune fille était endormie. Il la réveilla d'un baiser.

— Nous sommes tirés d'affaire. Prépare-toi. Dans quelques heures, nous serons deux passagers en partance pour l'Angleterre. Par prudence, tu vas t'habiller en garçon.

— Moi en garçon ? Tu es fou ! répondit Ada en riant.

— Ah, je vois. Tu veux aguicher cette bande de pirates !

Puis il redevint sérieux.

— Fais-le pour nous. C'est la dernière fois.

A midi, Thibaut poussa la porte du Cormoran. Ada l'attendrait dehors, à quelque distance. Il viendrait la chercher si le marché était conclu.

Le lieu était sombre et sentait le vin chaud, le tabac froid et la sciure humide. Des marins attablés buvaient en tapant le carton. D'autres semblaient somnoler devant leur verre, peut-être perdus dans des rêveries aux couleurs des tropiques. Thibaut s'avança jusqu'au comptoir derrière lequel un gros homme chauve mâchouillait pensivement un cigarillo éteint.

— Bonjour. On m'a dit que je pourrais trouver Magloire, par ici ?

— Qu'est-ce que vous lui voulez, à Magloire ?

— C'est pour un service personnel, dit Thibaut en posant sur le comptoir une pièce de cinq francs en équilibre sur la tranche.

— Bougez pas, je vais voir s'il est là.

L'homme sortit du comptoir et disparut derrière un rideau de toile qui dissimulait aux regards une arrière-salle encore plus sombre et enfumée que la pièce principale.

Il réapparut bientôt.

— Il est là, dit-il en désignant l'arrière-salle d'un mouvement de la tête. Thibaut quitta le comptoir en y laissant la pièce de cinq francs. Il fit quelques pas et écarta à son tour le rideau.

En marchandant âprement, il réussit à négocier leurs deux passages au plus juste, de façon à garder une partie du pécule de Jethro De Boorgh pour faire face aux premiers frais outre-Manche. Le rendez-vous était fixé à cinq heures du matin, le lendemain, à l'extrémité du bassin nord. Le bateau s'appelait la *Mariette.*

Ce ne fut pas Magloire qui porta à Thibaut le premier coup de matraque, mais un des deux autres, le petit chafouin qu'il appelait Job. Magloire, plus corpulent, plus lourd, se chargea de tenir en arrière les bras du jeune homme, pendant que Job cognait. Le troisième, un Dieppois, avait jeté Ada à terre d'une terrible gifle. Mais la jeune fille lui avait aussitôt assené un méchant coup de pied dans l'entre-jambe qui le fit hurler de douleur.

Alerté, Magloire relâcha son étreinte. Thibaut se dégagea, donna un coup de tête à Job qui chancela et recula, le nez en sang. Magloire mit la main à sa poche et Thibaut vit jaillir la lame étincelante d'un rasoir. Ada, horrifiée, s'était figée sur place. Magloire porta son attaque vers le visage de Thibaut. Le jeune homme fit un saut en arrière, mais le rasoir avait frôlé sa gorge. Un filet de pêche s'abattit alors sur Magloire, emprisonnant son énorme masse. Il fut tiré en arrière et tomba lourdement à terre.

— Eh bien, qu'est-ce qui se passe, ici ?

C'était une voix jeune. Thibaut l'aurait reconnue entre mille.

— Joachim !

— Les quais ne sont pas sûrs. On n'a pas idée de s'y balader à cinq heures du matin, s'exclama la voix goguenarde.

Les deux acolytes de Magloire avaient pris la fuite sans demander leur reste, tandis que le forban se débattait dans sa toile.

— Qu'est-ce qu'on en fait ? demanda Joachim. On le jette à la mer ?

Pour toute réponse, Thibaut assena à Magloire un formidable coup de pied au cul et lui recommanda d'aller se faire pendre ailleurs.

Depuis l'époque, assez proche, où Thibaut écumait avec lui les quais de Marseille et les guinguettes, Joachim n'avait pas changé. Il incarnait la joie de vivre, une confiance irraisonnée et jamais démentie dans la bienveillance des dieux, qui, prétendait-il, s'assuraient de là-haut que leur petit matelot préféré ne manquait de rien. Depuis quinze jours, *La Princesse du Sud,* son navire, était à quai au Havre où il embarquait des métiers à tisser, des cuves de chaudières, des machines-outils et des pianos à queue à destination du Brésil. Joachim n'y était plus mousse, mais matelot à part entière. Il repartait le surlendemain. Il insista pour faire examiner Thibaut par le médecin du bord.

— Pour Portsmouth, je ne peux pas t'aider, dit Joachim à son ami quand le toubib eut fini de panser ses plaies. *La Princesse du Sud* part après-demain, cap sur les Açores, les îles du Cap-Vert, la Barbade et Rio... Pas d'escale en Angleterre. Dommage!

Thibaut consulta Ada du regard. Elle lui sourit. La même idée leur était venue. Il se tourna vers Joachim.

— Et si on embarquait avec vous?

Ils tournèrent vers lui des yeux brillants d'espoir. La chance leur souriait peut-être enfin.

— Il faudrait convaincre le maître d'équipage. Il m'a à la bonne, remarquez, je peux toujours tenter le coup, et puis le doc' pourrait dire son mot, lui aussi. C'est pas le mauvais bougre, vous avez vu?

— Deux passages pour le Brésil, ça doit être cher, demanda Thibaut.

— Qui te parle de payer? C'est toi qui serais payé! Le pain, tu sais le faire. Tu es boulanger, non? Et Ada, elle s'y entend en menuiserie, d'après ce que tu m'as dit? C'est utile, sur un bateau, un boulanger et un menuisier... Le cuisinier du bord cherche un aide. Le précédent a plaqué le long cours pour embarquer sur un bateau de pêche côtière. La place est à prendre. Quant à Ada, puisqu'elle s'est fait passer si longtemps pour un garçon, elle pourrait repiquer au truc le temps d'une traversée, non?

— Mais le médecin sait que c'est une femme.

— Le médecin, on peut lui parler.

— Les papiers ! Je suis censé m'appeler Armand Fleuriot et la capitainerie doit avoir reçu un mandat d'arrêt à ce nom-là.

— Dans un port, les papiers, les passeports, ça va, ça vient. Laisse-moi faire, ça ne coûte rien d'essayer.

Le 23 décembre 1860, à midi, *La Princesse du Sud* quitta le Havre. Le temps était radieux. Un fort coup de vent avait balayé deux jours durant toute la grisaille qui accablait la côte française depuis des semaines. Le soleil brillait dans un ciel d'un bleu pâle, à peine griffé de très lointains nuages. Au coup de sifflet, les matelots montèrent dans la mâture et larguèrent toute la voile. Le vent s'y engouffra. Le trois-mâts s'élança sur les eaux avec la vigueur et l'allégresse d'un cheval ivre d'espace. Depuis son poste vertigineux, où il venait d'aider à larguer le grand hunier, Joachim jeta un regard en direction du pont. A l'avant, dans les deux silhouettes minuscules serrées l'une contre l'autre, il reconnut Ada et Thibaut. Inquiet, il regarda du côté où se tenaient les officiers, mais il respira. Ses deux protégés n'étaient pas visibles de la dunette. Il se promit pourtant de les rappeler à la prudence. Bien que non astreints à la manœuvre des voiles, ils n'étaient pas à bord à titre de passagers, mais à celui de membres d'équipage. La discipline à bord d'un trois-mâts n'était pas un vain mot. En outre, d'ici Rio de Janeiro, Ada allait peut-être avoir du mal à préserver son secret.

En bas, rapprochant leurs visages fouettés d'embruns, les amants goûtaient cet instant tant espéré. Le vieux monde, auquel ils échappaient enfin, s'effaçait derrière eux et se perdait dans la brume qui nimbait la côte.

— Notre enfant naîtra au Brésil ! Tu vois ça, dit Thibaut, en désignant un point invisible à l'horizon.

— Fille ou garçon ? demanda malicieusement Ada.

LEXIQUE

Agrichon : sobriquet donné aux charpentiers sédentaires par opposition à ceux qui accomplissent leur Tour de France.

Babluettes : friandises bon marché.

Chiens blancs : surnom donné aux compagnons boulangers.

Compagnons du Devoir ou Devoirants : membres appartenant aux sociétés issues des Enfants de Maître Jacques et de Maître Soubise, deux pères fondateurs du compagnonnage.

Devoir : désigne à la fois le compagnonnage et l'ensemble de ses rites et de ses règles.

Devoir de Liberté : les guerres de Religion et la révocation de l'édit de Nantes en 1685 ont favorisé les scissions entre les différentes sociétés. Deux groupes bien distincts apparaissent : les Compagnons du Devoir (catholiques, rites de Jacques et de Soubise) et ceux du Devoir de Liberté (à majorité protestante, rites de Salomon) qui regroupe les Loups, les Indiens et les Gavots.

Ducasse : fête populaire, la kermesse en Flandre.

Enfants de Maître Jacques et de Maître Soubise : ensemble des compagnons qui reconnaissent Jacques, maître des tailleurs de pierre, et le moine Soubise, maître des charpentiers, pour pères fondateurs, tous deux ayant œuvré à bâtir les cathédrales et le Temple de Salomon.

ENFANTS DE SALOMON : regroupent les sociétés qui ont le roi Salomon pour père fondateur. Ils descendraient des bâtisseurs du Temple de Jérusalem.

ESPONTONS : ouvriers indépendants n'appartenant pas aux sociétés compagnonniques.

GAVOTS : surnom donné aux compagnons menuisiers et serruriers du Devoir de Liberté.

INDIENS : surnom donné aux compagnons charpentiers du Devoir de Liberté.

LOUPS : surnom donné aux compagnons tailleurs de pierre Enfants de Salomon.

MULE-JENNY : machine à filer le coton importée d'Angleterre, symbole de la révolution industrielle.

Du même auteur

La Gagne, Olivier Orban, 1980.
La Nuit des enfants rois, Olivier Orban/Édition n° 1, 1981.
Voyante, Olivier Orban, 1982.
La Guerre des cerveaux, Olivier Orban/Édition n° 1, 1985.
Substance B., Olivier Orban, 1986.
Les Enfants de Salonique, Olivier Orban, 1988.
La Femme secrète, Olivier Orban, 1989.
Diane, Olivier Orban, 1990.
Vol avec effraction douce, Édition n° 1, 1991.
Ennemi, Édition n° 1/J.-Cl. Lattès, 1992.
Les Maîtres du pain, Plon, 1993.
Les Maîtres du pain, II, *L'Héritage,* Plon, 1994.
La Fortune des Laufer, Plon, 1996.
L'Empereur des rats, Plon, 1997.
L'Empereur des rats, tome 2, Plon, 1998.
L'Ange Gabriel, Plon, 1999.

Composition réalisée par EURONUMÉRIQUE

IMPRIMÉ EN ALLEMAGNE PAR ELSNERDRUCK
Dépôt légal Édit. : 25781-10/2002
LIBRAIRIE GÉNÉRALE FRANÇAISE - 43, quai de Grenelle - 75015 Paris.
ISBN : 2-253-15392-3

31/5392/1